庆祝中国共产党成立一百周年

中國戲劇家協會

—— 百部 ——
优秀剧作

# 典藏

## 1921—2021

# 4

作家出版社

# 目 录

·锡 剧·

# 珍珠塔

整理（执笔）：钱惠荣 梅兰珍 徐澄宇

改编：倪 松 谢 枫

人　物　方卿、陈翠娥、方朵花、陈培德、彩萍、方母、红云、王本、邱六乔、师太、毕云显、陈福、陈寿、丫头、随从、众夫人、襄阳府、襄阳县。

# 第一场　投亲

〔幕启。

〔陈府大门外。

〔内声："襄阳府、襄阳县到——"陈福、陈寿、王本上。

〔老爷夫人出接!

〔陈培德、方朵花率众丫鬟、家人出迎。

〔襄阳府、县偕夫人上,陈培德、方朵花迎接。

〔幕内声："江西毕大人到!"毕云显率旗牌随从上。见礼毕,众进门。

〔方卿上。

方　卿　（唱）

　　　　奉母命从河南到襄阳来投亲,

　　　　一路之上把讯问;

　　　　适才老丈指点我,

　　　　说此地就是陈府的大墙门;

　　　　为什么人来人往多热闹?（至大门边）

　　　　莫非是姑爹大人把寿庆。

陈　福　你找哪一个呀?

方　卿　请问小哥,此地可是陈府?

陈　福　正是陈府,要饭到后花园去。

　　　　〔王本上。

方　卿　小哥,我是来投亲的。

陈　福　啥? 投亲? 御史府哪有你这样的穷亲戚。去……

王　本　休得无理！（打量方卿）你是……

方　卿　你是……

王　本　你是河南方大爷吧？

方　卿　正是方卿，你是？

王　本　老奴王本叩见小主大爷。

方　卿　老总管请起。

王　本　小主大爷请你稍待片刻，待老奴禀与老爷知道，再来迎接于你。

陈　福　王本老伯伯，他是谁呀？

王　本　河南方大爷来了，还不快去赔礼。（下）

陈　福
陈　寿　是是是！方大爷，小人有眼无珠，请方大爷恕罪！

方　卿　起来！

陈　福
陈　寿　多谢方大爷！

〔王本上。

王　本　小主大爷，你家姑爹迎你来了。

〔陈培德一路叫上："侄儿在哪里？侄儿在哪里？"

陈培德　（见方卿）侄儿！

方　卿　姑爹！（施礼）

陈培德　侄儿请起！（唱）

　　　　十二年来无音讯，

　　　　常把你母子挂在心，

　　　　快快随我上寿厅。

王　本　老爷！（唱）

　　　　他这身衣服怎见人？！

陈培德　这个……侄儿！（唱）

　　　　你随王本进后院，

　　　　先见姑母到兰云厅；

　　　　沐浴更衣跨骏马，

　　　　备齐寿礼进大门；

　　　　待我去会同众宾客，

　　　　　　　　　　鸣炮接你上寿厅。

方　卿　（唱）姑爹仁义动人心，

　　　　　　　　不枉我千里跋涉来投亲；

　　　　　　　　若去见了我家嫡嫡亲亲，亲姑母，

　　　　　　　　定比姑爹要胜三分。

　　　　　　姑爹！（施礼）

陈培德　王本！

王　本　（对方卿）请！

　　　　〔王本领方卿朝后院下。

　　　　〔幕落。

　　　　〔幕前。

彩　萍　（唱）彩萍急去兰云厅，

　　　　　　　　把珠塔送给老夫人。

　　　　　　　　今日老爷寿诞日，

　　　　　　　　贵客前来把寿庆。

　　　　　　　　老太太命我取珠塔，

　　　　　　　　说什么，

　　　　　　　　要让官府太太赏宝珍。（下）


　　　　　　　　　第二场　见姑


　　　　〔幕启。

　　　　〔兰云堂。

　　　　〔方朵花内声："啊！众位夫人请啊！"

　　　　〔众夫人内声："啊！夫人，请啊！请啊！哈哈……"

　　　　〔彩萍、红云扶方朵花上，襄阳府、县二夫人同上。

方朵花　啊！众位夫人，这里就是兰云堂。你们请坐啊，请坐！

府夫人　御史夫人，你真是好福气啊！

众夫人　她前世修来的。

方朵花　哪里，哪里！

　府夫人　（念）堂堂御史冠襄阳——

众夫人　（念）夫显荣贵妻沾光。

方朵花　非也！（唱）

　　　　　　我却不沾老爷光，

　　　　　　我爹爹在朝极品为宰相；

　　　　　　我长兄宫中招驸马，

　　　　　　二哥吏部伴君王，

　　　　　　三兄带兵守边疆，

　　　　　　方家赫赫威名震四方。

府夫人　御史夫人还是宰相府的千金呀！

众夫人　真是树大根深呀！

府夫人　众位夫人，你们可曾到过宰相府啊？

众夫人　我们哪里来这样的福气啊！

方朵花　言重了，宰相府与你们府上不是一样的吗，不过房子大一点罢了。

众夫人　房子怎么样啊？

方朵花　房子啊！（唱）

　　　　　　高大房廊接青云，

　　　　　　离城十里就看得清；

　　　　　　白玉阶沿紫金门，

　　　　　　翡翠狮子两边分；

　　　　　　珊瑚镶在上马台，

　　　　　　玛瑙嵌在下马墩；

　　　　　　隔河照墙塑黄金，

　　　　　　夜明珠一颗当门灯！

府夫人　那不怕被坏人盗窃吗？

众夫人　是啊！是啊！

方朵花　（唱）常有三千守卫兵，

　　　　　　还有家童六百名，

　　　　　　丫头使女三百多，

　　　　　　个个是下穿绫罗上插金；

　　　　　　来一群呀去一群，

　　　　　　家里人不认得家里人。

县夫人 　这么许多人，房子里怎么待得下啊？

众夫人 　是啊！

方朵花 　房子是大得很呀！（念）

　　　　　　单说厅堂就有——

　　　　　　八仙厅、和合厅、

　　　　　　东花厅、西花厅、

　　　　　　万寿厅、楠木厅、

　　　　　　鲍沙厅还有四面厅。

　　　　（唱）

　　　　　　前花厅到后花厅，

　　　　　　一条备弄有三里整；

　　　　　　上面架起紫金梁，

　　　　　　下面是珍珠铺地一趟平；

　　　　　　前墙门到后墙门，

　　　　　　要走一日一夜一黄昏。

府夫人 　珍珠铺地，哪来这许多珍珠呀？

众夫人 　是啊！

方朵花 　珍珠有什么稀奇啊，我总记得在我出嫁那年，上轿时不过哭了几
　　　　声，我家嫂嫂就送给我一座珍珠宝塔呢！

府夫人 　珍珠宝塔？（对众夫人）众位夫人你们可曾见过珍珠宝塔啊？

众夫人 　我们哪来这样的眼福啊！

府夫人 　要是把珍珠塔拿出来给我们观赏一番那该多好啊！

众夫人 　是啊！是啊！

方朵花 　众位夫人，我早就命丫头去取来了。喏！

　　　　〔彩萍托珠塔上。

彩　萍 　老夫人，珠塔拿来了。

方朵花 　众位夫人，你们快来看呀！（唱）

　　　　　　珠塔乃是稀有物，

　　　　　　有万颗明珠细穿成；

　　　　　　金丝编，银丝钉，

　　　　　　结成玲珑塔七层；

避火珠，穿成墙，

分水珠，盘成芯，

移墨之珠作塔底，

定风珠一颗结塔顶；

举世无双难配对，

价值一座襄阳城。

**府夫人**　多亮的珍珠宝塔呀！

**众夫人**　真是无价之宝啊！

**方朵花**　众位夫人，我还记得我娘家的侄儿方卿，他做三朝的时候……

（唱）皇帝送来百岁锁，

大墙门里抬也抬不进；

正宫娘娘送来的金链条，

南京好连到北京城。

**府夫人**　啊，御史夫人，那你娘家侄儿今日可会来啊？

**众夫人**　是啊！

**方朵花**　想我那娘家的侄儿方卿，他怎会轻易出门啊！

〔王本内声："红云姐！红云姐！有亲戚到！"

**红　云**　老夫人？

**方朵花**　去看看，是哪个亲戚？

**红　云**　是！（下）

**方朵花**　彩萍！

**彩　萍**　老夫人！

**方朵花**　把珠塔送回小姐房中去。

**彩　萍**　是！（接塔下）

**方朵花**　众位夫人，你们请坐啊！

**众夫人**　夫人请啊！

〔侧幕，红云上。

**红　云**　（疑惑地）怎么，他就是方大爷？

**方朵花**　红云！

**红　云**　老夫人！

**方朵花**　是哪个宾客？

红 云　是方大爷来了！

方朵花　哪个方大爷？

红　云　河南方大爷！

方朵花　哎呀！真是说到曹操曹操就到，众位夫人，我娘家的侄儿方卿，他真的来了！

众夫人　方大爷来了，方大爷真的来了。

红　云　老夫人，方大爷的打扮真奇怪，他头上的帽子有个洞。

方朵花　噢！这是"通天冠"，"通天冠"！说我有请！

红　云　哎呀老夫人，方大爷脚上穿的鞋子还有一张嘴！

方朵花　嘿嘿！这是"虎头靴"，"虎头靴"！快快说我有请！

　　　　〔红云下。

方朵花　众位夫人，你们要看的呀？

府县夫人　要看！

方朵花　一定要看啊？

府县夫人　要看，要看，一定要看！

　　　　〔红云持方卿包裹雨伞上。

红　云　老夫人，这就是方大爷的全副行李。

方朵花　（见方卿破旧行李，示红云急藏）众位夫人，你们先请上正席吧，我稍停就来！

众夫人　（会意，暗笑）啊，夫人请啊！

方朵花　请啊请啊！（送众夫人下，反身，疑惑地）这到底是怎么一回事？

　　　　〔红云下，内喊："方大爷走好啊——"引方卿上。

方　卿　侄儿方卿拜见姑母！

方朵花　罢了，起来吧！

方　卿　谢姑母！

方朵花　红云！

红　云　老夫人！

方朵花　你可曾弄错人啊？

008　红　云　没有啊！

方朵花　如此，请坐啊！

方　卿　多谢姑母！

　　　　〔众丫鬟暗笑。

方朵花　（对众丫鬟）下去！

方朵花　侄儿！

方　卿　姑母！

方朵花　你是几时到襄阳的？

方　卿　今日才到。

方朵花　为何一十二载音讯全无？

方　卿　只因连年兵荒，路途阻隔，因此没有到姑母台前请安。

方朵花　如此，我家嫂嫂你的母亲在家可好？

方　卿　倒也穷得康健。

　　　　〔红云暗笑。

方朵花　（眉头一皱，对红云看了一眼）侄儿，在家作何生计？

方　卿　流落坟堂苦读诗书。

红　云　（笑出声）嘻嘻……

方朵花　（对红云）下去！

红　云　是！（退下）

方朵花　侄儿，你不在坟堂读书，千里迢迢到此襄阳，你可知道，今日是
　　　　你家姑爹大人的寿诞之日啊？

方　卿　这……姑母！（唱）

　　　　　　小侄千里来投亲，

　　　　　　不知姑爹把寿庆；

　　　　　　还望姑母多原谅，

　　　　　　恕侄儿未备寿礼送上门。

方朵花　做姑母的怎会计较你这些寿礼啊？（唱）

　　　　　　想你是吏部之子阁老孙，

　　　　　　你人情世故全不闻；

　　　　　　你这般衣衫褴褛寒酸样，

　　　　　　你叫我姑母难做人；

　　　　　　我常说方家千般好，

到如今你叫我姑母有啥回应；

你在家贫穷无人晓，

何苦千里迢迢来出丑名！

方　卿　姑母嫌我穷吗？

方朵花　啊！侄儿，你既不是为拜寿而来，那你今日到此为了何事？

方　卿　（唱）奉母之命到襄阳来，

想问你姑母借花银。

方朵花　（唱）总说是千朵桃花一树生，

我不照应谁照应；

为姑母只有把私房银子借给你——

方　卿　多谢姑母！

方朵花　慢！（接唱）

我问侄儿你何年何月还上门？

方　卿　（唱）姑母把私房银子来借给我，

我回到河南做读书本；

待等方卿有翻身日，

我本本利利还上门。

方朵花　等你有翻身？

方　卿　是啊！

方朵花　（唱）我把你从头看到脚后跟，

看得你今生今世无翻身；

我若把银子借给你，

岂非将本本利利丢干净。

方　卿　（唱）姑母不要这样讲，

我把古人比你听；

吕蒙正落难住在破窑里，

一朝得志立公卿；

穷来不是钉钻脚，

富豪不是铁生根；

常言道砖头瓦片有翻身日，

困龙也会上天庭。

方朵花　（唱）别人家砖头瓦片落在大路上，

　　　　　　　一脚一踢就打翻身；

　　　　　　　你块砖头落在井底里，

　　　　　　　永生永世无翻身；

　　　　　　　别人家困龙困在沙滩上，

　　　　　　　得到明珠上天庭；

　　　　　　　你条困龙困在九曲三湾山沟里，

　　　　　　　又好比蚯蚓无翅难腾云；

　　　　　　　我陈家豪富是钉钻脚，

　　　　　　　你方家贫穷是铁生根。

方　卿　（唱）比人勿要比别一个，

　　　　　　　比比我姑爹老大人；

　　　　　　　当初流落在河南地，

　　　　　　　落难辰光卖烧饼；

　　　　　　　后来在朝高官做，

　　　　　　　西台御史坐衙门；

　　　　　　　姑爹落难有出头日，

　　　　　　　难道我方卿今生就无翻身？

方朵花　（唱）穷鬼说话太欺人，

　　　　　　　不该牵我的头皮根；

　　　　　　　我家老爷落难有高官做，

　　　　　　　你这穷鬼只好住在坟堂门。

　　　　〔彩萍上，躲一旁偷听。

方朵花　（唱）方卿你若有高官做，

　　　　　　　除非是满天月亮一颗星；

　　　　　　　方卿你若有高官做，

　　　　　　　铁树开花结铜铃，

　　　　　　　毛竹扁担出嫩笋；

　　　　　　　方卿你若有高官做，

　　　　　　　黄狗出角变麒麟，

　　　　　　　老鼠身上好骑人；

方卿你若有高官做，

滚水锅里结冷冰，

晒干的鲤鱼会跳龙门；

方卿你若有高官做，

西天日出往东行，

东洋大海起蓬尘；

方卿你若有高官做，

除非是文武百官死干净，

宗师大人瞎眼睛；

你文不成武不精，

只好篮一只棒一根，

街前街后讨饭吞，

做一个伸手大将军！

方　卿　（唱）姑母势利太欺人，

一点没有骨肉情；

铜钱不借倒还罢，

反将我从头嘲笑到脚跟。

我情愿揩干眼泪到别处哭，

讨饭也跳过你陈家门！

告辞！（欲走）

方朵花　慢！你倒没有我陈家，我倒还有你娘家的侄儿。既然你路远千里到此襄阳，我也不能叫你空手回去，待我去拿些银子给你。

方　卿　不要！

方朵花　银子不要，那就饱餐一顿走吧。

方　卿　不用！

方朵花　看你身上衣衫单薄，就穿暖了再走吧。

方　卿　也不要！

方朵花　怎么都不要？

方　卿　（唱）君子受刑不受辱，

饿死不吃你陈家食，

冻死不穿你陈家衣，

穷死不用你陈府银。

方朵花　那你今日走了可要再来呀？

方　卿　（唱）从今后有官再到襄阳来，

　　　　　　　无官不进你陈府门。

方朵花　好！（唱）

　　　　　　　你若能头戴乌纱身穿红袍，

　　　　　　　腰束玉带足蹬朝靴；

　　　　　　　摇摇摆摆摆摆摇摇，

　　　　　　　全副头道子出皇城，

　　　　　　　十三记金锣汪汪声；

　　　　　　　为姑母头顶香盘十八斤，

　　　　　　　三步一拜接方卿。

方　卿　姑母讲话可作真？

方朵花　御史夫人，言出如山，绝无更改。

方　卿　告辞！

方朵花　红云，红云！

　　　　〔红云上。

红　云　老夫人！

方朵花　给我送他出去！

红　云　是！

方朵花　慢！你给我送他从后花园走。

红　云　晓得！（取包裹雨伞追下）

　　　　〔方朵花下。

　　　　〔幕落。

　　　　〔幕前。

彩　萍　（唱）夫人做事不该应，

　　　　　　　竟将大爷逐出门。

　　　　　　　老爷要你厚待他，

　　　　　　　你却是恶言恶语太薄情。

　　　　　　　常听小姐对我说，

　　　　　　　陈家受尽方家恩。

有恩当报是古训，

恩将仇报不该应。

待我急忙上楼去，

告知小姐留方卿。

小姐！小姐！（下）

## 第三场　赠塔

〔幕启。

〔后花园。

〔红云引方卿上。

红　云　快点走，我不高兴送你了，你自己走吧，我啊，要看戏去了。

（将包裹雨伞丢于地上，下）

方　卿　好气人啊。（拾起欲走）

〔彩萍上。

彩　萍　方大爷，方大爷！

方　卿　（回头）哪一个要你叫我方大爷！

彩　萍　方大爷，我是小姐房中的丫头啊！

方　卿　既是陈府，没有好人！

彩　萍　方大爷，我家老夫人待你不好，可是我家小姐，还有小姐房中的丫头我，都是好人哪！

方　卿　既是好人，就请送我出去。

彩　萍　这……

〔陈翠娥内喊："彩萍，彩萍！"上。

彩　萍　方大爷，我家小姐来了。

〔方卿欲走，被彩萍拦住。

陈翠娥　为报方家恩，特来留方卿。表弟！

方　卿　表姐。（施礼）

陈翠娥　表弟，请坐啊！

彩　萍　方大爷，你请坐啊！

〔方卿就座，彩萍取下包裹雨伞。

陈翠娥　不知表弟几时到此地？

方　卿　今日才到。

陈翠娥　既是今日才到，怎么今日就走。莫非有人得罪了你么？

方　卿　没有。

陈翠娥　表弟，你虽不说，愚姐早就知道了。（唱）

　　　　我娘亲庆寿多饮酒三樽，

　　　　望表弟酒言酒语休作真；

　　　　我娘无理得罪你，

　　　　愚姐代娘赔个礼。（施礼）

方　卿　（急扶）表姐，不用如此。（唱）

　　　　姑母责备分内事，

　　　　小辈怎多长辈心。

陈翠娥　（唱）既然表弟你不多心，

　　　　何故立时要动身？

方　卿　（唱）只为母亲在倚门望，

　　　　我早回河南娘放心。

陈翠娥　（唱）若为高堂老娘亲，

　　　　我只要爹爹面前言一声——

　　　　把舅妈接到襄阳来，

　　　　两家并成一家人。

方　卿　（唱）母亲年迈难行程，

　　　　还是我回到坟堂去伴娘亲。

　　　　表姐好意，小弟记在心里，我是急欲要动身了。（起身走）

陈翠娥　表弟，既是表弟执意要走，愚姐也不能强留，待我拿些银子下
　　　　来，送与表弟，以作路费吧。

方　卿　银子么……小弟不要的。

陈翠娥　（思索）如此就请表弟少待。（转身欲下）

方　卿　表姐哪里去？

陈翠娥　待我上楼，拿一包干点心下来。

方　卿　要它何用？

陈翠娥　烦劳表弟带给舅妈。

方　卿　（唱）百步之外无轻担，

路远千里难行程；

我把你一片孝心对娘说，

就算我把点心带到坟堂门。

陈翠娥　（唱）一包点心细小事，

无非是我孝顺舅妈一片心；

带到河南你不肯，

分明是忤逆不孝人。

方　卿　（唱）我被她说得无话讲，

只得答应带点心；

表姐啊，只宜少来不宜多，

请表姐就去取点心。

陈翠娥　如此就请表弟少待，彩萍！

彩　萍　小姐！

陈翠娥　你要侍候了！（下）

彩　萍　是！

〔方卿坐下。

彩　萍　方大爷，你此去河南，路远迢迢，那如何是好？方大爷，（拿出银两）我这里有一锭银子，送与方大爷，以做路费吧。

方　卿　陈府银子我是不要的。

彩　萍　方大爷，这锭银子并非陈府所有，乃是我磕头领赏领来的赏赐银，你若不拿，岂不是把我和老夫人一样看待了吗？

方　卿　这……

彩　萍　拿了，拿了！

方　卿　请问姐姐，姓甚名谁？

彩　萍　小姐房中心腹婢，若问我名蒋彩萍。

方　卿　姑母！（唱）

你枉为方家骨肉亲，

不及丫头小彩萍。

彩　萍　方大爷，你请坐啊！

〔陈翠娥上。

陈翠娥　（唱）我将那珍珠塔一座里面放，

拎在手里还算轻。

表弟带到河南去，

母子二人吃不尽。

彩　萍　方大爷，我家小姐来了。

陈翠娥　表弟。（念）

千里送鹅毛，

礼轻情义重；

点心不值钱，

愚姐一片心。

〔方卿欲接，陈翠娥收回。

陈翠娥　（唱）你拿了这包干点心，

一路之上要当心；

倘然携带不方便，

宁可丢掉包裹雨伞不要紧；

切莫丢掉干点心，

这是我对舅母一片孝顺心。

方　卿　（唱）我代替母亲来谢谢你，

多谢你表姐赠点心；

我将点心带到坟堂屋，

我母亲吃着点心，

就会想起你表姐情。（欲接）

陈翠娥　（手缩回，唱）

你拿了这包干点心，

一路之上要当心；

千年古庙不可宿，

荒村野店莫留停；

日间当它板凳坐，

夜间要当它枕头眠。

方　卿　小弟知道了。（欲接）

陈翠娥　（又缩回，唱）

你拿了这包干点心，

千万千万要当心；

倘然路上腹中饥，

解开包裹吃点心；

四面望望可有人，

不防君子要防小人；

表弟呀，失落点心非小事，

你枉费愚姐一片心。

方　卿　（唱）放三放四她不放手，

一包点心不离身；

正所谓芥菜籽肚肠量气小，

势利母亲偏偏养着小气女钗裙。

（念）有了，表姐。（接唱）

我本当轿不坐来船不乘，

双手捧到河南太平村；

只是这包点心非寻常，

还是隔日请便人带到河南坟堂门。

陈翠娥　（唱）谁知表弟多了心，

他哪知点心之中有点心；

表弟呀，我把点心交给你，

还望你一路之上要当心。（将点心交与方卿）

方　卿　告辞！

陈翠娥　表弟，不知你此去何日再来？

方　卿　（唱）但等方卿头上有功名，

再到襄阳来望表亲。

陈翠娥　表弟呀。（唱）

你无论功名成不成，

切莫要断绝襄阳一脉亲。

方　卿　告辞！

陈翠娥　彩萍！

　彩　萍　小姐！

陈翠娥　送方大爷出园。

彩　萍　是!

陈翠娥　表弟,你要当心了。

彩　萍　方大爷,随我来吧。


〔幕前。

陈培德　(唱)侄儿后堂去已久,

　　　　　　还不前来却为何。

　　　　　　他们是姑侄相会话儿多,

　　　　　　却不知酒席将罢客难留。

〔王本上。

王　本　老爷!老爷!大事不好!

陈培德　王本何事惊慌!

王　本　小主大爷被老夫人气走了!

陈培德　王本,小主大爷他走了多久?

王　本　才走不久!

陈培德　王本备马!老不贤呀老不贤!(唱)

　　　　　　方家是妻骨肉亲,

　　　　　　方家是夫的大恩人。

　　　　　　想当初方家不嫌夫贫穷,

　　　　　　为什么,妻今豪富就要断恩情。

　　　　也罢!(接唱)

　　　　　　我先将方卿追回来,

　　　　　　然后再与你评理性。

〔幕落。


# 第四场　许婚

〔幕启。

〔九松亭旁。

〔方卿肩背包裹雨伞上。

方　卿　（唱）行来已到九松亭，

　　　　　　　腹中饥饿头发昏；

　　　　　　　不觉两腿已酸软，

　　　　　　　吃点点心养养神。（坐下欲解包裹）

　　　　　　　唉！我饿死不吃陈家食，

　　　　　　　哪怕是龙肝凤肺不动我心。

　　　　〔陈培德内喊："前面行人慢走——"上，王本随上。

方　卿　好像是我家姑爹来了，有了，待我躲避就是。

陈培德　王本，我侄儿人呢？

王　本　老爷，小主大爷躲在九松亭背后。

陈培德　（下马）快快请他出来！

王　本　是！（近前）小主大爷，你快快出来，你家姑爹来了！

方　卿　姑爹！（施礼）

陈培德　侄儿请起，王本！

王　本　在！

陈培德　备马！

王　本　是！

方　卿　哪里去？

陈培德　随我回去！

方　卿　姑母家中不去了。

陈培德　却是为何？

方　卿　我若再去，被姑母笑上加辱。

陈培德　这……（坐下）

王　本　老爷，你要当心，背后无靠啊！

陈培德　呀！（唱）

　　　　　　　侄儿人穷志气刚，

　　　　　　　不由老夫喜胸膛；

　　　　　　　倒不如将女儿配方卿，

　　　　　　　就能够留他在家读文章。

陈培德　有了，侄儿。

　方　卿　姑爹！

陈培德　你既然不肯跟我回去，姑爹我有一件事要与你商议。

方　卿　姑爹何事吩咐？

陈培德　我的女儿你的表姐，陈翠娥么……（唱）

　　　　　她丝罗未结在兰房，

　　　　　配与你侄儿可相当？

方　卿　这……（唱）

　　　　　姑爹休得来轻许，

　　　　　莫叫日后误红妆。

陈培德　（唱）侄儿你错把话来讲，

　　　　　为人穷富有何妨；

　　　　　我定将女儿许配你，

　　　　　不嫌你侄儿家平常。

方　卿　……姑爹，这中间还少个媒人哪！

陈培德　是啊，这媒人呢……（见王本）王本，来来来！你来做媒。

方　卿　姑爹！王本乃是方家旧仆，岂能与旧主为媒！

陈培德　这个……（见凉亭匾额）侄儿，你来看，这是什么？

方　卿　九松亭！

陈培德　这九松亭两旁呢？

方　卿　九棵老松。

陈培德　好哇！（唱）

　　　　　九松亭前把婚许，

　　　　　何须红丝作牵引；

　　　　　天做三代地做盘，

　　　　　九棵松树做媒人。

方　卿　（唱）松树怎能做媒人？

陈培德　（唱）我把古人比你听，

　　　　　红叶题诗为媒证，

　　　　　于佑相配韩夫人，

　　　　　红叶尚能做月老，

　　　　　这松树也能做媒人。

方　卿　姑爹如此好意，我若不允，岂不是固执不通了。姑爹，侄儿应允就是。

陈培德　哈哈……既然答应，快快前来见礼。

王　本　小主大爷，既然答应，快快前去见礼。

方　卿　姑爹大人在上，侄儿方卿……

陈培德　嗯……

王　本　小主大爷，要改称岳父了，快去快去。

方　卿　岳父大人在上，小婿拜见。（现施一礼）

陈培德　贤婿请起。哈哈哈……王本！

王　本　在！

陈培德　备马！

王　本　是！

方　卿　哪里去？

陈培德　随我回去！

方　卿　姑爹家中是不去了！

陈培德　姑爹家中不去，岳父家中你是要去的呀。

方　卿　岳父姓什么？

陈培德　姓陈。

方　卿　姑爹呢？

陈培德　自然也姓陈。

方　卿　那姑爹岳父不是一样的吗？天色不早，侄儿拜别了。

陈培德　贤婿你，你你你……一路保重！

王　本　小……小主大爷呀！（目送方卿下）

方　卿　老总管！（慢慢下场）

王　本　老爷，小主大爷走远了，看不见了，我们还是回去吧！

陈培德　老不贤呀老不贤，我回到家中，定不与你甘休。

〔幕落。


〔幕前。

邱六乔　（唱）黄州道上人人晓，

　　　　　　　我名就叫邱六乔。

　　　　　　　近日里时运不好场场输，

只得学着做强盗。

适才南柯得一梦，

梦见庙外飞来一只蛮大蛮大个大元宝。

忽听人喊捉强盗，

醒来元宝不见了。

〔方卿内喊："走啊！"

**邱六乔** 忽听黄州道上有人声，莫非真的有人，给我送大元宝来了，待我闪过一旁看来。

## 第五场　劫塔

〔幕启。

〔雪郊。

〔方卿肩背包裹雨伞上。

**方　卿**（唱）一夜工夫大雪飘，

漫天风雪路难跑；

耳边一阵狂风起，

好比猛虎一声啸。

〔一阵寒风，方卿滑跌，点心落地。收入点心，发现木匣，取出。

**方　卿**（惊喜）珍珠塔！（唱）

一见珠塔心惊喜，

不由方卿泪滔滔。

表姐，

昨日花园我错怪你，

只怪我心错意乱少礼貌；

你一片真诚把珠塔赠，

我反怪你为人量气小；

你待方家情义厚，

险些儿我错把深情往海底抛。

（念）姑母！（唱）

你骨肉之情无半点，

害得我饥寒孤苦在今朝；（迎面又一阵寒风）

我手……手已僵，

我足……足已麻，

浑身冰冷力已消，

茫茫关山千里遥，

这样岂能把河南到。

行来已到黑松林……

〔邱六乔潜上。

**邱六乔** 呔，哪里走！

**方　卿** 啊呀！

〔邱六乔追上，方卿逃，被邱六乔踢倒在地。

**方　卿** （接唱）求好汉高抬贵手把我饶。

**邱六乔** 留下买路钱来！

**方　卿** 我是一个贫寒之人，哪里来的买路钱？（急藏珠塔）

**邱六乔** 你这包裹里面乃是什么？

**方　卿** 乃是一包干点心。

**邱六乔** 难道要我亲自动手不成？

**方　卿** 何劳英雄亲自动手，待我打开给你观看就是。（起身便逃）

〔邱六乔追。方卿上桥一滑跌倒，邱六乔上桥头把方卿一脚踢倒，方卿昏于地上，被劫去珠塔。

**方　卿** （渐次苏醒，唱）

一跤跌得魂魄消，

珍珠宝塔劫去了；

骂声强盗你太强暴，

我好比深山白兔遇虎豹；

枉费表姐心一片，

苦死坟堂老年高。

娘啊，恐怕今生难见面，

三更梦魂会年高。

〔幕落。

## 第六场　哭塔　造信

〔幕启。

〔绣楼。

〔陈翠娥立窗前向外凝视。

陈翠娥　（唱）我爹爹白马追往九松亭，

把我的终身许方卿；

未知他一路之上可安好，

但愿他太平人早返太平村。

彩　萍　小姐，老爷上楼来了。

〔陈培德上。

陈翠娥　见过爹爹。（施礼）

陈培德　女儿罢了，哈哈哈……

陈翠娥　爹爹！今日上楼因何如此欢悦？

陈培德　女儿啊！（唱）

今日为父到店堂，

见一位长大汉子把塔当；

我看此物很奇怪，

与我家的珠塔无两样；

欲想将它买下来，

不知能否配成双。

陈翠娥　爹爹，此物现在何处？

陈培德　女儿，拿去看来。（递珍珠塔）

陈翠娥　待儿看来，哎呀！（昏厥）

陈培德　女儿，女儿！

彩　萍　小姐，小姐！

陈翠娥　（渐次苏醒，唱）

一见珠塔痛断肠，

晴天霹雳当头打；

珠塔呀，你怎会落入旁人手，

表弟一定遭灾殃。

陈培德　女儿，你见了珠塔，为何哭得死去活来？

陈翠娥　爹爹，这座珠塔，原是我家之物，是表弟动身之时，我……我赠给他的。

陈培德　啊！如此说来，你害了他了。

陈翠娥　不知表弟生死如何？

陈培德　也罢，待为父将那汉子送至官衙，再命王本前去河南打听方卿儿的下落。彩萍！好好伺候小姐。

彩　萍　是！

陈翠娥　（唱）表弟呀，你千里迢迢来投亲，

实指望母子有靠得安生；

谁知道母亲势利冷淡你，

逼得你数九寒天离陈府门；

我为报方家一片恩，

因此上推托点心把珠塔赠；

谁知为好反成恶，

害你半途遇强人；

表弟呀，方门只有你单丁子，

你叫那白发老娘去靠何人；

你若有个长和短，

翠娥终身孤伶仃。

珠塔呀，你若随表弟返乡井，

翠娥心中也安宁；

你重返翠娥绣楼中，

反叫我咬碎银牙珠泪滚；

一阵相思一阵酸，

珠塔呀，今日我与你有切齿恨。

表弟！（昏厥）

彩　萍　小姐，小姐！

陈培德　（唱）王本下书已半载，

直到如今未回来；

女儿病体十分重，

怎不叫我愁满怀。

〔王本上。

王　本　老爷！

陈培德　王本，你回来了？

王　本　我回来了！

陈培德　此去河南可曾见到小主大爷？

王　本　没有。

陈培德　轻声！王本你待怎讲？

王　本　不但方大爷不在坟堂，就连方老夫人也到襄阳寻子来了。

陈培德　（急制止）哎呀，这不幸的消息若让女儿知道，岂不要病上加

　　　　病，性命难保？（思索）有了，待我假造书信一封。

王　本　假造书信？

陈培德　假造书信一封，暂且瞒过于她。

王　本　这个……

陈培德　王本，少待上得楼去，见了小姐，你可要见机行事。

王　本　老奴知道了。

陈培德　随我来。（与王本下）

　　　　〔绣楼。彩萍端药上。

　　　　〔陈培德上。

陈培德　彩萍，彩萍？

彩　萍　见过老爷。（施礼）

陈培德　罢了，彩萍！小姐的病体怎么样了？

彩　萍　老爷，王本老伯伯怎么还不回来呢？

陈培德　是啊，王本怎么还不回来呢？

　　　　〔王本内声："彩萍，彩萍姐——"上。

彩　萍　哎！王本老伯伯你回来了。

王　本　回来了，老爷可在楼上？

彩　萍　在，在楼上呢。老爷，王本老伯伯回来了。

陈培德　王本回来了，快叫王本上楼来。

彩　萍　王本老伯伯，老爷叫你快上楼来。

〔陈翠娥内声："彩萍，彩萍——"上。

陈培德　彩萍，小姐在唤你！

彩　萍　来了，来了。

陈翠娥　见过爹爹。（施礼）

陈培德　女儿罢了。

王　本　见过老爷、小姐。

陈培德　王本，你回来了？

王　本　回来了。

陈培德　此去河南，可曾见到小主大爷啊？

王　本　见到了，方大爷在坟堂用功勤读！母子二人好得很哪！

陈培德　好得很、好得很哪！王本，我方侄儿可有什么东西叫你带来呀？

王　本　这个！

陈培德　那个！

王　本　噢！有书信一封！

陈培德　拿来我看！

王　本　慢！老奴临走之时，方大爷千叮万嘱，要老奴将此信交与小姐亲拆。

陈培德　如此，女儿拿去看来。

陈翠娥　爹爹看吧！

陈培德　还是女儿看吧！

陈翠娥　不不不，还是爹爹看吧！

陈培德　这信封上面明明写的是表姐亲拆，我看还是女儿……

彩　萍　（抢过）老爷！小姐！老爷让你看你就看吧，看吧看吧！

陈翠娥　（拆，念）

　　　　"表姐！

　　　　自从黄州遇盗，

　　　　一路平安返乡；

　　　　母子相依为命，

　　　　日夜苦守坟堂；

　　　　表姐不必挂念，

　　　　身体须要保养；

但等功名成就，

一定登门拜访。"

彩　萍　小姐，可还有了？

陈翠娥　表弟方卿亲启。

彩　萍　小姐，你再仔仔细细看看，可还有了？

陈翠娥　没有了。

彩　萍　真的没有了？

陈翠娥　真的没有了。

彩　萍　（哭泣）好，方大爷你真没有良心，我赠你一锭银子，你连信上也不带我一笔。（欲哭）

陈翠娥　彩萍你不要哭啊，这里还有一行小字。

彩　萍　在哪里?!

陈翠娥　（避开）我来念给你听。"彩萍姐姐，你赠方卿一锭银，日后一定报你恩。"

彩　萍　真的吗？

陈翠娥　喏！不是在这里吗？

　　　　〔彩萍欢呼。

陈培德　女儿的病怎么样了？

彩　萍　老爷，小姐的病啊……好了！

陈翠娥　呀啐！

　　　　〔众笑。

彩　萍　小姐，小姐！

　　　　〔幕落。

## 第七场　庵会

　　　　〔幕启。

　　　　〔白云庵堂。

　　　　〔方母上。

方　母　（唱）自从寻子到襄阳，

闻人传说我心伤；

说我儿方卿到陈府，

被姑母一场羞辱赶出门墙；

在黄州道上遇强人，

生生死死实难详；

老身痛子不欲生，

蒙师太相救到庵堂；

庵堂清静我不静，

思念我儿痛断肠。（哭泣）

儿啊！

〔师太上。

师　太　妈妈！

方　母　师太！

师　太　妈妈，适才命你将前后大殿、左右偏殿打扫干净，你打扫好了没有啊？

方　母　早已打扫完毕。

师　太　告诉你啊，今天有御史千金前来烧香，你要小心一点。

方　母　不知哪家御史千金？

师　太　这襄阳城里就只有一个陈御史呀。

〔王本内喊："御史千金到——"

师　太　妈妈，快去准备香茶！（对内）小徒弟，撞钟击鼓！待我出接。

〔彩萍搀扶陈翠娥上。

陈翠娥　（拈香，唱）

为见珠塔病在床，

今日痊愈来烧香；

但愿苍天多保佑，

愿表弟早日得中到襄阳。

师　太　妈妈端香茶来。

方　母　是！

师　太　你快一点呀。

〔方母失手摔了茶盘。

陈翠娥　当家师太不用责怪。

| 师　太 | 还不快去谢过小姐。 |
|---|---|
| 方　母 | 谢过小姐。 |
| 陈翠娥 | 妈妈不用害怕，抬起头来。当家师，这位妈妈我怎么以前从未见过？ |
| 师　太 | 是我在路上把她救回来的。 |
| 陈翠娥 | 请问妈妈你是哪里人氏？ |
| 方　母 | 老身乃河南人氏。 |
| 陈翠娥 | 河南么……妈妈你请坐啊。（唱）<br>　　　　你家住在哪一县？ |
| 方　母 | 开封祥符。 |
| 陈翠娥 | （唱）因何故千里迢迢到襄阳？ |
| 方　母 | 寻儿到此。 |
| 陈翠娥 | （唱）可曾寻到令公子？ |
| 方　母 | 无有下落。 |
| 陈翠娥 | （唱）常言道吉人天相莫忧伤。 |
| 方　母 | 多谢小姐关切。 |
| 陈翠娥 | （唱）襄阳可有亲和戚？ |
| 方　母 | 无有亲戚。 |
| 陈翠娥 | （唱）庵中久居也无妨。 |
| 方　母 | 多谢小姐好心，老身我即日就要回去的！ |
| 陈翠娥 | （唱）既然你要回河南去，<br>　　　　我赠你银子五十两。<br>　　　　相托带封平安信，<br>　　　　送往祥符太平庄。 |
| 方　母 | 不知哪家府上？ |
| 陈翠娥 | 方相国府上。 |
| 方　母 | 方相国！ |
| 陈翠娥 | 妈妈你知道么？ |
| 方　母 | 不，噢，方家乃是大族，岂有不闻之理。 |
| 陈翠娥 | 如此就请妈妈讲来，那方家近况如何？ |
| 方　母 | 那方家么？（唱） |

老夫人在坟堂难度晨昏，

命孤儿到襄阳陈府投亲，

又谁知他被姑母逐出府门。

陈翠娥　那方大爷现在在坟堂可好?

方　母　(唱) 到如今已一载渺无音讯。

陈翠娥　那方老夫人呢?

方　母　(唱) 年迈人盼儿归望眼欲穿，

因此上离河南将儿找寻。

陈翠娥　(唱) 因何我提到方家事，

她泪流满面多伤心;

妈妈呀，

莫非你与方家是近亲，

莫非你就是方家人。

方　母　不!(唱) 一无亲，二无故，

不过是方家的遭遇像老身。

陈翠娥　(唱) 越思越想越疑心，

她莫非就是我舅妈老大人。

彩萍!

彩　萍　小姐。

陈翠娥　附耳过来。

彩　萍　是!

师　太　小姐，我与你上香吧。

陈翠娥　不用。

〔王本上，见方母。

王　本　你……你不是方老夫人吗?

方　母　不……你……认错人了。

陈翠娥　舅妈……

王　本　老夫人!

陈翠娥　舅妈呀!

方　母　外甥女!

陈翠娥　(唱) 庵堂相见亲舅妈，

怎不叫人痛在心。

王本，你做的好事。

| 王　本 | 老奴该死！ |

| 陈翠娥 | 还不速速备轿，接舅妈回府。 |

| 王　本 | 是！ |

| 方　母 | 且慢，既然我儿不在你府中，我去也无益。 |

| 陈翠娥 | 舅妈！ |

| 方　母 | 我心意已决！ |

| 陈翠娥 | 既如此，就请舅妈暂居庵中。待我回去禀告爹爹知道，再接舅妈回府。 |

| 师　太 | 小姐，请用素斋。 |

| 陈翠娥 | 当家师，从今后，你要好生相待。舅妈啊！ |

| 方　母 | 外甥女！ |

　　〔幕落。


　　〔幕前。

　　〔陈翠娥闷闷不乐上。

　　〔彩萍奔上。

| 彩　萍 | 小姐！小姐！ |

| 陈翠娥 | 彩萍何事？ |

| 彩　萍 | 恭喜小姐，贺喜小姐，恭喜小姐！（将花送往陈翠娥手） |

| 陈翠娥 | 喜从何来？ |

| 彩　萍 | 方才我到花园里采花，碰见陈福陈寿，他们要我告诉你，唔，他来了！ |

| 陈翠娥 | 他……他是谁呀？ |

| 彩　萍 | 他么就是他呀！ |

| 陈翠娥 | 死丫头，究竟是哪一个呀？ |

| 彩　萍 | 小姐呀！（唱） |

　　　　　三年前老爷寿来拜，

　　　　　千里迢迢来了他；

　　　　　衣衫褴褛人难见，

到兰云堂上去见太太；

谁知太太羞辱他，

冷言冷语赶走他；

小姐在花园会见他，

珍珠宝塔赠给他；

老爷白马追赶他，

把你的终身许配他；

初打寿堂为了他，

二打寿堂也为他；

老夫妻不和也为他，

墙门紧闭都为他；

王本天涯寻访他，

老夫人在庵中等待他；

小姐你哭塔哭的他，

终日闺中思念他；

说起他，话起他，

谁知今朝来了他；

小姐你快把楼来下，

速往前堂去相见他；

看看他，望望他，

问问他，说说他来劝劝他，

免得太太得罪他，再赶走他。

陈翠娥　（唱）你横也他来竖也他，

彩　萍　（唱）是他是他就是他。

陈翠娥　真的来了么？

彩　萍　真的来了！

陈翠娥　彩萍速速带路！

彩　萍　是！

　　　　〔幕落。

## 第八场 羞姑

〔幕启。

〔兰云堂。

〔红云上。

红　云　老夫人，老夫人。

〔方朵花上。

方朵花　何事大惊小怪？

红　云　老夫人，方大爷来了。

方朵花　胡说。

红　云　真的，快要到兰云堂了。

方朵花　真的么？他比起三年前怎么样？

红　云　大不相同。

方朵花　做了官了？

红　云　做了官了。

方朵花　（一惊）哎呀！我要顶香盘了。

红　云　老夫人你不要急，你知道他做的什么官呀？

方朵花　什么官呀？

红　云　喏，头戴道帽，身穿道袍，手拿一只毛竹筒。

方朵花　什么毛竹筒？

红　云　咚咚嚓，咚咚嚓！

方朵花　原来是唱道情的。

红　云　是呀，唱道情的。

方朵花　我知道他是不会做官的。

方　卿　红云！

红　云　老夫人，他来了！

方朵花　去叫他进来。

红　云　是！（欲走）

方朵花　慢！说我有请！

红　云　晓得。方大爷，我家老夫人说有请。

〔方卿上。

方　卿　（唱）三年前受辱在兰云堂，

　　　　　　　幸至江西读文章；

　　　　　　　进京应试中魁元，

　　　　　　　官封巡按出朝纲；

　　　　　　　河南不见生身母，

　　　　　　　专程寻母到襄阳；

　　　　　　　拜见姑爹慰红妆，

　　　　　　　兰云堂上试姑娘；

　　　　　　　如若姑母变了样，

　　　　　　　往事勾销不必讲；

　　　　　　　若姑母仍旧不变势利心，

　　　　　　　莫怪我反唇相讥去羞一场。

红　云　快走呀。

方　卿　带路。

红　云　（鄙视地）哼！

方　卿　姑母大人在上，不孝侄儿方卿拜见姑母。

方朵花　你是侄儿方卿吗？

方　卿　正是小侄。

方朵花　如此请坐啊。

方　卿　姑母大人在此，哪有小侄的座位。

方朵花　不必客气，要坐请便。

方　卿　谢座！

方朵花　红云！

红　云　老夫人！

方朵花　快去给我把香盘拿来。

方　卿　姑母，做什么？

方朵花　你忘了吗？三年前你在兰云堂上不是说过，有官再到襄阳，无官不见姑娘，那么今日到此，想必一定是做了官了，姑母我应该顶香盘了。

　方　卿　侄儿没有做官。

方朵花　我知道你是不会做官的。

方　卿　怎见得？

方朵花　我会看相的呀！

方　卿　姑母，那你看看我能不能做官？

方朵花　好啊！（唱）

> 我把你从头看到脚跟梢，
>
> 看得你浑身上下全不好；
>
> 你是蚱蜢头皮尖又小，
>
> 怎样好戴乌纱帽；
>
> 最小的纱帽也戴不牢，
>
> 只好戴只破凉帽。

方　卿　（唱）娘说我头儿圆圆生得好，

> 一定要戴乌纱帽；
>
> 戴了纱帽还嫌小，
>
> 脱了纱帽换相雕。

方朵花　（唱）你是狗的背皮蛇的腰，

> 怎样好穿大红袍；
>
> 只好穿件破棉袄，
>
> 腰里系根烂稻草。

方　卿　（唱）娘说我虎背熊腰生得好，

> 一定要穿大红袍；
>
> 脱了红袍换紫袍，
>
> 腰束金镶白玉御骨套。

方朵花　（唱）你是丹阳驴子脚不好，

> 怎样好穿粉底皂；
>
> 只好草鞋一双脚上套，
>
> 手捧渔筒满街跑。

方　卿　（唱）娘说我三世修来一双罗汉脚，

> 一定要穿粉底皂；
>
> 御道街前七道、后七道，
>
> 开锣喝道真光耀；

金銮殿进进出出出出进进，

摇摇摆摆摆摆摇摇见当朝。

**方朵花** 你不要做梦了，我们方家出了你这个唱道情的末代子孙，真有面子。

**方　卿** 姑母！（唱）

你莫要小看唱道情，

唱道情真像活仙人；

吃鲜鲜，穿鲜鲜，

走遍天下劝世人；

五湖四海到处走，

我上过南京到北京。

**方朵花** 红云啊，莫非他真的做了官了？

**红　云** 老夫人！（唱）

他口气越说越是大，

全是一套江湖经。

**方朵花** 侄儿，你北京也去过了？

**方　卿** 姑母！（唱）

有一天我道情唱到北京城，

皇后娘娘身有病；

忧忧郁郁心中闷，

一心要想听道情；

皇榜高挂午朝门，

说道是啥人唱好皇后病，

有官官上再加官，

无官平地坐衙门；

若然不要高官做，

赏赐他千两黄金万两银。

**方朵花** 那么你去唱了没有啊？

**方　卿** 唱了。

**方朵花** 怎么样啊？

**方　卿** （唱）我把那三曲道情来唱完，

　　　　　皇后毛病褪干净；

　　　　　万岁看见笑盈盈，

　　　　　御手相搀叫爱卿。

**方朵花**　侄儿啊，你既然唱好了皇后娘娘的毛病，想必一定做了官了。

**方　卿**　侄儿没有做官。

**方朵花**　却是为何？

**方　卿**　为你姑母。

**方朵花**　为我何来？

**方　卿**　（唱）三载前在兰云堂，

　　　　　你说我生就讨饭命，

　　　　　方卿若把高官做，

　　　　　害姑母头顶香盘十八斤，

　　　　　三步一拜接方卿。

**方朵花**　侄儿啊！你既然官不要做，黄金总拿到了吧？

**方　卿**　侄儿没有要。

**方朵花**　却是为何？

**方　卿**　为你姑母。

**方朵花**　怎么又是为了我啊？

**方　卿**　三载前你不是在这兰云堂上说过的吗？（唱）

　　　　　陈家门上千年富，

　　　　　方家门上万年贫；

　　　　　我若拿千两黄金做发财人，

　　　　　害得你姑母讲话不作真。

**方朵花**　（心有不甘）侄儿啊，常言道无功不受禄，受禄必有功。你既然唱好了皇后娘娘的毛病，官不要做黄金也不拿，那么就这样算了吗？

**方　卿**　有啊！（唱）

　　　　　万岁问我要点啥，

　　　　　我说欢喜唱道情；

　　　　　万岁道既然你欢喜唱道情，

　　　　　我封你七省……

方朵花　七省巡按?

方　卿　喏!(唱)

　　　　封我是七省地方唱道情!

方朵花　侄儿,你是奉旨七省唱道情,真是脸上装金,面子不小。皇后娘
　　　　娘听了你的道情,毛病都听好了。今天姑母么,想沾沾侄儿的
　　　　光,也想请你唱一曲,不知侄儿可肯啊?

方　卿　(唱)姑母要听我唱道情,

　　　　　　先问姑母有啥毛病?

方朵花　有呀!(唱)

　　　　　　三年前只为侄儿上我门,

　　　　　　我夫妻争吵到如今;

　　　　　　害得我头里有点昏沉沉,

　　　　　　心里发痛有毛病;

　　　　　　侄儿你若能唱好姑母病,

　　　　　　为姑母赠你几两雪花银。

方　卿　(唱)我若唱好姑母病,

　　　　　　不要你的雪花银,

　　　　　　我只要冷言冷语,坐一张冷板凳,

　　　　　　方侄儿已经蛮高兴。

方朵花　你愿唱则唱,不愿唱也就算了!

方　卿　姑母大人要听,侄儿敢不从命,不知姑母爱听什么?

方朵花　那你都会唱些什么?

方　卿　我唱的都是忠孝节义、劝人为善。

方朵花　啊呀呀……姑母我就是欢喜听劝人为善。

方　卿　姑母,你也喜欢听劝人为善?

方朵花　是啊!

方　卿　如此请听!

方朵花　那么你就唱啊!

方　卿　(敲动渔鼓)这渔鼓一敲呀,可以提醒世间名利客,这简板一响
　　　　呀,可以唤醒四海梦中人。

　方朵花　像了,像了。

方　卿　（唱）十指尖尖有长短，

深山树木有高低；

叹人生，势利亲，

亲骨肉，当浮萍；

欺贫爱富看人轻，

穷在街坊无人晓，

富在深山有远亲，

势利小人实可恨；

雪中送炭真君子，

锦上添花滥小人。

方朵花　这一段有些不好听。

方　卿　姑母，还有好听的呀。

方朵花　那么你再唱啊！

方　卿　请听！（唱）

列国年有一个小苏秦，

身贫苦，求功名；

初次不第转门庭，

父不认子兄不认弟，

嫂不认叔妻不认夫，

全家人把他来看轻；

苏秦胸怀有大志，

名不惊人不灰心，

到后来六国封相出皇城；

不贤嫂，香盘顶，

十里亭跪接小苏秦。

方朵花　方卿！（唱）

你把姑母比作苏秦嫂，

道情之中有辱骂声；

既然你是小苏秦，

何不腰悬金印上我门？

红云，请他出去。

| 红云 | 是，快点走。 |
|---|---|
| | 〔陈培德上。 |
| 陈培德 | 慢！老不贤，你太放肆！ |
| 方朵花 | 老爷你来得正好，你快来看看，你当初一马追到九松亭，面许婚姻的好女婿。 |
| 陈培德 | 可笑你啊，牛眼只识稻草。 |
| 方朵花 | 是呀，我是牛眼，牛眼只识稻草，你是龙眼，龙眼识珠，识到这样一个女婿，唱道情的女婿，如今女婿唱道情，女儿也要去做道情婆了，你也可以帮他们在后面去凑凑铜钱了。 |
| 陈培德 | 哼！ |
| 方朵花 | 哼！（下） |
| 方　卿 | 侄儿方卿拜见姑爹！（施礼） |
| 陈培德 | 侄儿罢了。哈哈…… |
| | 〔彩萍："小姐，走好呀！"上，陈翠娥上。 |
| 陈翠娥 | 见过爹爹。（施礼） |
| 陈培德 | 女儿罢了，上前见礼。 |
| 陈翠娥 | （拉彩萍）彩萍，三年前我与他表姐弟相称，如今叫我怎样称呼呢？ |
| 彩　萍 | 哎呀小姐，你糊里糊涂见过一礼么也就算了。 |
| 陈翠娥 | 见过一礼。 |
| 方　卿 | 还过一礼。 |
| 彩　萍 | （见陈翠娥、方卿站着）老爷，你坐在那里，脚可酸呀？ |
| 陈培德 | 噢！侄儿请坐，女儿同坐。 |
| | 〔大家坐定默不作声。 |
| 彩　萍 | 老爷，（做手势示意）今天我到花园里去看见一桩稀奇事。 |
| 陈培德 | 什么稀奇事？ |
| 彩　萍 | 东边树上站着一只黄雀，西边树上站着一只麻雀，黄雀麻雀喊喊喊喳喳喳，叫得真好听啊，突然飞来一只猫头鹰，往当中一站，吓得麻雀黄雀叫都不敢叫，响都不敢响了！ |
| 陈培德 | 死丫头！侄儿，少陪了。（下） |
| 方　卿 | 送姑爹！ |
| 陈翠娥 | 送爹爹！ |

〔片刻，陈培德内喊："彩萍！"

彩　萍　哎，来了，来了！（下）

方　卿　表姐！

陈翠娥　表弟！（唱）

　　　　　　　自从那年分别后，

　　　　　　　闻听你遇盗我痛断肠；

　　　　　　　愚姐再三叮嘱你，

　　　　　　　有官无官要到襄阳；

　　　　　　　谁知你一去三载无音讯，

　　　　　　　害得我……

　　　　　　　害得我家爹爹常盼望；

　　　　　　　三年来你受尽风霜苦，

　　　　　　　只怪我当初留你少主张。

方　卿　（唱）表姐为何这样讲，

　　　　　　　你待方家情意长；

　　　　　　　三年前你推托点心把珠塔赠，

　　　　　　　如今是情更深来意更长；

　　　　　　　三年来我人在他乡心在此，

　　　　　　　深深怀念好……好襄阳。

陈翠娥　（唱）襄阳虽好是襄阳，

　　　　　　　还望你长留襄阳读文章，

　　　　　　　今与你把舅妈接到我家来。

方　卿　（唱）不知母亲身落在何方？

陈翠娥　（唱）舅妈寻你早到此，

　　　　　　　现居城东白云庵堂。

方　卿　（唱）辞别表姐庵中去。

陈翠娥　表弟！（唱）

　　　　　　　愚姐陪你一同前往。

　　　　　　　彩萍！

　　　　　〔彩萍上。

彩　萍　小姐。

| 陈翠娥 | 速速备轿接舅妈回府。 |
|---|---|
| 彩　萍 | 是！ |
| | 〔彩萍、方卿、陈翠娥下。 |
| | 〔内锣声，陈培德笑上，方朵花上。 |
| 陈培德 | 哈哈哈……哈哈哈！ |
| 方朵花 | 你笑什么？ |
| 陈培德 | 老不贤我来问你，三年前方侄儿在兰云堂上说了些什么？ |
| 方朵花 | 他说有官再到襄阳，无官不见姑母。 |
| 陈培德 | 那你呢？ |
| 方朵花 | 我说，他若有官来见我，我就头顶香盘三步一拜跪接方卿。 |
| | 〔王本上。 |
| 王　本 | 哈哈哈，老爷，方大爷得中头名状元，封为七省巡按，全副道子开往陈府来了。 |
| 方朵花 | 你讲什么？ |
| 王　本 | 方大爷做了官了。 |
| 陈培德 | 王本！ |
| 王　本 | 在！ |
| 陈培德 | 准备香盘。 |
| 王　本 | 是。（下） |
| 红　云 | 老夫人，快去求求老爷吧！ |
| 方朵花 | 老爷！ |
| 陈培德 | 哼！ |
| 红　云 | 老夫人，你再去求求老爷吧！ |
| 方朵花 | 呵呵……老爷，你真是个龙眼，龙眼识珠，识到这样一个好女婿。稍停方侄儿前来，你要帮我多说几句好话，这香盘么就不要顶了吧。 |
| 陈培德 | 哼！ |
| | 〔王本取香盘上。 |
| 陈培德 | 交给红云！ |
| 王　本 | 拿去！（递给红云） |
| 陈培德 | 王本！ |

王　本　在！

陈培德　吩咐下去打开正门迎接方卿。

王　本　打开正门迎接方大爷！

　　　　〔众内喊："方大人到！"

方朵花　我要顶香盘了！（顶香盘跪接）

　　　　〔众上。陈翠娥扶方母上，陈培德引方卿上。

方　母　（接盘）姑娘！

方朵花　嫂嫂！

方　母　奴才过来，还不与我跪下，小奴才！

　　　　〔方卿跪下。

方　母　（唱）你不像知书达理人，

　　　　　　　你不像吏部之子阁老孙；

　　　　　　　姑母她笑你骂你要你好，

　　　　　　　更何况你是小辈她是尊；

　　　　　　　你有官改扮无官样，

　　　　　　　巧借唱曲辱姑亲；

　　　　　　　一朝得志高官做，

　　　　　　　摇摇摆摆像煞人；

　　　　　　　你这忘本的奴才少教训，

　　　　　　　我恨不得打死你这个小畜生。

方朵花　嫂嫂，你就饶了我吧。

方　母　请姑母教训。

方朵花　侄儿算了，起来吧！

陈培德　侄儿请起，嫂嫂！

方　母　起来！

　　　　〔方卿起身。

陈培德　老不贤我来问你，你还要不要这位唱道情的穷女婿啊？

方朵花　老爷，你就少说两句吧。彩萍！

彩　萍　老夫人！

方朵花　将珍珠宝塔取来。

陈培德　王本，吩咐下去张灯结彩与小姐完婚。

王　本　张灯结彩与小姐完婚。

　　　　〔彩萍取塔交给方朵花。

方朵花　（将塔转交给陈翠娥）女儿作为陪嫁之礼。

陈翠娥　（接塔）多谢母亲。

众　人　（念）一座珠塔来牵引，

　　　　　　　九棵松树做媒人；

　　　　　　　亲上加亲亲更亲，

　　　　　　　两家并成一家人。

——剧　终

《珍珠塔》故事原本于弹词、宝卷，原系清人弹词《九松亭》移植，还为越剧、沪剧等江南地方剧种采用。20世纪50年代初，钱惠荣根据锡剧旧本并参照了弹词脚本整理为锡剧《珍珠塔》，自此《珍珠塔》开始有了定本。1956年参加"无锡市戏曲观摩演出大会"获得剧本一等奖，1959年进京演出，1962年曾由钱惠荣、方树勋再次整理，由香港华文影片公司摄制为锡剧艺术片。

## 作者简介

钱惠荣　（1928—2021），男，江苏无锡人，锡剧编剧，1951年由新闻界转入无锡市文联从事戏曲改革和锡剧剧目整理、创编工作，1956年整理《珍珠塔》，参加创作的《红花曲》拍摄成了戏曲影片，代表作还有《拔兰花》《摘石榴》《扎花灯》《三夫人》等。

梅兰珍　（1927—2012），女，江苏溧阳人，锡剧表演艺术家，是新中国成立以来锡剧界最负盛名的代表性人物，被誉为锡剧的"花腔女高音"，她创造的锡剧"梅派"艺术，是锡剧界代表性流派。主演了《珍珠塔》《孟丽君》《红花曲》《拔兰花》《双推磨》等一批经典剧目。

徐澄宇　（1928—2007），男，浙江青田人，著名作曲家，曾担任锡剧《孟丽君》《玉蜻蜓》《金玉奴》《红花曲》《西厢记》音乐设计，《此恨绵绵》《江姐》《红色的种子》编曲。

倪　松　（1923—2012），原名倪鑫森，男，江苏无锡人，曾任无锡市锡剧团副团长，锡剧研究会成员。

谢　枫　（1921—2014），男，云南昆明人，锡剧导演，1938年起参加抗日歌咏和戏剧演出活动，1944年考入国立剧专，1947年起在镇江文教界做党的地下工作，1958年先后任无锡市锡剧院院长、无锡市文化局副局长。先后执导了《珍珠塔》《孟丽君》《拔兰花》《红花曲》等剧目。

· 上党梆子 ·

# 三关排宴

山西省长治专区人民剧团整理小组

**人　物**　焦光普，杨宗保，穆桂英，萧天佑，萧天佐，韩昌，杨延辉，萧
太后，桃花公主，杨排风，佘太君，军师，宋王，圣旨官，八贤
王，辽兵甲、乙、丙、丁，中军，大太监，太监甲、乙、丙、
丁，八宋兵，校尉甲、乙、丙、丁，朝官甲、乙、丙、丁。

# 第一场

〔幕启。

〔焦光普带辽兵甲、乙抬礼物上。

**焦光普**　（唱）杨元帅见识大智多谋广，

　　　　　　萧国主来和好情通两邦，

　　　　　　造就了和议表三关献上，

　　　　　　再听那众兵丁禀报端详。

**辽兵甲**　禀总管，来到了！

**焦光普**　接马！（下马）

**辽兵甲**　是！

**焦光普**　打座！

**辽兵甲**　是！

**焦光普**　来呀！

**辽兵甲**　在呀！

**焦光普**　要你拿咱家手本，上前说道，就说小邦使臣焦光普奉了国王娘娘
之命，前来押送贡礼。这是手本，与咱家传禀去！

**辽兵甲**　是！

**辽兵乙**　伙计，走回来！

**辽兵甲**　伙计，言讲什么？

**辽兵乙**　你到哪里去？

**辽兵甲**　你没听总管说，叫我去投手本去。

**辽兵乙**　投手本你可懂得南朝的话吗？

辽兵甲　伙计，我是不懂的，你去吧！

辽兵乙　我是越发不懂的，你去吧！

辽兵甲　既然如此，伺候总管就是你了。

辽兵乙　伺候总管算我的。

辽兵甲　投手本，算我的。

辽兵乙　你我两便了吧！

　　　　〔辽兵甲、乙对施一礼。

辽兵甲　（到城门外）哎呀！来在南朝，好一个威风的地方呀！——呔！
　　　　里边有人没有，走出一个来！

　　　　〔中军上。

中　军　嗯！什么人在门外大声呼喊？还不走开！

辽兵甲　慢来。你听咱家告诉你，小邦使臣焦光普奉了国王娘娘之命，前
　　　　来押送贡礼。这是手本，要你与咱家传禀传禀！

中　军　啊！什么人在此大声喊叫？门上的！拿个打狗棍打出他去！

辽兵甲　慢来，慢来！（回）

辽兵乙　伙计，怎么样来？

辽兵甲　伙计，你看那个五道神样子！

辽兵乙　什么叫五道神样子？

辽兵甲　是我上前说道：小邦使臣焦光普，奉了国王娘娘之命，前来押送
　　　　贡礼。这是手本，要你与咱家传禀传禀！

辽兵乙　说得不错呀！

辽兵甲　伙计，你听他说什么来？

辽兵乙　他说啥来？

辽兵甲　他说：门上的！拿个打狗棍打出他去！

辽兵乙　伙计，打你呀？

辽兵甲　伙计，打我与打你一个样！

辽兵乙　南朝不懂咱的话，回禀总管就是了。

辽兵甲乙　禀总管：南朝不懂咱的话。

焦光普　站过！（向前，到城门外）总管请来！咱家告诉你说：小邦使臣
　　　　焦光普，奉了国王娘娘之命，前来押送贡礼。这是手本，要你与

咱家传禀传禀！（递帖）

中　军　怎说，你就是使臣焦光普？

焦光普　是咱家。

中　军　咱家失认了。

焦光普　好说了。

中　军　门上的！与焦总管倒茶！

焦光普　咱家谢过了。

　　　　〔辽兵甲、乙与焦光普下。

中　军　有请元帅。

　　　　〔杨宗保上。

杨宗保　（念）壮志冲霄汉，文章射斗牛！——何事？

中　军　焦总管有帖来拜。（递帖）

杨宗保　怎说，他也来了？

中　军　正是。

杨宗保　传外有请！

中　军　有请焦总管！（暗下）

　　　　〔焦光普上。焦光普、杨宗保同施礼，入内。

焦光普　自从元帅镇守三关，咱家少来恭贺，转上受咱家一拜。

杨宗保　不敢当！

焦光普　理当！

杨宗保　焦叔父一来和国有功，二来大恩未报，转上受小侄一拜。

焦光普　不敢当！

杨宗保　理当！请坐！

　　　　〔焦光普、杨宗保对坐。

杨宗保　焦叔父到来为何？

焦光普　萧银宗有和国之意，这是礼单，望元帅收存！（递礼单）

杨宗保　（看礼单）若说和国，也还可说，若说礼单，小侄断断不敢收也。

焦光普　元帅，就为此礼呵！（唱）

　　　　　　一来是进贡年将表纳上，

　　　　　　二来是拜太君理所应当。

　　　　　　到来年同回朝骨肉重聚，

举家人再团圆齐享安康。

**杨宗保**　（唱）一来是咱的主洪福甚大，

二来是焦叔父巧口说成。

到今日两国间干戈不动，

普天下众黎民同享太平。

焦叔父，请至后帐。

**焦光普**　请！

〔焦光普、杨宗保同下。

第二场

〔四辽兵、萧天佑、萧天佐、韩昌、杨延辉、桃花公主、萧太后同上。

〔牌子。

**萧太后**　众卿！孤王此番和国，好不顺气也！

**众辽将**　国主！兵家胜败，乃是常情，再休发此愁闷。

**萧太后**　孤不为萧邦地界，实不肯屈膝于人。吩咐他们排驾！

**众辽将**　排驾！

〔牌子。萧太后众人圆场。

〔焦光普上。

**焦光普**　小臣焦光普接驾！

**萧太后**　免接！

**焦光普**　多谢！

**萧太后**　焦头目，孤王驾临三关，怎样不见宋将、佘太君出关迎接孤家？

**焦光普**　上禀千岁，佘太君与杨宗保命小臣前来上复千岁，一来关内城池窄小，二来两国言语不通，两国军兵，到在一处，反而不美吧！

**萧太后**　你们大家看，军士不进城去，使得使不得？

**杨延辉**　宋将以礼相迎，料然无事，就命三军关外扎营，免得啰唣！

**萧太后**　只恐他们其中有什么歹意！

**众辽将**　国主看眼色行事便了。

**焦光普**　上禀国主，慢说是木易驸马敢保无事，就是小臣也敢保平安无事。况且宋将都是文恭礼到，同在关外接驾呢！

萧太后　既然如此，吩咐他们关外扎下营盘，不要高声啰唣！

萧天佐　下面听者，太后有令，就在此地扎营，不要高声啰唣！

〔四辽兵应声下。

萧太后　焦头目，头前带路。

焦光普　小臣领命。（下）

萧太后　国舅、驸马、韩元帅，小心保驾！（唱）

　　　　　孤王和邦有一比，

　　　　　打败的鹌鹑斗败的鸡！

　　　　　酒席宴前加仔细，

　　　　　提防南朝用机宜。

　　　　　虽然是两国成和议，

　　　　　明枪好躲暗难提。

　　　　　木易保驾莫远离，

　　　　　保驾平安无事回！

　　　　　众卿与孤把驾起，

　　　　　见了太君礼貌齐。

〔四宋兵、焦光普、杨宗保、穆桂英、佘太君上。

佘太君　国王你上关来了！

萧太后　老太君你出关来了！

佘太君　国王上关，请来头行！

萧太后　还是老太君请来头行！

佘太君　既然不肯，你我并行了吧！

萧太后　并行者不恭！

佘太君　恭得！

萧太后　怎说恭得？

佘太君　好哇！哈哈哈！宗保照客！

〔吹过门。佘太君、萧太后互让，萧太后先下。佘太君暗示穆
　　桂英，下。穆桂英迎公主同下。杨宗保迎萧天佐、萧天佑、韩
　　昌，送三人下。杨宗保迎杨延辉，跪；杨延辉以袖遮面，下。
　　杨宗保下。

〔中军上。杨宗保引萧天佐、萧天佑、韩昌、杨延辉同上。穆桂英引公主上。佘太君引萧太后上。

萧太后　老太君请上，受孤一拜！

佘太君　老身不敢当！

萧太后　理当！

佘太君　不敢当！

萧太后　如此孤家撒懒了！

佘太君　好说了！国王乃一邦之主，圣明之君，今日驾临三关，实深荣幸，转上受老身一拜！

萧太后　孤家不敢当！

佘太君　理当！

萧太后　不敢当！

佘太君　如此，老身撒懒了！既然不肯，宗保、桂英，拜见国王！

〔杨宗保、穆桂英同拜萧太后。

萧太后　驸马、皇儿，拜见太君！

〔杨延辉、公主同拜佘太君。

佘太君　宗保，国王随驾将军，各宫都有酒宴。所有未进关的将士兵丁，老身赐下羊羔美酒，着焦光普按名儿分派！

〔杨宗保让，萧天佐、萧天佑、韩昌、焦光普同下。

萧太后　如此说来，孤先谢宴了！

佘太君　水酒薄宴，怎当一谢！

萧太后　孤家犯了千条罪，还望老太君宽恕！

佘太君　国王，自古庙堂为尊，国土为本，社稷为重，以民为贵。为君者须要开基创业，为臣者须要尽忠报国，此万古之理也。国王要学那舜王行事，莫道我君臣保你寿德无疆，就是上苍也可赐国王福寿绵长，永垂万世的荣耀了哪！哈哈哈！

萧太后　老太君说了一遍，孤家从命了哇！

中　军　宴齐！

佘太君　看酒来，侍我与国王把盏！

萧太后　孤家不敢当！

佘太君　理当！

| 萧太后 | 不敢当！ |
|---|---|
| 佘太君 | 如此老身撒懒了！ |
| 萧太后 | 好说了！ |
| 佘太君 | 宗保、桂英把盏！ |

〔杨宗保、穆桂英与萧太后安杯。

| 佘太君 | 国王请哪！ |
|---|---|
| 萧太后 | 老太君请哪！ |

〔佘太君、萧太后互让。

| 萧太后 | 老太君，此座呀？ |
|---|---|
| 佘太君 | 此座原是国王席位，国王请来上座！ |
| 萧太后 | 还是老太君请来上座！ |
| 佘太君 | 国王既是不肯，待老身扶国王上座！ |
| 萧太后 | 太君既是不肯，太君，你我移席了吧！ |
| 佘太君 | 你我移席则不恭！ |
| 萧太后 | 恭得！ |
| 佘太君 | 怎说恭得！如此好哇！哈哈哈！宗保移席！ |

〔杨宗保移席。

| 萧太后 | 酒来！ |
|---|---|
| 佘太君 | 国王，这是为何？ |
| 萧太后 | 与老太君安杯。 |
| 佘太君 | 老身有何德能，敢劳国王安杯？不敢当。 |
| 萧太后 | 理当。 |
| 佘太君 | 不敢当哪！ |
| 萧太后 | 如此孤家撒懒了！既然不肯，驸马、皇儿与太君安杯。 |

〔杨延辉、公主与佘太君安杯。

〔杨宗保让杨延辉同下。

〔萧太后、佘太君、公主、穆桂英同入座。

| 中 军 | 请上宴！——举杯——照杯！——落堂！ |
|---|---|

〔萧太后、佘太君、公主、穆桂英四人饮酒。

| 佘太君 | 国王请哪！ |
|---|---|
| 萧太后 | 太君请哪！ |

佘太君 （唱）想当年楚汉争江山，

汉高祖即位兵出潼关。

楚项羽鲁莽君常来争战，

那韩信埋伏在九里山前。

到后来天心顺一统归汉，

太平长久四百余年。

至如今南北和万民所愿，

要效仿前朝中古圣先贤。

萧太后 （唱）老太君是福星忠臣良将，

宋王爷有道君福大量宽。

从今后保疆土不敢侵犯，

三载朝五载贡万古流传。

佘太君 （唱）国王亲自掌江山，

好一似前朝的武则天。

萧太后 比不得！

佘太君 比得！哈哈哈……中军，看大杯来！（唱）

中军看过莲花盏，

国王近前听我言。

你我抛却旧恩怨，

表一表当年的事根源。

萧太后 （唱）接过了太君莲花盏，

背过身来谢苍天。

（以酒洒祭）老太君！（接唱）

有何心事请当面，

要请你开金口慢吐玉言！

佘太君 中军退下！

〔中军下。

〔杨延辉暗上，偷听。

佘太君 闻得国王驾前，有一木易驸马，你可知道他是哪里人氏？

萧太后 （失惊）他也是你们大宋人氏。

佘太君 因何失落贵邦，又被招为东床驸马了呢？

萧太后　　老太君，那是当日我家老王，请宋王去赴双龙大会，酒席宴前，被我国所擒，将他拿到银安殿，就要杀他，是他跪在地下，苦苦求生。孤家看他少年英才，不肯伤害他的性命，因此将孤的二女桃花赘于他。孤家只知他姓木名易，并不知他是谁人之后。

佘太君　　国王，你错了，你错了！

萧太后　　孤有何差错？

佘太君　　国王呀！（唱）

　　　　　　　　你不知江水深和浅，

　　　　　　　　被他瞒哄十余年。

　　　　　　　　若问冤家真名姓。

萧太后　　啊太君，他是哪个？

佘太君　　（唱）他是我四子亲生男。

萧太后　　老太君，他是你四郎儿子么？

佘太君　　他是我的四郎儿子。

萧太后　　他当真是你四郎儿子？

佘太君　　怎敢瞒哄国王！

萧太后　　啊皇儿，是真是假，还不从实讲来！

公　　主　　（唱）驸马木易是杨家后，

　　　　　　　　好比孤雁失了群！

萧太后　　为何不早讲？

公　　主　　（唱）非是孩儿不早讲，

　　　　　　　　恐怕母后起疑心！

萧太后　　他为何改名换姓呢？

公　　主　　（唱）驸马改了名和姓，

　　　　　　　　他当年错打定盘星！

萧太后　　为何瞒哄为娘？

公　　主　　（唱）千言万语说不尽，

　　　　　　　　到今日狂风吹散满天云！

萧太后　　啊！我把你这奴才，你夫妻通通作弊，瞒哄孤家！这不气……气死孤也！（晕厥）

〔杨延辉闻声急进入，跪倒。

杨延辉　母后！

公　主　驸马，你真真没有良心呀！

佘太君　四郎！我把你这个不孝的畜生！哼……（气极）

〔穆桂英给佘太君捶背。杨延辉跪在地上，两边应声；最后下决心，起来，立在萧太后身旁。

杨延辉
公　主　母后！

萧太后　（微醒，唱）

想当年一时错把事做坏！（又晕厥）

〔佘太君气极。

穆桂英　祖母，莫要气坏了！

公　主　二位国舅、韩元帅，你们都快来呀！

〔萧天佐、萧天佑、韩昌、焦光普上。杨宗保上。

众辽将　惊慌为何？

公　主　我家母后晕倒在地了！

众辽将　有这等事，领我们去见！

公　主　随我来！

〔众辽将进，环立萧太后身旁。杨宗保进，立佘太君身旁。

众辽将　国主！

杨延辉
公　主　母后！

杨宗保
穆桂英　祖母！

〔萧太后、佘太君都醒过来。萧太后怒气不息，一眼看见杨延辉和公主，大怒，吐血，晕厥，复苏。

萧太后　（唱）把一个仇家子赘为皇亲。

众辽将　国主！

杨延辉
公　主　母后！

萧太后　（唱）在深山养猛虎虎大伤人，

常言道知人知面不知他的心！

众辽将 　国主，这是怎么样来？

萧太后 　众卿！（唱）

　　　　　　小木易他本是杨家后代！

众辽将 　啊！木易驸马是杨家后代，这还了得！

萧太后 　（唱）适才间老太君说出他的真名！

众辽将 　国主，你上了人家的当了！事到如今，你忍耐了吧！

萧太后 　（唱）回头来把太君一声来问，

　　　　　　过去事且莫提你单说如今！

佘太君 　千不是，万不是，都是小儿一人不是。竟敢瞒哄国王，污辱公
　　　　　主，罪该万死！刀斧手！

　　　　　〔四宋兵持刀急上。

佘太君 　将四郎推出辕门斩首！

　　　　　〔四宋兵推出杨延辉。

公　主 　住着，且慢！（跪在佘太君面前）老太君，老婆婆！此情看在你
　　　　　儿面上，将他赦饶了吧！

　　　　　〔佘太君不理。

公　主 　（转向萧太后）哎呀母后！快与驸马讲个人情吧！

萧太后 　老太君，暂息雷霆之怒，休发虎狼之威。当日休怪令郎之过，也
　　　　　是孤一时失去眼目。你母子相离了十余年，他还未报你那怀胎之
　　　　　恩。如今水落石出，你若一怒将他斩首，一来孤的情义何在，二
　　　　　来孤皇儿失了丈夫，三来还有周岁的孙儿失了父亲。此乃三事不
　　　　　足，一点之情。此情看在我母子之面，老太君你莫斩吧！（跪）

佘太君 　国王、公主请起！

　　　　　〔萧太后、公主立起。

萧太后 　老太君，赦饶了他吧！

佘太君 　老身遵命了！四郎，上前谢过国王、公主与儿讲情！

杨延辉 　谢过国主、公主讲情！

公　主 　不用谢了，谢过你家老母亲去吧！

杨延辉 　再谢母亲不斩之恩！

佘太君 　也非为娘不斩，此情看在国王、公主面上，为娘暂且不斩。儿起
　　　　　过一旁，国王，老身有一言讲出口来，国王你可依从吗？

萧太后　太君有何贵言，请讲当面。

佘太君　老身有心带着小儿回往南朝，葬埋他父尸骨，国王你可依从吗？

萧太后　怎说他吗？

公　主　哎！母后呀！（哭）

众辽将　老太君，自从令郎到我国，已十载有余，哪有再回南朝之理！你讲此话，岂不是画饼充饥！

萧太后　可是老太君你来诓哄孤家？

佘太君　国王，列位将军，你说老身是谎言诈骗，我把畜生不忠、不孝、不义之事，奉告一番，你们可爱听？

萧太后　太君请讲！
众辽将

佘太君　国王，列位将军！（唱）

　　　　　一不忠背天子罪比山重，

　　　　　二不孝背母命灭了天伦，

　　　　　三不义抛手足又娶夫人，

　　　　　丢国土忘根本件件是真！

国王待他恩重如山，倘有国乱之年，再教小儿出马，被人擒去，招了驸马，贪图欢乐，岂不把国王、公主好心枉费了？（接唱）

　　　　　爹之错娘之过未曾教训，

　　　　　家不幸出了这不孝子孙。

　　　　　我讲这肺腑言情通理顺，

　　　　　休怪他无忠孝他……不义之人！

国王，你三思吧！（怒气不息，端坐）

萧太后　（唱）老太君讲罢了孤心思忖，

　　　　　她讲的三件事件件是真！

　　　　　孤有心放驸马南朝回定，

公　主　（哭）母后呀！

萧太后　哎！（唱）

　　　　　抛下了孤皇儿孤寡终身！

　　　　　千千思万万想无有主意，

　　　　　木易，驸马！

或在南或在北凭你的良心!

杨延辉 （唱）一不敢忘国主恩比山重，

二不敢背母命灭了天伦。

南北朝皆一理报恩不尽，

此一去三两月速回辽营!

公　主 （唱）既然你回南朝要遵母命，

快讲你真实话天地良心!

杨延辉 （唱）叫公主你不要苦苦追问，

俺不是无义汉昧了良心!

公　主 （唱）既然是回南朝将我带定，

抱定了小阿哥一路同行。

杨延辉 （唱）好便好怕母后不肯依顺。

公　主 驸马你放心吧!（唱）

随驸马回南朝我才放心!

母后!儿随定驸马回往南朝去吧!

萧太后 （惊）噢!皇儿!怎么说，你要随定驸马回往南朝去吗?

公　主 儿是同去同来的呀!

萧太后 儿啊!驸马此去，他是不回来了!

公　主 不回来儿也要去呀!（哭）

萧太后 儿呀!要你上前问过老太君，她是容儿去不容儿去!（背转身去）

公　主 （跪在佘太君面前）老太君，老婆婆!孩儿有心随你儿回往南朝，你老人家叫去不叫去?可是你老人家叫去不叫去?

〔穆桂英与佘太君耳语。

佘太君 公主请起，公主请起!你晓得嫁夫随夫，老身岂肯不容，只恐你家母后不容!你家母后不容!

公　主 （喜）罢罢罢，这就好了!（向萧太后）老太君容儿前去的。

萧太后 怎说老太君容儿去的?

公　主 容儿去的。

萧太后 我儿当真要去?

公　主 当真要去。

萧太后 实实要去?

公　主　实实要去。

萧太后　我把奴才，有人保去，有人保来，放你奴才前去！（背转身去）

焦光普　小臣保去保来。

众辽将　你敢保得去保得来吗？

公　主　儿是一定要去呀！

萧太后　（回身大怒）我把奴才，娘不开口，看你奴才前去！

公　主　（唱）再三哀告母不容，

想要在世万不能！

不如我早死把节尽，

免得在世两姓人！

哎呀儿呀！

我的儿少父缺母多薄命，多薄命，

枉到世上来投生！

狠一狠将儿摔在地！

（捧儿，接唱）

早到阴司去投生！

众辽将　公主，容你去了！

公　主　列位！（唱）

花言巧语我不相信，

驸马！（接唱）

夫妻相逢万不能！

母后！（接唱）

儿遵母命把节尽，

转世投胎报娘恩！

人活在世一场梦，

列位，你看小阿哥活了！驸马，你看小阿哥活了！

众辽将　怎说小阿哥活了？（都去看小阿哥）

公　主　（唱）不如我一死命归阴。（碰死）

众辽将　桃花公主碰死了！

萧太后　（哭）桃花！姣儿！（晕厥）

众辽将　国主醒来！

063

萧太后　（醒转，唱）

> 一句话逼死我桃花女，
>
> 哭断了肝肠摘去了心！
>
> 桃花，姣儿！
>
> 满面流下伤心泪，
>
> 木易驸马！哎，驸马！
>
> 孤为你绝了这条根！

　　　　　太君！（接唱）

> 你把尸骨移宋营，
>
> 我孩儿是你杨家的人。
>
> 水流长江归大海，
>
> 把孤的情由奏圣君！

佘太君　回朝奏主，必有高封！

萧太后　仗托太君！

众辽将　起驾回銮！

佘太君　国王请！

　　　〔穆桂英扶佘太君下。

焦光普
杨延辉　送国主！

萧太后　木易，驸马！哎，驸马！

　　　〔萧天佐、萧天佑、韩昌拥萧太后下。

杨宗保　请焦叔父回关！

　　　〔杨延辉、焦光普回关，同下。杨宗保随下。


# 第三场


　　　〔四太监、圣旨官上。

圣旨官　俺，圣旨官长寿是也。老王晏驾，新君登基，八贤王有旨，命我
　　　　到在三关，调佘太君、杨元帅回朝，讲论新君即位之事。左右，
　　　　催马！

　　〔四太监与圣旨官同下。

# 第四场

〔八宋兵、杨排风、军师、杨宗保、穆桂英、佘太君上。

**军　师**　（唱）萧银宗到三关两国和顺，

万不想桃花女一命归阴。

**佘太君**　（唱）宋营中仗军师你神机妙算——

怎不见焦光普、四郎畜生！

〔杨延辉、焦光普上。

**杨延辉**　（唱）想当初失北国把事做坏，

到如今只落得进退两难！

**焦光普**　（唱）你随我进大帐低头下拜，

（跪）师爷、老太君、杨元帅，你们都好呀！（接唱）

我受了宋王恩难以报还！

**佘太君**　儿们起去！

**杨延辉**
**焦光普**　是！（起立）

**佘太君**　四郎，观你头戴身穿，并非南朝体统，还不下去更换衣帽！

〔杨延辉下。

**焦光普**　老太君！不用说，孩儿我也得更换更换。

**佘太君**　儿呀！既然回转南朝，要随南朝礼规！

**焦光普**　儿遵命！哈哈，咱如今又成了南朝的人啦！（下）

〔圣旨官内声："圣旨下！"

**佘太君**　开门接旨！

〔四太监、圣旨官上。

**圣旨官**　圣旨下！跪！

**杨宗保**
**佘太君**　万岁！（跪）
**穆桂英**

**圣旨官**　只因老王晏驾，新君登基，八贤王有旨，调佘太君、杨元帅还
朝，讲论新君即位之事。三关大印，让穆桂英执掌。圣旨读毕，

望诏谢恩！

杨宗保
佘太君　万万岁！（起立）
穆桂英

佘太君　（哭）哎呀圣上呀！

圣旨官　太君不必伤悲，安顿军务，即刻起身吧！

佘太君　大人且请馆驿。安顿军务，即刻动身。

〔四太监、圣旨官下。

佘太君　宗保捧印过来，桂英前来拜受帅印！

穆桂英　孙媳年幼，执掌不了军中大印！

佘太君　不必推辞，拜印来！

〔穆桂英拜印。

佘太君　宗保，请你焦叔父、四伯父进帐！

杨宗保　有请焦叔父、四伯父！

〔焦光普，杨延辉上。

焦光普
　　　　参见　太君！
杨延辉　　　　　老娘！

佘太君　焦贤侄暂留三关，奏明咱主，好封我儿官职。

焦光普　儿遵命！

佘太君　四郎随娘还朝，奏明圣上，好定儿的罪名。晓谕随营将士，立等片刻，老身安顿军务，即刻起身！军师请上，受我一拜也！（唱）
　　　　　　镇守幽州全仗你，

（拜，接唱）
　　　　　　保定大宋锦华裔。
　　　　　　桂英年幼少见识，
　　　　　　全仗军师用神机！

　　　光普！（接唱）
　　　　　　把守关口加仔细，
　　　　　　提防辽邦探消息！

　　　桂英！（接唱）
　　　　　　桂英你把为婆替，

操练兵马莫松弛。

兵书战策用心记，

**杨宗保** 祖母起身了吧！

**佘太君** （唱）营门以上插新旗。

排风与我带坐骑！（上马）

**穆桂英**
**焦光普** 送祖母太君！
**军　师**

**佘太君** 免送！（唱）

桩桩件件奏君知！

〔四宋兵、杨宗保、杨延辉、佘太君、杨排风下。

〔四宋兵、焦光普、军师、穆桂英下。

# 第五场

〔四朝官、八贤王上。

**四朝官**
**八贤王** （唱【点绛唇】）

待漏随朝，

金鸡报晓，

三六九，

文武齐到。

尽忠心，

扶保皇朝。

**八贤王** 列位大人请了。

**甲**
**乙**
**朝官丙** 贤君请了。
**丁**

**八贤王** 今日新君登基，你我站班侍候！

甲
乙
朝官 丙　　请！
丁

　　　〔四校尉、四太监、大太监、宋王上。

　　　〔宋王拜龙座，再拜八贤王，入座。

宋　王　皇叔，寡人登基，什么年号？

八贤王　臣在太庙焚香，天降红沙一道，应在我主大宋乾元①在位。

宋　王　幸喜寡人有了年号。皇叔尊坐，众卿站班，听朕加封！（唱）

　　　　　　大宋乾元是年号，

　　　　　　从天降下龙一条。

　　　　　　老王晏驾孤年少，

　　　　　　仗凭皇叔掌宋朝。

　　　　　　孤封你在朝一元老，

　　　　　　替王行事莫辞劳。

八贤王　谢恩！

宋　王　坐了！（唱）

　　　　　　文官们各加三级品，

　　　　　　武将们个个换战袍。

甲
乙
朝官 丙　　谢恩！
丁

　　　〔圣旨官上。

圣旨官　（唱）太君、元帅已来到，

宋　王　（唱）快快宣来老年高。

　　① 原本的"乾元"年号，不可考。因不知传说中的宋王是哪个皇帝，故仍按原本。

| 圣旨官 | 皇王旨下，太君、元帅上殿朝贺新君！（下） |
| --- | --- |

〔杨宗保扶佘太君上。

| 佘太君 | （唱）将人马扎皇城休要啰唝， |
| --- | --- |
| | 莫惊动新主爷初坐龙朝！ |

| 甲乙丙丁朝官 | （迎出）太君回朝，我等未曾远迎。 |
| --- | --- |

| 佘太君 | 好说了！ |
| --- | --- |
| 杨宗保 | （唱）挽扶了老祖母金殿到， |
| 佘太君 | （唱）老臣妻愿我主寿比天高。 |
| 宋　王 | （唱）佘太君上殿来双膝跪倒， |
| | 你祖孙真果算创业英豪。 |
| | 内侍臣挽起来，太君坐了， |
| | 金殿上免去你跪拜参朝。 |
| 佘太君 | 萧银宗永不侵犯，有和约呈上，龙目一观。 |
| 宋　王 | 转入龙阁。孤看此和约，乃是太君、元帅的虎威所得。 |
| 佘太君 | 我主洪福。 |
| 宋　王 | 孤在广乐寺排宴，与太君、元帅贺功。 |
| 佘太君 | 谢主龙恩！臣妻在边关之上，带来犬子四郎，请主定夺。 |
| 宋　王 | 哦！杨四将军回朝来了？ |
| 佘太君 | 回朝来了！ |
| 宋　王 | 内臣，宣杨四将军上殿！ |
| 大太监 | 杨四将军上殿！ |

〔杨延辉内唱："皇圣旨一声宣把我吓坏——"上。

| 杨延辉 | （接唱）老母亲她未把慈心放开。 |
| --- | --- |
| | 她命我戴刑枷去把君拜， |
| | 臣本是杨延辉札跪金阶。 |
| 佘太君 | （唱）这是你无忠孝自把自害， |
| | 快快的请王命杀剐应该！ |

宋　王　（唱）王见他戴刑枷龙心难解，

　　　　　　　老太君有何本快奏上来！

佘太君　臣奏圣上：先夫保定老王，去赴双龙大会，阵亡了四子，只有六
　　　　子、七子回朝，五郎带甲削发出家。唯有畜生他、他、他竟敢背
　　　　了君父之命，失落外邦，玷辱我杨家忠孝。像这不忠不孝之人，
　　　　要他作甚？请主正法！

宋　王　（唱）他好比失群雁万般无奈，

　　　　　　　比蛟龙困沙滩难展雄才。

　　　　　　　看王面赦饶他太君莫怪，

　　　　　　　赦了他千条罪免伤你心怀。

　　　　去了刑枷！

　　　〔太监为杨延辉去刑枷。

佘太君　（唱）我杨家受先王龙恩厚待，

　　　　　　　一个个为国死尸无葬埋。

　　　　　　　本当该遵王命留儿命在，

　　　　唉！（接唱）

　　　　　　　除非是臣妻死再放奴才！

八贤王　（唱）头一次救宗保辽兵大败，

　　　　　　　第二次去盗发多亏谁来？

佘太君　（唱）不提起两件事冤家还在，

　　　　　　　提起来他本是惹祸招灾！

甲
乙
朝官丙
丁　太君在上，我们求情！

佘太君　老身誓不留情！

甲
乙
朝官丙
丁　我们叩谢了！（同跪）

杨宗保　列位大人请起！祖母呀——（唱）

老祖母还要你三思三想，

眼看着我杨家还有何人！

众伯叔一个个把命丧，

看千岁众大人祖母回心。

佘太君　宗保，孙儿！你是我杨家忠臣孝子，传名后世，忠孝尽在儿一身
了哇！哈哈，你休管为婆之事，起过一边，——四郎！非是为娘
苦苦要儿性命，想你父兄一个个为国身死，儿为堂堂一男子，不
胜番邦一女子，娘要留儿在世，那萧银宗岂不耻笑为娘！我把畜
生，你快快与娘死！快快与娘死！

杨延辉　哎呀娘呀！（唱）

一言说出绝情话，

想要在世万不能！

拜过君王龙恩重，（拜）

再拜千岁、众大人！（拜）

儿遵母命把忠尽，

娘呀！（拜，接唱）

儿转世投胎报娘恩！

宗保，儿呀！（接唱）

千斤担儿你担定，

忠孝尽在儿一人！

下殿转过梧桐树，

碰头一死命归阴！（碰死）

甲
乙
朝官丙　杨四将军碰死金阶！
丁

佘太君　四郎，儿死了！儿死得好啊！（笑）哈哈！哈哈！（呜咽）啊……
（掩面）

宋　王　杨四将军已死，将尸移在忠臣庙，将尸移下！太君听封！太君乃

世代忠良，孤封你长寿星君，与天同享！

**佘太君** 谢主隆恩！

**宋　王** 萧银宗永不侵犯，封为顺国夫人！桃花公主尽节而死，封为节烈
夫人！众卿散朝，摆驾回宫！

**众　人** 圣上请！

〔众人下。

——剧　终

　　《三关排宴》取材于杨家将的故事，原名《忠节义》，又名《忠孝节》，是
《昊天塔》《五绝阵》《八姐盗发》连台本戏的最后一本。1956年由山西省长
治专区人民剧团整理演出，易名为《三关排宴》。1962年，赵树理协助上党
戏剧院进行加工整理，同年由长春电影制片厂摄制为戏曲艺术片，由广州音
像出版社出版发行。

·越 剧·

# 红楼梦

（根据曹雪芹同名小说改编）

徐 进

人　物　贾宝玉——贾政的儿子。

林黛玉——贾宝玉的姑表妹。

薛宝钗——贾宝玉的姨表姐。

紫　鹃——林黛玉最亲密的婢女。

贾　母——贾宝玉的祖母。

贾　政——贾宝玉的父亲。

王夫人——贾宝玉的母亲。

王熙凤——贾宝玉的二嫂子。

袭　人——贾宝玉的婢女。

晴　雯——贾宝玉的婢女。

傻丫头——贾母的婢女。

雪　雁——林黛玉的婢女。

长府官——忠顺亲王府长府官。

薛姨妈——薛宝钗的母亲。

焙　茗——贾宝玉的书童。

周妈妈——贾府女管事。

莺　儿——薛宝钗的婢女。

珍　珠——贾母的婢女。

绣　鸾——王夫人的婢女。

喜　娘、老婆子、仆人数人。


# 第一场　黛玉进府

〔幕启。

〔残冬时节。

〔贾母正房内室。

〔丫环珍珠和紫鹃等着远道而来的贾母的外孙女林黛玉，二人正
　向外张望。

珍　珠　林姑娘来了没有？

紫　鹃　还没有来呢。

珍　珠　还没有来？

紫　鹃　（戏弄珍珠）嗳，姐姐你快来看，林姑娘来了！

珍　珠　啊！

紫　鹃　来，来，来，快来看呀。

珍　珠　在哪里呀？

紫　鹃　喏。（大笑）

珍　珠　死丫头，看我不打你！

紫　鹃　好姐姐，你就饶了我吧。（稍停，忽远见林黛玉真的来了）哎呀，姐姐你快来看呀，林姑娘真的来了呢！你们快来看呀，林姑娘来了！

〔内声："林姑娘来了！"

〔傻丫头内声："老太太，林姑娘来了。"

〔林黛玉由老婆子扶上，从一排玻璃窗后走过来。

〔周妈妈内声："林姑娘走好""林姑娘请进来"。林黛玉由老婆子扶着进屋，后面跟着林黛玉从家里带来的小丫环雪雁。

〔幕内伴唱：

　　"乳燕离却旧时窠，

　　孤女投奔外祖母。"

〔林黛玉入室，老婆子为林黛玉脱去披风。室内时钟声鸣。

林黛玉　（好奇地看了一下，自语）外祖母家确与别家不同。

〔幕内伴唱：

　　"记住了不可多说一句话，

　　不可多走一步路。"

紫　鹃　（笑迎）林姑娘，刚才老太太还挂念呢，可巧就来了。

珍　珠　（又争着打起帘子）老太太，林姑娘来了。

〔傻丫头扶着鬓发如银的贾母从内室走出，绣鸾扶着王夫人跟出。

贾　母　我的外孙女来了！我的外孙女在哪里？……（看到林黛玉，悲喜交集地哭唤）外孙女儿！

林黛玉　外祖母！

贾　母　我的心肝宝贝!

〔众人陪着拭泪。林黛玉扶贾母坐了,按礼拜见了贾母。

贾　母　(拉着林黛玉坐在自己身边,唱)

可怜你年幼失亲娘,

孤苦伶仃实堪伤。

又无兄弟共姐妹,

似一枝寒梅独自放。

今日里接来娇花倚松栽,

从今后,在白头外婆怀里藏。

王夫人　是啊!

贾　母　(指着王夫人)这是你二舅母,快去见过。

林黛玉　(跪拜)拜见舅母。

王夫人　(扶起)不消了,外甥女儿,快起来,这旁坐下。

贾　母　(细视林黛玉)外孙女儿,看你身体单薄,弱不胜衣,却是为何?

王夫人　是呀。

林黛玉　外孙女自小多病,从会吃饭时起,便吃药到如今了。

王夫人　常服何药?如何不治好了?

林黛玉　经过多少名医,总未见效,如今正吃人参养荣丸。

贾　母　正巧,我这里正配丸药呢,叫他们多配一料就是了。

〔丫环们献上茶果。在严肃的气氛里,忽听外面有笑语声:"啊呀!林姑娘来了,真的来了,我来迟了,来迟了。"随着笑语声,进来了王熙凤,林黛玉忙起身迎接。

王熙凤　老祖宗,我来迟了!(唱)

昨日楼头喜鹊噪,

今朝庭前贵客到。

贾　母　(笑语)你不认得她,她是我们这里有名的一个"泼辣货",南京人所谓"辣子",你只叫她"凤辣子"就是了。

王夫人　(笑着对林黛玉)她就是你琏二嫂子,学名唤做王熙凤。

林黛玉　(见礼)见过二嫂子。

王熙凤　(忙上前携林黛玉手,仔细地上下打量)哎呀!好一个妹妹!(唱)

休怪我一双凤眼痴痴瞧,

似这般美丽的人儿天下少！

哪像个老祖宗膝前外孙女，

分明是玉天仙离了蓬莱岛。

怪不得我家老祖宗，

在人前背后常夸耀。

咳！只是我妹妹好命苦，

姑妈偏就去世早。（掩袖伤感）

贾　母　嗳！（唱）

我一天愁云方才消，

你何必又招我烦恼。

王熙凤　（忙转悲为喜）哎呀，正是！我一见了妹妹，一心都在她身上，
又是喜欢，又是伤心，竟忘了老祖宗了。老祖宗，喏，该打！该
打！（十分体贴地对林黛玉）妹妹，坐下。妹妹，你如今来到这
里——（唱）

休当作粉蝶儿寄居在花丛，

这家中就是你家中。

要吃要用把嘴唇动，

受委屈告诉我王熙凤。

林黛玉　多谢嫂子费心。

王熙凤　（对周妈妈）林姑娘的东西可搬进来了？

周妈妈　都搬进来了。

王熙凤　你们赶早打扫屋子，让林姑娘带来的人歇息去。

老婆子　见过老太太、太太。

王夫人　起来。

周妈妈　妈妈、姑娘随我来。（领老婆子、雪雁下）

贾　母　（看了雪雁一眼）黛玉带来的这个小丫头太稚嫩了，把我身边的那
个……（环视众丫环，看中紫鹃）那个紫鹃给了黛玉，好使唤。

王夫人　老太太想得周到。

紫　鹃　见过林姑娘。

王夫人　（向王熙凤）凤丫头，你也该拿几个缎子来，给你妹妹裁衣裳啊！

王熙凤　我猜想妹妹这两日必到，我已经预备好了，等太太回去过了目，

好送来。

王夫人　（含笑点头）唔！

王熙凤　老祖宗，林妹妹的屋子，我也预备了……

贾　母　这个倒不必了，就让她暂时住在这里，和我靠得近一些。等过了
　　　　　残冬，到了明年春天再另作安置吧。

王熙凤　哎呀！啧啧啧……林妹妹一来，老祖宗就离不开她了。

贾　母　（笑向林黛玉）你听听她这张嘴。（稍停）怎么，宝玉到家庙去还
　　　　　愿，这时候还不回来，也让他和妹妹见个礼。

王夫人　绣鸾，你去看看宝二爷回来了没有。

绣　鸾　是，太太。（下）

王夫人　（向林黛玉）外甥女儿，我有句话要告诉你，我家里的三个姐妹
　　　　　倒都极好，以后可一处念书，学做针线，只是我有一件不放心，
　　　　　就是我那个宝玉……

　　　　　〔丫环内声：“宝二爷回来了！”

　　　　　〔贾宝玉手里挥舞着一串佛珠，从玻璃窗后走过，上。

贾宝玉　（向贾母请安）老祖宗安。（又向王夫人）太太安。

贾　母　（笑语）宝玉，家里来了客人，还不快过来见你林妹妹。

王夫人　快去见过林妹妹。

　　　　　〔贾宝玉注视林黛玉。

贾　母　是啊。

贾宝玉　林妹妹。

　　　　　〔贾宝玉与林黛玉互相打量。

贾宝玉　（唱）天上掉下个林妹妹，
　　　　　　　　似一朵轻云刚出岫。

林黛玉　（唱）只道他腹内草莽人轻浮，
　　　　　　　　却原来骨格清奇非俗流。

贾宝玉　（唱）闲静犹似花照水，
　　　　　　　　行动好比风拂柳。

林黛玉　（唱）眉梢眼角藏秀气，
　　　　　　　　声音笑貌露温柔。

贾宝玉　（唱）眼前分明外来客，

心底却似旧时友。

（满脸含笑）这个妹妹，我好像曾见过的。

贾　母　（笑）又胡说了，你何曾见过。

贾宝玉　虽没见过，却看着面善，心里倒像是认识的一般。

贾　母　好，好，（拉林黛玉和贾宝玉的手）这样，以后在一起就和睦了，坐下，坐下。

贾宝玉　妹妹，你读过书吗?

林黛玉　读过一年书，认得几个字。

贾宝玉　（走到林黛玉身边）妹妹尊名?

林黛玉　名唤黛玉。

贾宝玉　表字呢?

林黛玉　无字。

贾宝玉　（笑）无字，好，我送妹妹一字，唤作"颦颦"甚妙!

王熙凤　（插嘴）什么叫"颦颦"呀?

贾宝玉　《古今人物通考》上说，西方有石名黛，可作画眉之墨，妹妹眉尖若蹙，取这个字，岂不甚美?

王熙凤　（笑）只怕又是杜撰的!

贾宝玉　除了"四书"，杜撰的也太多了。

贾　母　真聪明。

贾宝玉　妹妹，你可有玉没有?

林黛玉　我没有玉。你那块玉也是件稀罕之物，岂能人人都有。

贾宝玉　（摘下身上佩戴的玉狠命地向地上摔去）什么稀罕东西，人的高下不识，还说灵不灵呢，我也不要这个!

〔丫环们慌了，急去拾玉，交给王熙凤。

王夫人　宝玉，你……

贾　母　（急得搂住了贾宝玉）孽障! 你生气，要打骂人容易，何苦去摔你那命根子呵!

贾宝玉　（哭了起来）家里姐姐妹妹都没有，只有我有，我说没趣。今天来了这个神仙似的妹妹也没有，可知这不是个好东西!

王熙凤　宝兄弟，快戴上。

〔贾宝玉挥手拒绝。

王夫人　宝玉，宝玉，当心你爹知道。快戴上。

王熙凤　（温柔地替贾宝玉戴上了玉）宝兄弟，老祖宗不是常说的吗？这
　　　　富贵家业就指望着你这个命根子呢！

　　　　〔幕闭。

## 第二场　识金锁

　　　　〔幕启。

　　　　〔第二年的春天，林黛玉室内。

　　　　〔周妈妈内声："林姑娘——"捧着个小锦匣上。

　　　　〔雪雁随上。

雪　雁　周妈妈。

周妈妈　你们姑娘呢？

雪　雁　出去散步了，妈妈有什么事么？

周妈妈　（从匣中取出两枝宫花）这是宫里头做的堆纱花，薛姨太太叫我给
　　　　姑娘们戴，这是送林姑娘的两枝，你收下了，告诉你们姑娘吧。

雪　雁　（接过宫花）周妈妈，是不是新来的那位薛姨太太送的么？

周妈妈　是啊，去年冬天，来了你们家姑娘，如今又来了薛姨太太这家亲
　　　　戚，家里可热闹了。哦，小丫头，你可曾见过薛姨太太身边的那
　　　　位姑娘么？

雪　雁　你说的是那新来的宝姑娘么？

周妈妈　是宝姑娘啊。

雪　雁　我还没有见过呢！

周妈妈　可生得好人品哩！

雪　雁　（天真幼稚地）长得比我家姑娘还好么？

周妈妈　（笑）都是天仙美女一般，也说不上谁好谁差，只是那宝姑娘家里
　　　　是有产有业的名门大族，舅舅在京里做官，真是好福分！哎呀，
　　　　我这个人一说就唠叨了，我走了，还要去别的姑娘那里送呢。

雪　雁　妈妈坐一会儿。

周妈妈　不用了。（下）

　雪　雁　（看着宫花，自语）来了个宝姑娘，家里有产有业的……是呀，

人家可不比我们姑娘这样无依无靠投奔来的……我家姑娘怎么还不回来，我找找她去。（下）

〔一会儿，只听外面有贾宝玉与薛宝钗的声音。

〔贾宝玉内声："宝姐姐请！"

〔薛宝钗内声："宝兄弟请！"

〔贾宝玉、薛宝钗、莺儿上。

薛宝钗　（唱）老太太跟前请罢安，把林家妹妹来探望。

贾宝玉　林妹妹，林妹妹，宝姐姐来看你了。（笑对薛宝钗，唱）
　　　　　　这正是上庙不见土地神。

薛宝钗　（唱）略等片刻又何妨。

　　　　〔贾宝玉与薛宝钗同坐榻上，相对笑视，半晌。

薛宝钗　宝兄弟，你颈上挂的那块玉，虽曾听说，却未曾细细地赏鉴过，今天倒要见识一下。（挪近身子）

　　　　〔贾宝玉凑了过去，摘下玉，递与薛宝钗。

薛宝钗　（接玉，欣赏，念玉上刻的字）"莫失莫忘，仙寿恒昌。"

薛宝钗　（回头见莺儿看得出神，笑向莺儿）你也看得发呆做什么？

莺　儿　（笑）我听这两句话倒像和姑娘项圈上的两句话是一对呢！

贾宝玉　好姐姐，你项圈上也有几个字，我也赏鉴赏鉴。

薛宝钗　你不要听她，没有什么字。

贾宝玉　（央求）好姐姐，你怎么看了我的，却不让人看你的呢？

薛宝钗　我这个没有什么好看的，只是上面也有两句吉利话罢了。（摘下金锁，递与贾宝玉）

　　　　〔林黛玉暗上。

贾宝玉　（念金锁上面刻的字）"不离不弃，芳龄永继。"这两句话，真像和我的是一对呢！（递还金锁，忽闻薛宝钗身上香气）姐姐的衣裳熏得好香啊！

薛宝钗　我最怕熏香，好好的衣裳为什么要熏香呢。

贾宝玉　那是什么香呢？

薛宝钗　（想了想）哦，想是我早起吃了"冷香丸"的香气。

贾宝玉　冷香丸？那么好闻，给我一丸尝尝吧！

薛宝钗　（笑）又混闹了，药怎么能瞎吃呢。

贾宝玉　这香气好闻来。

薛宝钗　怎么林妹妹到这般时候还没有回来？宝兄弟，我不等她了，我改日再来望她。

贾宝玉　（起身）也好，我送宝姐姐出去。

　　　　〔贾宝玉送薛宝钗同下，莺儿随下。林黛玉目送三人。

　　　　〔林黛玉默然地、懒散地和衣斜卧榻上，合上了眼。

　　　　〔半晌，贾宝玉复上。

贾宝玉　（悄步行至榻边）林妹妹，方才宝姐姐来看过你呢，你到哪里去了？

　　　　〔林黛玉没理贾宝玉，故意把手帕遮住脸。

贾宝玉　怎么睡着了？（推林黛玉）嗳，嗳，嗳，早饭刚刚吃好又睡觉了。

林黛玉　（睁开眼）你吵我做什么？

贾宝玉　好妹妹，你看呀！（唱）

　　　　　　春色如锦不去赏，

　　　　　　合起眼皮入睡乡。

　　　　　　饭后贪眠易积食，

　　　　　　来！我替你解闷寻欢畅。

　　　　〔拉林黛玉起来。

林黛玉　你到别处去玩嘛。

贾宝玉　我上哪里去？我看见他们怪腻的。

林黛玉　（笑）你既愿在这里——（唱）

　　　　　　就老老实实端正坐，

　　　　　　休像那蜜糖粘在人身上。

贾宝玉　好，我也躺着吧！

林黛玉　你就躺着吧。

贾宝玉　没有枕头啊，我们两个合用一个枕头吧。

林黛玉　啐！外面屋子里有的是枕头。

贾宝玉　我不要，外面枕头都是肮脏的老婆子们用的。

林黛玉　（指点其额）你啊，真是我命中的魔星！（把自己的枕头给了贾宝玉，自己又换了一个）

　　　　〔贾宝玉与林黛玉对着脸儿躺下。

**林黛玉**　（见贾宝玉脸腮上有一块红迹，拉他坐起来，抚之细看）咦？你脸上又是谁的指甲划破了？

**贾宝玉**　（笑，躲开）不是，方才擦了点胭脂膏。（用手抚脸）

**林黛玉**　（用手绢替贾宝玉揩去胭脂膏）你又在做这些事了，要是传到舅舅耳朵里，大家都不得安心了。

**贾宝玉**　（拉住林黛玉衣袖，闻）好香，这香气奇怪，又不是香饼子的香，也不是香袋儿的香，这是什么香呀？

**林黛玉**　（冷笑）难道我有什么奇香不成？好，就算我有奇香，我问你，你可有暖香没有？

**贾宝玉**　什么暖香？

**林黛玉**　（摇头笑叹）蠢才！蠢才！你有"玉"，人家就有"金"来配你；人家有"冷香"，你就没有"暖香"去配她？

**贾宝玉**　好，我说一句，你就拉上这么许多，今天不给你个厉害……（将手呵了两口，在林黛玉胳肢窝下乱挠）

〔林黛玉一面躲，一面笑得喘不过气来。林黛玉笑着逃下，贾宝玉追下。

〔幕闭。

## 第三场　读《西厢记》

〔幕启。

〔某年春天三月中旬，大观园的沁芳桥畔。

〔远处楼阁峥嵘，树木葱蔚，青溪泻玉，山石穿云，大观园全景在望。

〔这一天的早饭后，贾宝玉怀兜落花，走至沁芳桥上，把花瓣抖落在流水中，看着落花随流水漂去。他下桥，欲再收拾残英时，忽然看见了彩蝶在花丛飞舞，于是他天真地，踮着足尖去捉蝴蝶，扑了个空，立起来时，小厮焙茗悄悄上，从背后抱住贾宝玉。

**贾宝玉**　谁呀？

〔焙茗大笑。

贾宝玉　你到这里来做什么？

焙　茗　二爷，你叫人家找得好苦呀！

贾宝玉　做什么？

焙　茗　你上次叫我弄的书，我给你拿来了。

贾宝玉　好，拿来。（接过书来看）《西厢记》！

焙　茗　二爷，对不对呀？

贾宝玉　（高兴地）对，对！

焙　茗　二爷，昨日你在老爷面前做了诗，人人都说你那些诗做得好，亏得老爷也喜欢了，二爷昨日得了彩头，该赏赏我们了吧？

贾宝玉　（心已在书上，随口说）好，明天赏你一吊钱。

焙　茗　谁没有见过一吊钱，二爷，把这象牙雕刻的，赏给我吧！

〔不容分说将贾宝玉身上佩物都解了去。

焙　茗　这个荷包也赏给我了吧。（解荷包）

贾宝玉　（夺回）嗳，别的你都拿去；这荷包是林妹妹送给我的，谁也不准拿！

〔焙茗一溜烟地跑下。

〔贾宝玉珍藏好了荷包，拿着《西厢记》悄然四顾后，知道这儿没旁人了，于是坐在假山石上，展开《西厢记》来读。他全神贯注地读着，看到神妙处，禁不住手舞足蹈地笑起来。

〔袭人内声："宝二爷！宝二爷！"

贾宝玉　（自语）袭人来了。（忙躲了起来）

〔袭人上，一路找寻贾宝玉过场。

贾宝玉　（见袭人走了，又出来看《西厢记》）像这样的好书，老爷却不许我读，我今日偏要背地里读它一个爽快呵！（唱）

　　　　书斋读遍经与史，

　　　　难得《西厢记》绝妙词。

　　　　羡张生，琴心能使莺莺解，

　　　　慕莺莺，深情更比张生痴。

　　　　唉！叹宝玉身不由己圈在此，

　　　　但愿得，今晚梦游普救寺。

（看得出神）

〔林黛玉暗上。

**林黛玉** 你在这里做什么？

〔贾宝玉吓了一跳，急把书藏好。一回头，见是林黛玉。

**林黛玉** 咦？你在这里做什么？哦，原来躲在这里用功。（故作讽嘲）这一来呀，可要"蟾宫折桂"了呢！

**贾宝玉** 你取笑我做什么？你又不是不知道我最讨厌那些诳功名、混饭吃的八股文章，你还提这些呢！

**林黛玉** 不是那些书，那又是什么书呢？不要在我面前弄鬼了，趁早给我看看。

**贾宝玉** 妹妹，我在这里看这个书，除了花鸟以外，别无一人知道，给你看我是不怕的，好歹不要告诉人。（兴奋地）真是好文章！你要是看了，连饭也不想吃呢。（故意逗林黛玉，不给她看）

〔林黛玉生气，贾宝玉连忙把书递过去。

**林黛玉** （接过书，念）《西厢记》。（坐下来，从头看起，越看越爱）

〔贾宝玉侧依在林黛玉身边共看，一会儿又立在她身后。

**贾宝玉** （见林黛玉看得出神，笑）好妹妹，真是好文章！你说好不好？

〔林黛玉笑着点头。

**贾宝玉** （情不自禁地学作书中张生之态，轻摇折扇，走向林黛玉。）妹妹！（唱）

　　　　我是个多愁多病身，

　　　　你就是那倾国倾城的貌！

**林黛玉** （面红耳赤带怒含嗔地站起来指着贾宝玉，唱）

　　　　该死的胡说八道，

　　　　弄出这淫词艳曲来调笑。

　　　　混账话儿欺侮人，

　　　　我可要舅舅面前将你告。

　　（转身欲走）

**贾宝玉** （急了，忙上前拦住林黛玉）好妹妹！（唱）

　　　　我无非过目成诵顺口念，

　　　　好妹妹，千万饶我这一遭。

　　　　我若有心欺侮你，

　　　　　　好，明朝让我跌在池子里。

　　　　　　让癞头鼋把我吞吃掉。

**林黛玉**　（扑哧一笑，唱）

　　　　　　那张生，一封书敢于退贼寇，

　　　　　　那莺莺，八行笺人约黄昏后，

　　　　　　那红娘，三寸舌降伏老夫人，

　　　　　　那惠明，五千兵馅做肉馒头。

　　　　　　我以为你也胆如斗，

　　　　　　呸！原来是个银样镴枪头！

**贾宝玉**　（笑）你说说，你这个呢？好，我也告诉去。

**林黛玉**　（拉住贾宝玉）你说你能过目成诵，难道我就不能一目十行么？（又故意推贾宝玉）你去呀，你去呀！

**贾宝玉**　好了，好了，我们不谈这个了。好妹妹，我们坐下谈别的，好吗？（袖藏了《西厢记》，与林黛玉坐在石上）妹妹，我上回到你房里来，看见你又在做针线了，好妹妹，明天你替我做个香袋，好不好？

**林黛玉**　那可要看我高兴不高兴。

**贾宝玉**　你送我香袋，我也送你件东西。（摸出一串蓉苓香串）这是北静王送我的，是皇上赐下来的呢。

**林黛玉**　（站起身拿过香串看了看，轻蔑地掷在地上）什么臭男人拿过的，我可不要这东西。

**贾宝玉**　（拾起香串收好）你不要这东西，我可要你的香袋。要，我要香袋。

**林黛玉**　你要一个香袋那很容易，横竖今后有人会替你做了，人家比我又会做，又会写，又有什么金的玉的……

**贾宝玉**　你又来了！（凑近林黛玉，悄悄地）你这个人，难道连"亲不间疏，后不僭先"也不知道？第一件，我们是姑舅姐妹，宝姐姐是两姨姐妹，论亲戚，也比你远。第二件，你先来，我们两个一桌吃，一床睡，从小一起长大，她是才来的，岂有个为了她而疏远你的呢？

　**林黛玉**　啐！我难道叫你疏远她？那我成什么人了呢？（双手按心）我为

的是我的心。

贾宝玉　我也为的是我的心。你难道就知道你的心，不知道我的心不成？

〔林黛玉低头不语，在山石上坐下，贾宝玉也跟着坐下。

林黛玉　天气分明冷了一些，你穿得这样单薄，回头冷了，怕又要伤风了。

贾宝玉　看你自己也穿得这样单薄。（把《西厢记》递给林黛玉）

〔贾宝玉、林黛玉共读《西厢记》。

〔幕闭。

## 第四场　"不肖"种种

〔幕启。

〔怡红院，时届初夏。贾宝玉正被逼读八股文。

〔晴雯上，见贾宝玉摇头晃脑之状，不禁掩口而笑。

贾宝玉　（摇头晃脑地念）"事君以忠，事父以孝。圣人云：忠孝人之本也。事君不可以不忠，事父不可以不孝也。三纲五常乃人立身之大经，为人臣子，不可以不知。是以忠臣出于孝子之门也。"

〔晴雯忍不住笑出声来。

贾宝玉　人家在苦恼，你还笑呢！（弃书）唉！（唱）

　　　　　　每日里送往迎来把客陪，

　　　　　　焚香叩头祭祖先。

　　　　　　垂手恭敬听教诲，

　　　　　　味同嚼蜡读圣贤。

　　　　　　这饵名钓禄的臭文章，

　　　　　　读得我头晕目眩实可厌！

晴　雯　孙悟空套上了紧箍咒，没法子。再读一会儿吧，我替你打扇子。（为贾宝玉打扇）

贾宝玉　咳！八股八股，把人害苦呵！（心不在焉地读了两行，看晴雯）呀，晴雯，晴雯，看你的眉毛，是谁替你画成这个样子？

晴　雯　我自己画的。

贾宝玉　画得一点不美，我来替你改画一下。

晴　雯　小祖宗，读书要紧呢！

贾宝玉　让我解解闷儿吧！

晴　雯　好，就让你画。（取眉笔等物给贾宝玉）

〔贾宝玉正欲给晴雯画眉。

晴　雯　二爷，你画便画，可千万不要把我的眉毛画得和林姑娘一样。

贾宝玉　那是为什么？

晴　雯　太太不喜欢。

贾宝玉　哦……

晴　雯　有一天，太太到园中来，见了我就虎着脸，皱着眉头问袭人，她
　　　　说——（唱）

　　　　　　眉尖若蹙，眼波如水，

　　　　　　眉眼好像林妹妹。

　　　　　　水蛇腰，削肩膀，

　　　　　　这一个丫头她是谁？

贾宝玉　不要管她！

晴　雯　二爷，你若画得我晴雯呵——（唱）

　　　　　　眉眼更像那林姑娘，

　　　　　　岂不是，碍了太太的眼，添了晴雯的罪？

贾宝玉　真奇怪！难道眉眼生得好看一点，也就会得罪人了么？我偏要画
　　　　得像林妹妹一样。

〔袭人捧着果盒上。

贾宝玉　（对袭人，唱）

　　　　　　你看我画得美不美？

袭　人　（不满地，唱）

　　　　　　去问你家的林妹妹！

晴　雯　（收拾眉笔等物，闻言，讥讽）唔！（唱）

　　　　　　是谁家，香醋辣椒一起炒，

　　　　　　我闻到酸辣辣的一股辣椒味！

袭　人　（放下果盒，上前欲打晴雯）看我不撕了你这张嘴！

〔晴雯笑着逃下。

贾宝玉　（笑）满屋里就是她会磨牙齿。

　袭　人　（止步，向贾宝玉）这是二爷宠着她的缘故。二爷呀！（唱）

常言道，热心人总爱多张嘴，

休怪我要把二爷劝一回。

你怎可凤凰混在乌鸦队，

主子替奴婢去画眉，

你放下正经书不念，

老爷知道定责备。

二爷，就是退一万步说，

纵然你不是真心爱读书，

也应该装出个读书样子来。

贾宝玉　又是读书！（愤然坐下，胡乱翻书，不耐烦地挥扇）

袭　人　看天时热了，来，脱下一件衣服吧。（替贾宝玉换衣，忽发现他身上系一条鲜艳的汗巾）咦？这条汗巾是哪里来的？我怎么从来没有见过？说啊，二爷，这是哪里来的？

贾宝玉　（急掩藏汗巾）这……是个朋友送我的。

〔晴雯上。

袭　人　是什么朋友？竟送这样的东西？

贾宝玉　哎呀，你就少管一些好不好？

袭　人　（摇头叹息）咳！你又不知结交上什么三教九流的人物了。（收拾贾宝玉换下的衣服，入内）

晴　雯　（对贾宝玉）好鲜艳的一条汗巾！不知我家二爷又做了些什么瞒着人的事了。若有些风风雨雨，被上头知道又免不得把红萝卜算在蜡烛账上，叫我们做奴婢的晦气！

贾宝玉　你怕什么，我做的全是正经事，又没去为非作歹。不瞒你说，忠顺亲王府里有个唱戏的戏子名叫琪官，这条汗巾，是他送我留作纪念之物。

晴　雯　唱戏的戏子？

贾宝玉　（唱）那琪官，从小爹娘双亡故，

十一岁，卖到戏班学歌舞，

十三岁，一入侯门深如海，

进了忠顺亲王府。

到如今，他名满天下艺超群，

谁能知台下泪比台上多！

他是侍曲陪酒心不甘，

心不甘伶人当作王爷奴。

我有缘相识豪侠友，

又蒙他赠我汗巾"茜香罗"。

〔袭人由内出。

袭　人　（听到贾宝玉和晴雯的谈话，不觉大惊）哎呀！二爷竟和戏子结交朋友，做这种事情！二爷呀——（唱）

平日里，你不分，上下贵贱，

与下人，共奴婢，平起平坐。

今日里，又与戏子结朋友，

岂不防品行名声被玷污！

若被老爷来知晓，

家法如何饶得过。

晴　雯　（听不入耳，挺身而出）唷，与戏子交个朋友，这难道就犯了什么大罪了么？人家唱戏的难道命里注定就比别人低一头，贱一些？

（薛宝钗上，站在窗外。

晴　雯　（唱）皇帝也有草鞋亲，与戏子往来有什么错？

〔薛宝钗进屋。贾宝玉与晴雯回头发现薛宝钗正怔怔地听着，不觉一呆。

薛宝钗　宝兄弟。

袭　人　是宝姑娘来了，宝姑娘请坐。

薛宝钗　怎么，不欢迎客人么？

贾宝玉　宝姐姐，来，来，宝姐姐请坐。

薛宝钗　你们刚才讲得这样热闹，在谈谈些什么？

袭　人　宝姑娘，你看，他竟和戏子结交了朋友。

薛宝钗　戏子？

袭　人　那还得了！

薛宝钗　是啊，宝兄弟要是真和戏子结交，那倒是叫人担心呢……

贾宝玉　宝姐姐，不要听这些话。哦，我新近作了几首诗，请你看看。

〔焙茗上。

| 焙 茗 | 二爷，老爷吩咐我来传话。说贾雨村老爷明日一早要来拜访，老爷要二爷准备准备，明日好会客。 |
|---|---|
| 贾宝玉 | 又是会客！ |
| 焙 茗 | （无可奈何地）这是老爷吩咐的嘛。（下） |
| 贾宝玉 | 宝姐姐，老爷每逢接待宾客，总要我也陪着，你说这为的是什么呢？ |
| 薛宝钗 | （摇着扇子，笑）自然你能迎宾接客，所以才叫你呢。 |
| 贾宝玉 | 我不过是个俗中又俗的俗人罢了，并不愿与这些"禄蠹"们来往。 |
| 袭 人 | 宝姑娘，你听听，他就是这个改不了。世界上哪有个不愿和做官的人往来，却愿和戏子交朋友的道理！ |
| 薛宝钗 | 这倒真要改一改才好，宝兄弟——（唱） |

   常言道，"主雅客来勤"，

   谁不想高朋到盈门，

   如今你尚未入仕林。

   也该会会做官的人，

   谈讲些仕途经济好学问，

   学会些处世做人真本领，

   正应该百尺竿头求上进，

   怎能够不务正业薄功名。

| 贾宝玉 | （深觉逆耳，对薛宝钗的好感顿失）宝姐姐，老太太要玩骨牌，正没人，你去玩骨牌去吧。 |
|---|---|
| 薛宝钗 | （羞红了脸，笑）我难道是专陪人家玩骨牌的么？ |
| 袭 人 | （忙劝解）姑娘不要理他这些，上回史大姑娘也劝过他一回，他也不管人家脸上过不去，咳了一声，提起脚来就走了。人家劝他上进，他总是骂人家什么"禄蠹"，你想怎么怨得老爷不生气呢。 |
| 薛宝钗 | （只笑了笑）我走了。 |
| 袭 人 | 宝姑娘再坐一会儿吧。 |
| 薛宝钗 | 不用了，我看看姨娘去。 |
| 袭 人 | 宝姑娘走好。（使手势要贾宝玉送薛宝钗） |

 〔贾宝玉不理袭人。

 〔袭人送薛宝钗下，复上，林黛玉上。

袭　人　宝姑娘真是心地宽大，有涵养。幸而是宝姑娘，要是换了林姑娘，又不知会怎么样呢！提起这些来，宝姑娘真叫人敬重，可是你倒和人家生分了。

〔林黛玉闻声止步。

贾宝玉　林姑娘从来没说过这些混账话！

袭　人　这难道是混账话吗？

贾宝玉　真想不到琼楼闺阁之中，也会染上了这种风气！（拂袖而入）

〔袭人取书随入。

〔林黛玉听了贾宝玉那番话，不觉又惊又喜，又悲又叹。

〔幕内伴唱：

"万两黄金容易得，

人间知己最难求。

背地闻说知心话，

但愿知心到白头。"

〔幕闭。

# 第五场　答宝玉

〔幕启。

〔荣国府厅上。

贾　政　（训贾宝玉）好端端的，你垂头丧气做什么？方才贾雨村来了，要见你，等你半天才出来。既出来了，又无慷慨潇洒的谈吐，显得委委琐琐的！（唱）

陪贵客你做委琐状，

陪丫头你倒脸生光。

自古道：世事洞明皆学问，

人情练达即文章。

可叹你，人情世故俱不学，

仕途经济撇一旁。

只怕是庸才难以成栋梁，

于家于国都无望！

近日来是谁跟着你上学？

〔焙茗忙进来请安。

焙　茗　就是小的焙茗。

贾　政　他到底读了些什么书？一定是读些流言混话在肚子里，学了些精致的淘气！嘿，等我空了，先剥了你的皮，再和这不上进的算账！

焙　茗　（吓得忙跪地）是，是。

贾　政　还在这里做什么，还不下去读书。

〔贾宝玉如逢大赦，和焙茗急奔下。

〔仆人上。

仆　人　禀老爷，忠顺亲王府里有人来见老爷。

贾　政　吩咐有请！

〔忠顺亲王府长府官上。

贾　政　不知大人驾到，有失远迎，望请恕罪。

长府官　岂敢，岂敢。

贾　政　大人请。

长府官　请。

〔贾政与忠顺亲王府长府官彼此见礼，入座。

〔仆人奉茶，下。

贾　政　大人请坐。

长府官　请坐。

贾　政　请问大人……

长府官　下官奉王命而来，有一事相烦，请老先生做主。

贾　政　望大人宣明，学生好遵谕承办。

长府官　（冷笑）也不必承办，只用老先生一句话就完了。

贾　政　哪里，哪里。

长府官　我们府上有一戏子，名叫琪官，乃是我王爷心爱的，如今三五日不见回去，四处寻找无着。城内众人传说琪官与令郎宝玉相交甚厚，听说逃出府去，也是令郎的主意。故此求老先生转致令郎，请将琪官放回，一则可慰王爷奉恳之意，那二来么也免下官求觅之苦。（作揖）

贾　政　（又惊又气）请大人稍待。来人！

〔仆人上。

贾　政　唤宝玉来!

〔仆人下，贾宝玉上。

贾宝玉　（与长府官对视了一下）老爷。

贾　政　你这该死的奴才!（唱）

在家里，你行为乖僻背训教，

在外边，无法无天又招摇，

那琪官是王爷驾前承奉人，

你胆敢引逗他出府逃。

小奴才，你不替祖宗增光彩，

却祸及于我添烦恼!

贾宝玉　什么琪官，我实在不知此事。

长府官　（冷笑，唱）

白纸难把烈火包，

公子你何苦瞒得牢!

贾宝玉　恐是讹传，亦未见得。

长府官　讹传?（唱）

现有真凭实据在，

他赠你汗巾还系你腰。

贾　政　你讲! 你讲!

贾宝玉　（唱）那琪官，厌倦台上鸾歌舞，

厌倦台下卖欢笑，

再不愿厕身优伶，

他愿做个闲乐渔樵。

长府官　如此说来，他人在哪里呢?

贾宝玉　……

贾　政　你讲!

贾宝玉　我却不知。

长府官　他避居东郊，可有此事?

贾宝玉　大人既知底细，又何必问我。

长府官　好，我且去找一回，找着了便罢，若没有，还来请教，告辞了。

贾　政　（与长府官同下，回头向贾宝玉）不许走开，回来有话问你！（送长府官出）大人慢走，大人慢走。（送长府官下）

贾宝玉　啊，琪官啊琪官——（唱）

　　　　可叹你纵有行者神通广，

　　　　只怕是难逃如来五指掌。（欲逃）

　　〔贾政复上。

贾　政　站住，（脸色铁青，逼视贾宝玉，掴了他一个巴掌）来人！

　　〔众仆人上。

贾　政　（手指贾宝玉，对仆人大声地）把宝玉绑了！取大板来，取绳子来！把门都关上，有人传信到里面去立刻打死！拖下去！拖下去！重重地打！

　　〔贾宝玉焦急四顾，求救无人，众仆人照贾政命令执行，绑了贾宝玉。

贾　政　天啊！天哪！想我贾府诗礼簪缨之族，富贵功名之家，竟出了个不忠不孝的逆子！（泪流满面，唱）

　　　　他不能光灿灿胸悬金印，

　　　　他不能威赫赫爵禄高登。

　　　　却和那丫头戏子结朋友，

　　　　做出了玷辱门楣丑事情。

　　　　不如今日绝狗命，

　　　　免将来弑父又弑君，

　　　　今日打死忤逆子，

　　　　明日我，情愿剃度入空门。

　　　　快与我活活打死休留情！

　　〔众仆人架着贾宝玉进内室，答挞声和贾宝玉的呼喊声传出。

贾　政　（直挺挺地坐在椅上，接唱）

　　　　免将来辱没祖宗留祸根。

　　　　替我拖出来！打！打！打！与我打。

　　〔众仆人架着面白气弱、遍体鳞伤的贾宝玉出。

贾　政　来，置放在地上（一脚踢开掌板子的，自己夺过板子来打，举起板子）

〔绣鸾扶王夫人急上。

王夫人　（夺下贾政手中的板子）宝玉！宝玉！（哭）老爷，宝玉虽然该打，老爷也要保重，打死宝玉事小，倘若把老太太气坏了，岂不事大了。

贾　政　（冷笑）夫人休提此言，我养了孽子，我已不孝，趁今日结果了他，以绝后患。

王夫人　（抱住贾宝玉）老爷也该看夫妻分上，我年已五十，只有这一孽障。我们娘儿两不如一同死了，在阴司里也得个依靠。宝玉，我的苦命的儿呀！

贾　政　（长叹一声）都是你，都是你把他宠成这样，我今天非勒死他不可，拿绳子来。

王夫人　（大哭）老爷！老爷！要是我的珠儿还活在世上的话，休说你打死一个宝玉，就是打死一百个宝玉，我也不管了。只是如今只有这一个儿子，老爷你就饶了他吧，饶了他吧。

贾　政　你与我放手！

王夫人　你要勒死他，还是把我先勒死了吧。

　　　　（内声："老太太来了。"

　　　　〔贾母颤巍巍的画外音："先打死我，再打死他，就干净了！"珍珠扶贾母上，王熙凤跟上。

贾　政　（躬身）老太太有什么吩咐，何必自己走来，唤儿子进去吩咐便了。

贾　母　（厉声）你原来和我讲话……我倒有话吩咐，只是我一生没养个好儿子，却叫我和谁说去！

贾　政　（忙跪下）老太太，做儿子管教他，也为的是荣宗耀祖，老太太说这话，我做儿子的如何当得起。

贾　母　呸！我只讲了一句话，你就禁不起，你那样的板子，难道宝玉就禁得起了？（看贾宝玉）

贾宝玉　（抱住贾母双膝）老祖宗……

贾　母　宝玉！（老泪纵横地）你这不学好不争气的孙子呵！（紧紧抱住贾宝玉）

　　　　〔幕闭。

# 第六场　闭门羹

〔幕启。

〔怡红院内外。

〔贾宝玉的伤才愈，这一天晚饭后，在榻上睡着了。袭人坐在榻边，手中做着针线，旁边放着一柄蝇拂，偶尔拿起拂子替贾宝玉拂赶飞虫。

〔薛宝钗上。

薛宝钗　（唱）饭后闲步到怡红院，嘘寒问暖把宝玉探。（叩门上铜环）

晴　雯　（开门）宝姑娘。

薛宝钗　宝二爷在吗？

晴　雯　二爷他已经睡了呀。

袭　人　（猛抬头，见是薛宝钗，忙放下针线，起身笑迎薛宝钗入屋）宝姑娘来了。

〔晴雯嘟着嘴下。

薛宝钗　你在做什么？（看袭人做的针线）哎呀！好漂亮的针线活！（唱）

　　　　　这白绫兜肚好鲜艳，

　　　　　上绣着蝶戏牡丹舞翩翩。

　　　　　如此殷勤费工夫，

　　　　　为谁忙碌拈针线？

〔袭人向榻上努嘴，表示是给贾宝玉做的。

薛宝钗　（笑）他这么大了，还要戴这兜肚么？

袭　人　他的伤刚好，夜里睡觉翻来覆去的，哄他戴上这兜肚，夜里落了被，也不会冻着。

薛宝钗　真亏你想得周到！（唱）

　　　　　你是又细心，又耐烦，

　　　　　事事想得多周全。

　　　　　不愧唤你贤袭人，

　　　　　宝兄弟，身边有你福不浅。

袭　人　（羞喜）姑娘，你又拿我取笑了。宝姑娘请坐。

薛宝钗　这是真话，宝兄弟要是没有你这样细心照料，只怕身上的伤就不能好得那么快了。

〔袭人叹气。

薛宝钗　（笑）好端端的怎么叹气了？

袭　人　宝姑娘，你哪里知道——（唱）

　　　　　老爷是毒打二爷家规严，

　　　　　为的是望子成龙把名显。

　　　　　谁知他好了疮疤忘了痛，

　　　　　未见本性改半点。

　　　　　我叹的是燕子做窠空劳碌，

　　　　　枉有这知寒送暖心一片！

薛宝钗　你又何必这样灰心呢？（唱）

　　　　　你是知心识意将他待，

　　　　　忠肝义胆人共见。

　　　　　非是我当面夸你好，

　　　　　也常听太太说你贤。

　　　　　常言道：急水尚有回头浪，

　　　　　宝兄弟，总有一日性情变。

　　　　　青云有路他终须到，

　　　　　飞黄腾达待来年。

袭　人　宝姑娘说得是。你也常为二爷费许多心思，你再帮我们劝劝他吧。

薛宝钗　（笑）好，只要用得着我，我决不推辞。（略顿，忽想及）哦，上次我听人说，你丢了个戒指是不是？

袭　人　姑娘真好记性。也不知是我粗心，还是晦气，竟把太太赏给我的一个好值钱的戒指弄丢了，再也找它不着，真叫人心疼。

薛宝钗　丢了也就算了。（脱下自己手上的戒指塞在袭人手里）我这个倒用不着，你把我这个拿去戴吧，只是恐不及太太送给你的那个好。

袭　人　（受宠若惊）宝姑娘，这我怎么受得起呢。

薛宝钗　这值得了什么，你就留着用吧。

袭　人　（感激不尽）咳！也只有你宝姑娘总是这般体贴人。

薛宝钗　以后你要是缺少点什么，只管问我要好了，用不着什么客气的。

**袭　人**　是，我知道。（略顿）宝姑娘来了半天，我茶都没有倒一杯，你坐一下，我去倒茶来。（下）

**薛宝钗**　不用了。（见袭人已走了出去，自顾看那针线活儿，便不留心，一蹲身，坐在袭人方才坐的所在，因见那个活计可爱，就随手拿了起来，替袭人做了）

**贾宝玉**　（翻腾了一下，在梦里喊骂）什么，什么话！和尚道士的话如何信得？什么金玉良缘，我偏要说木石姻缘！

　　〔薛宝钗闻言放下针线活儿，怔住了。

**贾宝玉**　（醒来）宝姐姐是你啊！（忙起身）

**薛宝钗**　宝兄弟，身体可大愈了？

**贾宝玉**　多谢你牵记着，我已经全好了。宝姐姐想必是来了许多时候。

**薛宝钗**　（笑）坐了一会儿，就听见你在梦中骂人，想不到我是来听你骂人的。

**贾宝玉**　（笑了）是真的？我一点都不知道。

**薛宝钗**　好了，梦里之言不足为信，就不谈它吧。我一来是望望你，二来听说你近来又做了几首新诗，倒想来拜读一番呢。

**贾宝玉**　诗倒是做了几首，只是总及不得你和林妹妹，（拉着薛宝钗的手）你来了，正好请你评论一下。

　　〔袭人上。

**袭　人**　（关好院门）那么请到里面来吧。

　　〔贾宝玉、薛宝钗同下。袭人随下。

　　〔林黛玉由院外上。晴雯由内出。

**晴　雯**　（发泄）什么宝姑娘，贝姑娘的，有事没事跑了来坐着，叫我们半夜三更的不得睡觉！

**林黛玉**　（唱）宝玉被笞身负伤，

　　　　　荣国府多的是无情棒！

　　　　　他是皮肉伤愈心未愈，

　　　　　我是三朝两夕勤探望。

　　（叩院门铜环）

**晴　雯**　（听到敲门声，没好气地）谁呀？都睡着了，有事明天再来吧！

**林黛玉**　是我呀！还不开门么？

晴　雯　（没听出是谁，使性子）凭你是谁，二爷吩咐的，一概不许放进
　　　　人来！（转身入内）

　　　　〔林黛玉又气又惊，欲高声问，忽听内室传来薛宝钗呼唤"宝兄
　　　　弟"声，又缩了回来。

　　　　〔幕内伴唱：

　　　　　　"一声呼叱半身凉，

　　　　　　独立花径心凄惶。"

林黛玉　（唱）人说是，大树底下好遮阴，

　　　　　　我却是寄人篱下气难扬。

　　　　　　只因我，无依无靠难自主，

　　　　　　才受他，薄情薄面冷如霜。

　　　　　　我是草木人儿被作践，

　　　　〔幕内伴唱：

　　　　　　"低头忍吃闭门羹。"

　　　　〔幕闭。


# 第七场　葬花、试玉

　　　　〔幕启。

　　　　〔数天后的一个早晨，大观园沁芳桥畔。

　　　　〔王熙凤内声："老祖宗走好"，王熙凤和薛宝钗扶着贾母，后面
　　　　跟着珍珠，旁边陪着薛姨妈和王夫人同上。

薛宝钗　（唱）四月天气雨乍晴，

　　　　　　陪着老太太来游春。

贾　母　（笑向薛宝钗）我的儿，难为你陪着我们老一辈来游园，这才添
　　　　了我们不少兴致呢！

薛宝钗　（唱）宝钗理该共做伴，

王熙凤　（唱）龙女应当陪观音。

　　　　〔众人笑。

薛姨妈　（唱）人说四月春将去，

　　　　　　我看是正当美景和良辰。

薛宝钗　老太太你累了，到那边坐一会儿吧。

贾　母　好呀!（唱）

　　　　　　老年虽有惜春意，

　　　　　　怎奈是白发已非赏花人。

王熙凤　老祖宗讲到哪里去了!（唱）

　　　　　　说什么白发已非赏花人，

　　　　　　依我看老太太越活越年轻，

　　　　　　长生不老活下去，

　　　　　　赛过南极老寿星。

贾　母　（笑）凤丫头，就凭你这张巧嘴!

薛宝钗　（笑）这几年，我留心看起来，二嫂子凭她怎样巧，总巧不过老
　　　　太太。

贾　母　我的儿，我如今老了，还巧什么，当年我像凤丫头一般年纪，倒
　　　　是比她还强呢。

王夫人　是啊，是这样的。

贾　母　姨太太，不是我当着姨太太的面奉承，千真万真，从我们家里四
　　　　个女孩儿算起，要说巧，要说好，都不及宝丫头。

王夫人　对，对，老太太说得真对。

薛姨妈　（笑）这话是老太太说偏了。

王熙凤　这倒是真的，我听老太太时常在背后也说宝姑娘好。

贾　母　凤丫头，等会儿你去准备一些好吃的东西，娘们儿今天索性就乐
　　　　一乐。（向薛姨妈）姨太太，想什么吃，都只管告诉我，我有本
　　　　事叫凤丫头办了来吃。

薛姨妈　老太太总是给她出难题，时常叫她弄了东西来孝敬。

王熙凤　姑妈休说了，我们老太太只是嫌人肉酸，要是不嫌人肉酸，早就
　　　　把我也吃了呢!

　　　　〔众人大笑，同下。

　　　　〔幕内伴唱：

　　　　　　"看不尽满眼春色富贵花，

　　　　　　说不完满嘴献媚奉承话，

　　　　　　谁知园中另有人，

偷洒珠泪葬落花。"

〔远处传来清幽的笛声。林黛玉肩担花锄缓步上，锄上挂着纱囊。

林黛玉　（唱）绕绿堤，拂柳丝，穿过花径，

听何处，哀怨笛，风送声声。

人说道，大观园，四季如春，

我眼中，却只是，一座愁城。

看风过处，落红成阵，

牡丹谢，芍药怕，海棠惊，

杨柳带愁，桃花含恨，

这花朵儿与人一般受逼凌。

我一寸芳心谁共鸣，

七条琴弦谁知音？

我只为，惜惺惺，怜同病，

不教你陷落污泥遭蹂躏，

且收拾起桃李魂，

自筑香坟埋落英。

（葬落花，吟《葬花词》）

花落花飞飞满天，

红消香断有谁怜？

一年三百六十日，

风刀霜剑严相逼，

明媚鲜妍能几时？

一朝漂泊难寻觅。

花开易见落难寻，

阶前愁煞葬花人，

花魂鸟魂总难留，

鸟自无言花自羞，

愿侬此日生双翼，

随花飞到天尽头！

天尽头，何处有香丘？

未若锦囊收艳骨，

> 一抔净土掩风流，
>
> 质本洁来还洁去，
>
> 不教污淖陷渠沟。

〔贾宝玉上，看到林黛玉在葬花，听到《葬花词》，不觉站立在山坡上听呆了。

**林黛玉** （接唱）侬今葬花人笑痴，

> 他年葬侬知是谁？
>
> 一朝春尽红颜老，
>
> 花落人亡两不知。

〔贾宝玉不觉恸倒在山坡上，把怀里兜着的落花撒了一地。

**林黛玉** 人说我痴，难道还有一个痴的不成？（回头见是贾宝玉）我打量是谁，原来是这个狠心短命……（叹了一声，躲开贾宝玉欲走）

**贾宝玉** 妹妹慢走。

〔林黛玉站住了。

**贾宝玉** 我知道你不理我，见了我就躲开，我只和你说一句话，从今后就撂开手。

**林黛玉** 你说吧！

**贾宝玉** 说两句，你听不听呢？

〔林黛玉回头就走。

**贾宝玉** （长叹）唉！既有今日，何必当初！

**林黛玉** （回过身来）当初怎么样？今日又怎么样？

**贾宝玉** 唉！（唱）

> 想当初，妹妹从江南初来到，
>
> 宝玉是终日相伴共欢笑。
>
> 我把那心上的话儿对你讲，
>
> 心爱的东西凭你挑。
>
> 还怕那丫环服侍不周到，
>
> 我亲自桩桩件件来照料。
>
> 你若烦恼我担忧，
>
> 你若开颜我先笑。
>
> 我和你同桌吃饭同床睡，

像一母所生亲同胞。

实指望亲亲热热直到底，

才见得我俩情谊比人好。

谁知道妹妹人大心也大，

如今是斜着眼睛把我瞧。

三朝四夕不理我，

使宝玉失魂落魄担烦恼。

我有错，你打也是，骂也好，

为什么远而避之将我抛？

你有愁，诉也是，说也好，

为什么背人独自常悲号？

你叫我不明不白鼓里蒙，

我就是为你死了，

也是个屈死鬼魂冤难告。

〔林黛玉又感激，又难受，淌下泪来。

贾宝玉　怎么你哭了？

林黛玉　我何曾哭来？

贾宝玉　你看，泪珠还滚着！（禁不住抬起手为林黛玉拭泪）

林黛玉　（后退几步）你要死了，动手动脚的。

贾宝玉　（笑）说话忘了情，不觉动了手，也就顾不得死活。

林黛玉　你这么说，我来问你，那天我到怡红院来，你为什么不叫丫头开门呢？

贾宝玉　此话从哪里说起，怪不得你不理我，我若敢这样对待妹妹，叫我立刻就死好了。

林黛玉　啐！那一天呀——（唱）

我不顾苍苔滑，天色昏，

来访你秉烛共谈心。

谁知道受了你丫环言欺凌，

尝了你怡红院里的闭门羹！

撇下我满目凄凉对院门，

遍体生寒立花径。

那一日你蒙着耳朵不理人，

今日何必指着鼻子把誓盟？

**贾宝玉** 好妹妹，我实在不知道你来过，那天只有宝姐姐来坐过一回。定是丫头们干出来的好事，等我回去问出是谁，定要教训教训她们。

**林黛玉** 是要教训教训才好，得罪了我倒是小事，要是以后宝姑娘来，贝姑娘来，把她们得罪了事情就大了。

**贾宝玉** （赶上前）你还说这些话，到底是气我还是咒我呢？

**林黛玉** （自悔不该这样说）这有什么要紧，筋都暴起来了，还急得一脸汗！（上前替贾宝玉拭汗）

**贾宝玉** （瞅了林黛玉半天，握住她的手）你放心。

**林黛玉** （怔了半晌，抽离身子）我又有什么不放心的？我真不明白你的意思，你倒说说，什么放心不放心的？

**贾宝玉** （叹了口气）你果然不明白这话么？难道我平日在你身上的心都用错了？若连你的意思都体贴不着，就难怪你天天为我生气了。

**林黛玉** 我真不明白。

**贾宝玉** 好妹妹，你不要骗我，你若真不明白这话，不但我平日白用了心，而且连你对待我的心都辜负了，你总是因为不放心的缘故，才多了心，才弄了一身的病，好妹妹，若能宽慰些，你的病就好了。

〔林黛玉听了这番话，如轰雷掣电一般，细思之，比自己肺腑中掏出来的还恳切，一时有千言万语要说，却半字也吐不出来，只是瞅着贾宝玉。

〔贾宝玉也怔怔地看着林黛玉。

〔林黛玉回身走去。

**贾宝玉** （拉住林黛玉）妹妹慢走，你再让我说一句话再走好不好？

**林黛玉** （非常恳切地）还有什么可说的？你的话，我都明白了。

〔袭人怕贾宝玉热，拿扇子上。

**贾宝玉** 你可知道了，好妹妹，我这个心从来也不敢说，今日大胆说出来，就是死了也情愿的。我为你也弄了一身的病，又不敢告诉人，只好挨着……

〔林黛玉轻轻地推开贾宝玉，下。贾宝玉出神地咀嚼着林黛玉的话。

〔袭人待林黛玉走了，便走近贾宝玉。

贾宝玉 （出了神，未察觉出是袭人，只以为是林黛玉）等你的病好了，只怕我的病才会好呢。我睡里梦里也忘不了你，好妹妹。

袭　人 （又惊、又急、又臊，忙推开贾宝玉）二爷，这是哪里的话？你怎么了？

〔贾宝玉猛醒过来，才觉察是袭人，满面紫涨，接过扇子来，一声不语。

袭　人 二爷，看你神色不好，还是回家去歇歇吧。

〔暗转。

〔若干日后。贾宝玉闷闷不乐地在园中背立着。

〔紫鹃上。

紫　鹃 宝二爷，你一个人在这里做什么？可曾看见我们姑娘吗？

贾宝玉 不曾见过。

〔紫鹃欲下。

贾宝玉 （叫住紫鹃）紫鹃慢走，我正有话问你呢。（示意紫鹃走近，坐下）近来林妹妹身子怎么样？夜里咳嗽得可好一些么？

紫　鹃 咳嗽倒好一些了。

贾宝玉 （双手合十）阿弥陀佛！

紫　鹃 （笑）奇怪，你这个不相信僧道的人，怎么也念起佛来了。真是新闻！

贾宝玉 这叫做"病急乱投医"了。紫鹃，妹妹吃燕窝了没有？

紫　鹃 我正要问你，这燕窝是谁给我们的呀？

贾宝玉 是我上次在老太太面前略露了一个风声。

紫　鹃 原来是你说了，我们正疑惑老太太怎么忽然想起来，叫人每日送一两燕窝来呢，原来是这样。

贾宝玉 燕窝吃惯了，吃上两三年，妹妹的病就好了。

紫　鹃 这又多谢你费心。

贾宝玉 紫鹃，天气不好，忽冷忽热的，你身上穿得这样单薄，妹妹已经病了，要是你再病了，那怎么得了。（爱抚紫鹃）

紫　鹃 （闪躲）从此我们只可说话，不能动手动脚的，一年大二年小，叫人看着不尊重。那些混账人背后都会说你的，你总不留心，还和小时候一般行为，这如何使得？况且姑娘也吩咐过我们，不要和你说笑，你看她近来远着你还恐远不及呢！

〔贾宝玉闻言，身上如泼了盆冷水。

**紫　鹃**　（见贾宝玉色变）怎么？你生我的气了？

**贾宝玉**　不曾生你的气。你的话说得有理，怪不得妹妹常常不理我了！唉！（坐在石凳上）死的死了，嫁的嫁了，走的走了……将来你们渐渐的也都不理我了，一想到这些，我才伤心起来。（拭泪）

**紫　鹃**　（忽有了个念头）呀！（背唱）

看宝玉虽是有情人，

是真是假还难分。

他和姑娘好一阵，又歹一阵，

不知道究竟安的什么心。

我紫鹃今日倒要试一试，

放一把火，炼他一炼，

看他是黄铜还是金。

**贾宝玉**　紫鹃，你在想什么？

**紫　鹃**　我在想，若每日一两燕窝，在这里吃惯了，明年家里去，哪里有钱吃得起这个？

**贾宝玉**　（吃惊地站起来）谁回家里去？

**紫　鹃**　（故作肯定地）你妹妹回苏州自己家里去。

**贾宝玉**　（终于笑了）你啊！你啊！你说什么谎呵！（唱）

你红嘴白牙胡乱云，

妹妹是苏州原籍早无亲。

老太太怜惜外孙女，

千里接归伴晨昏。

她离不开潇湘馆中千竿竹，

怎能去姑苏城内旧墙门？

**紫　鹃**　（冷笑）你太小看人了！（唱）

你以为贾府族大人丁旺，

难道说别人族中就无靠傍？

你可知水流千里要归大海，

燕子总有它旧画梁。

等姑娘将来出阁时，

自然要送她还故乡。

姓林的，不能在贾府住一世，

听说是，林家明春来接姑娘。

〔贾宝玉闻言怔住了。

〔紫鹃掩口而笑，等着听贾宝玉怎么回答，等了半天，见他只不作声，细看时，只见他神色大变，眼也直了，拉他时，手也冷了。

紫　鹃　（着了慌）宝二爷……

丫　头　（见此情景）袭人姐姐快来，二爷不好了！

〔袭人急上。

〔丫头急奔而下，去禀告太太。

袭　人　（惊慌失措地）二爷！二爷！这是怎么了？（埋怨紫鹃）你闯下什么祸了？

紫　鹃　我只不过和他说了几句话，他就变成这样。

袭　人　（哭）这怎么好呢！

〔袭人想扶贾宝玉回怡红院，但他动也不动。

〔远远有几乘竹轿，抬着贾母、王夫人与王熙凤急上。贾母、王夫人、王熙凤下轿，围住贾宝玉。

王夫人　宝玉！

贾　母　（怒气冲冲地）袭人！你们是怎样侍候的，把宝玉弄成这样！

袭　人　（跪下）不知紫鹃姑奶奶说了些什么话，二爷就眼也直了，手脚也冷了，话也不会说了。

王夫人　（慌乱）这可不中用了！

贾　母　（对紫鹃怒目而视）你这小丫头和他说了些什么？

王熙凤　死丫头，你与他说了些什么？

紫　鹃　我并不敢说什么，只是和他说句玩笑。（向贾宝玉）宝二爷，你可不能当真呀！

〔贾宝玉见了紫鹃，"哇"地哭出声来，众人见状才放心。

王熙凤　死丫头，得罪了二爷，还不过去赔罪！

贾宝玉　（一把拉住紫鹃）紫鹃，你们不能走！你们不能走！（唱）

　　　　　　要去连我也带了去。

贾　母　这是怎么回事？

紫　鹃　我只是和他开玩笑，说是林姑娘要回苏州自己家里去。

贾　母　咳！我当有什么事！

　　〔一老婆子上。

老婆子　林妈妈他们都来看宝二爷来了。

贾　母　你叫林妈妈客堂坐一会儿。

贾宝玉　（大嚷）不得了！不得了！林家的人接妹妹来了！快打出去！

贾　母　（忙顺着贾宝玉）快打出去吧。

王熙凤　打出去！打出去！

贾宝玉　除了林妹妹——（唱）

　　　　　　凭是谁，不许他姓林。

贾　母　（吩咐众人）对呀，以后你们不准提到林字，不要叫姓林的进
　　　　　来，都听见了吧？

王熙凤　你们听见了没有，不许姓林的进来。

贾宝玉　（忽望见桥畔河上的船，指船）你们看，那边有一只船来接林妹
　　　　　妹！（唱）

　　　　　　你看船在那边等。

贾　母　（忙吩咐）来人哪！快把船摇走！（扶贾宝玉）宝玉，你总该放心
　　　　　了吧。

贾宝玉　（紧紧地拉住紫鹃，脸上充满笑容，唱）

　　　　　　林妹妹她从今以后去不成！

　　〔贾母、王夫人愕然相视。

　　〔幕闭。


# 第八场　王熙凤献策

　　〔幕启。

　　〔某年秋天黄昏。贾母房中。

　　〔贾母呆呆地捧着茶盅，心情沉重。王夫人坐在下首。傻丫头随

侍在侧。

贾　母　我看宝玉病得奇怪，那黛玉又忽然病忽然好的，以前小孩子们搁在一起，也不怕什么，如今……你看怎么样？

〔王熙凤悄悄上。

王夫人　（呆了一呆）林姑娘是个有心的人，至于宝玉，不避嫌疑是有的。但此时若把他们隔开了，岂不倒露了痕迹？

贾　母　唉！像我们这样人家，女孩子断不能存一点心思，若叫外人知道，脸上都没光彩。

王夫人　老太太，依我看"男大当婚，女大当嫁"。还是赶着给宝玉成了亲，也免得闯出什么祸来，说不定冲一冲喜病也就好了。

贾　母　我也正想到这一层。我们娘儿俩先合计合计，再与政儿商量。

王熙凤　（插进来）老祖宗，太太，要让宝兄弟成亲么？不是我当着老祖宗和太太的面说句大胆的话，眼面前放着天配的姻缘哩！

贾　母　（笑）在哪里？

王熙凤　一个"宝玉"，一个"金锁"，老祖宗怎么忘了？

贾　母　如此说来，倒是我悖晦了。

王夫人　老太太，我的心里也是这样想，依我看来……（唱）

林姑娘虽是有貌又有才，

只恐怕多愁多病福分浅。

宝丫头德容皆备有福相，

品格端方十分贤。

〔袭人上。

王熙凤　可不是么，林姑娘好虽好，只是像盏美人灯儿，禁不起风吹就破，那宝姑娘啊——（唱）

更有金锁配宝玉，

是一对天生的并蒂莲，

能使家和万事兴，

助得宝玉富贵全。

贾　母　宝丫头倒是合人心意的。咳！黛玉这孩子，就是身体单薄，性情外露，不像宝丫头那样宽厚福相。

王夫人　老太太，我还替宝玉算过命，那先生好灵验——（唱）

　　　　　说宝玉今年交晦运，

　　　　　冲喜才能解灾星，

　　　　　若娶一个金命人，

　　　　　长命富贵福盈门。

**王熙凤**　老祖宗，依我看这是姻缘簿上早注定了。

**贾　母**　对呀，既然你们都说宝丫头好，我的主意也就定了。

**王夫人**　老太太，我们心里虽说好，但林姑娘也要给她说了人家才好。倘若这女孩儿真与宝玉有些私心，若知道宝玉定下宝钗，倒防生出什么事来呢。

**贾　母**　自然先给宝玉娶亲，然后再给林丫头找婆家，再没有先是外人，后是自己的。至于宝玉定亲的话，就不许叫她知道罢了。

**王熙凤**　（吩咐傻丫头）你听见了，可不准传出去，若漏了一个字，当心打断你两条腿！

　　〔傻丫头呆呆地点头。

**袭　人**　（忽然站了出来，哭跪在地）老太太，太太……

**王夫人**　好端端的有什么委屈了？起来说吧。

**袭　人**　（起立）这话，奴才本是不敢讲的，现在没法子只好讲了——（唱）

　　　　　宝二爷若娶宝姑娘，

　　　　　这真是天造地设配成双。

　　　　　二爷得了百年福，

　　　　　奴婢也沾一线光。

　　　　　怎奈是，金玉配，恐生风浪，

　　　　　我知道他心里只有个林姑娘。

　　　　　曾记得，沁芳桥畔事一桩，

　　　　　他曾经把我错当作林姑娘。

　　　　　说什么，为你弄成一身病，

　　　　　睡里梦里不相忘。

　　　　　曾记得，紫鹃一句玩笑话，

　　　　　他掀起黄河千层浪。

　　　　　如今若知娶亲事，

　　　　　只恐怕天大的祸事也会闯。

111

　　　　　倒不如，未曾落雨先带伞，

　　　　　老太太，能提防处且提防。

〔这番话把贾母听得哑口无言。

王夫人　老太太。

贾　母　（半晌，长叹一声）唉！别的事都好说，若宝玉真这样，这倒叫人难了！

王熙凤　（胸有成竹地）难倒不难，我想到了一个主意。（示意傻丫头退下，等傻丫头和袭人都退下）但不知姑妈肯不肯？

王夫人　你只管说来。

王熙凤　依我看，这件事只有一个"掉包"的法子。

贾　母　掉包？

王熙凤　是啊，掉包的法子。只是外头一概不准提起。（与王夫人耳语）

王夫人　（点头笑了笑）也罢了。

贾　母　你们娘儿两个捣什么鬼，也该让我听听。

王熙凤　（又与贾母耳语）老祖宗……

贾　母　（点头）只是能瞒得过么？

王熙凤　老祖宗——（唱）

　　　　　这换斗移星又何难，

　　　　　宝玉他病中怎识巧机关？

　　　　　到时候红盖头遮住新奶奶，

　　　　　扶新人可用紫鹃小丫环。

　　　　　等到那酒阑人也散，

　　　　　生米煮成熟米饭，

　　　　　管保他销金帐内翻不了脸，

　　　　　鸳鸯枕上息波澜。

〔贾母与王夫人只是点头。

〔幕闭。

## 第九场　傻丫头泄密

　　　　〔幕启。

〔已是深秋季节。林黛玉早饭后带着紫鹃在园里散闷，走到沁芳桥畔忽发现忘了带手绢。

**林黛玉** 紫鹃，我一时出来，忘了带手帕，你替我回去取一下，我在这里等着你。

**紫　鹃** 好，我就去拿来。（下）

**林黛玉** （倚着栏杆，看秋风萧瑟，景物凋谢，不禁感触，低吟）

　　　　风萧萧兮秋气深，

　　　　忧心忡忡兮独沉吟，

　　　　望故乡兮何处？

　　　　倚栏杆兮涕沾襟……

〔林黛玉未曾吟完，忽听那边山石旁的哭声，便走了过去，只见一个浓眉大眼的丫头坐在那里哭，傻丫头见是林黛玉，便不敢再哭，站起来拭泪。

**林黛玉** 你好好的为什么在这里啼哭，受什么人的气了？

**傻丫头** 林姑娘，你评评这个理，他们说话我又不知道，我就说错了一句话，我姐姐也不该打我呀！

**林黛玉** 你姐姐是哪一个？

**傻丫头** 就是珍珠姐姐。

**林黛玉** 你叫什么？

**傻丫头** 我叫傻大姐。

**林黛玉** 你姐姐为什么要打你？你说错什么话了？

**傻丫头** 为什么？还不是为宝二爷娶宝姑娘的事情。

**林黛玉** （以为听错了，拉傻丫头近身）你说什么？

**傻丫头** 就是为宝二爷娶宝姑娘的事情。

〔好像被一道疾雷打在心上，林黛玉只觉得心头乱跳，跌坐在石凳上。

**傻丫头** （未发觉林黛玉的异常，唱）

　　　　老太太和太太奶奶商量着，

　　　　要娶宝姑娘做媳妇，

　　　　第一件可给宝玉来冲喜，

　　　　第二件……

(瞅着林黛玉,傻笑了一下,接唱)

　　赶着办了,还要给你林姑娘说婆家呢!

我们家真是喜事多,(又委屈地哭了,接唱)

　　今日里我在袭人姐姐房中坐。

　　我只不过说了一句话,

我说"将来更热闹了,又是宝姑娘,又是宝二奶奶,这可怎么叫呢?"(接唱)

　　那珍珠姐姐就打我,

　　她说我不听上头曾吩咐,

　　她骂我舌头长,嘴巴多。

(抹了把鼻涕,诉苦,接唱)

　　林姑娘,我可真受冤枉呀!

　　自古来,哪个姑娘不出阁,

　　哪个少爷不娶媳妇,

　　为什么不许人家说一句?

　　为什么装神弄鬼瞒着做?

(见林黛玉不理自己,又看到林黛玉神色不对)

　　林姑娘……(惊惶地下)

〔幕内伴唱:

　　"好一似塌了青天,沉了陆地,

　　魂如风筝断线飞!

　　眼面前,桥断、树倒、石转、路迷,

　　难分辨,南北东西。"

〔林黛玉脸色苍白,身子晃荡,脚步斜软,似若迷失方向,在园中转东转西地走。紫鹃取手帕上,见林黛玉神色异常,惊疑地赶了过来,扶住她。

紫　鹃　(轻声地)姑娘,你究竟要往哪里走呀?

林黛玉　(半晌)我……我问问宝玉去!(急向桥上走去,未走几步,身子往前一栽,回过头来,靠着栏杆,一口血直吐了出来)

紫　鹃　(急扶)姑娘,姑娘……

〔幕闭。

# 第十场　黛玉焚稿

〔幕启。

〔悄无人声的潇湘馆，在冬日的黄昏愈益显得落寞。风摇动着窗外的竹子，竹子在风中挣扎。

〔林黛玉病卧榻上，紫鹃守候在榻边。

紫　鹃　（端药）姑娘，起来吃药吧。

〔林黛玉摇头。

紫　鹃　（泣声）你就吃一点吧。

〔林黛玉推开药碗。紫鹃一阵心酸，禁不住哭起来。

〔林黛玉挣扎坐起，又喘成一片，紫鹃忙拿软枕让她靠住坐了。

林黛玉　妹妹你哭什么，（苦笑）我哪里能够死呢！

紫　鹃　姑娘！（唱）

　　　　与姑娘情如手足长厮守，

　　　　这模样，教我紫鹃怎不愁？

　　　　端药给你推开手，

　　　　水米未曾入咽喉。

　　　　镜子里只见你容颜瘦，

　　　　枕头边只觉你泪湿透。

　　　　姑娘啊！想你眼中能有多少泪，

　　　　怎禁得冬流到春，夏流到秋？

　　　　姑娘啊！你要多保养，莫哀愁，

　　　　把天大的事儿放开手。

　　　　保养你玉精神，花模样，

　　　　打开你眉上锁，腹中忧。

林黛玉　（感激地对紫鹃笑了笑，唱）

　　　　你好心好意我全知，

　　　　你曾经劝过多少次。

　　　　怎奈是，一身病骨已难支，

　　　　满腔愤怨非药治。

只落得，路远山高家难归，

地老天荒人待死。

紫　鹃　姑娘——（唱）

姑娘你身子乃是宝和珍，

再莫说这样的话儿痛人心。

世间上总有良药可治病，

更何况府中都是疼你的人。

老祖宗当你掌上珍，

众姐妹贴近你的心……

林黛玉　（生气地）不要说了！（唱）

紫鹃休提府中人，

这府中，谁是我知冷知热亲！

（满腔悲愤地喘息，注视紫鹃）妹妹，只有你是我最知心的了。

（接唱）难为你，知冷知暖知心待，

问饥问饱不停闲。

你为我，眼皮儿终夜未曾合，

你把我，骨肉亲人一样待。

老太太派你服侍我这几年，

我将你当作我的亲妹妹。

紫　鹃　姑娘……

林黛玉　（支撑住身子，用劲地）把我的诗本子拿来！

紫　鹃　姑娘，等身体好了再看吧。

〔林黛玉摇头，紫鹃取诗稿给她，见她又咯了血，忙用手绢替她揩拭，林黛玉指手绢，紫鹃知是又要手绢，遂去取。

林黛玉　（使劲地）有字的！

〔紫鹃知林黛玉是要哪块手绢，便取来给她。林黛玉接过诗帕，狠命地想撕碎它，但无力的手只有打颤的份儿。

紫　鹃　姑娘，姑娘，何苦自己又生气呢！

〔林黛玉指火盆。

紫　鹃　（以为林黛玉觉得冷）姑娘多盖上一件吧！那火盆有炭气，只怕受不住。

〔林黛玉只是摇头，紫鹃只得端火盆放在榻边。

林黛玉　（拿起诗稿，无限感慨，唱）

我一生与诗书作了闺中伴，与笔墨结成骨肉亲。

曾记得菊花赋诗夺魁首，

海棠起社斗清新，

怡红院中行新令，

潇湘馆内论旧文，

一生心血结成字，

如今是记忆未死，墨迹犹新。

这诗稿不想玉堂金马登高第，

只望它高山流水遇知音，

如今是知音已绝，诗稿怎存？（焚稿）

紫　鹃　姑娘，这又何苦呢！

林黛玉　（唱）把断肠文章付火焚。

（取诗帕，无限伤感地看了一阵，接唱）

这诗帕原是他随身带，

曾为我揩过多少旧泪痕。

谁知道，诗帕未变人心变，

可叹我真心人换得个假心人。

早知人情比纸薄，

我懊悔留存诗帕到如今，

万般恩情从此绝……（焚帕）

〔紫鹃欲阻，又不敢。

林黛玉　（接唱）只落得一弯冷月葬诗魂。（昏迷）

紫　鹃　姑娘，你醒一醒。

〔林黛玉转醒。

紫　鹃　快躺下吧。

〔林黛玉躺下，紫鹃服侍她睡了，潇湘馆又是一片死寂。

〔雪雁掀帘而入。

紫　鹃　雪雁，你告诉了老太太、太太林姑娘病重，她们怎样说？

雪　雁　姐姐不要问了，宝二爷真的娶宝姑娘了！（看了一眼病榻，然后

　　　　　　轻声地）就在今夜做亲，新房都另外收拾了，上头吩咐了，不叫
　　　　　　我们知道。

紫　鹃　（呆了一下，咬着牙）这些人怎么竟这样狠毒冷淡啊！（唱）

　　　　　　　　怪不得病榻边只有孤灯陪，

　　　　　　　　却原来鹁鸪鸟都拣那旺处飞，

　　　　　　　　铁心肠哪管人死活，

　　　　　　　　来探望的人儿却有谁！

　　　　　宝玉！我看她明朝死了，你拿什么脸来见我！（接唱）

　　　　　　　　真想不到，你也是——

　　　　　　　　骨如寒冰心似铁，

　　　　　　　　摘了新桃忘旧梅！

　　　　〔周妈妈上。

雪　雁　周妈妈来了。

周妈妈　林姑娘怎样了？（看到林黛玉病状）咳……

雪　雁　周妈妈有什么事么？

周妈妈　我和紫鹃姑娘说几句话。（向紫鹃）紫鹃姑娘，方才老太太和二
　　　　　奶奶商量过，那边要用你使唤呢。

紫　鹃　（一抹眼泪，切齿）周妈妈你先请吧！等人死了，我们自然是出
　　　　　来听候使唤的，只是林姑娘还有一口气呢！

周妈妈　（很不受用）姑娘！你这话对我说倒是使得，我可怎么去回禀上
　　　　　头呢？

紫　鹃　（愤懑一齐迸发）周妈妈，你只管去回禀上头！（唱）

　　　　　　　　宝二爷婆亲瞒不了谁，

　　　　　　　　又何必未断气把命催！

　　　　　　　　那边是一片喜气人如蚁，

　　　　　　　　聪明能干的一大堆，

　　　　　　　　要我紫鹃有何用？

　　　　　　　　锦上添花我又不会！

　　　　　　　　我紫鹃今日里，

　　　　　　　　只愿听这病榻旁边断肠话，

　　　　　　　　决不捧那洞房宴上合欢杯。

但等姑娘断了气，

    该把我粉身碎骨我也不皱眉！（拂袖）

**周妈妈**  （无可奈何地）紫鹃姑娘，我也是上命差遣，概不由己呀。好吧，那就让雪雁跟我走吧。怎么，一个也不去，上头是饶不过人的！（拉雪雁）

〔雪雁只得跟着周妈妈下。

〔鼓乐声传来，榻上的林黛玉渐渐地睁开眼睛，挣扎着要坐起来，紫鹃忙扶住她。

**林黛玉**  你听……

**紫  鹃**  姑娘，姑娘，没有什么……

**林黛玉**  （唱）笙箫管笛耳边绕，

    一声声犹如断肠刀。

    他那里花烛面前相对笑，

    我这里长眠孤馆谁来吊？

**紫  鹃**  姑娘！（哭泣）

**林黛玉**  （紧握住紫鹃的手）妹妹……我是不中用的人了——（唱）

    多承你伴我月夕共花朝，

    几年来一同受煎熬，

    到如今浊世难容我清白身，

    与妹妹永别在今宵，

    从今后你失群孤雁向谁靠？

**紫  鹃**  姑娘！（扑入林黛玉怀中痛哭）

**林黛玉**  （唱）只怕是寒食清明，梦中把我姑娘叫。

〔紫鹃哽咽。

**林黛玉**  我在这里没有亲人，我的身子是干净的，你好歹叫他们送我回去！（唱）

    我质本洁来还洁去，

    休将白骨埋污淖。

**紫  鹃**  姑娘，姑娘你怎么啦！

〔又一阵从远处传来的喜乐声。

**林黛玉**  宝玉！宝玉！你好……（死去）

119

紫　鹃　（伏倒在林黛玉身上，哭呼）姑娘！姑娘！

〔喜乐声愈来愈高，掩盖了紫鹃的哭声。

〔幕闭。

# 第十一场　"金玉良缘"

〔幕启。

〔在喜乐声中，一对新人被送入洞房，喜娘披着红，扶着蒙着盖头的新娘，下首扶新娘的便是雪雁，跟着进来了穿着喜服的贾母、王夫人、王熙凤和袭人。新人坐了帐。雪雁愤愤地看了贾宝玉一眼，退了出去。喜娘给新郎、新娘奉上合欢酒，然后向贾母等道喜后也退了出去。在红烛和喜服相互辉映下，洞房似乎是满室生春。

贾宝玉　（满脸堆笑，挨近新娘）林妹妹！

〔新娘的身子颤动了一下。

贾宝玉　你身子好了没有？我们好久不见面了，现在可盼到了这一天！妹妹……（欲揭开红盖头）

〔王熙凤忙推开贾宝玉。袭人扶新娘坐到花烛前。

王熙凤　宝兄弟！

贾　母　宝玉！你要稳重点呵。

贾宝玉　妹妹，今天真是从古到今天上人间第一件称心满意的事啊！（唱）

　　　　我合不拢笑口将喜讯接，

　　　　数遍了指头把佳期待。

　　　　总算是，东园桃树西园柳，

　　　　今日移向一处栽。

　　　　此生得娶林妹妹，

　　　　心如灯花并蕊开，

　　　　往日病愁一笔勾，

　　　　今后乐事无限美。

　　　　从今后，与你春日早起摘花戴，

　　　　寒夜挑灯把谜猜，

添香并立观书画，

步月随影踏苍苔；

从今后，悄语娇音满室闻，

如刀断水分不开。

这真是，银河虽阔总有渡，

牛郎织女七夕会。

（对周围众人）咦，方才只见雪雁，却为何不见紫鹃呢？

王熙凤　她的生肖冲了，因此不来。

贾宝玉　原来如此。林妹妹你盖着这个东西做什么？我们何必用这些俗套
　　　　呢？（欲揭盖头）

〔贾母等人急出了一身冷汗。

王熙凤　（阻止）宝兄弟！

〔贾宝玉住手，但歇了一歇，耐不住又想要去揭盖头。

王熙凤　（又阻止）宝兄弟！（拉贾宝玉至一边，唱）

做新郎总该懂温柔，

休惹得新娘气带羞。

多生欢喜少痴傻，

随缘随分莫贪求。

老祖宗都是为你好，

须懂孝顺乃是第一筹。

贾宝玉　（笑）你说我傻，我看你倒是真傻呢，我把我的心都交给了她，
　　　　我还能对她不温柔么？（唱）

我爱她敬她都来不及，

怎会使她气带羞，

今日我十分喜减去一身病，

百炼钢早化作绕指柔。

王夫人　宝玉，我的儿——（唱）

愿你俩相敬如宾到白头，

这才是父母之心不辜负。

贾宝玉　那还用说么？

贾　母　宝玉，来！你母亲的话可要记住。这是为你好呀！

贾宝玉　知道。(又走向新人)妹妹,虽然这红盖头啊——(唱)

　　　　　　遮住你面如桃李眉如柳,

　　　　　　却遮不住心底春光往外透。

　　　　〔贾宝玉蹲下身子看新娘,众人提心吊胆地亦随着看。

贾宝玉　但叫我如何能不揭开它呢?……(按捺不住,终于揭开了盖头,
　　　　仔细一看,像是薛宝钗,心中不信,急持灯来照看,可不是薛宝
　　　　钗又是谁呢,发愣)我是在哪里呢?袭人,你来咬咬我的手指
　　　　头,看我是不是在做梦?

　　　　〔众人忙接过灯去,扶贾宝玉坐了,贾宝玉发着呆。

王熙凤　什么做梦不做梦,不要胡说!老祖宗在这里坐着,老爷也在外面
　　　　坐着呢。

贾宝玉　(问袭人)方才这床上坐的美人儿是谁啊?

袭　人　是新娶的二奶奶。

贾宝玉　你真糊涂,那新娶的二奶奶是谁?

袭　人　(在王熙凤的示意下,肯定地)是宝姑娘。

贾宝玉　林姑娘呢?

袭　人　怎么混说起林姑娘来,老爷做主娶的是宝姑娘。

贾宝玉　(大惊失色)是宝姑娘?

王熙凤　是呀,就是宝姑娘。

王夫人　宝玉,是娶的宝姑娘。

袭　人　是宝姑娘。

贾宝玉　宝姑娘?……老祖宗,这到底是怎么一回事?到底是怎么一回事?

贾　母
王夫人　是娶的宝姑娘。

贾宝玉　我方才明明与林妹妹成的亲,雪雁还扶着她呢!怎么?怎么一霎
　　　　时都变了,都变了!这是为什么?……为什么?为什么?

王熙凤　(安慰坐立不安的贾母)老祖宗,船到桥门总会直的,你坐下。

　　　　〔王熙凤一言方毕,贾宝玉放声大哭,贾母等人手足无措。

贾宝玉　(哭)林妹妹!(伏桌,痛心疾首地唱)

　　　　　　我以为百年好事今宵定,

　　　　　　为什么月老系错了红头绳?

为什么梅园错把杏花栽?

为什么鹊巢竟被鸠来侵?

莫不是老祖宗骗我假做亲,

宝姐姐赶走我心上人!

贾　母　宝玉,你听我讲,听我讲。

贾宝玉　(不理贾母)林妹妹!(唱)

你定是气息奄奄十分病,泪似滚水煎着心。

你们听,你们可听到林妹妹的哭声?袭人你告诉我,你可会听见她哭声呀?

王夫人　你听娘说,宝玉⋯⋯

贾宝玉　(扑跪贾母面前,捶胸)老祖宗,我要死了。

贾　母　(安慰贾宝玉)宝玉你怎么样?你怎么样?

贾宝玉　我有一句心里的话要说——(唱)

林妹妹与我都有病,

两个病原是一条根,

望求你,把我们放在一间屋,

也好让同病相怜心靠心,

活着也能日相见,

死了也好葬同坟!

贾　母　宝玉⋯⋯

贾宝玉　老祖宗啊!(唱)

天下万物我无所求,

只求与妹妹共死生。

老祖宗!你依了我吧!(连连叩拜)

贾　母　(捶心,老泪纵横)宝玉,今天是你大喜的日子,你竟病得这样,好叫我心痛,你呀,你呀⋯⋯

〔王夫人呆若木鸡,能说惯道的王熙凤也束手无策,薛宝钗心内又痛又乱,垂头无语,洞房一片沉寂,方才满室生春的气象已烟消云散。

贾宝玉　我知道求你们也没有用!(立起身来,不顾一切地)我找林妹妹去!

王熙凤　（急上前）宝兄弟……

贾宝玉　（推开王熙凤）我找林妹妹去！

贾　母　（拦阻贾宝玉）宝玉！你……

贾宝玉　（推开贾母）我找林妹妹去！

薛宝钗　宝玉，林妹妹她已经死了。

〔贾宝玉闻言昏了过去，洞房内顿时乱了秩序，众人扶着贾宝玉声声呼喊，贾母颓然地倒在椅子上。

〔幕内伴唱：

　　　　“好一条掉包计偷柱换梁，

　　　　只赢得惨红烛映照洞房。”

〔幕闭。

# 第十二场　哭灵、出走

〔幕启。

〔冬日黄昏，潇湘馆林黛玉灵前。

〔紫鹃内声：“宝二爷！老太太不准你进来，你进来做什么，快回去吧！宝二爷！宝二爷！”

〔贾宝玉奔上。紫鹃追上。

贾宝玉　（一呆）林妹妹……我来迟了！我来迟了！（唱）

　　　　金玉良缘将我骗，

　　　　害妹妹魂归离恨天。

　　　　到如今，人面不知何处去，

　　　　空留下，素烛白帏伴灵前。

　　　　林妹妹！林妹妹……

　　　　如今是千呼万唤唤不归，

　　　　上天入地难寻见，

　　　　可叹我，生不能临别话几句，

　　　　死不能扶一扶七尺棺！

　　　　妹妹啊！

　　　　想当初，你孤苦伶仃到我家来，

只以为暖巢可栖孤零燕。

我和你，情深犹如亲兄妹，

那时候两小无猜共枕眠。

到后来，我和妹妹都长大，

共读《西厢记》在花前。

宝玉是剖腹掏心真情待，

妹妹是心里早有口不言。

到如今，无人共把《西厢记》读，

可怜我伤心不敢立花前。

记得你怡红院尝了闭门羹，

你是日不安心夜不眠。

妹妹呀，你为我是一往情深把病添，

我为你，睡里梦里常想念。

好容易盼到洞房花烛夜，

总以为美满姻缘一线牵。

想不到林妹妹变成宝姐姐，

却原来，你被逼死我被骗！

实指望，白头到老多恩爱，

谁知晓，今日你黄土垅中独自眠！

林妹妹，自从你居住大观园，

几年来，心头愁结解不开。

落花满地伤春老，

冷雨敲窗不成眠。

你怕那，人世上风刀和霜剑，

到如今，它果然逼你丧九泉。

紫　鹃　宝二爷，夜深了，你不便多留，快回去吧。

贾宝玉　紫鹃，我知道，妹妹恨我，你也恨我，我就是死了也是个屈死鬼。

紫　鹃　这些话我已经听惯了，人死了，还说个什么呢！

贾宝玉　紫鹃，妹妹临死时，她讲点什么？

紫　鹃　唉！（唱）

想当初，姑娘病重无人理，

床前只有我知心婢。

她这边是冷屋鬼火三更泣，

你那边是洞房春暖一天喜。

只听她恨声呼宝玉，

这辛酸的事儿我牢牢记。

（指着贾宝玉，接唱）

宝二爷，你来迟了！来迟了！

人死黄泉难扶起。

贾宝玉 （痛哭）你不能怪我，这是父母做主，并不是我负心！

紫　鹃 （伏桌哭泣）姑娘……

贾宝玉 （环视四周，唱）

问紫鹃，妹妹的诗稿今何在？

紫　鹃 （唱）如片片蝴蝶火中化。

贾宝玉 （唱）问紫鹃，妹妹的瑶琴今何在？

紫　鹃 （唱）琴弦已断休提它。

贾宝玉 （唱）问紫鹃，妹妹的花锄今何在？

紫　鹃 （唱）花锄虽在谁葬花？

贾宝玉 （唱）问紫鹃，妹妹的鹦哥今何在？

紫　鹃 （唱）那鹦哥，叫着姑娘，学着姑娘生前的话。

贾宝玉 （唱）那鹦哥也知情和义，

紫　鹃 （唱）世上的人儿不如它！

贾宝玉 （哭呼）林妹妹，我被人骗了，被人骗了！（唱）

九州生铁铸大错，

一根赤绳把终身误。

天缺一角有女娲，

心缺一块难再补。

你已是质同冰雪离浊世，

我岂能一股清流随俗波！

从今后，你长恨孤眠在地下，

我怨种愁根永不拔。

人间难栽连理枝，

　　　　我与你世外去结并蒂花。

　　〔远处传来寺院晚钟声声，贾宝玉若有所悟，愤然摘下了颈项上
　　的宝玉，痴视着。

**紫　鹃**　（低头泣语）宝二爷，你快回去吧！

**贾宝玉**　回去吧……回去吧。（弃玉于地）

　　〔贾宝玉在晚钟声和合唱声中，默默于灵前告别，下。

　　〔幕内伴唱：

　　　　"他抛却了莫失莫忘通灵玉，

　　　　挣脱了不离不弃黄金锁，

　　　　离开了苍蝇竞血肮脏地——"

　　〔贾宝玉已走得无影无踪。只听幕内呼唤："宝二爷——"紫鹃在
　　灯光下，发现弃在地上的那块宝玉，她拾了起来，木立出神。

　　〔袭人内声："找到宝二爷没有？"

　　〔周妈妈内声："看来是找不到他了，找不到了！"

　　〔幕内伴唱：

　　　　"撇掉了黑蚁争穴富贵窠。"

　　〔晚钟声愈来愈远。


　　　　　　　　　　　　　　　　　　　——剧　终



　　《红楼梦》创作于1958年，由王文娟、徐玉兰等著名越剧演员联合登台。
1959年作为建国十周年献礼剧目赴京演出。1962年由上海海燕电影制片厂拍
摄成戏曲艺术片。


## 作者简介

徐　进　（1923—2010），男，浙江省慈溪人，一级编剧。曾为芳华、玉
　　　　兰、东山、云华等越剧团编剧，华东越剧实验剧团编剧，华东戏
　　　　曲研究院地方戏曲创作组组长，上海越剧院创作室主任、副院
　　　　长、艺术顾问。1943年开始发表作品。著有越剧及电影文学剧
　　　　本《红楼梦》《梁山伯与祝英台》《舞台姐妹》(合作)等。

·豫　剧·

# 朝阳沟

杨兰春

**人　物**　拴保、银环、拴保娘、银环妈、支书、二大娘、拴保爹、巧真、老头、老小孩、伶歌、同学、男女社员。

# 第一场

〔娃娃曲牌催开大幕。

〔春暖花开的季节。在公园里。一道围墙，隔墙眺望，是新建的工厂楼房，围墙内有个八角凉亭屹立在土坡上。凉亭对面，有一座汉白玉小桥，桥下是莲花池塘。小桥附近有一个花坛，月季、牡丹正在开放，一张长椅放在花坛一旁。古老的松柏树，树枝平伸，分成左右两行。

〔银环跑上。她长得很漂亮：头发黑黑丁丁，脸蛋白白生生，两道眉弯整整，一对大眼水灵灵。她穿着方格红外套，雪白衬衣大翻领，两根长辫分左右，围着一条白纱巾。她坐到长椅上，看上去很急躁，看看《中国青年》，翻翻《人民日报》，一会儿愁眉苦脸，一会儿似笑非笑，究竟为了何事？一唱咱就知道。

**银　环**　（唱）杏花谢桃花开春回冬去，

　　　　　　一转眼又半年又愁又急。

　　　　　　祖国的大建设一日千里，

　　　　　　看不完数不尽胜利消息。

　　　　　　农村是青年人广阔天地，

　　　　　　同学们走一批又一批毫不犹豫。

　　　　　　妈呀妈，你何时同意让我去，

　　　　　　恨不得插上翅膀飞。

　　　　　　你呀你，我写信催你不见你，

　　　　　　我人在城市心在山区。

　　　　　　莫非是你在生我的气，

　　　　　　难道说你县里没有邮局？

（心事重重地下）

〔拴保上。拴保家住朝阳沟，是银环的未婚夫，高中毕业去生产，干活像个小牤牛，决心落户一辈子，改变山区穷面目。他卷着袖子撸着裤腿，穿了一套农民服，左手拿个小喇叭，右手提个帆布兜，一步并成两步走，满头大汗往下流。他迎接银环农村去，共同建设朝阳沟。

拴　保　（唱）王银环你太不该。（下）

〔银环上。

银　环　（唱）我左等右盼你不来。

〔拴保上。

拴　保　（唱）我来找你你不在。

银　环　（唱）见了面我看你怎把口开。

〔银环、拴保碰面。

拴　保　银环，你等急了吧？

银　环　信你收到了？

拴　保　不接到信大忙天还能来？你看，我买了个小喇叭，白天一块儿劳动，晚上一块儿听听新闻，欣赏欣赏歌曲。（把小喇叭递给银环）给，我把相片也取出来了。（把照片递给银环）你娘批准你了没有？（见银环坐在长椅上擦泪）哎呀，我就怕你这一手，要去就走，有话就说，那是哭啥哩？

银　环　（唱）昨夜晚我一提起下乡劳动，

俺娘俩来了场激烈斗争。

她指着我脑门对着我脸，

高一声低一句骂破喉咙。

她骂你："狗肉上不了大席面，

萤火虫变不成探照灯"。

她骂我："死丫头越变越不争气，

白白供你上高中"。

她说得轻了我不搭理，

我说得重了她骂得更凶。

开口骂我不孝顺，

闭口骂我是糊涂虫。

一晚上没有关电灯，

脚踩着门台骂到天明，

一直骂我到七点钟。

拴　保　　我早就说，叫你妈一块儿搬到农村去，不能干重活干点儿轻活，不能干轻活，看看庄稼敲敲钟；一来给农业帮点儿忙，二来也给城市减轻点儿负担。

银　环　　我给她说够一百回了，我一张嘴她就说：我还怕狼吃了我嘞！

拴　保　　那俺老儿辈都在那儿等着喂狼哩？我去给她说。（欲走）

银　环　　你去？她不把你骂死。

拴　保　　你说咋办哩？

银　环　　我也没办法。

拴　保　　到底自己有决心没有啊？

银　环　　没有决心，一封信一封信地给你写。

拴　保　　去信还不是光听打雷不下雨。

银　环　　哎呀，你才参加几天劳动，说话就这么气粗！当初你才回家参加劳动，不和我现在一样，也怕你爹妈说你丢人。

拴　保　　我总算斗争胜利了，你哩？

银　环　　我就不能斗争胜利了？

拴　保　　你到啥时候才能斗争胜利呀？

银　环　　啥时候斗争胜利啥时候算。

拴　保　　哦，你要斗争二十年，我也等你二十年？

银　环　　咦，还没结婚哩，说话就光想教训个人。我要是和你结了婚，你还喝口凉水把我咽了咧。

拴　保　　银环，咱都冷静点好吧。

银　环　　别理我！

拴　保　　银环！（唱）

自从你写信要到家乡，

俺全家天天都为你忙。

俺的爹为你修房子，

俺的娘为你做衣裳。

　　　　　　　小妹妹听说你要往家去，

　　　　　　　她给你腾了一张床。

　　　　　　　早上不来等晌午，

　　　　　　　晌午不来等后晌。

　　　　　　　今天等来明天盼，

　　　　　　　等你盼你想你念你，

　　　　　　　谁知道你的心比那冰棍还凉。

银　环　（唱）我是去也难来不去也难，

　　　　　　　为这事愁得我整夜失眠。

　　　　　　　当学生去劳动有成千上万，

　　　　　　　谁愿意待在家游手好闲。

　　　　　　　不怨天不怨地光怨我自己，

　　　　　　　有钱难买后悔药，

　　　　　　　我后悔也枉然。

拴　保　今儿我还得赶回去，等你妈啥时候批准你了，我再来接你。

银　环　唉！我真后悔。

拴　保　你后悔啥？

银　环　去年暑假党号召同学们参加农业生产，你是头一个报名，我是第二个报名，女同学中间谁也没有我坚决，一心把我的青春献给农业建设。谁知等了半年也没有等通我妈的思想，后悔没有跟你一块儿下去。

拴　保　现在去也不晚。

银　环　她要不叫去呢？

拴　保　给她来个先斩后奏，一碗水泼到地上，她想收也收不起来。

银　环　她要是撵到路上呢？

拴　保　撵到路上再说。挪一步总比站着强吧。

银　环　（斗争片刻）走就走，早晚少不了这一回。

拴　保　走吧，走吧，夜长梦多。

　　　　〔银环同拴保走了几步，银环犹豫。

银　环　拴保，我看还是跟俺妈商量商量。

拴　保　商量，再商量第三个五年计划就快完成了。

133

银　环　哪儿还在乎这几天。

拴　保　全国都像你，"大跃进"就变成"大慢进"了，这个洋工我一天也不磨了。把相片给我。

银　环　给你？

拴　保　给我。

银　环　咋啦？也不是光照的你一个人，还有我一份呢。

拴　保　把我那一半撕掉。

银　环　你敢！

拴　保　你看我敢不敢！

银　环　好，好，你撕吧，你撕吧。

拴　保　（抢过银环的挎包，从里面拿出照片，偷偷从纸袋中抽出照片藏在兜里，将纸袋撕碎扔在地上）你看我敢不敢。好，好！跟你娘守着那个纸烟摊，坐着吃一辈子吧。（下）

〔银环气急，坐在长椅上。同学甲、乙、丙上。

同学丙　银环——（唱）

　　　　　　咱们如同亲姐妹，

　　　　　　志同道合寸步不离。

　　　　　　党号召咱到农村去，

　　　　　　你表示态度也积极。

　　　　　　今天拴保来接你，

　　　　　　希望你不要再犹豫。

同学甲　（唱）光说去，你不去，

同学乙　（唱）雷声大来雨点儿稀。

同学甲　（唱）豆腐渣装进罐头盒，

同学乙　（唱）你外边好看里边虚。

同学甲　（唱）我也不怕你生气，

同学乙　（唱）最后一次对你提。

同学甲　（唱）请你考虑再考虑，

同学乙　（唱）我为你着急真着急。

同学丙　（制止同学甲、乙，唱）

　　　　　　同学们提意见都是好意，

| 银　环 | （唱）我的苦处对谁提。 |
|---|---|

　　　　　毕业后升大学我没争取，

　　　　　剧团里来联系我原信退回。

　　　　　下决心要走上农业战线，

　　　　　你走一步我跟一步决不犹豫。

**同学丙**　好，俺该走了，希望你和拴保同志并肩前进。再见。（和银环握手）

**同学甲**　王银环，到地方给你来信，再见。（和银环握手）

**同学乙**　再见！（与同学甲、丙握手，三人同下）

　　　　〔银环望着他们远去。

　　　　〔幕内传来欢送下乡学生的锣鼓声。

**银　环**　（唱）红旗飘锣鼓催我坐立不定，

　　　　　忘不了同学们一片真情。

　　　　　我又想哭又想笑又急又闷，

　　　　　王银环你究竟算哪一行人？

　　　　（坐在长椅上落泪）

　　　　〔拴保上。

**拴　保**　又哭了不是？

**银　环**　我还笑哩！

**拴　保**　我只问你一句话，你去不去？

**银　环**　那说不定。

**拴　保**　你要去我欢迎，你不去咱各奔前程。

**银　环**　我就是去也是为了建设社会主义，也不是为了你。

**拴　保**　好，但愿如此。

**银　环**　一个人的思想变化，连他自己也掌握不住。昨天还是欢天喜地，说不定今天就目瞪眼翻。

**拴　保**　你是说我咧？

**银　环**　不吃辣椒心不发烧，你何必心虚呢？

**拴　保**　银环，你不去就把俺娘急死了。

**银　环**　你明白，我要去了就把俺妈愁死了。

**拴　保**　俺娘跟你娘不一样啊！

银　环　咋，你娘是娘，俺娘就不是娘？

拴　保　银环！（唱）

　　　　　　你娘愁俺娘也愁，

　　　　　　两个娘愁的不相投。

　　　　　　俺娘盼你回家去，

　　　　　　变成生产劳动手。

　　　　　　你娘盼你留城市，

　　　　　　拉住后腿死不丢。

　　　　　　给你找个有钱户，

　　　　　　大把票子顺手流。

　　　　　　两条道路由你走，

　　　　　　你要是不愿去我不强求。

　　　　（把照片扔给银环，跑下）

银　环　（发现照片完整无损，急起）拴保——（追下）

　　　　〔二幕闭。

# 第二场

　　　　〔二幕前，银环、拴保上。

拴　保　（唱）翻过一架山来走过一道洼，

银　环　（唱）这块地种的是什么庄稼？

拴　保　（唱）这块种的是谷子，

　　　　　　　那块种的是倭瓜。

银　环　（唱）这一片我知道是玉米，

　　　　　　　不用说这片是蓖麻。

拴　保　（唱）它不是蓖麻是棉花。

银　环　（唱）我认识这块是荆芥，

拴　保　（唱）它不是荆芥是芝麻。

　　　　　　　希望你到咱家，

　　　　　　　知道啥再说啥，

　　　　　　　别光说那外行话，

街坊邻居听见了，

不笑出眼泪也笑掉牙。

〔银环、拴保下。

〔二幕启。拴保娘屋里收拾得干净整齐。墙上挂着一张毛主席像，两旁贴着一副对联。上联是：总路线光芒万丈；下联是：大跃进一日千里；横批是：毛主席万岁。墙上贴一张春牛图和拴保爹的奖状。

〔拴保娘走进屋里。她看着银环的照片，喜在脸上笑在心里，再细看几眼，有点儿发急，又看见新做的被子，心里有点儿生气。

拴保娘 （唱）看见了新被子实在难过，

埋怨声亲家母你个老么婆①。

你的女俺的儿把亲订过，

为什么你不让她来看我。

你不来俺家俺不恼，

好不该说俺是老山窝。

深山野沟自古长有，

俺的个子也不比你长得矬。

自从俺参加了公社以后，

一不愁吃来二不愁喝。

千年的荒山栽上树，

万年的旱地流清河。

你说俺山高路又远，

俺计划明年就通汽车。

只要是俺的儿子好好劳动，

想寻个媳妇也不难说，

离了你闺女也能活，

我看你的老脸往哪儿搁。

昨夜晚，我老婆儿做了个好梦，

梦见俺媳妇前来看我，

---

① 老么婆：蛮不讲理的意思。

137

一进门来就笑呵呵，

先叫娘，后叫爹，

说话和气又利索，

帮助我做饭又刷锅，

高兴得我心里没法说。

老头子在一旁推推我，

老东西，你呀你，

几辈子没有当婆婆?

猛醒来听见了鸡叫三遍，

一晚上两只眼再也没有合。

〔二大娘上。她心直口快，从来不说瞎话，嘴狠心底好，说话像吵架。她知道旧社会的苦，更知道新社会的甜，虽然年近五十岁，干起活来却像个青年。

二大娘　哈哈哈……又在那想媳妇哩不是?

拴保娘　他二大娘来了，坐吧。

二大娘　(拿过银环的照片) 人样长得是不赖呀，那咋还不来哩?

拴保娘　谁知道人家为啥不来呀!

二大娘　真比那三请诸葛还难。城里那学生啊，你算摸不透他那脾气。你要叫他来这儿游山逛景啊，他看见这儿说美极了，看见那儿说好得了不得，拾个石头蛋也装起来，见个黄蒿叶也夹在本子里，说，这个可以送朋友，那个可以作纪念。你要是叫他来咱这儿长住，他又说，山高了，路远了，这儿脏了，那儿臭了，到处都成了毛病了。

拴保娘　来不来由她吧，人家要真不愿意，就是来了也留不住。

二大娘　离了她朝阳沟也塌不了天。俺那个暖水瓶叫我拿走吧，我给队里送瓶水去。

拴保娘　哎呀，你看看我都忘了。

〔拴保娘打开柜门拿暖水瓶，二大娘往柜里看了一眼。

二大娘　咦，你这真成了瓷器店杂货铺了。

拴保娘　这不都是为迎接媳妇准备哩呀，我听人家说，城里人好喝水。你看，我还给她攒了一罐鸡蛋，都快放坏了。

**二大娘** 你先吃了吧，等她来了再说。我走啦。（下）

　　　　〔钟声。

**拴保娘**（唱）耳听得响起了三遍钟声，

　　　　　　　他的爹在地里就要歇工。

　　　　　　　我只顾傻高兴忘了做饭，

　　　　　　　我赶快和面把馍蒸。（下）

　　　　〔巧真急急忙忙地上。

**巧　真** 娘，娘，娘！

**拴保娘** 哎！给我叫魂哩！

**巧　真** 娘，俺嫂子来了。

**拴保娘** 嗯，你当我还信你哩。

**巧　真** 咋？

**拴保娘** 你诓我不止一回两回啦。

**巧　真** 嘻嘻嘻……

**拴保娘** 嘿嘿嘿……

**巧　真** 娘，这回可是真来了。

**拴保娘** 好啦，干你的活去吧。（入内）

**巧　真** 娘……你准备准备，我接俺嫂子去了。

**巧　真** 娘……哎呀……

　　　　〔巧真下，旋即复上。

　　　　〔巧真入内拉拴保娘出，和跑进来的拴保爹碰了个满怀。

**拴保爹** 嘿嘿……

**拴保娘** 你笑啥哩？

**拴保爹** 拴保娘，这回可是真来了。

**巧　真** 看，我说来了吧。

**拴保娘** 巧真，快去接接去。拴保爹，快收拾收拾。

　　　　〔巧真下，老两口忙着收拾东西。

　　　　〔巧真、拴保引银环上。

**巧　真** 娘，你看，（对银环）这是咱娘。

**银　环** 你就是……

**拴保娘** 哎……我就是拴保他娘。

| 巧　真 | 这是咱爹。 |
|---|---|
| | 〔银环向拴保爹、拴保娘鞠躬。 |
| 拴保爹 | 知道了就算啦。 |
| 拴保娘 | 快坐下。巧真，快倒水去。 |
| 巧　真 | 哎！ |
| 拴保娘 | 别忘了把咱那糖放上。 |
| 巧　真 | 中！（冲糖水给银环） |
| 拴保娘 | 快坐呀。 |
| 银　环 | 娘，您老人家好吧？ |
| 拴保娘 | 好！一年难生一回气，人家干部都说我啥——哦，乐观主义。 |
| 银　环 | 爹，您也好吧？ |
| 拴保爹 | 好！庄稼人可结实，成年在地里，你那识字人说啥，空气新鲜，成年论辈子也不害个病。 |
| 银　环 | 娘，听拴保说您生我的气啦？ |
| 拴保娘 | 哪生你的气了，不过也常念叨你。 |
| 银　环 | 咱这儿的收成好吧？ |
| 拴保娘 | 好，可是好！（唱） |

> 我的儿你不要多操心，
> 咱这每年都是好收成。
> 棉花白，白生生，
> 萝卜青，青凌凌，
> 麦籽个个饱盈盈，
> 白菜长得瓷丁丁。
> 你爹爹常年能劳动，
> 你妹子生来就勤谨，
> 全家人连你整五口，
> 你又是城里头下来的学生。
> 咱队里一敲钟，
> 你妹妹，你公公，
> 你两口头前走，
> 他爷俩随后行，

我在家里来做饭，

咱全家拧成一股绳，

为改变穷山沟咱各显本领。

银　环　（唱）我是城里长来城里生，

十几年从没有进过农村，

五谷杂粮难分辨，

麦苗韭菜我分不清，

犁耧锄耙我不会用，

我的爹呀，我的娘啊，

还得要您二老为儿多操心。

拴保娘　银环，只要肯下力，没有学不会的哩！

拴保爹　没啥，庄稼活说难学也好学，人家咋着咱咋着。

拴保娘　你坐啊。拴保，快去你二大娘家，把她那个暖水瓶借来。

拴　保　咱家不是有一个吗？

拴保娘　叫你去你就去呗！

拴　保　自己人还客气啥？

拴保娘　你看……

拴　保　好，我去。（下）

拴保娘　（又想起了什么）巧真，再到你二大娘家借几个鸡蛋。

巧　真　咱家不是还有哩？

拴保娘　你忘了，快放坏了。

巧　真　哦！哈哈……（下）

拴保爹　拴保娘，你们先说话吧，我到队里去一趟。（欲下）

拴保娘　拴保爹等等。（下）

银　环　爹，您坐吧。

拴保爹　我不累，你坐吧。

　　　　〔拴保娘拿瓶子上。

拴保娘　拴保爹，路过供销社打点儿酱油。

拴保爹　中，中！（下）

银　环　娘，咱们这里还有卖酱油的？

拴保娘　咋没卖酱油哩呀，银环哪，现在跟从前可不一样，如今山沟里别

141

说吃的东西了，就是那京广杂货，也是样样俱全，就连你城里人用的东西也是件件不缺。像那笔记本，钢笔水，牙膏牙刷洗脸盆，解放式水车双铧犁，要啥有啥。你歇着吧，我去给你做饭去。

**银　环**　娘，我帮您烧火去。

**拴保娘**　不用，我一个人忙过来了，跑这么远啦，累啦，坐下歇会儿。（走了两步）你喝水，我给你倒。

〔拴保娘给银环倒水，只顾看银环，不注意开水倒溢出来。

**银　环**　娘，烫着了没有？

**拴保娘**　没有，没事……（吹着手下）

〔银环看着屋里的摆设，表示满意，坐在椅子上。

〔二大娘和几个姑娘、媳妇上。

**二大娘**　来，叫我看看，看跟相片一样不一样。（拉住银环）咦，比相片上还漂亮哩！（唱）

> 俺是白天盼来夜里等，
>
> 你婆婆急得乱哼哼。
>
> 看见相片想起了你，
>
> 笑在脸上想在心。
>
> 你头发黑黑丁丁，
>
> 脸蛋白白生生，
>
> 两道眉弯整整，
>
> 一对大眼忽灵灵，
>
> 银盘大脸好齐整。
>
> 早听说你想把山沟进，
>
> 一心来山沟当农民。
>
> 俺全村老少都高兴，我代表娘们儿家来欢迎。

〔银环羞得垂头不语。

**二大娘**　咋了，你城里人见了俺山沟里的人还害羞哩？

〔拴保娘上。

**拴保娘**　这是你二大娘。

**银　环**　二大娘。

**二大娘**　哎！巧真她娘，你别做饭了，晌午叫她去俺家，我给她包饺子吃。

拴保娘　改天去吧。

二大娘　看看，你的媳妇就不能到俺家吃顿饭了？闺女，俺家离这儿可近啦，出了门上个坡，下个坎，过了小河拐个弯就到了。（欲走又回）哎，闺女，你叫个啥呀？

拴保娘　叫银环。

二大娘　哦，银环哪，你可一定去，你不去我可不依你，我走了。（与众人下）

〔巧真慌忙跑上。

巧　真　娘，俺嫂她娘撵来了。

拴保娘　真哩？

巧　真　可不，她一进村就问咱在哪儿住哩，你看咋办哪。

拴保娘　老天爷，这咋办哪。

巧　真　娘，先把俺嫂子藏到屋里吧。

拴保娘　巧真，藏啥哩，你嫂子是自己来的，又不是咱抢来的。陪你嫂子在这儿，我去做饭去。（欲下）

〔银环妈上。银环妈住在城里，挎着篮子做生意，虽然解放十来年，她仍未改掉旧习气，所生银环一个女，一心要找个好女婿，第一要求生活好，还得有点儿小名气。听说银环往农村去，踩着脚跟随后追，一见银环就要打，银环闪来巧真推。银环娘一蹦三尺高，顺手拿起一把笤帚向银环打去，拴保娘急忙拦挡。

银环妈　（唱）短命丫头你气死我，

　　　　　　　你不顾羞耻找公婆。

　　　　　　　任凭你丫头跑天外，

　　　　　　　我也要追上往回拖。

　　　　　　　恨上来把我肚子气破，

　　　　　　　一巴掌打死你不能活。

　　　　　　　打死你我再不生闲气，

　　　　　　　省得跟你丫头把嘴磨。

拴保娘　亲家母。

银环妈　谁是你亲家母！

| 拴保娘 | 你看，有话慢慢说。 |
|---|---|
| 银环妈 | 我的嘴不由我，我的闺女你不叫我说？ |
| 拴保娘 | 急啥哩，吃罢饭再说。 |
| 银环妈 | 我不是跟你要饭哩。 |
| 拴保娘 | 别着急，先住下明天再说。 |
| 银环妈 | 住下，我怕狼吃了我咧。 |
| 拴保娘 | 好吧，你娘俩先说话吧。（下） |
| 银环妈 | 你说，你回去不回去？ |
| 银　环 | 不回去！ |
| 银环妈 | 小银环，我好容易把你拉扯这么大，你就舍得离开我了。啊？ |

（取出烟）

〔巧真把火柴送到银环妈面前，她用手拨开，后摸摸兜里没有带火柴，又猛地从巧真手里抢过火柴，擦火点烟。

| 银环妈 | 小银环，你要不回去，我就碰死在你跟前。 |
|---|---|
| 银　环 | （唱）妈呀妈消消气我求求你， |

咱有话慢慢讲不要着急。

在城里你也曾参加开会，

听读报听宣传不断学习。

全国人民都知道农业重要，

为农业大发展谁不积极。

我不怕苦不怕累，

我情愿为农业流汗出力。

| 银环妈 | （唱）我把你养来我把你生， |
|---|---|

你掉根头发我也心疼。

自从你和拴保交朋友，

妈妈我心里满赞成。

星期天你领他到咱家去，

我鸡蛋白糖把茶冲。

他衣服脏了我替他洗，

鞋袜破了我替他缝。

我只想一个女婿半个儿，

　　　　　　　给我养老又送终。

　　　　　　　我只想你两个毕业当干部，

　　　　　　　谁知道由初中升高中，

　　　　　　　升来升去升到农村，

　　　　　　　功不成来名不就，

　　　　　　　你不怕丢人我怕丢人。

银　环　（唱）你说丢人我说光荣，

　　　　　　　咱娘俩拧不成一股绳。

银环妈　（唱）死丫头你越变越不成器，

　　　　　　　高中生你当了农民的儿媳。

银　环　（唱）你说农民没出息，

　　　　　　　是你思想有问题。

银环妈　（唱）拖也要把你拖回去，

　　　　　　　不走我碰死在你手里。

银　环　（唱）来农村我已经拿定主意，

　　　　　　　说破天道破地决不犹豫。

银环妈　（唱）你的妈我算白养你，

　　　　　　　蛋也打来鸡也飞，

　　　　　　　一没名来二没利，

　　　　　　　怎不叫为娘我又气又急。

巧　真　（旁白）急死你。

银环妈　你说，你回去不回去？

银　环　不回去！

银环妈　好啊，小银环。（拾起笆帚要打银环）

巧　真　（上前拦住）不回去就是不回去，有本事你上法院告去吧。

银环妈　你……

巧　真　咋？

银环妈　（举起手掌在巧真脸前晃了两晃）咦咦咦！

巧　真　（毫不示弱）咦咦咦！

　　　　〔拴保娘和众社员上。

拴保娘　巧真，你疯了？快请支书来。

**巧　真**　（嘟囔）看你厉害哩！（下）

**银环妈**　你叫支书来，就是县长来了也得讲理，他也不能把我闺女拴住。山里人恁野蛮！

**社员甲**　咦，俺山里人咋啦？在你身上有啥短处？俺是偷你的了，俺是抢你的啦？

**社员乙**　俺诓你了，骗你啦？

**老小孩**　是呀，诓你了，骗你了？

**银环妈**　我给你说话了？我给你说话了？

**二大娘**　哟嗨！县长省长毛主席还看起俺山沟哩，你有啥了不起呀？

**银环妈**　你有啥了不起呀？

　　　　〔众人齐向银环妈发出质问。

　　　　〔支书上。

**支　书**　咦，这是咋了，是赶会哩，是瞧戏哩，少说两句吧。老嫂子，你来了？

**银环妈**　你是谁呀？

**支　书**　我是老李。

**银环妈**　你就是老"外"我也不怕。

**拴保娘**　支书，这是银环她妈。

**支　书**　我知道。

**银环妈**　啊，你就是支书啊，你工作忙吧！

**支　书**　不忙。

**银环妈**　支书你抽烟。

**支　书**　我不会吸烟。

**银环妈**　你不会呀。支书，银环来的时候，袜子也没有带，被子也没拿，我是说叫她回去把东西拿了再来。

**支　书**　银环来了就跟我说了，一来是为了建设社会主义的新农村……

**银环妈**　是啊，是啊，都是为了革命工作么。

**支　书**　二来和拴保家又有这样的亲戚，一举两得，为啥不来呀。别说现在还没结婚，就是结了婚，她想走谁也不能用个绳把她拴住。就是拴住她的人，也拴不住她的心哪！我看就叫她住这儿吧，以后想走还可以走。你放心，她来俺欢迎，她走俺欢送。

银环妈　要想来这山沟里，我有一百个闺女也嫁出去了。

社员甲　咋，光兴你城里人娶俺山里的闺女……

社员乙　就不兴你城里的闺女嫁到俺山里一个？

老　头　小黑旦，少插嘴！（下）

二大娘　您那城里人比俺山里人多长个头啊是咋的！老主贵？（下）

支　书　你们都回去，有意见开会对我提。

〔众人下。

支　书　老嫂子，走，到俺家坐一会儿。

银环妈　（取出五块钱拍在桌上）给，先给你这五块钱，跟你说，你就是死了，我也不来看你。（哭着下）

〔二幕闭。


# 第三场

〔二幕前：拴保爹和老小孩抬着一包"六六六"，踩着音乐节奏，走到台中间放下来休息。老小孩掏出烟袋抽烟。

老小孩　（唱）新社会就是新社会，
　　　　　　样样都是新规矩。
　　　　　　我知道这几天你欢天喜地，
　　　　　　高中生当了你的儿媳。

拴保爹　（唱）就你个老家伙长着一张嘴，
　　　　　　人家来为的是建设山区。

老小孩　这我知道。（唱）
　　　　　　咱两个加起来一百二十岁，
　　　　　　高中生进山沟还是头一回。
　　　　　　不知道能不能长待下去，

拴保爹　（唱）又肯干，又愿学，倒也可以。

老小孩　（唱）别来个起火炮哧溜上去。
　　　　　　起得高落得快有声无息。

拴保爹　（唱）年轻人量不准有几个主意，
　　　　　　三天东来两天西。

147

老小孩　（唱）我给你出一点儿"事务主义（意）"，

　　　　　　　别只顾傻高兴忘了教育。

拴保爹　（唱）老弟你说的话我完全同意，

　　　　　　　真不愧咱们是多年的邻居。

老小孩　（唱）你客气，客气。

　　　〔拴保爹装一锅烟。两个老头烟锅对烟锅对火，然后抬起"六六六"下。

　　　〔二幕启。初升的太阳红又红，满地的庄稼青又青。男女社员在锄地，愉快劳动伴歌声。

　　　〔幕内伴唱：

　　　　　　　"过罢了整二月就到三月，

　　　　　　　桃杏李花开满坡。

　　　　　　　山上山下长流水，

　　　　　　　高有水库低有河。

　　　　　　　满地麦苗绿油油，

　　　　　　　今年的粮食保证比往年多。"

　　　〔拴保爹上。

拴保爹　（看着银环锄过的一垄麦子，拾起被银环锄掉的一把麦苗）保儿！保儿！

　　　〔拴保上。

拴　保　爹。

拴保爹　能下来就算不赖，你给她说说，别新官上任三把火，看那锄得像猫盖屎一样。要学，到咱自留地去，哪怕把它锄光哩，别把队里的庄稼糟蹋了。

拴　保　我知道。

拴保爹　你知道啥，你看看。

　　　〔拴保把银环锄过的地重锄一遍，与拴保爹下。

　　　〔银环上。

银　环　（坐下记日记，唱）

　　　　　　　难忘我今日里初次上阵，

　　　　　　　战场上分不出新兵老兵。

有文化能劳动人人尊敬，

一滴汗能换来一份光荣。

（合起笔记本，欣赏四周的景色，接唱）

沟套沟来山连山，

山沟里空气好实在新鲜。

这架山好像狮子滚绣球，

那道岭丹凤朝阳两翅扇。

清凌凌一股水春夏不断，

往上看通到跌水岩，

好像珍珠倒卷帘。

满坡的野花一片又一片，

梯田层层山腰缠。

小野兔东蹦西跑穿山跳涧，

这又是什么鸟点头叫唤。

〔幕内伴唱：

"东山头牛羊哞咩乱叫，"

银　环　（唱）小牧童喊一声打了个响鞭。

〔幕内伴唱：

"桃树梨树苹果树左右成行，"

银　环　（唱）花红梨果像蒜辫把树枝压弯，

油菜花随风摆蝴蝶飞舞，

庄稼苗绿油油好像绒毡。

朝阳沟好地方名不虚传，

王银环我也成了公社社员，

在这里一辈子我也住不烦。

〔拴保上。

拴　保　银环。

银　环　拴保，刚才爹给你说啥哩。

拴　保　爹说你下来得好，劳动也好。累了吧？

银　环　（把写的日记给拴保）提提意见吧。

拴　保　银环，才下来，要是累了就干半天歇半天，先干轻活后干重活。

149

银　环　你算了吧，我恨不得把我十二万分的劲儿都使上，你还叫我歇
　　　　半天哩。

拴　保　干庄稼活可不比咱在学校打球，得有个耐劲，细水长流。这种地
　　　　也像打仗，得先练兵练武艺，待会儿去自留地，我教教你。

银　环　你咋恁自私啊，放着队里的活不想，光想着你那自留地，要练，
　　　　在这儿就不能练？

拴　保　好，就在这儿练。（把锄交给银环，给银环作示范动作，边锄
　　　　边唱）那个前腿弓，

　　　　　　那个后腿蹬。

　　　　　　把脚步放稳劲儿使匀，

　　　　　　那个草死苗好土发松。

　　　　　　嗫儿哟嗫儿哟土发松。

银　环　来，叫我锄。（不服气地锄起来）

拴　保　（在一旁指点着，唱）

　　　　　　你前腿弓，你后腿蹬，

　　　　　　心不要慌来手不要猛。

　　　　好，好！（见银环又锄掉麦苗，接唱）

　　　　　　又叫你把它判了死刑。

银　环　这个锄不好使。（和拴保换了锄再锄，又把麦苗锄掉）

拴　保　这不是锄的问题。

银　环　（唱）看起来庄稼活非常简单，

　　　　　　谁知道干起来这样难。

　　　　　　两只手就不听自己使唤，

　　　　　　挪一步一身汗东倒西偏。

　　　　　　心有余力不足眼迟手慢，

拴　保　（唱）勤劳动才能够突破这一关。

银　环　唉！（唱）

　　　　　　咳！难呀、难呀难！

拴　保　怕困难了不是？

银　环　困难，困难，还有一点儿青年的朝气没有了？

拴　保　好，但愿如此。

〔内声："干活了。"

〔拴保、银环扛锄同下。

〔二幕闭。

## 第四场

〔二幕前。银环上。

银　环　（唱）月儿弯弯往西移，

　　　　　　　五谷田苗比高低。

　　　　　　　久盼"朝阳"朝阳在，

　　　　　　　咳！重重心事对谁提。

〔拴保上。

拴　保　还想哩？

银　环　咋能不想呢？

拴　保　你看是不是换个轻活干干？

银　环　算了吧，就这我还没有巧真挣分多哩。

拴　保　咱家谁也没有计较过分多分少。

银　环　难道我还在乎那两分？我觉得一个高中生搞这个工作，创造的价
　　　　值太小了。

拴　保　……

银　环　走唄。（慢腾腾地走了两步）咳，在城里该看第二场电影了。
　　　　唉，我真后悔。

拴　保　你又后悔啥呀？

银　环　在学校里一唱歌同学们都说：你的嗓子好，保管能当个好演员。
　　　　剧团里招生，我咋不去试试哩！

拴　保　哎呀，我算看透你了！又想当演员，又想当医生，又说工程师多
　　　　伟大，还说到农村更光荣。嘴说光荣，真到光荣的时候，你又不
　　　　想光荣了。

银　环　哼！（匆匆下）

拴　保　哎！（急急追下）

　　　　〔二幕启。太阳渐渐落西山，牛羊哞咩鸟叫唤，河边一棵大柳

151

树，社员正在把水担。拴保和巧真担水桶分上。

巧　真　哥!（唱）

刚才我把俺嫂子叫，

她翻起白眼把我瞧。

我心里不笑假装着笑，

她两眼一瞪像个狸猫。

是不是你又跟俺嫂子吵?

咱娘要知道了不把你饶。

哥，你跟俺嫂子吵架了?

拴　保　没有。

巧　真　那是咋啦?

拴　保　你不知道。

巧　真　你要跟俺嫂子吵架，看我不跟咱娘说。

拴　保　我帮助还帮助不了咧，还能跟她吵。

巧　真　到底是咋啦?

拴　保　你别管，担你的水去吧。（下）

〔巧真担桶下。

〔银环担水一歪一扭地上，拴保迎面赶来。

拴　保　（唱）不能多担，你少担。

不能干一天你干半天。

哪怕是地边去看看，

也算给山区把力量添。

庄稼活要经过艰苦锻炼，

一天两天学不完。

银环，要是累了就先歇会儿吧。

银　环　谁跟你说我累了，我跟你说我累了?

拴　保　别急嘛!

银　环　咋，跟你说话还得笑脸迎着你?

拴　保　你看这……

银　环　啥?

152　拴　保　那好，你慢慢担吧。（脱下外衣）给，用这垫着。

　　　　　〔银环把衣服打落在地。

　　　　　〔二大娘担桶上。

二大娘　哦，这小两口，干着活还说体己话哩？

拴　保　大娘，别说笑话啦。（担桶下）

二大娘　银环，一回担不了一桶先担半桶，别看你的个子比巧真大，干起
　　　　活来可没有她的腰板硬。干活可不是一天半天的事，俺这肩膀可
　　　　是磨出来的。你要是累了，就到树底下歇会儿再干。（下）

　　　　　〔银环欲担水，两条辫子直往扁担上缠，她气急得把辫子盘在头上。

　　　　　〔伶歌担桶上。

伶　歌　都来看哪，银环想上头哩！

　　　　　〔传来众社员的笑声。银环狠狠地把辫子甩下来，担起水，一
　　　　摇三晃地走了几步，不料，咣当一声担掉了，水桶也摔了，
　　　　跑下。

　　　　　〔伶歌见状吃惊，追下，复上。二大娘由另一方向上。

伶　歌　二大娘，你看。

二大娘　她摔谁哩？

伶　歌　我说了一句，你笑了一声，哪知道她摔谁哩。

二大娘　这不用说是摔咱俩哩。真没见过。（下）

　　　　　〔众社员三三两两地上。

社员甲　哦，透了，透了！（拿着水桶出洋相）

　　　　　〔支书上。

支　书　咦咦咦，这是咋啦？

社员丙　支书，你看多娇气。

支　书　这算咱有本事？

社员丁　她担不动能怨咱。

支　书　这算咱有能耐？

社员乙　担不动就少担点儿呗！

支　书　要是把银环说跑了，就算银环不光荣，可咱能体面？

社员戊　人家才来么。

支　书　对呀平哥，要是叫三乡五里知道了，叫人家说："朝阳沟的人多
　　　　有本事，说跑了个女学生！"看看，看看。

〔二大娘上。

二大娘　琉璃咯嘣①还吹三吹哩。（下）

支　书　吔，吔！咋恁大气呀？

伶　歌　俺给她说着玩哩呀。

支　书　我知道，年轻人。

〔伶歌哭。

支　书　那是哭啥哩，我是打你了，我是骂你啦？都看看，还说人家银环娇气哩，看看咱自己。城里的学生跟咱不一样，咱当一句笑话说，人家心里不知道转多少圈哩。

老小孩　对，人家的脾气咱摸不着，咱的脾气人家也摸不透。

社员乙　识字人不能跟咱比，能下来就算不赖。

支　书　对呀进哥，也许咱这儿的好处人家一时看不出来，也许人家真有本事，一时在这还用不上。

社员甲　也许就没啥本事。

支　书　少说两句吧，干活去！

〔众社员下。

支　书　小黑旦！

社员甲　哎！

支　书　你说的是啥话？对不对呀？

社员甲　不对。

支　书　真不对假不对呀？

社员甲　真不对。

支　书　人家刚出学校门，就来咱山沟里，人生地不熟，还是个女孩子，手上磨了泡，身上也出了汗。咱光东一句西一句往外撂哩，没替人家想想。哦，就比人家多挑两挑水就骄傲哩，时候长哩，咱能办到的事人家就办不到？要是叫你到个生地方，求人家办点儿事帮个忙，人家对你说两句难听话，你心里啥味？你好受不好受？

社员甲　那……我去给她赔个不是去。（下）

伶　歌　（哭）……

---

① 琉璃咯嘣：是一种儿童玩具，又叫"噗噗灯"。

| 支　书 | 哎！你是又哭啥哩？ |
| 伶　歌 | 来清叔，我也错了，我也去给她赔个不是。银环姐——（跑下） |
| 支　书 | 拴保！ |

〔拴保上。

| 支　书 | 老侄子，我看还非你去不行咧，去，好好劝劝她。 |
| 拴　保 | 她想哭就叫她哭吧。 |
| 支　书 | 又胡说不是？咱是叫人家来参加劳动咧，是叫人家来哭哩？ |
| 拴　保 | 太娇气了。 |
| 支　书 | 闲话少说。听我的，去，好好劝劝她。 |

〔拴保下。二大娘担桶上。

| 二大娘 | 老来清，这我还不知道哩，就犯了个大错误。谁知道就跟人家说了两句笑话，她就咣当一声，一副水桶摔了两底朝天。 |
| 支　书 | 老嫂子，你是哪把壶不开偏提哪把壶啊。人家就怕说劳动不好，你偏说还没巧真的腰板硬哩。 |
| 二大娘 | 是啥就是啥，我不能卷着舌头说假话。 |
| 支　书 | 不怕百样会，万事起头难。人家刚下来不满三个月，放下笔杆拿起锄杆，一心一意地建设社会主义的新农村，我看这就不赖啦。你知道，咱从前使的啥玩意儿，现在用的啥家具，喷雾器、双铧犁、解放式水车、锅驼机。咱不能光想着那一张锨两把锄，三头毛驴四头牛啊。得走一步看两步，心里想着第三步，得往前看看，不能火烧眉毛且顾眼下。以后到机械化电气化，哪一样能少了识字人？山沟里量不住来多少学生哩！说话也得看看茬口，讲讲方式，你那脾气也得改改。 |
| 二大娘 | 不用说，这是我错了。 |
| 支　书 | 事不大，你看着办呗。 |
| 二大娘 | 那妥了，我去给她赔个不是。 |
| 支　书 | 那可有一条，你可不能用刚才那态度。 |
| 二大娘 | 我知道。（担桶下） |

〔拴保爹扛锄头上。

| 拴保爹 | 老弟，你看看！ |
| 支　书 | 她才下来，没啥。 |

拴保爹　没干一个钱活儿，就要俩钱工，我就知道长不了。（扛锄头下）

〔二幕闭。

# 第五场

〔二幕前：拴保娘挎个篮子，里面是刚洗过的衣服。迎面碰见二大娘上。

二大娘　巧真娘，我正要找你哩!

拴保娘　啥事呀?

二大娘　我给你赔个不是。

拴保娘　咋了?

二大娘　我就是不说你也知道，今儿个银环在地里担水哩，我看她一担起担子一扭一扭像扭秧歌一样。我说，别看你的个子比巧真大，干起活来可没有她的腰板硬，就这，咣当一声，一副水桶摔了两底朝天，跑到那柿树底下哭去了。你说说，我恁大岁数了，咋恁没材料啊。

拴保娘　光因为你说那两句笑话，她也不会哭。人家是……

二大娘　咋?

拴保娘　人家嫌咱这山窝里苦，想走哩。

二大娘　真的吗?

拴保娘　可不。

二大娘　你看看，你看看，我说城里那学生，你摸不透她的脾气吧，你就是摸不透人家的脾气!（唱）

　　　　墙上画马不能骑，

　　　　镜子里的烧饼不能充饥。

　　　　她人在农村心在城市，

　　　　她眼里就没有看上咱山区。

　　　　我劝你不要着急，

　　　　愿走愿在由她去。

　　　　对她也不能太客气，

　　　　光客气也不能解决问题。

那好牛不调不能拉犁，

杨柳树不刮长不齐。

你不能光说她好不说她坏，

有意见也可以当面提。

年轻人不知道天高地厚，

不批评她不能改变主意，

我的老嫂子！

现在这青年人哪，没有吃过旧社会的苦，一生下来就掉在蜜糖罐里了，就这，还嫌不甜哩。这不，刚才老来清还叫我来团结团结人家哩。等你媳妇回去，叫巧真去叫我一声。（下）

拴保娘 （唱）我今天盼来我明天等，

盼望着儿媳妇来到农村。

我只说她来了会好好劳动，

谁知道她心里乱成了一窝蜂。

（长叹一声，下）

〔二幕启。拴保家。银环手里拿朵花，没精打采地上，用手巾擦了一把脸，躺在床上腰疼腿酸得不舒服，咬着牙坐起来。

银　环 （唱）全村人并没有把我错待，

下乡是我自愿来。

我要是今天回家去，

从今后见了人怎把头抬，

我要是今天不回去，

一辈子当农民有点儿屈才。

左难右难难坏了我，

这件事可叫我怎样安排？

〔拴保娘端饭上。

拴保娘 银环，你上哪去啦？

银　环 上山转了一圈。

拴保娘 累了吧？

银　环 不累。

拴保娘 来，趁热喝碗汤。

| | |
|---|---|
| 银　环 | 不喝。 |
| 拴保娘 | 喝口，再喝口，再少抿一点儿。（唱） |

　　　　　　　银环儿你虽然说不是我亲生，

　　　　　　　我待你跟巧真一样亲。

　　　　　　　十个指伸出来有长有短，

　　　　　　　我口咬哪一个也心疼。

　　　　　　　自从你来咱村参加劳动，

　　　　　　　全村人哪一个不欢迎。

　　　　　　　东院你大娘，

　　　　　　　西院你婶婶，

　　　　　　　见面就夸奖，

　　　　　　　说你伶俐又聪明，

　　　　　　　说话又好听，

　　　　　　　眼明手快心眼灵，

　　　　　　　能写会算样样能。

　　　　　　　全村人都夸你有志气，

　　　　　　　我盼你当一个劳动英雄。

　　　你看，我只顾啰唆哩，你娘还给你捎来点儿东西哩，我去给你拿来。（下）

　　　〔二大娘上。

| | |
|---|---|
| 二大娘 | 我见了她先说个啥哩，（思索）银环同志！ |
| 银　环 | 二大娘来了，请坐。 |
| 二大娘 | 银环同志，你请坐。 |
| 银　环 | 你请坐。 |
| 二大娘 | 咱都坐。（与银环一起坐下）俺这乡下人哪，吃饭不知饥饱，睡觉不知明黑，说话颠三倒四，我这个嘴呀！ |
| 银　环 | 我水平不高，修养太差，举止言谈更不讲方式。 |
| 二大娘 | 我知道，你生我的气啦？ |
| 银　环 | 没有。 |
| 二大娘 | 那就请你原谅我吧。 |
| 银　环 | 大娘，还是你原谅我吧！ |

二大娘 那……咱都原谅。银环，你真没生我的气？

银　环 真没有。

二大娘 你要真没有生我的气，我求你给我办个事吧！

银　环 大娘，你也学会客气啦，你求我给你办啥事，我又能给你办啥
　　　事哩？

二大娘 这回可点着你的拿手戏了，俺外甥在部队给我来信了，想叫你给
　　　我写封回信。

银　环 行啊。

二大娘 那我先谢谢你了。

银　环 大娘你又客气啦。

二大娘 那咱写吧。

　　　〔银环展纸写信。

二大娘 （唱）俺外甥在部队给我来信，

　　　　　　来了一封又一封，

　　　　　　他对咱生产时常关心。

　　　　　　你写上：山沟一年更比一年好，

　　　　　　千人喜万人笑如意称心。

　　　　　　干起活也像他在前线打仗，

　　　　　　决心大干劲儿足风雨不停。

　　　　　　野草湾的苹果树开花结果，

　　　　　　水库里养的鱼呀一条五斤。

　　　　　　绳坡峧核桃树遮天盖地，

　　　　　　大青庄牧畜场牛羊成群。

　　　　　　县里的刘书记领着勘探队，

　　　　　　从东山到西山，

　　　　　　从山根到山顶，

　　　　　　红旗插遍"阳坡垴"，

　　　　　　他说咱山沟里是个聚宝盆。

　　　　　　你写上：三年来我从没有害过病，

　　　　　　老小孩他说我是钢骨铁筋。

　　　　　　李支书他跟我开玩笑，

他说我去掉了两条皱纹。

再写上：你也来咱村落户，

高中生来山沟当了农民。

银　环　你外甥叫啥？

二大娘　叫个有良。（见银环把信递过来）完了？

银　环　嗯。

二大娘　你给我念念。

银　环　好吧。（念信）"有良甥儿：来函尽悉。我的身体三年许微病皆无，众称我老当益壮。社员们生产情绪异常高涨，丰收在望，望勿悬念。"

二大娘　完了？

银　环　完了。

二大娘　你写上，我的身体可结实。

银　环　这上面有啊，你看，我的身体三年许微病皆无。

二大娘　哦。咱野草湾的苹果也给他写上。（看着银环写）他可想知道咱水库的鱼哩，也写上。

〔银环不耐烦地写。

二大娘　对了，你写上，你也来咱村落户啦。

银　环　这不值一提，就这吧。

二大娘　那中啊，我走啦。（旁白）我这和尚听不懂你念的经，离了杀猪的也不能连毛吃肉。（下）

银　环　你那经我这和尚也念不了，够啰唆啦。

〔拴保上。

拴　保　走吧，吃饭去！

银　环　不吃。

拴　保　我给你端去。

银　环　不用。

拴　保　喝点儿水吧。

银　环　不喝。

拴　保　那你先歇会儿吧。

银　环　不用你管。

| | | |
|---|---|---|
| 拴 | 保 | 银环，一句笑话就值得这样？ |
| 银 | 环 | （委屈地）我妈的意愿，我个人的前途，我的远大理想，我的一切一切完全放弃，一心一意来为你们服务…… |
| 拴 | 保 | 那俺爹俺娘俺妹妹，全县全省全国农民又是为谁服务哩？ |
| 银 | 环 | 你爹先进，你娘进步，你妹子光荣，你伟大，我跟你比啥哩。 |
| 拴 | 保 | 你这是啥话嘛！ |
| 银 | 环 | 啥话，我想过啦，我还是去考剧团去。 |
| 拴 | 保 | 你是这山望着那山高。 |
| 银 | 环 | 芥末拌凉菜，各人有心爱。 |
| 拴 | 保 | 银环，你到底有啥想法也说说，别净叫人猜心事好不好。 |
| 银 | 环 | 我不是说了，你伟大，我渺小，你一家都进步，全国就数我落后。 |
| 拴 | 保 | 你还叫我说话不叫？ |
| 银 | 环 | 我又没把你的嘴糊住。 |
| 拴 | 保 | 你…… |
| 银 | 环 | 咋？ |
| 拴 | 保 | 亲爱的银环同志！ |
| 银 | 环 | 咦！无聊。 |
| 拴 | 保 | 银环！（唱） |

　　　　　　咱两个在学校整整三年，
　　　　　　相处之中无话不谈。
　　　　　　我难忘你叫我看《董存瑞》，
　　　　　　你记得我叫你看《刘胡兰》。
　　　　　　董存瑞为人民粉身碎骨，
　　　　　　刘胡兰为人民热血流干。
　　　　　　咱看了一遍又一遍，
　　　　　　你蓝笔点来我红笔圈。
　　　　　　我也曾感动得流过眼泪，
　　　　　　你也曾写诗词贴在床边。
　　　　　　咱两个抱定有共同志愿，
　　　　　　要决心做一个有志青年。
　　　　　　你说过党叫干啥就干啥，

决不能挑肥拣瘦讲价钱。

你说的话你讲的话，

你一字一句全忘完，

想想烈士比比咱，

有什么苦来有什么难。

你要愿走你就走，

我坚决在农村干它一百年。

银　环　你少给我来这一套！（把拴保推出去）

拴　保　我再说一句。

银　环　半句也不听。

拴　保　要在解放前，就凭咱这点儿家底，连高中的门边也沾不上。在学校，你也常说："服从组织分配，党叫干啥就干啥。"现在呢？我明白，你清楚，你好好想想吧。

〔拴保娘上。

拴保娘　这高一声低一声的，是咋了？

拴　保　干农业不光荣！（下）

拴保娘　小拴保！银环，你们俩都是年轻人，他有哪儿不对，你担待担待他，你有哪儿不对，他也担待担待你。给，你娘给你捎来的东西。（放下信，下）

〔银环拆信、看信。

〔银环妈幕内唱：

"银环儿，你的妈回家我有了病，

一天到晚想念你。

我的儿你虽说无情无义，

妈妈我有口气不忘闺女。

给你个手电筒你好照路，

给你双胶鞋好踏泥。"

银　环　（唱）我的妈若有好和歹，

天长日久心有愧。

恨不能一步跑回去，

恨不能插上翅膀飞。

　　　　　亲亲娘祖奶奶，

　　　　　谁叫我到这里来。

　　　　　上午挑下午抬，

　　　　　累得我腰疼脖子歪。

　　　　　趁俺娘来信叫我走，

　　　　　不如动身早离开。

　　　　〔巧真上。

巧　真　嫂子，你再教我唱歌吧！

银　环　还没结婚哩，嫂子，嫂子，叫得真讨厌。

巧　真　银环同志，不教就算了嘛，你急啥哩？

　　　　〔拴保娘上。

拴保娘　巧真，又多嘴多舌，快出去。

　　　　〔巧真下。

拴保娘　银环——（唱）

　　　　　有什么不顺心你明说直讲，

　　　　　愿在乡愿回城可以商量。

银　环　（唱）看起来我辜负了您全家希望，

　　　　　进退两难意乱心慌。

拴保娘　（唱）在山沟可不是一时半晌，

　　　　　或是去或是留你拿好主张。

银　环　（唱）我心里有话不好讲，

拴保娘　（唱）你明说直讲不要隐藏。

银　环　（唱）我怎么说，

拴保娘　（唱）你想一想。

银　环　（唱）我，我，我……

拴保娘　（唱）你讲，讲，讲。

银　环　（唱）我还是先回去看看俺娘。

拴保娘　那中啊！

银　环　那我把东西拿走吧？

拴保娘　中！

银　环　您看，我在这儿住这么多天了，给您撒下几块钱吧。

163

**拴保娘** 我又不是开店哩！你就是吃一年，我也不要钱。银环，孩子，你好好想想，走遍全国千家万户，谁不吃谁不喝，谁不穿谁不戴。天大的本事，地大的能耐，他也不能把脖子扎起来。南京到北京，工农商学兵，县干部省干部，就连北京的大干部还看起俺庄稼人哩。孩子，你说说，啥叫光荣，啥叫屈才？我实说一句话吧，你年轻轻的拿错了主意！你等等，我给你烙点儿干粮带着。（下）

**银　环**（唱）老人家讲的话我句句听见，

　　　　　　一句苦来一句甜。

　　　　　　我眼不掉泪心掉泪，

（看看银环妈给带来的手电筒和胶鞋，接唱）

　　　　　　在这深山野沟我住到哪年。

（心事一定，背起挎包冲出门去）

〔二幕闭。

# 第六场

〔二幕前：银环跑出拴保家，心中似有说不完道不尽的委屈。

**银　环**（唱）我大步跑来小步走，

　　　　　　说一千道一万我决不停留。

　　　　　　恨不能插双翅绕山越路，

　　　　　　一辈子再不来朝阳沟。

（急步跑下）

〔二幕启。银环深一步浅一脚，一口气跑到她来时走的那条路上，停住脚步，瞧瞧地，望望天，岭连岭，沟套川，庄稼节节长，牛羊乱叫唤，小牧童打了个响鞭，来时的情景，复现在眼前。她心里一阵苦，一阵甜，脸发烧，腿发软，滴滴眼泪洒胸前……

**银　环**（唱）走一道岭来又一道沟，

　　　　　　山水依旧气爽风柔。

　　　　　　东山头牛羊哞咩乱叫，

挪一步我心里头添一层愁。
刚下乡野花迎面对我笑，
至如今见了我皱眉摇头。
强回头再看看拴保门口，
忘不了您一家把我挽留。
你的娘为留我把心操够，
好心的老支书为我担忧，
小妹妹为留我跑前跑后，
拴保你为留我，
又批评又鼓励明讲暗求。
这是咱手拉手走过的路，
在这里学锄地我把师投。
那是咱挑水栽上的红薯，
那是我亲手锄过的早秋。
那是你嫁接的苹果梨树，
一转眼它变得枝肥叶稠。
刚下乡庄稼苗才出土不久，
到秋后大囤尖来小囤流。
社员们发奋图强乘风破浪，
我好比失舵的船顺水漂流。
走一步看一眼我看也看不够，
挪一步一滴泪气塞咽喉。
回家去见了我的同学朋友，
我有何言去应酬。
走一步退两步不如不走，
千层山遮不住我满面羞。
我往哪里去呀，
我往哪里走？
好难舍好难忘的朝阳沟，
我口问心，心问口，
满眼的好庄稼我难舍难丢，

〔幕内伴唱:

　　　"朝阳沟,朝阳沟,朝阳沟今年又是大丰收。"

银　环　(唱)人也留来地也留。

　　　　　　　唉,我呀……我……唉……

〔拴保内喊:"银环!"跑上。

拴　保　(唱)银环同志啊,

　　　　　　　你慢走我再说几句话,

　　　　　　　我祝你顺利到达你家。

　　　　　　　给你个竹篮做纪念,

　　　　　　　带几块零钱坐车喝茶。

　　　　　　　希望你早走上工作岗位,

　　　　　　　代我问候你的妈妈。

　　　　　同志啊,咱再见吧。(欲下)

〔支书边喊边上。

支　书　(唱)我到公社去开会,

　　　　　　　带回来几样好东西。

　　　　　　　这一瓶名叫一滴旺,

　　　　　　　这一包名叫朝阳肥,

　　　　　　　完全都是咱本地造,

　　　　　　　用的是柏油黑檀皮。

　　　　　　　庄稼一闻节节长,

　　　　　　　瓜果一闻像气吹。

　　　　　　　这可是点着你的拿手戏,

　　　　　　　你研究研究啥道理。

拴　保　来清叔,你给我吧,银环同志要走。

支　书　咋啦?

拴　保　在农村屈材料,干农业不光荣。

支　书　真哩? 银环……

银　环　我……

支　书　哎哟,银环哪,可不能那样想啊! 你没想想,新社会谁家孩子不上几年学,谁家的闺女不读几天书,我的老天爷,都上几年学读几天书就不想种地啦，那地叫谁种哩？人还咋活哩？我那个老二也上学啦，我早给他说清啦，毕了业还得种地，老三也得种地，辈辈都得种地。银环，你没想想，如今这城市镇店，水旱码头，这个行，那个业，哪一行，哪一业跟农业没亲戚？谁能说干农业不光荣。

拴　保　党把咱培养恁几年，咱真该为社会主义流身汗出把力啦。说干农业苦，那其他行业都躺在床上睡觉哩？

支　书　要说现在苦啊，要在解放前非把你吓死不行，老侄子你不记得，你爹可知道解放前朝阳沟除了两家地主三家富农，哪一家不是穷得叮叮当当哩！哪一家不是五月端五连给孩子缝个香布袋的布都没有！

拴　保　我听俺爹说解放前没有穿过一件新棉袄。

支　书　我不是老王婆卖瓜自卖自夸，如今这大姑娘新媳妇，谁没几件新衣服，穿了细布想斜纹，穿上斜纹还想灯芯绒哩。毛主席叫咱走三化，咱才走了一化，还有两化没有化。别说到电气化，就是到机械化，咱也不能光抱着一张锨两把锄啊！咱这山沟里，生漆桐油，牧畜药材，山桃梨果，也得用个新法生产。哪一样不需要识字人来研究研究啊！

拴　保　这能说识字人在山沟屈材料？

支　书　对！我跟你说：公社有通知，今年咱村还要来几个学生，参加生产。到时候他们要有思想问题，我还得要你们帮助解决咧。

银　环　来清叔，不是……

　　　　〔拴保娘拿干粮上。

拴保娘　给！

银　环　娘！（扑到拴保娘怀里）

　　　　〔二大娘上。

二大娘　银环，我就说了你两句，你就哭起来没完没够啦？

拴保娘　（对二大娘耳语）孩子想过来了。

二大娘　这……怨我多嘴。

银　环　来清叔，俺娘知道，拴保知道，不用说你也明白。我这一辈子也洗不尽这一层黑灰。

| 支 书 | 又说傻话，一个高中生，愿意下来，还愿意长住下去，不能说不是进步。 |
| 银 环 | 来清叔，你别表扬了，你越表扬，我越难过。 |
| 支 书 | 我是有啥说啥，可不是给你戴高帽子哩。 |
| 银 环 | 来清叔，俺妈有病，我原想回去看看她，这一来，我不回去了。 |
| 支 书 | 你娘有病？谁说哩？ |
| 银 环 | 来信说哩。 |
| 支 书 | 那你得回去看看。 |
| 银 环 | 我不回去。 |
| 二大娘 | 银环，回去看看吧！你妈就你这一个闺女，你不回去，她不难受啊？ |
| 支 书 | 回去可有一条，不能跟你娘吵嘴。你虽说是她的亲闺女，可是这一回回去，是代表咱山里人呢。 |
| 二大娘 | 银环，回家替我问你妈好。 |
| 拴保娘 | 是呀，回去吧。拴保，把咱家的苹果摘点儿给你娘带去。 |

〔拴保应声下。

| 银 环 | 娘，来清叔，二大娘，你们回去吧。（下） |

〔拴保拿苹果上。

| 拴 保 | 银环！（追下） |
| 拴保娘 | 拴保，多往前送送。 |

〔二幕徐徐闭。

〔二幕前：支书、老小孩分上。

| 老小孩 | 拴保媳妇跑啦？ |
| 支 书 | 她娘有病，回去看看。 |
| 老小孩 | 妥了，这回可像放鹰一样，再别想回来了。 |
| 支 书 | 咋不回来？ |
| 老小孩 | 回来？她正瞌睡哩，你给她个枕头，她还能回来？ |
| 支 书 | 回来了。 |
| 老小孩 | 那咱看着吧。（与支书下） |

〔二幕闭。

# 第七场

〔二幕启。银环家里。两间房子分成里外间，里间门上挂着一个印花门帘，外间的床头放着一个纸烟篮。床上叠着两条新被子，桌上放着暖水瓶、醋瓶，还有一口小锅。桌上放着银环和银环妈的放大照片，镜框上夹着两个蝴蝶。银环妈端起一碗捞面条，用筷子抄起一撮，刚放到嘴边，银环推门进来。

银　环　妈!

银环妈　环，你回来啦? 快坐那歇歇。(跑下)

　　　　〔银环看着妈精神那么好，带气地坐下。

　　　　〔银环妈端脸盆上。

银环妈　来，洗洗脸。

　　　　〔银环不动。

银环妈　咦，也瘦了，也晒黑了，真变成土人啦。妈就知道你要回来，给你做了身衣裳，来，穿上试试。

　　　　〔银环不语。

银环妈　你咋不洗呀?

　　　　〔银环不语。

银环妈　咋啦? 病了?

银　环　没有!

银环妈　哦，我明白了，是拴保娘那个老东西，又给你气受了吧? 看看，看看! (唱)

　　　　　　儿呀儿你年轻没长心，
　　　　　　好歹香臭你辨不真。
　　　　　　至如今你才知道锅是铁铸，
　　　　　　再别把烂砖头当成黄金。
　　　　　　朝阳沟，路不平，
　　　　　　山又高，沟又深，
　　　　　　多见石头少见人，
　　　　　　在那里出气也出不匀。

　　　　　　　男女老少不讲理，

　　　　　　　个个都是愣头青。

　　　　　　　你妈我还受他们的气，

　　　　　　　难道说他们能对你发善心？

银　环　妈，你到底有病没病？

银环妈　说有病也没病，说没病也有点儿病，反正你一回来，我百病都好啦。

银　环　你没病我走啦。

银环妈　那为啥？

银　环　我看不惯，听不惯，这个家我一天也不想待。（欲走）

银环妈　好啊，你走吧，你走吧！

银　环　（压住火气，唱）

　　　　　　　全村人并没有错待你我，

　　　　　　　千不该万不该胡讲乱说。

　　　　　　　老支书听说你有了病，

　　　　　　　催我回来照顾你吃喝。

　　　　　　　俺的娘听说你有了病，

　　　　　　　她叫我给你拿来点儿苹果。

　　　　　　　二大娘催我快回来，

　　　　　　　怕你难过把泪落。

　　　　　　　山沟里人亲地可爱，

　　　　　　　姐姐妹妹都很热和。

　　　　　　　你思一思来想一想，

　　　　　　　为什么添枝加叶信口开河。

　　　　　　　更不该写信欺骗我。

银环妈　（唱）就算你妈我说错，

　　　　　　　以后再不这么说。

　　　　　　　你妈我一心为了你，

　　　　　　　怕你在山沟受折磨。

　　　　　　　儿呀儿，叫你当演员你不干，

　　　　　　　偏要去把牛腿搋。

　　　　　　　既然今天你回来，

　　　　　　　明年再给我考大学，

　　　　　　　就是当个服务员，

　　　　　　　也比农民强得多。

银　环　（唱）没有农民来种地，

　　　　　　　全国人民吃什么？

　　　　　　　没有农业大发展，

　　　　　　　社会主义怎建设。

银环妈　（唱）就算你妈我说错，

　　　　　　　光咱娘俩偷偷地说，

　　　　　　　你干农业我拥护，

　　　　　　　可就是母女常年两分割。

银　环　（唱）虽隔山又隔河，

　　　　　　　明年计划通汽车。

　　　　　　　你要想我我来看看你，

　　　　　　　我要想你你去看看我。

　　　　　　　妈呀妈，再不然，长途电话把话说。

银环妈　（唱）你人变心变主意变，

　　　　　　　处处向着老山窝。

银　环　（唱）依我说，

银环妈　（唱）你说什么？

银　环　（唱）妈呀妈，

银环妈　（唱）你少啰唆。

银　环　（唱）好妈妈，

银环妈　（唱）你气死我。

银　环　（唱）你也搬到农村去，

　　　　　　　咱母女一块儿过生活。

银环妈　（唱）小拴保一家是什么人，

　　　　　　　你妈我亲自去会过。

　　　　　　　他爹那个土地爷，

　　　　　　　他娘那个土地婆。

银　环　（唱）娘把我当成亲闺女，

171

她的优点比你多。

爹是生产能干手，

我要虚心向他学。

**银环妈** （唱）想起那个啥真野丫头，

还有那啥娘高老婆，

野丫头长个辣椒嘴，

高婆娘活像个拥头鹅[1]。

**银　环** （唱）不许你侮辱俺山里人！

**银环妈** （唱）我说啦，你敢把我的头来割。

**银　环** （唱）妈你讲理不讲理？

**银环妈** （唱）我不讲理该如何？

**银　环** （唱）你不讲理我就走。

**银环妈** （唱）一辈子不要来看我。

**银　环** （唱）说走我就马上走！

**银　环**<br>**银环妈** （唱）你给我火上把油泼，<br>离了你丫头也能活。

〔银环冲出门去，下。银环妈追至门口。

**银环妈** （唱）我的儿回家来看我，

一口冷水也没有喝。

我一步差来百步错，

到如今我可该如何？

银环我的儿啊！（把照片贴在脸上，又抱在怀里，好像抱着银环，大哭起来）

〔二幕闭。

## 第八场

〔二幕前：老小孩和巧真分上。

**老小孩** 巧真，你嫂子这回回来咋样？

① 拥头鹅：仰头鹅的意思。

巧　真　（唱）俺这个嫂是个好嫂，

个子不矮又不高。

家里来地里去不怕疲劳，

她又能抬来又能挑。

俺的娘一见她抿嘴就笑，

俺的爹心里高兴不敢当面瞧。

俺哥哥心里更满意，

他昨天帮她把耧摇。

老小孩　巧真，你大爷不瞒你说，你嫂子想走那时候，人家都说她长得怪漂亮，我倒咋看咋不顺眼。可她这回回来，我看人家是绱鞋不拿锥子，针（真）中！

巧　真　哈哈哈……

老小孩　巧真，你可别对她说啊！

巧　真　说也不怕。（跑下）

　　　　〔老小孩笑眯眯地下。

　　　　〔二幕启。远处是：一道岭来一道山，梯田层层山腰缠。台中一棵核桃树，长得枝密叶又稠。横贯台上一条渠，没有完工继续修。渠上插个小红旗，旗上写着"朝阳渠"。左边有块小黑板，是用两个铁锨把当成黑板架，锨头插在土里边。银环穿身农民服，辫子变成剪发头。

　　　　〔银环担一挑开水上，放在台中。巧真提一串茶杯上。把茶杯放下，下。银环倒几杯开水，放在地上凉着。然后坐在石头上，拿出笔记本边唱边写。

银　环　（唱）自古道山难移来性难改，

知人知面心难猜。

我只说这两句古话有道理，

不料想下乡来我才明白。

老支书好比是望远镜，

二大娘好比是气象台，

思想变化他知道，

风雨阴晴她能测出来。

$$我越思越想越害怕，$$

想起来那一天，

我不该不该万不该。

〔拴保娘扛一铁锨上。

拴保娘　银环，刚歇一会儿，你又写啥哩？

银　环　娘。

拴保娘　（发现挂在树上的衣服）这衣服可脏了，我给你洗洗。

银　环　（唱）我的娘再不要这样做，

你这样我心里实在难过。

下乡来我不能侍候你，

一天到晚你侍候我。

若叫别人知道了，

一定说儿媳妇难为婆婆。

拴保娘　（唱）银环儿你不要这样说，

我帮你洗衣服你多做工作。

现在本是新社会，

说什么婆婆不婆婆。

我帮你，你帮我，

能干什么就干什么，

哪一个敢把闲话说，

我拉到队里把理说。

银　环　娘，可只准这一回啦。

拴保娘　咋，给我下命令哩？往后队里的活越来越忙了，我还能老在家干

自己的活？歇着吧，我回家做饭了。（欲下又止）银环！

银　环　哎。

拴保娘　娘想给你提个意见。

银　环　娘，啥意见？坐这儿说。

拴保娘　你也不小啦，拴保也那么大啦，抽个空儿把你俩的事办了吧？

（见银环笑）这闺女，笑啥哩？

银　环　娘，我是一心一意的来建设社会主义的新农村，没想到思想上拐

了恁大个弯，给队里出力不大，找的麻烦不少。娘，再过个三年

五载，等我在生产上学点儿技术了，你不说，俺该办也就办啦。

（羞涩地跑下）

拴保娘　哈哈哈……（唱）

　　　　银环儿真是个年轻人，

　　　　说变就变安下心，

　　　　起五更打黄昏，

　　　　一心来建设新农村。

　　　　俺要是还在旧社会，

　　　　像俺这，山又高沟又深，

　　　　多见石头，少见人，

　　　　高中生绝不会来当农民。

　　　　（乐呵呵地下）

　　　　〔二大娘上。

二大娘　巧真！巧真！

　　　　〔巧真上。

二大娘　你嫂子她娘又来了。

巧　真　真哩呀。嫂！

　　　　〔银环上。

巧　真　您娘她又来了。

银　环　真的？巧真，我去看看，先别告诉咱娘。（下）

二大娘　巧真，还不快叫你娘去！（见巧真欲走）翻山，翻山。

　　　　〔巧真应声跑下。二大娘跑下。

　　　　〔银环和银环妈上。

银　环　妈，你咋来这么早？

银环妈　我昨天晚上歇到芦店啦。这才几天啦，朝阳沟可变样了，这庄稼

　　　　长得这么好哩。

　　　　〔拴保娘上。

拴保娘　亲家母！

银环妈　（窘迫地）我也没啥好东西，这点心你收下吧。

拴保娘　来就来吧，还让你花钱。

银环妈　收下吧。

175

拴保娘　　好，收下。

〔二大娘上。

二大娘　　老嫂子，还认识我吧？

银环妈　　认识，认识，咱老姊妹俩不是还抬过两句杠哩吗？

二大娘　　唉！我早忘光了，想闺女哩吧？

银环妈　　我来看看她。（掏出一封信递给银环）李桂兰还叫我给你带封
　　　　　信哩！

拴保娘　　亲家母快坐！（唱）

　　　　　　　　亲家母你坐下，

　　　　　　　　咱俩说说知心话。

银环妈　　（唱）亲家母咱都坐下，

　　　　　　　　咱俩随便拉一拉。

二大娘　　（唱）老嫂子你到俺家，

　　　　　　　　尝尝俺山沟的大西瓜。

拴保娘　　（唱）自从孩子离开家，

　　　　　　　　知道你心里常牵挂。

银环妈　　（唱）出门没有带被子，

　　　　　　　　事急慌忙到你家。

二大娘　　（唱）你到她家看一看，

　　　　　　　　铺的什么盖的什么。

拴保娘　　（唱）做了一套新铺盖，

　　　　　　　　新里新表新棉花。

银环妈　　（唱）在家没有种过地，

　　　　　　　　一次锄把没有拿。

拴保娘　　（唱）家里地里都能干。

　　　　　　　　十人见了九人夸。

二大娘　　（唱）又肯下力又有文化，

　　　　　　　　不愁当个啥啥啥……

巧　真　　（唱）当一个农业科学家！

二大娘　　（唱）对，当一个农业科学家。

176　银环妈　　（唱）针线活她不会，

端碗还嫌手腕麻。

**拴保娘** （唱）吃穿不用她沾手，
现有巧真俺娘俩。

**二大娘** （唱）老嫂子你放心吧，
婆婆不会难为她。

**银环妈** （唱）在家生来好喝水，
一天三遍不离茶。

**拴保娘** （唱）一天到晚有开水，
茶壶暖瓶有俩仁。

**二大娘** （唱）婆婆是个忠厚人，
姑嫂亲得像一个妈，
女婿是个好社员，
公公种地是老行家。

**银环妈** （唱）虽说吵过两句嘴，
怨我的态度水平差。

**二大娘** （唱）狗皮袜子没反正，
谁家舌头不磨牙。

**拴保娘** （唱）一家人不说两家话。

**银　环** （唱）俺的娘待我像亲妈。

**银环妈** 对了。她来信说的啥？

**银　环** 人家选上模范了，也上了报纸了，来信和我挑战哩。

**银环妈** 吆，那李桂兰不是出了名了？

**银　环** 你还说哩，要不是你，我也不会恁落后。

**银环妈** 你看，咋又怪起我来啦，我咋不叫你下来啦，我又没把你装到罐里，扣到碗里！你要真愿意下来，我也不会拦住不叫你来呀，是不是？

**拴保娘** 亲家母，咱那孩子也不落后啊。

**巧　真** 大娘，俺嫂子也不落后。

**拴保娘** 亲家母，早前县里报社来了个同志，说咱那孩子下来得好，下来劳动生产得也好。

**银环妈** 真的？

177

拴保娘　可不，那个人还挎了个照相机，说要给咱那孩子照个相，放到报纸上哩。

银环妈　照了没有？

拴保娘　好说歹说她也不照，后来支书说，不照就不照吧，再过俩月再照。

银环妈　你呀，你呀，你真是那狗肉不上桌呀！你要是照了，不是和人家一样也出了名啦？

银　环　我又不是为出名才下来的。

银环妈　你还犟哩，我看你哪辈子还能照。

巧　真　大娘，老鼠拉木锨，大头在后边哩。

〔支书和众人上。

拴保娘　亲家母，你看这是谁来了。

银环妈　这不是老李哥嘛！

支　书　是我。

银环妈　你好哩，忙吧？我又来啦。

支　书　来了好嘛！老嫂子，这回来多住几天。

银环妈　不，我要搬来住，也要参加劳动。

支　书　好啊，我们欢迎！欢迎！

〔众人鼓掌。

支　书　老嫂子，今天先歇歇，以后有你干的活，先去看看俺新修的水渠吧。

银环妈　我不累。

〔众人下。

〔幕内伴唱：

　　　　"老风俗旧习惯随人改进，

　　　　年年改月月换万象更新。

　　　　有文化当农民情通理顺，

　　　　坚决做第一代有文化的农民。

　　　　咱们一代一代传下去，

　　　　要当成传家宝留给子孙。"

〔男女社员分成三组，头一组抡着镢头刨土；第二组手执铁锨铲土；第三组是一群姑娘，银环也在其内，随着第二组打夯。银环妈跑上跑下，想给他们帮点儿忙，又帮不上，然后站在一旁看看那些生龙活虎的小伙子，又看看银环，好像有点惭愧。三个组有节奏地顺着渠道而过。

〔在歌声中，大幕缓闭。

——剧　终

　　《朝阳沟》创作于1958年，剧作家杨兰春回乡探亲时，听到乡亲们讲述银环、栓保的事迹，很受感动，回到工作地便创作了《朝阳沟》，边创作边排演，临上台才完成最后的唱词，前后仅用了七天。1958年3月20日河南豫剧院三团首演于郑州，马琳饰演银环，王善朴饰演栓保，常香玉饰演栓保娘。导演杨兰春、许欣，音乐设计王基笑、姜宏轩等。1963年由长春电影制片厂拍成戏曲艺术片。《朝阳沟》的音乐唱腔创新，形成了豫剧的新流派。杨兰春体验生活的登封县曹村群众因戏把村名改为朝阳沟，已载入《登封县志》。

## 作者简介

杨兰春　（1920—2009），原名杨连存，男，河北武安人，豫剧编剧、导演。幼时因家贫，当过和尚、补锅匠，后拜师学唱，1952年与田川、胡沙等人合作，将赵树理的小说《小二黑结婚》改编成同名歌剧，不久，他又将《小二黑结婚》改编为豫剧，亲自导演，自此开始用豫剧表现现代生活的全面探索。整理、创作、改编、导演的剧目有豫剧《刘胡兰》《朝阳沟》《冬去春来》《李双双》《好队长》《朝阳沟内传》《唐知县审诰命》，曲剧《寇准背靴》等。

·歌 剧·

# 洪湖赤卫队

湖北省实验歌剧团集体创作

人　物　韩　英——女，二十六岁，乡党支部书记。

　　　　刘　闯——男，二十八岁，赤卫队队长。

　　　　黑　牯——男，二十七岁，赤卫队小队长。

　　　　张副官——男，三十岁左右，地下党员。

　　　　韩　母——五十多岁，韩英的母亲。

　　　　胡子爹——五十二岁，地下党员。

　　　　秋　菊——女，十九岁，赤卫队员。

　　　　克　虎——男，二十岁，赤卫队员。

　　　　春　生——男，二十一岁，赤卫队员。

　　　　小　刘——男，二十岁，赤卫队员。

　　　　小　红——十四岁，胡子爹的孙女。

　　　　小　宝——男，十三岁。

　　　　彭霸天——男，五十岁，本名彭占魁，白极会首，湖霸。

　　　　冯团长——男，四十五岁，白匪保安团团长。

　　　　王金标——男，三十多岁，赤卫队小队长，叛徒。

　　　　老幺——男，三十多岁，狗腿子，流氓。

　　　　白极会匪徒、保安团匪兵、赤卫队员、群众等若干。

# 第一场

〔幕启。

〔第二次国内革命战争时期，某年夏天。

〔洪湖地区彭家墩。远处，湖水接天，芦苇层层。岸边荷叶茂密，荷花盛开。堤外船桅如林。近处，台右高大的瓦屋，门悬"沔阳县彭家墩乡苏维埃政府"的木牌，墙上有"打土豪分田地"的标语。台左有株粗大的柳树，屋前石狮旁插有一杆大幅红旗，迎风舒展。

〔硝烟蔽空，白浪翻卷，火光映红湖面。赤卫队员和群众怒不可遏，磨刀擦枪，斗志高昂，准备迎战。

众　人　（唱）洪湖水，翻白浪，

岸边尘土扬，

枪声四处起，

天暗日无光。

白极会，国民党，

卷土重来如虎狼，

杀人又抢粮，烧村庄，

要把洪湖变屠场。

苏区的人民怒满腔，

坚决打垮白匪帮，

大家一心向着党，

联结成铁壁铜墙。

怀着仇恨，奔赴战场，

保卫苏维埃，保卫家乡！

众乡亲　（唱）绑担架，备干粮，

众队员　（唱）磨大刀，擦标枪。

众乡亲　（唱）镰刀斧头都拿上，

冲担鱼叉肩上扛。

众队员　（唱）我们打先锋，

众乡亲　（唱）我们紧跟上。

众老年　（唱）我们救伤员，

众妇女　（唱）我们送饭汤。

众　人　（唱）军号吹得震天响，

红旗哗啦啦迎风扬！

苏区的人民怒满腔，

坚决打垮白匪帮。

大家一心向着党，

联结成铁壁铜墙。

怀着仇恨，奔赴战场，

保卫苏维埃，保卫家乡！

〔小刘从大门奔出。

小 刘 哎——刘闯大哥来了。

〔刘闯、黑牯、秋菊由屋内急上。

刘 闯 同志们，准备得怎么样了？

众 人 准备好了！

刘 闯 好！

〔刘闯领唱，众人合唱。

刘 闯 （唱）狂风吹不落太阳，

　　　　　暴雨冲不垮山岗。

　　　　　哪怕白匪逞疯狂，

　　　　　苏区人民坚如钢，

　　　　　男女老少齐上阵，

　　　　　定把白匪消灭光！

〔远处传来一阵枪声。克虎急上。

克 虎 报告队长，彭霸天带领白极会配合国民党保安团，沿途烧杀，已
　　　到十里渡口！

〔众人怒火更高，纷纷要求出战。

刘 闯 嘿！敌人是飞蛾扑火，鱼儿投网来了！同志们，乡亲们，为了保
　　　卫苏维埃，保卫革命果实，准备……

黑 牯 慢点，刘闯大哥！（唱）

　　　　　县委的指示未下达，

　　　　　敌人的情况没查明。

　　　　　我们这样去打仗，

　　　　　只恐怕耽误大事情。

刘 闯 （唱）敌人已逼近，

　　　　　怒火燃在心，

　　　　　急水滩头船难停，

　　　　　冲上前去，消灭敌人！

众 人 （唱）急水滩头船难停，

　　　　　冲上前去，消灭敌人！

黑 牯 同志们，我们不能这样轻举妄动呀！

秋　菊　　对呀，等韩书记回来，再打也不迟呀！（唱）

　　　　　　　　韩书记清早去开会，

　　　　　　　　临行再三来叮咛，

　　　　　　　　叮咛我们行动要谨慎，

　　　　　　　　等候县委下命令。

众　人　　（唱）船无舵，没把稳，

　　　　　　　　人到急时盼韩英。

　　　　　　　　韩英啊，韩英！

　　　　　　　　你怎么还不回程？

　　　　　　〔刘闯克制着怒火，众焦急难耐。

　　　　　　〔远处又传来阵阵急促的枪声。

刘　闯　　不，不行！（唱）

　　　　　　　　枪声阵阵心如焚，

　　　　　　　　不能让敌人再横行！

众乡亲　　（唱）为了苏维埃，

众队员　　（唱）为了众乡亲，

众　人　　（唱）坚决冲上前，

　　　　　　　　打它个片甲无存！

秋　菊　　同志们，我们不能打呀！

众　人　　赤卫队员不怕死，怕死不当赤卫队！

刘　闯　　（脱衣，拔刀）不怕死的跟我来！（挥舞大刀）

　　　　　　〔带头冲下，众人潮水般地冲下。秋菊、黑牯阻拦不住。

　　　　　　〔远处传来马蹄声，韩英在幕内喊："同志们——"

秋　菊　　韩英姐回来了！

　　　　　　〔韩英上。刘闯与众人返回，迎上前与韩英招呼。

众　人　　韩书记！

刘　闯　　韩英同志，白匪已逼近彭家墩，我们正要出发，去向敌人讨还血债！

众　人　　向白匪讨还血债！

韩　英　　对！向敌人讨还血债，我们要叫白匪来一个，死一个，来十个，灭五双！

众　人　（纷纷响应）坚决消灭敌人！

刘　闯　韩书记，让我刘闯打头阵，叫白狗子尝尝我们赤卫队的铁拳！

韩　英　刘闯同志，目前我们不能硬打。

众　人　（哗然）什么？不能硬打?！这是为什么？

韩　英　县委决定，赤卫队马上撤退。

众　人　（惊疑）撤退?！

刘　闯　这……敌人打到家门口，我们反倒逃跑哇？

韩　英　不，我们不是逃跑。同志们，我们是（比手势）这样打人有力呀，还是先把手收回来，再打出去更有力？

春　生　（比试着）当然是先收回来，再打出去更有力。

韩　英　对呀。我们主动撤退，就是为了更有力地打击敌人！县委指示：白匪趁红军暂离洪湖开辟新区的空子，纠集豪绅恶霸，卷土重来，妄想摧毁苏区，好实现国民党的全盘反共计划。我们赤卫队，要保存好力量，配合红军的行动，拖住这股敌人。然后再干净、彻底地消灭他们！

〔众人议论纷纷，反应各异。

黑　牯　对，韩书记说得有道理！

春　生　这是叫敌人送头来挨刀！

群众甲　我们给赤卫队多备些干粮。

克　虎　韩书记，别乡的赤卫队呢?

韩　英　已经开始撤退了。详细情况……胡子爹，你带领乡亲们去找乡主席，他会告诉你们怎样行动的。

胡子爹　乡亲们，走！（下）

〔众乡亲随胡子爹下。

韩　英　刘闯同志，你把队伍的行动布置一下吧。

刘　闯　行动……你布置吧。

韩　英　还是你布置吧。

刘　闯　这样的行动，我刘闯从来没有布置过！

韩　英　（含笑地）那好吧。黑牯同志，带领你的小队，去七里渡口阻击敌人，掩护大队撤退后，再由小河下湖。

　黑　牯　是。三小队跟我来！（下）

〔三小队员随黑牯下。

韩　英　王金标小队没有到吗?

秋　菊　已经催过两次了,他们还没来!

韩　英　小刘,你去告诉王金标,要他带领小队,马上赶到彭家墩。

小　刘　是!(下)

韩　英　秋菊,根据新的情况,后勤工作要加强,粮食、衣物马上下船。

秋　菊　是。(下)

韩　英　同志们,时间紧迫,你们快回家帮助亲人,藏好粮食,作好准备,听号声赶来集合。

众队员　是!(分下)

克　虎　队长,这……

刘　闯　执行命令!

克　虎　是!

〔韩英正想给刘闯解释。

刘　闯　(心绪烦躁地)撤退……韩英同志,你在武昌农讲所学习过,我们这样干,对吗?

韩　英　还是谈谈你的意见吧。

刘　闯　我是有意见!(唱)

密云不散难见天,

话语未说明心中烦。

红军开辟的根据地,

胜利果实鲜血换。

我们就该保卫人民保卫党,

保卫土地保政权。

如今白匪来侵犯,

苏区的人民受熬煎,

湖水被血染,

田园起烽烟,

我们不战就撤退,

这叫什么赤卫队员?!

韩　英　(唱)风势不顺不张帆,

方向不对不开船。

白极会配合保安团，

三面合围来进犯。

红军出征到江南，

我们硬拼，定会出困难。

刘　闯　（唱）雁儿离群势力单，

丢下乡亲我心不安。

韩　英　（唱）要钓大鱼放长线，

为了乡亲，也不能只顾眼前。

刘　闯　（唱）野火烧到眉毛尖，

难道说，再让乡亲受苦难？

豺狼不赶走，

不算英雄汉，

彭霸天不除心不甘！

韩　英　刘闯同志，我们是配合红军为苏维埃政权而战，可不单是为了一个彭家墩哪！我们这次行动，是根据井冈山打白匪的经验决定的。

刘　闯　井冈山的经验？

韩　英　是啊，贺龙同志常对我们说：毛委员在井冈山根据地，用"敌进我退，敌驻我扰，敌疲我打，敌退我追"的方法，打垮了成千上万的白匪军，苏区越来越大，红军越战越强，红旗越举越高了！

（捧出《星星之火，可以燎原》赠给刘闯）

刘　闯　（看书）"敌进我退，敌驻我扰……"毛委员这个办法好啊！可是我们这里没有井冈山，没有……

韩　英　我们有千里洪湖啊！我们洪湖，芦苇深，蒿草密，利用河港湖汊的有利地形，可以狠狠地打击敌人。更重要的是，有党的领导，乡亲们的支援，只要我们像葵花向阳那样，时刻按毛委员的指示办事，时刻和党连在一起，我们就有力量移山倒海，不然的话，单凭自己的想法闹革命，往往是会碰钉子的。

刘　闯　（有所悟地）我看，要撤退也该把彭霸天狠狠揍一顿再退！

韩　英　刘闯同志，我们是在干革命，不是和谁赌气。

〔小刘跑上。

小　刘　韩书记，王金标小队到了。

〔王金标匆匆上，小刘下。

王金标　韩书记，我们小队都到了。

韩　英　金标同志，我们的行动……

王金标　我都知道了。

刘　闯　知道了为什么不早来集合？耽误了大队的行动你负得起责任吗？

王金标　刘大队长，你何必把事情说得这么严重，我王金标走南闯北，大风大浪都见过！

刘　闯　你……

韩　英　金标同志，我们是党领导的赤卫队，应该有严格的组织纪律。队伍马上要出发了，我们分途去了解一下队员家属的情况，走吧！

〔韩母内喊：“英姑！”

韩　英　我娘来了，你们先去吧。

〔刘闯、王金标下。

〔韩母边喊边上。

韩　母　英姑！

韩　英　娘，您有什么嘱咐吗？

韩　母　英姑——（唱）

千枝树丫一条根，

女儿出征娘送行，

浪里行船舵要稳，

永远与党心连心。

打完胜仗先报信，

让为娘早到岸边接韩英。

〔胡子爹、小红、小宝上。

胡子爹　韩书记！啊，老嫂子也在这里呀。

韩　英　胡子爹，乡亲们有些什么反应？

胡子爹　大家都拥护县委的决定，还订出了和敌人斗争的计划，只有春生娘，硬要跟赤卫队一起走。

小　宝　我要跟姑姑一道去！

小　红　姑姑，我也要去，我要去！

韩　英　小宝，小红，不要吵。胡子爹，你再去说服说服吧。

胡子爹　嘴说干了她也不听，她们把打游击当成走亲戚。老嫂子，还是你去劝劝春生娘吧。

韩　母　（看看韩英，深情地）好！我去。（把包裹递给韩英，抽出一把小刀）

韩　英　娘！

韩　母　英姑，（沉痛地）这把刀是你爹留下的，你把它带去，给你爹报仇！（哽咽不语，转身拭泪）小宝，走，跟奶奶回去！

小　宝　（挣扎着不肯）姑姑，你带我去吧……（被韩母拉下）

韩　英　（示意小红巡风）胡子爹，你是墩上没有露面的党员，党决定你留下，担任交通工作，你同意吗？

胡子爹　有任务就快交代吧。

韩　英　好。你的任务，是与地下党的一个同志联系，传递情报。他在敌人保安团里当副官。你们联系的暗号是：他用白手巾擦三圈烟斗，你就说：“人老了，弦也调不准了。”

胡子爹　“人老了，弦也调不准了。”放心，忘不了！

韩　英　组织决定，你还是带着小红卖唱，便于行动。我们第一步是撤退到……（与胡子爹耳语）

　　　　〔传来急促的枪声，克虎上。

　　　　〔刘闯从另一个方向上。

克　虎　报告，敌人已打到李家台！

韩　英　要黑牯同志继续阻击。

克　虎　是！（下）

韩　英　刘闯同志，队伍马上集合！

刘　闯　小刘！

　　　　〔小刘跑上。

小　刘　有！

刘　闯　集合！

小　刘　是！

〔急促的号声中，众队员、乡亲们纷纷上，队员列队。

韩　英　乡亲们，赤卫队就要出发了，我们洪湖的水好喝，洪湖的人民是吓不倒的。白匪胆敢踏进洪湖一步，定叫他粉身碎骨！

众　人　坚决消灭敌人！

刘　闯　出发！

〔红旗引路，众队员列队下。韩英下。

众　人　（唱）洪湖水哟长又长，

　　　　　　　人心向着共产党，

　　　　　　　跟着贺龙闹革命哪，

　　　　　　　红旗飘扬打胜仗！

　　　　　　　男人手拿红缨枪，

　　　　　　　妇女持刀保家乡，

　　　　　　　赤卫队员真英勇啊，

　　　　　　　坚决消灭白匪帮！

〔刘闯欲下。

〔小宝跑上。

小　宝　（哭喊）刘闯叔叔——

刘　闯　（抱住小宝，百感交集地）……稻谷黄，鱼儿壮，我们却要离开家乡……（猛地拔出大刀）刀啊！刀啊！难道你白白跟着我刘闯吗？（怒不可遏，砍断树枝，抓起一把泥土）乡亲们，我们赤卫队一定会打回来的！（奔下）

〔小宝哭喊，众人挥泪告别。湖边渔船扬帆出发。

〔枪声四起。

胡子爹　乡亲们，白狗子快进村了，我们快按计划行动吧！

〔韩英和胡子爹取下"沔阳县彭家墩乡苏维埃政府"的牌子，下。

〔火光闪闪，枪声更紧，白匪蹿上。

〔彭霸天上。

彭霸天　（得意地）嘿嘿……托祖先在天之灵，我彭占魁又回来了，又回来了！（唱）

　　　　　　　石板栽花无根底，

　　　　　　　穷鬼竟想上天梯，

三十年河东，

四十年河西，

洪湖又成了我的天地。

〔老幺逼着一群乡亲上。

老　　幺　老太爷，这些刁民拒不说出赤卫队的去向。我看把他们宰了。

彭霸天　（故作恼怒）住手！（假惺惺地）乡亲们，让你们受惊了。我彭某这次回来，旨在造福乡里，下人胡为，我改日登门赔罪。各位请回府，请。

〔众人愤然而去。

彭霸天　恕不远送，恕不远送。

老　　幺　（不解地）老太爷，这……

彭霸天　老幺，这次回来要少提烧杀二字，你老太爷要以德治人。明白吗？

老　　幺　是。

〔幕后喊："冯团长到！立正！敬礼！"

〔冯团长上。张副官随上。

彭霸天　（迎上前）团座用兵如神，出师大胜，彭某钦佩之至。

冯团长　哈哈……哪里哪里，这也是老兄的白极会协助之功嘛！关于共军的去向……

彭霸天　我已派人四处追击，少时定有捷报。

〔匪徒甲内喊："报告——"慌忙跑上。

匪徒甲　禀告太爷，共军在芦苇里放暗枪，我队伤亡十余人！

冯团长　他娘的，好狡猾的家伙。张副官！

张副官　有！

冯团长　命令三连放火烧村，其余的全部下湖搜剿，给共军来一个湖水变色，火光冲天。

张副官　是。

彭霸天　（上前劝阻）且慢，团座，烧杀失民心，以德方治人哪！

冯团长　老兄之见是……

彭霸天　请到旧宅从长计议。

〔幕闭。

# 第二场

〔幕启。

〔距前场十余天后。黄昏。

〔彭霸天的庭院内。台左是后厅的正门，门首大柱上贴着对联：
"福如东海长流水，寿比南山不老松"。门楣上有"恩泽邻里"的
横匾。檐前张灯结彩，一股檀香由厅内飘来。台中靠右是堵围
墙，中有月门可见湖水和青荷红莲。院内有假山石，树下设有桌
椅，桌上摆有茶点。

〔前厅传出送客的呼礼声、奏乐声。老幺自后厅出，巡视院内的
布置后，显出得意的微笑。

老　幺　（唱）六月的荷花满池香，

老太爷庆寿好排场，

又杀猪，又宰羊，

大红寿幛挂满墙。

李坛主、王乡长，

五大绅士、八大金刚，

还有青、红二帮，

贵宾高朋坐满堂。

庆贺围剿得胜利，

恭贺太爷松柏延年，福寿无疆。

〔彭霸天由后厅慢步踱来。

彭霸天　老幺，今天你也受累了。

老　幺　应当效劳，应当效劳。

〔幕后喊声："冯团长到！"

彭霸天　请，快请。

〔冯团长匆匆上，张副官随上。

彭霸天　（迎上去）占魁失迎，团座原谅。

冯团长　哪里哪里，我来迟了，老兄海涵。

彭霸天　老幺，备宴。

冯团长　不用啦。兄弟是一来庆寿，二来辞行。

彭霸天　团座有何公务？

冯团长　共军在江南活动频繁，上司命令，各路兵马准备围歼！

彭霸天　彭家墩乃洪湖咽喉要地，团座虎威远离，我们……

冯团长　不用担心。张副官，叫人把东西抬上来。

张副官　来人啦，把东西抬上来。

〔匪兵抬步枪、子弹上。

冯团长　这十支步枪、二千发子弹，就算是我送给老兄的寿礼。请不要见笑。

彭霸天　（异常惊喜）哎呀，真乃生我者父母，知我者团座也。

冯团长　望老兄迅速剿灭洪湖赤卫队，不然会影响我军全盘计划。

彭霸天　兄弟也想早除心腹之患，只是洪湖赤卫队的动向……

冯团长　据已有的情报，彭家墩一带赤卫队的活动是由一个女共产党员掌握，她还与洪湖共产党地下县委有联系。这个女共产党员名叫……

彭霸天　韩英。

冯团长　对！就是她。听说她还在武昌农讲所受过训，要能抓住她，就不愁不破获洪湖共产党地下县委和剿灭洪湖赤卫队。

彭霸天　团座，对这条大鱼，兄弟早准备好网啦。

冯团长　老兄，快谈谈你的网是怎样个撒法？

彭霸天　兄弟想……（巡视四周）请到内室相商。

〔彭霸天、冯团长二人步入厅内。

〔外面传来一阵喧哗声。

老　幺　张副官，请坐。

张副官　坐。

老　幺　张副官，抽烟。

张副官　我这里有。（示烟斗）

老　幺　我们这里招待不周，还请原谅。

张副官　哪里哪里。我们团长还夸奖幺哥有才干，会办事。

〔老幺与张副官相视而笑。外面传来唱小曲的声音。

194　张副官　幺哥，我们团长常说，你们这里小曲很好听，何不就把那个卖唱的叫进来，给我们团长助助雅兴。

老　幺　行，行。我马上就去。（下）

张副官　（迅速写好一张条子，自语地）要是能把他们找来，这枪……

　　　　〔彭霸天、冯团长谈笑上。

　　　　〔老幺带胡子爹、小红上。

老　幺　禀团座、老太爷，老幺找来了个唱小曲的，来伺候二位老人家。

冯团长　这……

张副官　团座整天忙于军务，何不消遣消遣。

冯团长　好，随便唱他娘个什么吧。

张副官　随便唱个什么，团长高兴了有赏。

胡子爹　是，是。

　　　　〔小红敲碟子，胡子爹调弦，张副官用白手巾擦三圈烟斗。

胡子爹　（会意）唉！"人老了，弦也调不准啦。"

老　幺　少啰唆，快唱。

胡子爹　是。小红，唱吧。

小　红　（唱）手拿碟儿敲起来，

　　　　　　　小曲好唱口难开，

　　　　　　　声声唱不尽人间苦，

　　　　　　　先生老总听开怀。

　　　　　　　月儿弯弯照高楼，

　　　　　　　高楼本是穷人修，

　　　　　　　寒冬腊月北风起，

　　　　　　　富人欢笑穷人愁。

张副官　（察觉彭天霸、冯团长不悦，制止小红）这唱的什么鬼曲子！

冯团长　（不耐烦地）张副官，赏几个钱，叫他们滚。

张副官　是。（拿出几张钞票，机敏地把纸条藏在票内，向胡子爹示意）
　　　　给，拿去。

老　幺　（一把接过钱）张副官，怎么能让你给呢？我这有。

张副官　是一样嘛。（急从老幺手中拿过钱递给胡子爹）走！

　　　　〔胡子爹接过钱，带小红急下。

　　　　〔幕后传来匪兵们赌钱的喧闹声。

| | |
|---|---|
| 冯团长 | 张副官，去叫弟兄们不要赌啦，我们还要连夜回城。 |
| 张副官 | 是。（下） |
| 彭霸天 | 下人办事不周，使团座扫兴，其罪在我，其罪在我。 |
| 冯团长 | 老兄不要误会。我是想趁回城之前，把老兄的妙计做个安排。 |
| 彭霸天 | 啊，好，好！ |
| 冯团长 | 来人哪，把韩英的母亲给我抓来！ |
| | 〔内应："是。" |
| 彭霸天 | 团座，为了韩英这条大鱼，对这个老东西，我们既要使霸王之威，还须用孔明之谋呀！ |
| 冯团长 | 你的意思…… |
| 彭霸天 | 兄弟暂避一时。（退入厅内） |
| | 〔匪兵甲带韩母上。 |
| 冯团长 | 捆起来！ |
| 彭霸天 | （由内厅出，假意地）哎哟，这不是老姐姐吗？团座，她是占魁的远房堂姐，望团座高抬贵手。 |
| 冯团长 | （示意匪兵甲）下去！ |
| 匪兵甲 | 是。（下） |
| 彭霸天 | 老姐姐，你受惊了，受惊了。 |
| 韩　母 | 你这么老姐姐长、老姐姐短，我可消受不起。 |
| 彭霸天 | （尴尬地奸笑）呃……嘿嘿，老姐姐！（唱） |
| | 　　　　千个瓜儿共一藤， |
| | 　　　　你我二人是至亲， |
| | 　　　　虽然富贵由天命， |
| | 　　　　同族怎能把家分。 |
| 韩　母 | （唱）麒麟不与牛同路， |
| | 　　　　凤凰不跟鸡成群。 |
| | 　　　　太爷有话请快讲， |
| | 　　　　穷人还有穷事情。 |
| 彭霸天 | （唱）堂上点灯堂下明， |
| | 　　　　姐姐家贫我知情， |
| | 　　　　外甥女儿没回程， |

丢你在家更孤零。
我愿替你写封信，
派人送去给韩英，
要她回来尽孝道，
母女团聚度光阴。

冯团长 （唱）韩英若回村，
冯某很欢迎。
要房造高楼，
要钱给黄金。
以往之事不追究，
说话算话你放心。

韩　母 （唱）多谢二位来关照，
你们真是费了心。
可惜韩英无踪影，
这件好事办不成。

彭霸天 （唱）老姐姐你是明白人，
对待世道要看清，
谁不愿意儿女好，
谁愿儿女在火坑。
外甥女，年纪轻，
劝她莫把死路寻。

冯团长 （唱）她若不归顺，
休怪我无情，
调动人马去搜湖，
抓不着韩英不收兵。
事到临头后悔晚，
那时你可别心疼！

韩　母 （唱）纸糊的棺材下不得土，
半天云里点不燃灯。
谁有本事谁就显，
哪有大话吓死人！

197

冯团长　（气势汹汹）娘的，我宰了你！（拔枪）

彭霸天　（故作恐慌）团座息怒，团座息怒。哎呀，老姐姐，你也太固执了。哎，是亲三分顾嘛，我彭占魁看着姐姐这样，总不能不管哪。团座，请看在占魁与她同族分上，宽限她几天，如果她交不出韩英的下落，那时是杀是赦，听凭团座发落。

冯团长　好吧，我把她交给你，如果她交代不出韩英和赤卫队的下落，我就叫她喝辣椒水、坐老虎凳，然后剥皮、抽筋！

彭霸天　是，是。占魁愿以身家担保。老姐姐，团长的话你都听明白了吧？

韩　母　嗯，我心里早就明白了！

彭霸天　此事关系兄弟的身家啊，老姐姐，你要见风弯船呀！

韩　母　你的"好意"，我母女是一辈子也忘不了的。

彭霸天　哎，至亲嘛，何足挂齿。来人啦！

〔匪徒甲应声上。

彭霸天　掌灯送韩老太婆回家。（示意匪徒甲加强监视）

匪徒甲　（会意）是。

〔韩母下，匪徒甲跟下。

冯团长　老兄，我们这是……

彭霸天　准备强弓射猛虎——

冯团长　安排香饵钓金鳌。

彭霸天　哈哈哈……

冯团长　嘿嘿嘿……

彭霸天　这着棋不出三天，定见成效。

冯团长　好，我到江南听候佳音。啊，老兄，关于粮草、军饷……

彭霸天　暂缓几天，兄弟一定办齐。

〔冯团长不悦。老幺、张副官上。

彭霸天　老幺，去把我准备的东西拿来。

老　幺　是。（急下，旋即拿银圆复上）

彭霸天　团座为民造福，日夜操劳，今天又蒙送来枪支弹药，占魁实在过意不去，这点薄礼，聊表寸心，请团座笑纳。

冯团长　（接过银圆）老兄真够交情，以后只要用得着兄弟，要人有人，要枪有枪。哈哈哈……

〔马蹄声急切地由远而近。匪兵乙狼狈地上。

**匪兵乙** 报……报告，一股赤党，袭击我三连防地，劫走七支步枪，连长受了重伤！

**冯团长** （惊怒）啊，娘的！去告诉你们连长，老子要扭他的脑袋！

**匪兵乙** 是！（下）

**冯团长** （向匪兵乙）快备马，吩咐兄弟们向三连防地跑步前进！

**匪兵乙** 是。

〔张副官向冯团长示意，需要催缴粮草军饷。

**冯团长** 张副官，你就留下，协助彭老先生整顿武装，催缴粮草军饷。

**张副官** 是。

**冯团长** （对彭霸天）告辞。

**彭霸天** （不悦地）恕不远送。

**张副官** 由我代送吧。

〔冯团长、张副官和匪兵乙下。幕内众匪兵集合声和跑步声、马蹄声乱成一片。

**彭霸天** （愤愤地）呸！笨蛋！只知道杀人放火，要粮草军饷，娘的，一连人对付不了几个赤党，没有我彭占魁，你能在洪湖站住脚那才怪呢！（咳嗽）

**老　幺** 老太爷，你劳累了一天，该去养养神啦。

**彭霸天** 嗯。老幺，今夜要加强巡守，以防赤卫队偷袭。千万不可疏忽大意啊！

**老　幺** 是。

〔张副官上。

**彭霸天** 张副官，你也请去休息吧。

**张副官** 今夜是你五十大寿，我还要和白极会弟兄们痛饮几杯，一醉方休。

**彭霸天** 夜已深了，改日再饮吧。请。

**张副官** 请。

〔彭霸天步入厅内。

〔张副官欲进又止，佯装点火抽烟。

**老　幺** 来人！

〔一群白极会匪徒上。

老　幺　大门上锁，二门上闩，勤打更鼓，小心防守。

〔张副官下。

众匪徒　是。

〔老幺入内厅，众匪徒在院内巡守，向各处奔去。

〔灯暗。

〔远处传来犬吠声和更鼓声。刘闯潜上，机智地威逼匪徒走向月门外，又领韩英、克虎、春生等上。更声渐近，匪徒甲巡更上。

刘　闯　（机敏地低声）老兄，借个火。

〔趁匪徒甲打量刘闯时，克虎上前捂住他的嘴，拖下。

刘　闯　（向厅内窥视）怎么办？枪在里边，可人也在里边啊。

韩　英　（略思考）这样，我们到村头去鸣枪，给敌人来个调虎离山，掩护你们行动。小刘，跟我来。

〔韩英、小刘下。刘闯等隐藏月门外。稍停，台后传来一阵枪声……彭霸天、张副官、老幺惊上，数匪徒奔上。

匪徒乙　禀老太爷，赤卫队从东边打来了！

彭霸天　（大惊）什么？走，快去集合队伍！

〔彭霸天等急下。刘闯趁机潜入厅内，取出枪支，刚欲出厅……

〔彭霸天在幕内大声喊："老幺，把厅内的枪支取来！"

〔老幺在幕内应："是！"

〔老幺和众匪徒上，正准备走入大厅，张副官上。

张副官　（见状，机智地向台左大喊一声）谁？口令？

老　幺　谁？口令？

〔张副官似有所见地鸣枪射击，老幺及众匪徒也跟随鸣枪。

张副官　站住！站住！（追下）

〔老幺、众匪徒亦跟下。

〔刘闯与众队员急速取枪出。刘闯掏出"刀书"插在大柱上，下。

〔老幺、众匪徒上。

老　幺　他娘的，有我老幺在这里，你就别想来！（抬头见"刀书"，大惊，急入厅又蹿出，大喊）来人呀！来人呀！

〔彭霸天、张副官上。

老 幺　　老太爷……枪……枪没有啦！

彭霸天　（震惊）什么？老子枪毙了你！

老 幺　　（指屋柱上）刀！刀！

彭霸天　快拿下来！

〔老幺取下"刀书"，递给彭霸天。

彭霸天　（念）"老子本姓天，

　　　　　　　家住洪湖边，

　　　　　　　今天来借枪，

　　　　　　　明朝打江山。

　　　　　　　——洪湖赤卫队"

　　　　呸！（撕碎"刀书"）

〔匪徒甲负伤跑上。

匪徒甲　老太爷，村头的碉堡都给赤卫队烧了！

彭霸天　赤卫队现在何处？

匪徒甲　都跑了！

老 幺　　老太爷，让我带人去追击！

张副官　对，应当追击！

彭霸天　慢！（沉思，切齿）劫枪伤人，又烧碉堡……（顿生诡计）嗯……就这样。老幺啊，你去吩咐弟兄们，整顿行装，天明向县城撤退。

老 幺　　（莫名其妙）撤退？

彭霸天　（意味深长地）嗯，撤退。

张副官　（有所察觉）嗯，有道理，有道理。

〔幕闭。

# 第三场

〔幕启。前场次日晨。

〔湖中一个小墩上。远处湖水荡漾，映着瑰丽的朝霞。晨风吹拂着芦苇蒿草，台右可见席棚一角。

〔几个赤卫队员在忙着架设席棚。大部分赤卫队员正在搬弄昨晚缴来的枪支，有的在擦枪，有的在细看，有的互相夸耀，情绪愉快、热烈。

众队员　（唱）这一仗打得真漂亮，

　　　　　　　　个个像猛虎下山岗，

　　　　　　　　黑夜摸进彭家墩，

　　　　　　　　好比神兵从天降！

队员甲　（唱）东边枪声砰砰砰，

队员乙　（唱）西边杀声震山岗，

队员丙　（唱）逗得白匪团团转，

队员丁　（唱）这里守来那里防。

众队员　（唱）哪晓得顾了脑袋丢了尾巴，

　　　　　　　　枪支让我们全摸光！

　　　　　　　　哈哈……

　　　　　　　　气得敌人大喊大叫像鬼嚎！

克　虎　（唱）韩书记，办法强，

　　　　　　　　胜过当年的诸葛亮。

　　　　　　　　土雷当作炸弹摔，

　　　　　　　　鞭炮代替机关枪，

　　　　　　　　军号吹得嘀嘀哒，

　　　　　　　　活像那，正规红军打汈阳！

众队员　（唱）哈哈……

　　　　　　　　哪晓得，我们总共才有三支套筒枪。

春　生　（唱）刘队长，有胆量，

　　　　　　　　摸到敌人的后厅堂。

　　　　　　　　白匪兵，正紧张，

　　　　　　　　东瞄瞄，西望望，

　　　　　　　　忽然背后一声响，

　　　　　　　　腰间顶上一个硬邦邦。

　　　　　　　　他喊又不敢喊，

　　　　　　　　犟又不敢犟，

　　　　　　　　乖乖地放下手中的枪。

　　　　　　　　他回过头来望一望，

哎呀！我的妈吔！

刚刚碰上我们的刘队长。

众队员　（唱）哈哈……

吓得白匪浑身打战直叫娘，

哎呀我的娘。

赤卫队，不平常，

机智勇敢又坚强！

一部分队员　（唱）缺枪弹，也无妨，

保安团是我们的兵工厂。

另一部分队员　（唱）彭霸天，是运输大队的大队长，

送来了大批子弹和步枪。

众队员　（唱）哈哈……

不要收条他倒挺大方！（兴高采烈地逗趣，见韩英、秋菊远

远而来）

春　生　（向众队员做鬼脸）嘘……

〔众队员敏捷地四散，假意睡觉，克虎发出了鼾声。韩英、秋菊

提竹篮上，见此情景，会意地笑了。

秋　菊　呃！他们真守纪律啊！都睡了。（逗趣地）哎！都睡了，这些野

鸭蛋给谁吃呢？

众队员　野鸭蛋！野鸭蛋！（拥向韩英、秋菊争看野鸭蛋）

秋　菊　（风趣地）嘿，这野鸭蛋赶瞌睡倒是挺灵的呀！

〔众队员被逗笑。

克　虎　韩书记，哪来的这么多野鸭蛋呀？

韩　英　在蒿草窝里捡的，等会儿做菜给大家下饭。

克　虎　韩书记看我们打了胜仗，今天要给我们"打牙祭"啦！

秋　菊　你猜得对，韩英姐还要给你们每人一双草鞋哩。

众队员　每人一双？哪来的那么多草鞋呀？

秋　菊　是她今天三双、明天五双慢慢攒起来的。你们看，（拿出草鞋）

大清早她又打起了几双。

众队员　（感激地）韩书记，你太受累了。

韩　英　不，我一点也不累。同志们，昨晚进村路过自己的屋门口，大家

也没有回家去看看，有意见吗？

众队员　没有，一点也没有。

韩　英　春生你呢？

春　生　我？嗨！缴了这么多枪，我牙都笑掉了，哪还说得上意见。

秋　菊　打了一次胜仗，你就笑掉了牙，要是将来全国都插上了红旗，我看你呀，一定连下巴也保不住啦！

〔众队员大笑。

克　虎　韩书记，等全国都插上了红旗，我们洪湖会变个什么样子呀？

队员丙　到那个时候，我们赤卫队该人人发挺机关枪吧！

队员甲　那时候我们就上井冈山，去见我们的毛委员去！

春　生　那时候呀，我就抱着我的孙子说：（连说带做）娃子呀！你爷爷当赤卫队员的时候，可威武哩！

众队员　哈哈……

韩　英　对，等全国都插上了红旗，打倒了地主、湖霸，庄稼人都扬眉吐气过日子，畈里用拖拉机耕田，年年五谷丰收，湖上用机器船撒网，天天鱼虾满舱。彭家墩会变得像武昌城一样！那时候，我们就请毛委员到这里来住上几天，尝尝我们洪湖的香莲、甜藕、大鲤鱼啊。

众队员　（无比兴奋地争着说）对，对！韩书记，听我说……

韩　英　同志们，你们都累了一夜，现在去睡觉。

春　生　韩书记，我们几个实在睡不着，再说，等黑牯哥和三小队回来了，我们还要开个庆功会哪！

克　虎　怎么三小队还没有回来？

韩　英　放心，黑牯同志一定是在领着保安团兜圈子哩。这样吧，春生，你去加强岗哨。

克　虎　韩书记，有岗哨还让他去？

韩　英　克虎，昨晚我们摸哨劫枪，打击了彭霸天的气焰，又狠狠地拖住保安团，敌人能躺着睡大觉啊？（对春生）去吧。

春　生　是。（下）

韩　英　小刘，你去找王金标。

　克　虎　他呀，昨晚就没见他的人影！

韩　英　找着了叫他到我这里来。

小　刘　是。（下）

队员甲　韩书记，我呢？

韩　英　你去迎接三小队的同志们。

队员甲　是。（下）

众队员　我们呢？

韩　英　你们捞菱角、拔野菜去。

众队员　是。（下）

　　　　〔一轮红日冉冉升起，千里洪湖泛起金色的波浪。

韩　英
　　　　（合唱、重唱）
秋　菊

　　　　　　洪湖水，浪打浪，

　　　　　　洪湖岸边是家乡。

　　　　　　清早船儿去撒网，

　　　　　　晚上回来鱼满舱。

　　　　　　四处野鸭和菱藕，

　　　　　　秋收满畈稻谷香。

　　　　　　人人都说天堂美，

　　　　　　怎比我洪湖鱼米乡。

　　　　　　洪湖水，长又长，

　　　　　　太阳一出闪金光，

　　　　　　共产党的恩情比那东海深，

　　　　　　渔民的光景一年更比一年强。

　　　　〔刘闯扛渔叉，挽渔篓在歌声中上，悄悄坐在远处静听。歌毕，

　　　　　刘闯蓦然站起身来。

刘　闯　嗬，唱得真好呀！

秋　菊　刘闯哥，把我吓了一跳！

刘　闯　（拿出一条大鱼）呃，你们看这是什么？

秋　菊　大鲤鱼！刘闯哥，是你打的吗？

韩　英　今天又是大鲤鱼，又是野鸭蛋，真可以让同志们来个大会餐哩。

刘　闯　到时候还要把你的拿手小调给同志们唱唱。

韩　英　　几年没唱，都忘了。再说也没有三棒鼓。

刘　闯　　听秋菊说，撤退时大妈不是给你……

秋　菊　　（示刀）那是这把耍刀。

刘　闯　　（接刀）这把刀真不错，我的短刀留给彭霸天了，这刀就送给我吧。行，就送给我了。

秋　菊　　不行，这是韩英姐的"传家宝"。送给你，那怎么行！

韩　英　　好，就送给你，让它跟着你多杀几个白狗子。

刘　闯　　行，我一定把它插在敌人心窝上！

韩　英　　刘闯同志，有雄心还要多用智慧。

刘　闯　　好，我记住你的话。

　　　　　〔队员甲异常喜悦地边喊边上。

队员甲　　韩书记、队长，你们看谁来了？

　　　　　〔黑牯上。

　　　　　〔韩英、刘闯惊喜地迎接亲人。众队员闻声分途涌上。

韩　英　　黑牯同志，情况怎么样？

黑　牯　　我们袭击了保安团，劫了七支枪，半路上碰见了乡亲们。

　　　　　〔众乡亲带着粮食等物上。众人互相问长问短。

小　宝　　（拿出一个小袋）姑姑，这是列宁小学的同学们凑起来，托我给你的。

韩　英　　什么宝贝呀？啊！鸡蛋、糖果，小宝，姑姑不要，你带回去吧。

群众甲　　英姑，你就收下吧，要不他又会哭鼻子啦。

韩　英　　乡亲们，我们走后，村里的情况怎样？

群众甲　　唉！别提了！（唱）

　　　　　　　　自从赤卫队离了家门，

　　　　　　　　乡亲们又陷入火热水深！

　　　　　　　　彭霸天，比那豺狼狠十分，

　　　　　　　　保安团，没有一天不抓人。

群众乙　　（唱）匪徒拷打，我们皮肉受苦能忍受，

　　　　　　　　最难忍受是心上想你们。

群众丙　　（唱）白天看到芦苇动，

众乡亲　　（唱）就像瞧见亲人的影。

群众丁　（唱）半夜听见浪涛声，

众乡亲　（唱）疑是亲人回了村。

　　　　　　　天天望，时时等，

　　　　　　　谁不是从早到晚盼望亲人。

小　宝　姑姑，叔叔，你们什么时候回村呀？

刘　闯　打走了白狗子，我们就回去。

小　宝　村里的白狗子都已经走了！

众队员　（惊异地）走啦？

群众甲　是呀，你们昨夜一摸庄，彭霸天带领白极会，夹着尾巴跑进城
　　　　去了。

众队员　（喜悦地）嘿！这一下子把他们打缩头了！

群众乙　是呀，乡亲们都在问，赤卫队什么时候打回去哩。

韩　英　（自言自语地）奇怪，彭霸天怎么会撤退呢？刘闯同志，你看呢？

刘　闯　我看呀！（唱）

　　　　　　　打铁趁热不能停，

　　　　　　　打仗就凭一股劲；

　　　　　　　彭霸天，已逃命，

　　　　　　　我们应当打回彭家墩。

韩　英　（唱）骑烈马要紧缰绳，

　　　　　　　打仗先要摸敌情；

　　　　　　　白极会轻易放弃彭家墩，

　　　　　　　其中一定有原因。

刘　闯　（唱）白匪撤退彭家墩，

　　　　　　　定是追击我红军，

　　　　　　　情况紧急休再等，

　　　　　　　赶快打回去，

　　　　　　　决不能放走敌人。

部分队员　对，应该打回去。

韩　英　黑牯同志，你的意见呢？

黑　牯　彭霸天跑得很奇怪，我们不能轻举妄动。

韩　英　对，盲人骑瞎马是不能打仗的。先探探深浅，然后再决定行动。

207

众乡亲　那我们就先回村去了。

刘　闯　忙什么，大家在一起多谈谈。

韩　英　（向队员们）让乡亲们到棚里去坐吧。

〔众队员领乡亲们下。

韩　英　我们开个支委会，商量商量。

黑　牯　韩书记，你说敌人在给我们摆什么迷魂阵啦？

韩　英　暂时还说不定。（深思）我看彭霸天这只老狐狸，定是以退为进企图麻痹我们，袭击我们。要不就是想骗我们回村，引我们上钩。

刘　闯　娘的，彭霸天你来吧，老子叫你下湖去喂鱼！

〔队员甲上。

队员甲　韩书记，你的信。

韩　英　（拆信）是县委的指示。（念）"你们昨晚摸庄缴枪，干得很好，特来信祝贺。……今晨匪保安团已离县城。据可靠情报，他们是纠集白极会，企图搜湖，希你们严加防范……"

刘　闯　嗨，差点搞岔了！

韩　英　黑牯同志，先请乡亲们回村，队伍马上转移！

黑　牯　是。（下）

韩　英　刘闯同志，这件事情告诉我们，只有像葵花向阳那样，按毛委员的指示办事，时刻和党连在一起，才有力量移山倒海。不然的话，单凭自己的想法闹革命，往往是会碰钉子的！

刘　闯　是啊。

韩　英　我们去检查一下队伍转移的情况。

〔刘闯、韩英同下。

〔王金标提小布包走来。春生、克虎等上。

春　生　王队长，韩书记到处找你，你到哪里去了？

王金标　昨晚我单独到李家台联保公所逛了一趟，喏，搞回了点小玩意儿，让你们开开眼界。（示手枪和现洋）

队员丙　王队长真有板眼。

王金标　有板眼又怎么样？还不是老挨批评。我可不像刘闯，那多听话。

春　生　这话不对，闹革命就是要听党的话嘛！你这种行动，我看就不应该。

王金标　为什么？这年头枪是胆，钱是本，有了枪、钱，不管天晴天阴，老子都能横冲直闯。

春　生　你……

王金标　算了吧！小兄弟，我过的桥比你走的路还多，我身上挨的子弹，你扛也扛不起。少给我念经吧。

克　虎　（不满地）春生！你过来，人家是小队长，我们还能批评?!

王金标　克虎，你说话少带刺，我王金标不是聋子。

克　虎　我也不是哑巴。你违反组织纪律，还不让人家批评吗？

王金标　怎么，我说了刘闯几句，你不服，是吗？

克　虎　我不服？我看是刘闯哥当了大队长，你不服。

王金标　（触到痛处，恼羞成怒）嗬，真是墙倒众人推！娘的，你也想欺侮人啦！

克　虎　你骂人，你这是流氓作风！

〔克虎和王金标大声争辩，众队员两边劝阻。

〔韩英、刘闯上。

韩　英　（制止地）王金标！金标同志，你昨晚的行为和刚才说的话，很不像个革命干部。

王金标　韩书记，我拼死拼活，为革命弄来了枪、钱，这也错了？

韩　英　不！你不是为革命，你是想表现自己，不惜违反革命的组织纪律。

王金标　那……你处分我吧。

韩　英　是要处分，你先反省。

〔小刘押着渔民打扮的匪徒甲上。

小　刘　报告，在王队长回来的路上，我们抓到一个可疑的人。

刘　闯　（对匪徒甲）你是什么人？

匪徒甲　打鱼的。

〔刘闯看匪徒甲的手掌，韩英逼视匪徒甲。刘闯猛然解开匪徒甲的上衣，现出白极会的兜肚。

刘　闯　哼！好一个打鱼的。快说，你是来干什么的？

匪徒甲　干什么的?!我们的佛爷彭霸天，今天亲自率领三千神兵下湖，要来消灭你们！

刘　闯　（大怒）娘的，老子毙了你！

〔刘闯鸣枪，匪徒甲应声倒下。众队员、众乡亲闻声分途拥上。

韩　英　刘闯同志，你太毛躁了！

〔刘闯不语，犹有余怒。

〔黑牯匆匆上。

黑　牯　前面发现大批敌人向我们这里扑过来了！

韩　英　我们已经暴露目标了！（向远处张望）

众队员　韩书记，队长！打，打这些狗娘养的！

众乡亲　对，我们与白匪拼了！

韩　英　慢！敌人来势凶猛，我们这里又有乡亲，不能硬打。

刘　闯　小刘，快去监视敌人！

小　刘　是。（奔下）

韩　英　刘闯同志，快下命令！

刘　闯　韩英同志，你带领一小队，由东转到敌人后面，用火力把敌人引
　　　　过去。二小队留个战斗小组和我在这里阻击敌人。其余的人，由
　　　　黑牯同志领着，保护乡亲由西撤退。快！马上行动！

众队员　是！

韩　英　刘闯同志，一小队由你带去，让我留下阻击。

刘　闯　这……

韩　英　刘闯同志，快去吧！晚上到分水汊集合。

刘　闯　好，一小队跟我来。（脱衣，拿篙）出发！（奔下）

〔一群队员随刘闯奔下。

众乡亲　韩书记！

韩　英　（对黑牯）黑牯同志，你带乡亲们由西撤退。

黑　牯　是。

〔黑牯领队员们和乡亲们由台右奔下。

〔幕后几声枪声。小刘负重伤跟跄上。

小　刘　韩书记……队……长……敌人已逼近了！

韩　英　怎么？（见小刘负伤了，对王金标）好好照顾他，我上前去看看。
　　　　（由台左前角奔下）

〔台右角幕后传来激烈枪声。秋菊奔上。

秋　菊　韩英姐……啊，金标哥，我们已与西边围上来的敌人接上了火，
　　　　你要尽力阻击东边的敌人，以免我们前后受敌不能突围！

王金标　（更惊恐）啊……你……你快去吧！

　　　　〔秋菊下。

王金标　（对队员甲）掩护小刘撤退。

小　刘　不能撤！

王金标　撤！

　　　　〔小刘与队员甲下。

王金标　（胆怯地四处张望）娘的，洪湖完了……（取下袖标，欲溜）

　　　　〔幕后枪声四起，韩英上。

韩　英　金标同志，乡亲们怎么样了？

王金标　他们已经安全转移了。

韩　英　（兴奋地）我们完成任务啦！

王金标　韩书记，我们分途撤退吧……

　　　　〔枪声更紧。

王金标　韩书记，我……我们已被包围了！

韩　英　（夺过王金标的枪）你快隐蔽。

　　　　〔王金标急下。

　　　　〔韩英使双枪两面阻击。一阵激烈射击后，韩英弹尽，隐入芦苇
　　　　深处。

　　　　〔一群匪兵扑上。

　　　　〔枪声激烈。

　　　　〔众乡亲愤怒地边唱边上。

众乡亲　（合唱）白匪军啊！虎狼心啊！

　　　　　　　　逼着我们去杀亲人，

　　　　　　　　乡亲们啊！

　　　　　　　　前面就是蒿草林，

　　　　　　　　隐藏着我们的赤卫军，

　　　　　　　　不能再前进啊！

　　　　　　　　要和敌人拼啊！

　　　　〔群众甲、丙，小宝和已改装的赤卫队员小刘被冯团长押上。

〔老幺上。

老　幺　团座，发现我们背后有共军射击！

冯团长　嗯？定是一小股共军想转移目标，你带一支人，给我打过去。其余的人把这个墩子紧紧围住，四处搜查！

老　幺　是！（下）

〔匪徒四处搜寻，幕后枪声不断。

冯团长　（抓住小宝）小家伙，你说，共军的大队藏在什么地方？韩英在什么地方？

小　宝　不知道！

冯团长　娘的！（枪击小宝）

〔小刘上前掩护小宝，中弹。

小　刘　狗东西，你们的日子长不了！（倒下）

〔众乡亲拥上。

众乡亲　小刘！

冯团长　你们说！

众乡亲　不——知——道！

冯团长　来呀，架起机枪，扫射！

〔匪兵刚要扫射，韩英冲出，奋力托住机枪。

韩　英　住手！

〔匪兵拥上去，围住韩英。

〔老幺上。

老　幺　韩英！

〔推出韩英，造型。

〔一束红光照着韩英高大的形象。

〔幕后合唱：

　　　　"啊！

　　　　威武震长空，

　　　　豪气冲九天！"

〔幕闭。

# 第四场

〔幕启。

〔前场几天以后。

〔彭霸天的内院。一间用磨房改装的临时牢房。室内阴暗潮湿，
设有简陋的床铺。

〔敌人荷枪实弹，在门前踱来踱去。

韩　英　（深情地望着窗外的月光和浩荡的洪湖，唱）

　　　　　月儿高高挂在天上，

　　　　　秋风阵阵，湖水浩荡，

　　　　　洪湖啊，我的家乡，

　　　　　洪湖啊，我的亲娘！

　　　　　自从韩英生下地，

　　　　　从小我就在你的身旁。

　　　　　喝的是湖中水，

　　　　　吃的是岸边粮。

　　　　　就在你的土地上，

　　　　　韩英加入了共产党。

　　　　　我虽今朝入罗网，

　　　　　同志们仍然战斗在你的身旁。

　　　　　看见洪湖水，

　　　　　韩英我无比坚强；

　　　　　听见洪湖浪，

　　　　　韩英我浑身都是力量。

　　　　　没有眼泪，没有悲伤，

　　　　　只有仇恨满胸膛！

　　　　　任凭敌人逞疯狂，

　　　　　夕阳西下不久长，

　　　　　任你是火海刀山，

　　　　　难动我韩英半点心肠！

〔幕后赤卫队员激昂地合唱:

"狂风扑不灭燎原的烈火,

雨雪毁不了山上的青松;

一颗红心向着党,

头断血流不投降!"

韩　英　(在沉思中仿佛听见了同志们的歌声⋯⋯唱)

秋风阵阵吹进窗,

好像同志们在歌唱⋯⋯

远望湖水白茫茫,

同志啊,同志啊,

如今你们在何方?

〔众队员显影。

众队员　(唱)望穿湖水不见路,

望断云海思念长。

敌人的铁链千斤重,

亲爱的同志,如今你将怎么样?

韩　英　(唱)千斤铁链,怎能锁得住韩英,

万堵高墙,隔不断我对同志的悬望。

韩英我什么都不想,

单念同志,不知近来怎么样?

众队员　(唱)芦苇蒿草是我房,

船板篙排是我床,

菱角野菜是我粮,

韩英,韩英,

何时回到我们的身旁?

韩　英　(唱)刘闯啊,刘闯,

千斤重担落在你身上。

领着同志,挺起胸膛,

艰苦的日子你要坚强。

〔刘闯显影。

　刘　闯　(唱)哪怕山高路又险,

哪怕困难似海洋，

刘闯记住你的话，

跟着党走到天亮。

韩　英　（唱）秋菊妹妹好姑娘，

　　　　　　为什么不见你歌唱？

〔秋菊显影。

秋　菊　（唱）离开了县委，离开了你，

　　　　　　秋菊怎能把歌唱？

韩　英　（领唱）莫难过，莫悲伤，

众队员　（唱）没有难过，没有悲伤，

　　　　　　赤卫队员百炼成钢，

　　　　　　我们是燎原的烈火，

　　　　　　要把那敌人和灾难都烧光！

〔唰的一声，牢门开了，老幺提马灯上，彭霸天随上。

彭霸天　（假惺惺地）外甥姑娘，舅舅来看你了。

韩　英　……

彭霸天　老幺，谁把我的外甥姑娘打成这个样子？

老　幺　老太爷，小的是奉冯团长的命令。

彭霸天　什么冯团长的命令！你难道不知她是太爷的亲骨肉吗？

老　幺　小的不知。

彭霸天　以后你再敢这样放肆，小心你的脑袋！快打开。（示意开镣铐）

老　幺　是，是。（给韩英打开镣铐）

彭霸天　还不去拿件干净衣裳来。

老　幺　是，老太爷。（下）

彭霸天　外甥姑娘，只怪舅舅从城里迟回了一步，叫你受委屈了。

韩　英　（蔑视地看了看彭霸天）哼！

〔老幺上。

老　幺　老太爷，衣服拿来了。

〔彭霸天示意老幺把衣服给韩英。

老　幺　韩小姐，把衣服换上吧。

韩　英　（走到一边）……

老 幺　呃，你……

彭霸天　啰唆什么，滚下去！

老 幺　是，老太爷。（下）

彭霸天　唉！外甥姑娘，你弄到这步田地，这是何苦啊！（唱）

　　　　　　韩英我的外甥女，

　　　　　　且听舅舅说几句。

　　　　　　如今你生死在旦夕，

　　　　　　你要把前途多考虑。

韩 英　（唱）湖水清，沟水污，

　　　　　　谁是你的外甥女！

　　　　　　韩英怕死不革命，

　　　　　　为革命虽死何所惧！

彭霸天　（唱）你似牛犊不怕虎，

　　　　　　我怎能看你去受苦。

　　　　　　虽然你当初走错路，

　　　　　　放下屠刀就成佛。

　　　　　　只要你召回赤卫队，

　　　　　　舅舅把他们来保护。

　　　　　　担保今后无事故，

　　　　　　那时候韩英你也有好处。

韩 英　（唱）彭霸天，你休做梦，

　　　　　　你的算盘打错了珠。

　　　　　　赤卫队总有一天要打回来，

　　　　　　定把你们都铲除！

彭霸天　共产党凭几根鸟枪和梭镖就想闹革命，这也太自不量力了。外甥姑娘，你还是死了这条心吧。只要你写封信，召回赤卫队，说出洪湖地下县委，舅舅愿以身家保你，不但免罪，而且高官任做，骏马任骑，要房有房，要地有地。那时候……

　　　　〔韩英怒目逼视彭霸天。

彭霸天　（自己转弯）啊，考虑考虑也好，我这个做舅舅的总要做到仁至义尽啊。

216

〔老幺兴致冲冲上。

老　幺　老太爷，冯团长有请。

彭霸天　知道了。外甥姑娘，事在燃眉，何去何从你要当机立断呀！（走出门外似有所知地）怎么，王金标自新了？

老　幺　是的，老太爷，冯团长真是个老内行，两夹棍，一百块大洋，外加个连长的官衔，王金标就过来了。老太爷，这真是个便宜货呀！

彭霸天　（慢吞吞地）哼！好货不便宜，便宜就不是好货。

老　幺　老太爷，王金标说：刘闯是个毛小子，好对付，他还保证把赤卫队引到我们的网里来，冯团长正等着太爷去商量哩！

彭霸天　（考虑了一下）老幺，去把老婆子带到这里来。

老　幺　有王金标，还要她来做什么？

彭霸天　你知道什么？只有从韩英这里下手，才能把洪湖共产党的县委一网打尽。知道吗？这叫双管齐下！

老　幺　老太爷想得真周到。

彭霸天　（得意地）嘿嘿嘿……（下）

老　幺　来人，把那个老婆子带来！

〔匪徒甲押韩母上。

〔老幺下，匪徒甲随下。

韩　母　（一步跨进门来，看见韩英遍体伤痕，悲痛万状）英姑！

韩　英　娘！

韩　母　（唱）眼看女儿遍体鳞伤，

　　　　　　　好似钢刀割娘的心肠。

　　　　　　　指望母女能欢聚，

　　　　　　　谁知相会在牢房。

韩　英　（唱）我的娘，莫悲伤，

　　　　　　　让儿好好看看娘。

　　　　　　　儿为穷人求解放，

　　　　　　　天塌地陷又何妨！

韩　母　（唱）如今我儿遭祸殃，

　　　　　　　为娘怎能不心伤。

彭霸天，丧天良，

要逼你写信去招降。

娘知道我儿，

决不会背叛受苦人和共产党；

你要是不写，

明天天亮……儿呀……你……就要离开娘！

儿呀儿呀，

你听那催命的更鼓三声响；

儿呀儿呀，

为娘恨不能替代我儿赴刑场。

心如刀绞，

好似乱箭穿胸膛！

韩　英　（唱）娘的眼泪似水淌，

点点洒在儿的心上。

满腹的话儿不知从何讲，

含着眼泪叫亲娘……娘啊！

娘说过那二十六年前，

数九寒冬北风狂，

彭霸天，黑心狼，

霸走田地，

强占茅房，

把我的爹娘赶到那洪湖上。

那天大雪纷纷下，

我娘生我在船舱，

没有钱，泪汪汪，

撕块破被做衣裳。

湖上北风呼呼响，

舱内雪花白茫茫，

一床破絮像渔网，

我的爹和娘，

日夜把儿贴在胸口上。

从此后，

一条破船一渔网，

风里来，雨里往，

日夜辛劳在洪湖上。

狗湖霸，活阎王，

抢走了渔船撕破了网；

爹爹棍下把命丧，

我娘带儿去逃荒。

自从来了共产党，

洪湖的人民见了太阳。

眼前虽然是黑夜，

不久就会大天亮。

娘啊！

生我是娘，

教我是党！

为革命，砍头只当风吹帽！

为了党，洒尽鲜血心欢畅！

娘啊！

儿死后，

你要把儿埋在那洪湖畔，

将儿的坟墓向东方，

让儿常听洪湖浪，

常见家乡红太阳。

娘啊！

儿死后，

你要把儿埋在那大路旁，

将儿的坟墓向东方，

让儿看红军凯旋归，

听见乡亲再歌唱。

娘啊！

儿死后，

> 你要把儿埋在那高坡上，
>
> 将儿的坟墓向东方，
>
> 儿要看白匪消灭光！
>
> 儿要看，
>
> 天下的劳苦人民都解放！

韩　母　英姑，娘记住你的话，永远跟党走！

〔韩英伏在母亲怀里。

〔幕后传来四下更锣声。

韩　母　（给韩英整整衣服，见她头发蓬松）英姑，来，娘给你梳梳头。

〔韩英孩子似的依在韩母怀里，让娘给她梳头。

〔牢门开了，彭霸天、老幺上。

彭霸天　老姐姐，深更半夜，叫您受辛苦了。

〔韩母继续给韩英梳头……

老　幺　老太爷给你们说话，听见没有？

彭霸天　（制止老幺）老姐姐，外甥姑娘该听话吧，啊？

韩　母　我的姑娘没有不听话的。

彭霸天　那好啊，那太好了！浪子回头金不换啦！唉，早能这样，就不会吃那么多的苦啊。老幺，纸笔侍候。

老　幺　是，太爷。（送上纸笔）

韩　母　英姑，听娘的话，娘说，你写！

〔韩英拿起笔。

韩　母　（唱）洪湖赤卫队，

　　　　　　　快跟贺龙回，

　　　　　　　活捉彭霸天，

　　　　　　　消灭白极会！

〔幕后男女声合唱：

　　　　　　　"洪湖的人民要欢笑，

　　　　　　　永远坚强没有泪。"

老　幺　（气极）住嘴，这个老混蛋！（欲打韩母）

彭霸天　老幺，把这位老太太请到那边去，冯团长是会很好地"招待"她的。

220

老　幺　是，来人！

　　　　〔二匪徒上前绑韩母，韩母甩开他们，走到韩英面前。

韩　英　娘！

韩　母　英姑，娘老了，不要紧，娘高兴的是这一辈子有你这样一个好姑娘！

老　幺　带下去！

　　　　〔韩母昂然而下，二匪徒跟下。

彭霸天　韩英，你看，这窗外月白风清，你听，那边还有悦耳之声哩。

　　　　〔台上沉静。幕后传来冯团长的狂叫："打，狠狠地打！"

　　　　〔激烈的乐声，随着鞭鞘声和韩母的咒骂声由幕后传来，痛楚、仇恨交织在韩英的心中。她咬紧牙关，极力地克制自己。

彭霸天　韩英，你是个聪明人，也是个孝顺姑娘，你妈这条命，是死是活，现在要由你来决定啰！

韩　英　疯狗！禽兽！

彭霸天　哼，还在任性。老幺，走吧，让她多听听那边悦耳之声，再考虑考虑。不过天明以前不作答复，你就准备给我送客！

老　幺　是！

　　　　〔彭霸天、老幺下。

韩　英　（听见幕后的鞭打声，心痛如绞）娘……

　　　　〔音乐声中，张副官大步地上。

张副官　（严肃地）哨兵，把牢门打开。你到那边巡哨去。

哨　兵　这……啊……是。（转身）

　　　　〔张副官趁机杀死哨兵，迅速走进牢内。

韩　英　（警惕地）谁？

张副官　（拿出烟斗和手帕）韩英同志……

韩　英　你是张同志？

张副官　是。情况很紧急，王金标……

韩　英　他叛变了？

张副官　是。敌人收买了他，还扬言明天把你押解武昌，要他去把赤卫队骗出湖来，妄图歼灭！

韩　英　可耻的叛徒！

221

张副官　上级指示：红军即将大举歼灭白匪，要赤卫队相应配合，只有你才能找得着队伍。事不宜迟，我给你扫除了一切障碍，胡子爹在湖边备了一只小船，你快归队去，揭穿叛徒的阴谋，传达上级的指示。

〔老幺上，看见门口没有哨兵，惊疑。

老　幺　哨兵，哨兵！他妈的！（见门没锁，推门进来）啊！张副官你……

张副官　冯团长要带韩英审讯。

老　幺　团长已经走了，你是在搞什么鬼！（欲拔短刀）

张副官　（用枪逼着老幺）举起手来！

老　幺　呃，张副官，别开玩笑！（上前打掉张副官的枪，欲喊）

〔张副官一把捂住老幺的嘴，摔在地上，二人厮打。张副官胸负伤，韩英相助，张副官夺刀向老幺刺去，老幺号叫毙命。匪兵甲上，窥见，逃下。

张副官　（对韩英）快走！

韩　英　这里危险，我们一道走吧。（见张副官负伤）你负伤了？

张副官　我不行啦，也不能走，让我掩护你。

韩　英　我不能让你留在这里。

〔幕后传来枪声、人声。

张副官　按照地下工作的纪律，服从命令。快离开！

〔幕后枪声紧急，张副官鸣枪阻击。韩英用石磨击破窗棂，在张副官的帮助下，跃出窗去，匪徒追上，张副官击毙匪徒掩护韩英出走。张副官弹尽，壮烈牺牲，但仍昂立在窗前。

〔彭霸天、众匪徒上。

彭霸天　（鸣枪）鸣锣封湖。追！快追！

〔幕闭。

# 第五场

〔幕启。

〔同前场。

〔湖中一隅。夜色笼罩，月朗星稀，湖水泛起银辉。秋风乍起，芦苇拂动，篝火熊熊。

〔赤卫队员们散坐在各处，心绪如潮。

〔幕后女声齐唱：

　　　"洪湖千里芦苇深，

　　　队伍转战在湖心，

　　　战胜了重重困难，

　　　狠狠地拖住了白匪军。

　　　只是啊，

　　　艰苦的年月离开了县委，

　　　紧要的时刻失去了韩英。

　　　从早盼到太阳落，

　　　黄昏盼到月西沉，

　　　盼不回亲人啊，

　　　战士的心怎能安宁。"

刘　闯　大家想想，看怎么救出韩书记和王金标。

队员甲　我看今晚就摸回彭家墩去。

队员乙　你这个办法不行！村里的白狗子三步一岗、五步一哨，我们进不去。

　　　〔几声"野鸭"的暗号传来。

众队员　是克虎回来了！

　　　〔克虎手拿货郎鼓，肩背小包袱上。

众队员　克虎，找到县委了吗？

克　虎　……没有找到。（放下货郎鼓，坐下）我们找了十几个地方，都没有找到。

　　　〔秋菊递一碗茶给克虎。

刘　闯　黑牯同志呢？

克　虎　黑牯同志要我先回来，他还往新沟坝那边找去了。只怕也没把握。

　　　〔不幸的消息使大家更为焦急。

队员甲　找不到县委，又救不出韩书记，真急人哪！

刘　闯　急急急，急又有什么用。同志们，万里晴空有一点乌云，这算不
　　　　了什么。毛委员在井冈山，战胜了千难万险，把红旗越举越高，
　　　　难道我们就不能克服眼前这点困难吗？

队员甲　队长，我担心的是韩书记……

刘　闯　小张，我们一定能找到县委，救出韩英同志的。

秋　菊　要是能在今晚救出韩英姐，那该多好啊！

刘　闯　是啊，我们真想马上见到韩英同志，听到她的声音哪……

　　　　〔众思念，似听见韩英的声音。

　　　　〔幕后韩英领唱：

　　　　　　"洪湖水，浪打浪，

　　　　　　洪湖岸边是家乡。

　　　　　　清早船儿去撒网，

　　　　　　晚上回来鱼满舱。"

秋　菊　（插入与韩英齐唱）

　　　　　　四处野鸭和菱藕，

　　　　　　秋收满畈稻谷香，

　　　　　　人人都说天堂美，

　　　　　　怎比我洪湖鱼米乡。

　　　　〔大家沉浸在歌声中，怀念着家乡。

秋　菊　（唱）可恨地主彭霸天，

　　　　　　湖塘田地都霸光。

　　　　　　鱼儿进了湖霸的屋，

　　　　　　谷子进了地主的仓。

　　　　　　我们流尽了血和汗，

　　　　　　年年破衣破草房。

　　　　　　多少穷人把命丧，

　　　　　　家破人亡去逃荒。

　　　　〔幕后女声齐唱，

　　　　　　"身背着三棒鼓啊，

　　　　　　流浪到四方啊。

　　　　　　想起往年泪汪汪，

好不叫人痛断肠!"

众队员　（唱）身背着三棒鼓啊,

　　　　　　　流浪到四方啊。

　　　　　　　鼓儿咚咚,

　　　　　　　锣儿锵锵。

　　　　　　　含着眼泪去卖唱,

　　　　　　　好不叫人痛断肠!

　　　　　　　洪湖的人民望天亮,

　　　　　　　洪湖的人民盼解放!

　　　　　　　放下了三棒鼓,

　　　　　　　扛起那红缨枪。

　　　　　　　男人去打仗,

　　　　　　　妇女送军粮。

　　　　　　　决心跟着贺龙走,

　　　　　　　贺龙跟着共产党!

　　　　　　　要把那解放的红旗,

　　　　　　　永远飘扬在洪湖上!

刘　闯　同志们,我们洪湖的水舀不干,我们革命的意志扑不灭,只要我们赤卫队坚持战斗,胜利一定属于我们!

秋　菊　是啊,有党支部的领导,刘闯哥掌舵,我们一定要革命到底!

众队员　对!革命到底!

克　虎　队长,宁可站着死,不愿躺着活。我看还是打回彭家墩去,拼它个鱼死网烂!

部分队员　对,打回彭家墩,救出韩书记。

刘　闯　不行,不行!不能硬打。韩英同志常说:只有像葵花向阳那样,按毛委员的指示办事,时刻和党连在一起,我们就有力量移山倒海。不然的话,单凭自己的想法闹革命,往往是会碰钉子的呀!

克　虎　碰就碰,我们不是胆小鬼!

刘　闯　克虎,有雄心还要多用智慧。

春　生　队长,我们不打回去,又该怎么办呢?

刘　闯　怎么办,我还不想打?我的手早就发痒了,可我们是配合红军为

225

苏维埃而战，不单是为了一个彭家墩哪。我们的任务，是拖住敌人，没有上级的命令，我们不能轻举妄动啊！

克　虎　听说保安团马上要开赴江南去围剿红军。

刘　闯　到江南去围剿红军?！

众队员　真是做梦！

刘　闯　（决断地）不，不能让敌人到江南去！同志们，我们一定要想办法拖住敌人的尾巴。大家分头商议一下，等黑牯同志回来后再决定行动。

众队员　是！（分途下）

刘　闯　秋菊，大家吃了什么没有？

秋　菊　粮食不好找，每人只喝了半碗菱角粥。

刘　闯　半碗菱角粥……那，明天呢？

秋　菊　明天……刘闯哥，这些事你就不用操心了。

刘　闯　过去，我除了打仗以外什么事都不管，如今韩英同志不在……

秋　菊　你放心吧，无论怎样，我不会老叫同志们勒紧腰带过日子。（端出一碗菱角粥）这是留给你的。

刘　闯　我不想吃，留给同志们吧。

秋　菊　他们都吃了。

刘　闯　你呢？

秋　菊　我……我也吃了。

刘　闯　秋菊，给你。（把碗递给秋菊）

秋　菊　韩英姐不在，你的担子重了。为了革命，你要爱惜身体呀！（把碗又递到刘闯手上，转身拭泪跑下）

刘　闯　秋菊……（自语）韩英同志不在，担子重了，担子重了啊……
　　　　〔幕后女声伴唱：

　　　　　　"风吹芦苇沙沙响，

　　　　　　心随波涛向远方。

　　　　　　长空雁叫一阵阵，

　　　　　　刘闯啊，

　　　　　　心潮翻卷恰似洪湖千重浪。"

　　　　〔阵阵雁鸣掠空而过。

刘　闯　（唱）大雁南飞成队成行，

　　　　　　　一雁向前，千只跟上。

　　　　　　　失去了韩英，又找不着党，

　　　　　　　刘闯啊，刘闯，千斤重担落在你身上。

　　　　　　　恨自己，太莽撞，

　　　　　　　枪声引来白匪帮。

　　　　　　　连累了同志连累了党，

　　　　　　　重大的损失难补偿。

　　　　　　　喝干千里洪湖水，

　　　　　　　难解我心中恨满腔！

　　　　　〔幕后女声合唱：

　　　　　　　"夜深沉，篝火旺，

　　　　　　　手捧宝书心明亮。

　　　　　　　浪里行船靠舵手，

　　　　　　　井冈山的斗争指航向。"

刘　闯　（唱）捧宝书，抬头望，

　　　　　　　似见井冈战旗扬。

　　　　　　　毛委员的教导永不忘，

　　　　　　　信心百倍志坚如钢。

　　　　　　　哪怕洪湖滔天浪，

　　　　　　　一颗红心永远向着党！

　　　　　〔秋菊上。

秋　菊　（给刘闯披衣）刘闯哥，快四更了，你还是去睡一下吧。

刘　闯　黑牯同志怎么还不回来呀？——秋菊，你说，人到什么时候最痛苦？

秋　菊　失去了同志，和上级党断了联系。

刘　闯　对呀！不上高山，不知平地；不吃黄连，不知苦味啊。

　　　　　〔幕内喊："口令！""王金标。"

　　　　　〔队员甲跑上。

队员甲　队长，王金标回来了。

　　　　　〔克虎等扶王金标上。王金标手缠绷带伪装负伤。

227

〔队员们闻声纷纷拥上问候。

**众队员** 王队长，你负伤了？

〔王金标佯装昏迷。秋菊给他灌了一口茶，王金标慢慢睁开眼睛。

**王金标** （望望周围的人）我……这不是在做梦吧？

**众队员** 不是在做梦。

是真的回来了。

**秋　菊** 韩书记呢？

**王金标** 啊，队长，不得了啊！彭霸天决定在五更天把韩书记押到武昌城去！

**众队员** （震惊）啊！

**王金标** 同志们，快想办法呀，天一亮就完了！

**春　生** 队长，我们拼命也要把韩书记救出来呀！

**众队员** 队长，赶快想办法救韩书记呀！

〔刘闯焦急地思索……

**克　虎** 我们去劫牢！

**众队员** 对，去劫牢！

**王金标** 劫牢不行，敌人防备森严，最好我们把队伍埋伏在半路上，等他们把韩书记押出来的时候，我们给它来个"一网打尽"……（自觉失口，心虚地张望）

**众队员** 对，好办法，就是这样。

〔群情激愤，刘闯也心如火焚。

**众队员** （急躁地）队长，快下命令吧！

**刘　闯** （事急难耐地）又是雷鸣，又是雨点，这……这……（果断地）同志们拿起武器，准备行动！

**部分队员** （怒吼）走啊，跟敌人拼了！

**刘　闯** 出发！

〔众队员纷纷冲下。

**刘　闯** （脱衣，拔出韩英赠给他的短刀，自语）……多用智慧……（蓦然惊悟）站住，转来！

〔众队员返回，愕然。

**克　虎** 刘闯哥，你今天怎么这样前怕狼后怕虎，你再不下命令，我就……

刘　闯　不许吵！我们是革命的队伍！（出其不意地）王金标，你怎么知道敌人要把韩英同志押往武昌城去？

王金标　是匪兵偷偷议论，被我听来的。

刘　闯　那，你又是怎么逃出来的呢？

王金标　（心虚地）啊，是趁哨兵打瞌睡的时候，我在墙角磨断了绳子，唉，谁知道被哨兵发现了，我还搏斗了半天。最后，我就是这么一刀（用"受伤"的手比试，不意露出伪装）才翻墙逃出来了。（做疼痛状）哎……哎哟！

春　生　（有所察觉，小声地）队长……

　　　　〔刘闯以手制止。

刘　闯　春生。

春　生　有！

刘　闯　王队长负了伤，让他休息一下。

王金标　（急忙地）不……我不累，救韩书记要紧哪！

刘　闯　你先去休息一下，等我们支部研究以后再作决定。

　　　　〔王金标还想说什么。

春　生　走吧，让队长考虑考虑。

王金标　那……那也好，不过要快，天一亮就完了。（又做疼痛状，下）

秋　菊　刘闯哥，王金标的神色不对呀……

克　虎　队长，这……

刘　闯　同志们，王金标像受伤的样子吗？他像杀死匪兵逃出来的样子吗？克虎！

克　虎　有！

刘　闯　你去注意王金标的行动。在事情没搞清楚以前，我们不冤枉一个好人，也不轻易相信一个可疑的人。去吧。

克　虎　是。（下）

　　　　〔幕后传来："口令！""风浪！"

秋　菊　（惊喜地）是黑牯哥回来了！

　　　　〔黑牯穿白极会服装，兴奋地上。

黑　牯　队长！同志们！

刘　闯　（急切地）黑牯同志，找到县委了吗？

黑　牯　找到了，找到了！

刘　闯　（一把抱住黑牯，无比激动地）同志们，我们找到党，找到亲娘
　　　　了啊！

　　　　〔众队员兴奋异常。

　　　　〔秋菊激动地拭泪。

刘　闯　秋菊，你还哭什么！

秋　菊　我……我没有哭呀……没有哭啊。

刘　闯　在什么地方找到县委的？

黑　牯　在新沟坝。

刘　闯　县委有什么指示？

黑　牯　（从衣缝中取出纸条）这是县委的指示。贺龙同志打回洪湖了，
　　　　要我们配合作战，立即到李家台去接受任务。

　　　　〔群情激奋，摩拳擦掌。

黑　牯　还有一个好消息，我们这支赤卫队，已经编入了工农红军！

　　　　〔众队员热烈欢呼。

刘　闯　（阅纸条）好哇！黑牯同志，就这么办，快集合队伍。

黑　牯　队伍集合，出发！

　　　　〔音乐起，红旗引路，队伍过场下。

众　人　（唱）洪湖水，长又长，

　　　　　　　人心向着共产党，

　　　　　　　跟着贺龙闹革命，

　　　　　　　红旗飘扬打胜仗！

　　　　　　　男人手拿红缨枪，

　　　　　　　妇女持刀保家乡，

　　　　　　　赤卫队员真英勇，

　　　　　　　坚决消灭白匪帮！

　　　　〔王金标惊慌地上，克虎尾随上。

王金标　队长，走错了，应该走这一边。

刘　闯　没有错，快跟上队伍吧。

　　王金标　（无可奈何地）好好……

〔王金标下，克虎跟下。

〔秋菊上。

刘　闯　　秋菊，洪湖就要天亮了！

秋　菊　　（无比喜悦地）是呀，快天亮了。

刘　闯　　走！

〔刘闯、秋菊下。

〔韩英幕后唱："冲破了敌人的枪林弹雨——"与小红上。

韩　英　　（接唱）穿过了密密的蒿草林，

　　　　　　　　踏遍一墩又一墩，

　　　　　　　　为何不见同志们的人和影？

　　　　　　（向四周做联系暗号，接唱）

　　　　　　　　莫不是，

　　　　　　　　敌人封锁难安身，

　　　　　　　　队伍撤出洪湖境？

　　　　　　　　莫不是，

　　　　　　　　叛徒骗了赤卫队，

　　　　　　　　队伍拖到彭家墩？

　　　　　　　　韩英，韩英，

　　　　　　　　不能留停，

　　　　　　　　今晚定要赶上大军，

　　　　　　　　踏平那刀山剑岭，

　　　　　　　　也要寻找亲人。

〔韩英与小红欲下，适逢王金标惊慌地潜上，与韩英碰了个正面。

韩　英　　（见人影）谁？

王金标　　（大惊）啊，是韩书记！

韩　英　　王金标！

王金标　　韩书记，你也脱险了？队伍就在前面，我到那边执行任务去。

　　　　　　（欲下）

韩　英　　站住！你执行谁的任务？执行彭霸天的任务？

王金标　　（从腿侧拔出短刀）他娘的！老子正愁回去报不了账，你偏要
　　　　　找死！

231

〔王金标一刀向韩英刺去，韩英抓住他的双手，二人搏斗。小红拖住王金标的脚，被王金标一脚踢倒。正在千钧一发之际，克虎上。

克　虎　（大吼一声）不许动！

〔王金标见势不妙，拔腿就跑。

克　虎　站住！我开枪了！（追上王金标）你这个狗叛徒！

王金标　（举起双手）我……韩书记，你饶了我，饶了我！这都是彭霸天要我干的……

韩　英　彭霸天给了你多少好处？

王金标　一百块现大洋。韩书记，我都不要，都交给党。

韩　英　住口！不许你侮辱党！

王金标　韩书记，你……你饶了我吧。（欲溜）

韩　英　（从克虎手中拿过手枪）我代表苏维埃政府宣判，对万恶的叛徒王金标处以死刑！（开枪）

韩　英　克虎，队伍呢？

克　虎　就在前面。

韩　英　走！赶上队伍，迎接新的战斗。

〔克虎、小红扶着韩英急下。

〔幕闭。

# 第六场

〔幕启。

〔次日快天亮的时候。

〔彭霸天的大门前（景同第一场）。

〔四周雾气茫茫，东方破晓，远处时而传来断续的枪声。白匪如惊弓之鸟。

〔冯团长从大门内急步蹿出，彭霸天追上。

彭霸天　团座，团座！你不能丢下我不管哪。

冯团长　老兄，你还是给彭家墩来个湖水变色，火光冲天，然后再向县城撤退。

彭霸天　红军出兵如神，我恐怕……

冯团长　放心，回头我派刘参谋来接应你。（对匪兵甲）快，备马！集合队伍，跑步出发！

匪兵甲　是！（下）

彭霸天　（拉住冯团长哀求）团座，你……你不能先走啊！

冯团长　怎么不能？这是命令！（一掌推开彭霸天）去你娘的！（急下）

　　　　〔众匪兵跟下。

彭霸天　（气急败坏地）呸，骗子，混蛋！快来人！

　　　　〔一群白极会匪徒持火把上。

彭霸天　把全村的老老小小都给我抓来，放火烧村，挖坑埋人！

众匪徒　是！

　　　　〔刹那间，火光冲天，喊叫声、咒骂声四起。韩母和乡亲们被押上。

众乡亲　（唱）莫流泪，莫悲伤，

　　　　　　　勇敢坚强，挺起胸膛，

　　　　　　　一颗红心夺不去，

　　　　　　　头断血流不投降！

彭霸天　住口！占魁这次回来，是本着仁爱为怀，造福乡里，你们这些暴民，反以仇报德。哼！红军来了，你们的死期也到了！（对韩母）来呀！把这个老东西给我绞死！

　　　　〔众乡亲围护韩母。

众乡亲　（唱）彭霸天，黑心狼，

　　　　　　　你的罪状千万桩，

　　　　　　　总有一天把账算，

　　　　　　　血债要用血来偿！

彭霸天　机枪准备！

众匪徒　是。（抬出机枪）

彭霸天　枪毙他们！枪毙他们！

　　　　〔众匪徒端枪正准备射击，匪徒甲跑上。

匪徒甲　报告老太爷，冯团长派刘参谋带着弟兄，要见老太爷。

彭霸天　快快有请。

〔刘闯和赤卫队员伪装成保安团官兵上。

彭霸天　刘参谋来了，太好了。占魁正按照团座的指示，镇压暴民，请刘参谋共同执行。

〔刘闯走上台子，众赤卫队员作好布置。

刘　闯　我不是刘参谋。

彭霸天　阁下是哪一位？

刘　闯　我们是洪湖赤卫队！

彭霸天　（丧胆地号叫）啊？！

〔众乡亲配合众队员，有的夺枪，有的追击敌人，四处枪声激烈，喊声震天。彭霸天欲逃跑，被韩英赶上拦住。

韩　英　彭霸天，你要捉的韩英回来了！

众乡亲　我们要报仇！血债血还！枪毙彭霸天！

〔彭霸天欲作垂死挣扎，被韩英、刘闯鸣枪击毙。众人正要拥向韩英，幕后众妇女喊声："韩书记！韩书记！"她们抬着苏维埃政府的牌子上。

韩　英
刘　闯　苏维埃！

〔刘闯扑向苏维埃政府的牌子，激动得说不出话来。

刘　闯　苏维埃，苏维埃！她是多少鲜血、多少斗争换来的！

韩　英　是呀！革命斗争就像汹涌澎湃的洪湖，一个浪头紧跟着一个浪头，永远前进！只要我们像葵花向阳那样，按毛委员的指示办事，时刻和党紧紧地连在一起，我们就能从胜利走向胜利！

刘　闯　对！我们要一个浪头跟着一个浪头，永远前进！坚决革命到底！

众队员　坚决革命到底！

刘　闯　赤卫队马上集合，配合红军，彻底消灭敌人！

众队员　是！

〔众队员集合，乡亲们欢送，告别。

刘　闯　出发！

众　人　（唱）洪湖水，浪打浪，

　　　　　　万杆红旗迎太阳。

　　　　　　欢送亲人工农红军，

开辟苏区打胜仗。

解放全中国，

红旗插遍国土上！

〔幕闭。

———剧　终

　　《洪湖赤卫队》为新中国成立十周年而作，创作集体：作者有杨会召、朱本和、梅少山等，作曲张敬安、欧阳谦叔。1959年湖北省实验歌剧团首演于武汉。《洪湖赤卫队》的音乐主要汲取了湖北天沔花鼓戏和天门、沔阳、潜江一带的民间音乐为素材，具有强烈的时代感和浓郁的乡土气息，而且有鲜明的性格化音乐形象。1961年春节期间，由北京电影制片厂和武汉电影制片厂合拍的彩色歌剧艺术片《洪湖赤卫队》在武汉和北京上映。

·京 剧·

# 杨门女将

（根据扬剧《百岁挂帅》改编）

范钧宏　吕瑞明

人　物　佘太君、穆桂英、杨文广、柴郡主、杨七娘、杨八姐、杨九妹、杨大娘、杨二娘、杨三娘、杨四娘、杨五娘、杨八娘、杨洪、焦廷贵、孟怀源、宋仁宗、寇准、王辉、张彪、采药老人、王文、王翔、魏古，众丫鬟、众家院、老太监、四太监、四宫娥、四武士、宋报子、宋众兵将、西夏报子、西夏差官、西夏众兵将。

# 第一场

〔焦廷贵内声："二哥!"

〔孟怀源内声："贤弟!"

〔焦廷贵内声："催马!"

〔"急急风"。焦廷贵、孟怀源"趟马"上。

**孟怀源**　（唱【西皮散板】）

王文无故来犯境，

**焦廷贵**　（接唱）宗保元帅竟捐生。

**孟怀源**　（接唱）边关告急军情紧，

**焦廷贵**　（接唱）披星戴月搬救兵。

〔孟怀源、焦廷贵催马，"亮相"，同下。

# 第二场

〔天波府大厅，张灯结彩，喜气盈盈。

〔"喜乐牌子"。众家院、丫鬟匆忙上下，摆设寿堂，分放杯盏。家院下。

**丫　鬟**　有请少夫人。

〔穆桂英上。

**穆桂英**　（唱【西皮原板】）

宗保诞辰心欢畅，

天波府内喜气扬。

红烛高烧（转【二六板】）映寿幛，

悬灯结彩好辉煌。

想当年结良缘穆柯寨上，

数十载如一日情义深长。

可笑我弯弓盘马巾帼将，

今日里，簪翠钿，换红装，去厨下，到寿堂，传杯摆盏内
　　外忙。

瞩目关山心何往——

丫　鬟　少夫人，您看摆设得可好哇？

〔穆桂英不答。

丫　鬟　少夫人，少夫人！

穆桂英　哦！（闻声回顾，不觉好笑，接唱【摇板】）

愿征人青春常在永葆安康。

〔穆桂英指挥丫鬟布置酒筵。丫鬟下。柴郡主上。

〔柴郡主、穆桂英见孟怀源、焦廷贵身穿素服，面带愁容，不觉
　惊愕。

柴郡主　啊？你二人为何身穿素服、面带愁容？

孟怀源
焦廷贵　这……

穆桂英　（急）莫非宗保他……

孟怀源
焦廷贵　这……

柴郡主
穆桂英　你……快快讲来！

孟怀源
焦廷贵　哎呀，夫人、嫂嫂啊！

孟怀源　可恨西夏王文兴兵犯境……

焦廷贵　宗保大哥中贼埋伏，他……

柴郡主
穆桂英　他……怎么样？

| 孟怀源<br>焦廷贵 | 他身中暗箭，伤重身亡！ |
|---|---|
| 柴郡主<br>穆桂英 | 哎呀！（悲愤交加，难以支撑，唱【西皮导板】） |

　　　　惊闻噩耗魂飞荡——

宗保！　我儿！　儿啊！<br>　　　我夫！　夫

| 穆桂英 | （接唱【散板】） |
|---|---|

　　　　恰好似万丈高崖——

| 柴郡主 | （接唱）坠身汪洋。 |
|---|---|
| 穆桂英 | （接唱）痛我夫出师未捷身先丧， |
| 柴郡主 | （接唱）叹杨家一线单传又无下场！ |
| 穆桂英 | （激动地）罢！（接唱） |

　　　　　禀太君即刻间发兵点将——

〔杨洪上。

| 杨　洪 | 太君传话，请焦、孟二将一同入席。 |
|---|---|
| 柴郡主 | 知道了。 |

〔杨洪下。

| 柴郡主 | （挥手示意阻住穆桂英，接唱） |
|---|---|

　　　　　切不可失常态急坏高堂。

（向焦廷贵、孟怀源）你二人速去更衣。

| 孟怀源<br>焦廷贵 | 是。（欲行） |
|---|---|
| 柴郡主 | 转来！少时见了太君，酒要少饮，话要少问。 |
| 孟怀源<br>焦廷贵 | 遵命。（出门） |
| 孟怀源 | （念）元帅殉国在疆场， |
| 焦廷贵 | （念）怎忍华堂进寿筋。 |

〔孟怀源、焦廷贵同下。

| 穆桂英 | （念）神驰千里肝肠断！（唱【西皮散板】） |
|---|---|

　　　　　宗保，我的……

〔柴郡主急止住穆桂英，略回顾，与穆桂英对视心酸。二人低声同哭。

**穆桂英** （干唱）我的……

**柴郡主**
**穆桂英** （唱）儿呀！
夫

〔内声："太君到！"

**柴郡主** 桂英！

**穆桂英** （接唱【西皮散板】）

我只得强作欢笑迎高堂。

〔杨大娘、杨二娘、杨三娘、杨四娘、杨五娘、杨八娘、杨八姐、杨九妹扶佘太君上。

**佘太君** 哈哈哈！（唱【西皮摇板】）

为孙儿庆生辰心花怒放，

百岁人喜的是四代同堂。

似这等花团锦簇我杨门少见——（入座）

**柴郡主**
**穆桂英** （施礼）婆母！
太君！

**佘太君** （接唱）只可惜宗保出征远在疆场。

〔杨文广声："七祖母，快走啊！"

〔"耍孩儿"。杨文广跑上，杨七娘随后追上，二人比比画画进入寿堂。

**杨七娘**
**杨文广** 参见 太　君！
太祖母！

**佘太君** （轻抚杨文广）看你只顾习武，连你父帅的生辰都不顾了！

**杨文广** 太祖母，您不知道，今天七祖母教我一手绝活儿——梅花枪。练好梅花枪，杀敌保家邦。日后等我父帅告老还乡，我还要凭本领争个小元帅当当哪！

**佘太君** 唔哟！看你的志气倒也不小！

**杨七娘** 太君，我这个徒儿就是有志气嘛！

**佘太君** 哈哈哈！

〔众笑。穆桂英、柴郡主哭笑不得。

| 众　人 | 就请太君入座。 |
|---|---|
| 佘太君 | 一同入座。 |

　　〔喜乐。佘太君入席。众夫人、杨八姐、杨九妹依次排列，整衣，罗拜，各入席。

　　〔穆桂英强忍悲痛，整衣叩拜，入席。杨文广叩头，拜毕，倚立佘太君旁。

　　〔丫鬟捧托盘上，至佘太君席前，献红寿字、绒花。

　　〔丫鬟又捧托盘至厅中，众夫人等团团围住，一齐拿起红绒花，分别簪戴。穆桂英猛见红花悲痛不禁。柴郡主示意穆桂英忍痛簪花。

| 佘太君 | 哈哈哈！ |
|---|---|

　　〔焦廷贵、孟怀源上。

| 焦廷贵 | （念）换下素衣裳， |
|---|---|
| 孟怀源 | （念）含泪进厅堂。 |
| 焦廷贵 | 二哥，这酒…… |

　　〔孟怀源示意勿饮，焦廷贵会意，同入内。

| 孟怀源<br>焦廷贵 | 孙儿等叩见太君！ |
|---|---|
| 佘太君 | 罢了！拜过众家伯母、婶娘！ |
| 孟怀源<br>焦廷贵 | 参见众家伯母、婶娘！ |
| 众夫人 | 少礼，请坐。 |

　　〔焦廷贵、孟怀源分坐。

| 佘太君 | 你二人不在边关，回来做甚？ |
|---|---|
| 孟怀源<br>焦廷贵 | 这…… |
| 柴郡主 | 他二人乃是为了宗保寿辰而来。 |
| 焦廷贵 | 哎，哎，宗保大哥…… |
| 孟怀源 | 军务繁忙，特命我二人回来与太君叩头。 |
| 杨文广 | 二位叔父，你们给我父帅带来寿礼了吗？ |
| 孟怀源<br>焦廷贵 | 哎，这…… |

| 柴郡主 | 这寿礼么……已在前厅摆好。（急转话题）文广，还不快与太祖母敬酒！ |
|---|---|
| 杨文广 | 是啦。（斟酒）祝太祖母再活一百岁，长生不老！ |
| | 〔众举觞同祝。 |
| 佘太君 | （向杨文广）你焦、孟二位叔父与你父患难世交，理当先敬他二人一杯。 |
| 杨文广 | 是。二位叔父请酒。 |
| 焦廷贵 | 哎哎，二哥……（举杯犹豫） |
| 柴郡主 | （暗示）贤侄风尘劳碌，就只此一杯吧！ |
| 焦廷贵 孟怀源 | 好，只此一杯！（一饮而尽） |
| 杨七娘 | 什么？只此一杯？那可不行！（执酒壶离位，斟酒）喝！ |
| 孟怀源 焦廷贵 | 这…… |
| | 〔孟怀源、焦廷贵目视柴郡主。柴郡主示意勿饮。 |
| 孟怀源 焦廷贵 | 侄儿实实不能饮了！ |
| 杨七娘 | （奇怪地）嗯？实实地不能喝了……（发现柴郡主做手势）咦，敢情毛病在这儿哪！呔！焦、孟二将，平日到此，喝与不喝，七娘不管；今天是宗保的寿辰，喝也得喝，不喝也得喝。喝醉了，睡大觉。有人怪罪，七娘担待！ |
| 柴郡主 | （强忍悲痛）二位贤侄，今日是你宗保兄长五十生辰，难得太君如此心喜，你们就再……再…… |
| 众 人 | 对，再饮一杯吧。 |
| 孟怀源 | 喝…… |
| 焦廷贵 | 喝！（顿足饮下） |
| 杨七娘 | 好小子！再干一杯！ |
| 穆桂英 | （解围地）文广，还不快与众家祖母敬酒！ |
| 杨七娘 | 哎呀！你们看，怎么把寿星婆给忘啦！徒儿听令！ |
| 杨文广 | 在！ |
| 杨七娘 | 寿酒一杯，敬贺你母！ |

众夫人　对，文广，先与你母亲敬酒！

杨文广　是。（取酒）母亲！今日乃是父帅寿诞之日，孩儿敬酒一杯，请母亲赐饮！

穆桂英　（举杯，略停顿，心情激动，勉强饮下，掩饰地）儿啊，快与众家祖母敬酒。

杨七娘　文广，慢来！你还没给你父帅敬酒哪！

　　　　〔穆桂英、柴郡主一震，极力自持。

杨文广　父帅不在，如何敬呢？

杨七娘　请你母亲代饮哪！

众夫人　对，理该桂英代饮！

杨文广　（举杯）母亲，这杯寿酒，孩儿拜敬父帅，就请母亲代饮。儿愿父帅福体康宁，永镇边疆！（跪）

　　　　〔"撕边"，锣。穆桂英一震，看酒，悲从中来。"行弦"。穆桂英颤抖着欲端杯，端不起。

杨七娘　（近前）喝吧！喝了它！

穆桂英　（唱【摇板】）

　　　　　　眼望着杯中酒珠泪盈眶，

　　　　　　痴儿语似乱箭攒我胸膛。

　　　　　　一霎时难支撑悲声欲放——

　　　　　〔柴郡主见众人注视穆桂英，急忍痛示意。

穆桂英　（接唱）我只得吞酸泪把苦酒来尝！

　　　　（饮下，实难自持，摇摇欲倒）

众夫人　（惊立）桂英！

穆桂英　（急掩饰）唔，不妨事……不妨事……

柴郡主　（掩饰地）桂英连日劳累，空心饮酒，怕是醉了。文广，快扶你母亲进房休息！

杨七娘　来，我们一道扶她回去。

　　　　〔杨七娘、杨文广同扶穆桂英下。

佘太君　（一直注意席前动态，此时，望柴郡主、焦廷贵、孟怀源，不禁生疑）啊？（唱【摇板】）

　　　　　　桂英儿平日里颇有酒量，

为什么一杯酒醉倒厅堂?

郡主她——

（看柴郡主）

〔柴郡主避过佘太君眼光，俯首。

佘太君 （接唱）支支吾吾精神迷惘，

焦、孟将——

（看焦廷贵、孟怀源）

〔焦廷贵、孟怀源相视不安。

佘太君 （接唱）吞吞吐吐神态失常!

莫非是风波陡起三关上?

这件事必须要细问周详。

郡主，桂英儿可是真的醉了?

柴郡主 唔，怕是真的。

佘太君 她莫非有什么心事在怀?

柴郡主 唔，不会，不会。

佘太君 那么你呢?

柴郡主 我么……

佘太君 是呀，适才饮酒之时，你言语支吾，神情不定……

柴郡主 这……啊，太君，只因两个侄儿，一路辛苦，媳妇怕他们吃酒过多，醉后生事啊!

佘太君 是啊，我正要问你：怀源、廷贵这两个娃娃，平日最喜饮酒，今日又是宗保五十寿辰，为何反而这样推三推四，你又从中阻拦，分明有难言之隐，莫非这三关之上……

柴郡主 （急辩）啊，婆婆……

焦廷贵 （沉不住气）太君……

孟怀源 三关之上无有什么!（向焦廷贵示意）嗯……

佘太君 啊? 无有什么?

焦廷贵 这……

柴郡主 廷贵吃醉了!（向孟怀源示意）快快搀他下面歇息!

孟怀源 是。

〔孟怀源、焦廷贵欲走。

245

佘太君　且慢！

〔焦廷贵、孟怀源不觉停步。

佘太君　焦、孟二将，我来问你：你二人不在边关，到底回来做甚？

柴郡主　啊，太君，他等实为宗保寿辰而来。

佘太君　为娘未曾问你。廷贵！

焦廷贵　在。

佘太君　近前讲话！

焦廷贵　这……

佘太君　还不快来！

焦廷贵　是。

佘太君　我来问你：你二人不在边关，到底回来做甚？

焦廷贵　这……（学说）我等实为元帅寿辰而来。

佘太君　我再问你：宗保他在边关可好？

焦廷贵　这……

孟怀源　（急答）元帅安泰，太君放心。

佘太君　休得多言！廷贵！你讲！宗保他……他在边关可好？

焦廷贵　嗳，嗳。（学说）元帅安泰，太君放心。

佘太君　你二人此番进京，可是宗保亲自差遣？

焦廷贵　正是元帅亲自差遣。

佘太君　可有家书前来？

焦廷贵　这……（回顾孟怀源）

〔孟怀源摇手。

焦廷贵　并无家书。

佘太君　既无家书，他在临行之时又是怎样嘱咐于你？

焦廷贵　这……

佘太君　讲！

焦廷贵　（脱口而出）他临终之时……

孟怀源　（急忙纠正）他临行之时……

佘太君　（斥孟怀源）多口！廷贵，你讲！

焦廷贵　元帅，他……

246　佘太君　他怎么样？

焦廷贵  他、他、他……

佘太君  讲、讲、讲!

焦廷贵  他……为国捐躯了!

〔焦廷贵、孟怀源同跪倒。

众　人  （齐惊立）啊!

柴郡主  （跪）婆婆……

〔佘太君手中杯落下，猝然惊坐。静场。"撞金钟"。佘太君带头将红绒花摘下。众也摘下，不觉拭泪。

佘太君  （唱【西皮摇板】）

　　　　　听一言如雷震魂惊目眩——

柴郡主  婆婆，恕媳妇隐瞒之罪!

〔锣鼓不断。

佘太君  （离位，徐徐挥手命柴郡主等起来，竭力镇静，沉痛地）唉! 郡主你身体不爽，快些回房去吧!

柴郡主  遵命。

佘太君  且慢! 文广年幼，你不要与他多讲。

柴郡主  （忍泪）是。（不放心地）婆婆保重!

〔佘太君默默挥手。丫鬟暗上。柴郡主由丫鬟搀扶掩面急下。

众夫人  （迟疑地看着佘太君，欲慰无言）婆婆!

佘太君  八姐，取大杯过来!

杨八姐  这……（取大杯）母亲保重!（不敢再斟）

佘太君  （严肃地）斟上!

〔杨八姐斟酒。"撞金钟"。佘太君举杯，至厅前。众亦离席，随后。

佘太君  （接唱）愿孙儿饮此杯神游九天!

　　　　宗保，孙儿! 今逢你五十寿辰，为国尽忠，竟然不、不、不在……你不愧是杨门的好后代，你对得起列祖、列宗、尔父、尔母，你是祖母的好孙孙。你……要痛饮一杯!

〔"唢呐牌子"。佘太君洒酒于地。众仰望长空。

佘太君  焦、孟二将!

孟怀源
焦廷贵  在。

佘太君　速将此事，奏禀圣上知道！

孟怀源　遵命！（同下）
焦廷贵

　　〔"急急风"。杨文广、杨七娘上。

杨文广　太祖母<br>杨七娘　太　君　！我要与<br>父帅<br>宗保　报仇……

　　〔杨文广跪地。

众　人　太君！就请发兵点将，杀敌报仇！

佘太君　尔等少安毋躁，（扶杨文广）太祖母自有道理！来！安排灵堂！
　　　　祭奠亡灵！（念）

　　　　　　国仇家恨终当报，

　　　　　　不灭敌寇恨怎消！

　　　　尔等随我来！

　　〔"大锣回头"。众拥佘太君下。

# 第三场

　　〔寇准上。

寇　准　（念【扑灯蛾】）

　　　　　　焦、孟将，一声报，一声报！

　　〔王辉上。

王　辉　（念）边关难保事不妙，事不妙！

寇　准　王大人！

王　辉　寇天官！

寇　准　（念）发兵解围不可缓，

王　辉　（念）派使求和计为高。

寇　准　（念）闯宫门，

王　辉　（念）登殿道。

寇　准　（念）你鸣钟，

王　辉　（念）你击鼓，

寇　准
王　辉　（念）快请万岁早临朝。

〔寇准、王辉同时鸣钟、击鼓。

〔四太监、四宫娥、四武士、大太监、宋仁宗急上。宋仁宗入座。

宋仁宗　何人鸣钟、击鼓？

大太监　何人鸣钟、击鼓？

寇　准　臣 寇准。
王　辉　　　王辉。

大太监　进殿面奏。

寇　准　（进门）臣 寇准 见驾，吾皇万岁！
王　辉　　　　　　王辉

宋仁宗　二卿鸣钟、击鼓，有何本奏？

寇　准
王　辉　臣启万岁，大事不好了！

宋仁宗　何事惊慌？

寇　准　西夏王文兴兵犯境，杨元帅为国身亡！

王　辉　焦、孟将搬兵求救，请万岁早做主张！

宋仁宗　（一惊）哎呀！（唱【西皮散板】）

　　　　　一声边报如雷震，

　　　　　愁云四布罩龙廷；

　　　　　倘若贼兵长驱进，

　　　　　只怕难以保汴京。

不想贼兵如此猖獗，二卿速速为孤决策！

王　辉　臣启万岁：我朝连年征战，兵微将寡，府库空虚。纵然再战，未必取胜；依臣之见，不如暂时求和，以保万全。

宋仁宗　这……

寇　准　哎呀，万岁呀！苟且偷安，乃误国之道，万万使不得！

宋仁宗　依卿之见？

寇　准　依臣之见，速发大兵，边关解围。

宋仁宗　这……

王　辉　臣启万岁：如今贼兵锐气方张，难以力敌，倘若一败再败，大局

　　　　　不可收拾矣！寇天官，谋国之道，持重为是啊！

寇　准　王大人，边关告急，不思破敌之策，反而倡议求和，还说什么持
　　　　重二字！依我看来，这分明是饮鸩止渴！

王　辉　我看你呀，也无非是纸上谈兵！

寇　准　你目光短浅！

王　辉　你不顾大局！

寇　准　你不顾大局！（戟指）

王　辉　（欲上前，见寇准怒，压住火气）唉！

宋仁宗　二卿不必争论。寇卿替孤传旨，且看可有人挂帅出征。

寇　准　领旨！（唱【摇板】）

　　　　　　　站立殿前传圣命——

　　　　（转【流水】）

　　　　　　　晓谕两廊文武臣。

　　　　　　　西夏王文兴兵犯境，

　　　　　　　宗保元帅为国捐身。

　　　　　　　哪个愿边关御敌挂帅印，

　　　　　　　请上金阶来见君。

　　　　（向一侧）何人接旨？（向另一侧）哪个愿往？

　　　　〔无人应声。

王　辉　嘿嘿！皮槌打鼓——不响。

寇　准　啊，呸！（唱【快板】）

　　　　　　　往日里封赏把爵晋，

　　　　　　　争先恐后上龙廷；

　　　　　　　今日边关风云紧，

　　　　　　　装聋作哑默默无声。

　　　　　　　一时之间难复命，

　　　　　　　何人奉诏退贼兵？

　　　　　　　低下头来暗思忖——

王　辉　啊，寇天官，方才我道你纸上谈兵你看如何？

寇　准　这……嘿嘿！（接唱【摇板】）

　　　　　　　到如今也只好到杨府搬兵！

启万岁：传旨已毕，满朝文武，无人应声。

宋仁宗　唉！事到如今，也只好是求和的了。

王　辉　是啊。

寇　准　且慢！万岁休得惊慌，臣保一家可以出征破敌。

宋仁宗　但不知是哪一家？

寇　准　就是那杨门女将！

王　辉　唉！如今杨家一门孤寡，老的老，少的少，怎能当此重任？

宋仁宗　是啊，他一门孤寡，怎当此任？

寇　准　杨家虽然一门孤寡，佘太君老谋深算……

王　辉　不错，老太君比我还年长三十岁呢！

寇　准　穆桂英不让当年。

王　辉　嘿！眼前再有天门阵，只怕她也无能为力了。

宋仁宗　是啊。杨门女将，退隐已久，非比当年，依孤看来还是求和为是。

寇　准　这……求和也罢，出征也罢，只是杨家世代忠良，八房只存宗保，如今为国捐躯，万岁纵然要和，也该到杨府祭上一祭，与太君讲上一讲。一来昭宣圣上恤忠之德，二来也要太君体谅朝廷求和之苦，也免得做忠良的寒心哪！

宋仁宗　这……

王　辉　寇大人讲得倒也有理，杨元帅为国尽忠，理当有此一祭，也理当有此一讲。佘太君素以大局为重，自能体念朝廷的苦心哪！

宋仁宗　好。二卿随驾陪祭。内侍，摆驾天波府。

大太监　摆驾天波府哇！

宋仁宗　（唱【摇板】）

　　　　闷闷不乐出宫门——

〔四太监、四宫娥、四武士、大太监、宋仁宗下。王辉随下。

寇　准　（接唱）我量他扳不过杨府的老寿星。

　　　　嗯，我自有道理。（下）


# 第四场


〔天波府，灵堂。"哭皇天"。杨文广守灵，跪在一侧。穆桂英、

251

柴郡主扶佘太君上。

〔内喊："圣驾到!"

佘太君　哦,圣驾到……尔等随我接驾。

〔"牌子"不断。宋仁宗、寇准、王辉上。

佘太君　臣等接驾!(欲拜)

宋仁宗　(扶住,进内)寇卿,替孤上香!

佘太君　谢万岁!

〔"牌子"。寇准上香,宋仁宗等同祭灵。穆桂英、杨文广入灵帷
还礼。祭毕。

佘太君　(向柴郡主等)老身在此陪驾,尔等退下。

柴郡主　遵命。

〔柴郡主、穆桂英、杨文广退下。

宋仁宗　唉,可恨西夏兴兵犯境,宗保元帅捐躯沙场;朝廷失此栋梁,孤
心实为痛悼!

佘太君　为国尽忠,虽死犹荣。只是边关危在旦夕,不知朝廷何日出兵,
以救燃眉?

宋仁宗　(有些说不出口)这……是啊,燃眉之急,势不可缓,孤有意……

佘太君　(误会、情急地追问)唔,但不知圣上已命哪家领兵,何人挂帅?

宋仁宗　(越发为难)这……是啊,孤虽有意出兵,怎奈朝中无将,故而
么……(不好出口)

佘太君　(以为是来调杨家出征)哦,老身明白了。啊,万岁,朝廷有何
为难之事,只要万岁做主,老身无不遵从。

宋仁宗　太君此话当真?

佘太君　焉有虚谎!

宋仁宗　若得如此,孤心安矣。

王　辉　我晓得老太君是顾全大局的呀!

寇　准　(知是误会,故意挑之)哦,老太君,如此说来,你也愿意与西
夏求和?

佘太君　(一惊)哦?怎么,要与西夏求和?

寇　准　是啊,万岁此来,一非调兵选将,二非商议出征。皆因宗保殉
国,朝野震动,如今贼势浩大,纵然出兵,也是必败无疑。因此

圣上听从一家大臣的高见，有意暂让一步，前去求和……

佘太君　啊！

寇　准　老太君深明大体，此事你是定无异议的了。

佘太君　（气极）寇大人，这是你的主意？

寇　准　唔……不是。喏，这是王大人的高见。你呀，（暗暗示意力争）总要以大局为重啊！

佘太君　万岁，此乃误国之道，万万使不得！

王　辉　（向寇准）你怎么煽起火儿来了！

寇　准　实话实说嘛！

宋仁宗　唉！太君啊！（唱【西皮散板】）

　　　　　求和西夏非本愿，

　　　　　怎奈是选将求帅……

王　辉　（接唱）难，难，难！

佘太君　（唱【快板】）

　　　　　说什么无有良将选，

　　　　　说什么求帅难上难！

　　　　　还未出兵先丧胆，

　　　　　一叶障目不见泰山。

　　　　　只要朝中一声唤，

　　　　　这挂帅——

寇　准　怎么样？

佘太君　（接唱【散板】）

　　　　　我佘太君一力承担！

寇　准　嘿嘿，有了帅了！

王　辉　（笑）哎呀呀，从古到今，哪有百岁高年出征挂帅之理！老太君不要意气用事了。

寇　准　有道是：虎老雄心在。太君老当益壮，可以挂得帅印。

王　辉　挂不得。

寇　准　挂得。

王　辉　挂不得！

寇　准　挂得！挂得！挂得！啊，万岁，太君挂得挂不得？

宋仁宗　这……（见佘太君盛怒，敷衍地）嗯、嗯，挂得，挂得。

王　辉　唉，纵然挂得帅印，缺少能征惯战的先行，难道叫她老人家亲自冲锋陷阵不成？

宋仁宗　着哇！

佘太君　哼哼！（接唱）

　　　　　杨家的先行官天下少见——

王　辉　老太君，有先行啊，现在哪来？在哪里呀？

　　　　〔穆桂英挺身而出，倒翻双袖，凝视王辉。王辉不觉一倒退。

穆桂英　（接唱）穆桂英抖威风勇似当年。

王　辉　（不以为然地）浑天侯……

穆桂英　（冷笑）大人哪！（唱【流水板】）

　　　　　你一听西夏吓破胆，

　　　　　我看那王文也等闲。

　　　　　你要求和递降表，

　　　　　我要杀敌保河山。

　　　　　杨家将岂容人信口褒贬，

　　　　　天波府宝剑尘埋锷未残。

　　　　　老太君若是挂了帅，

　　　　　穆桂英就是先行官。

　　　　　抖银枪，出雄关，跃战马，踏狼烟，旌旗指处敌丧胆，

　　　　　管教那捷报一日三传！

寇　准　好哇！（唱【摇板】）

　　　　　当年威风犹未减。

王　辉　唉！（接唱）

　　　　　光杆牡丹也枉然！

寇　准　（接唱）岂不知杨门女将都善战。

王　辉　（接唱）有道是去年的皇历不能翻！

寇　准　王大人，此话怎讲？

王　辉　方才大人言道，杨门女将都善战。话么，倒也不错，可惜这是三十年前的事儿了。

寇　准　如今呢？

王　辉　如今哪，只怕也与我一样，喏，老迈无用，不敢出征了。

寇　准　（故意地）什么？

王　辉　老迈无用，不敢出征！

寇　准　嗳，我未曾听见，你高声些！（故意走到门前）

王　辉　好，我就高声些。我说她们……（凑近，大声喊）老迈无用了！

〔杨七娘内喊："哒！俺杨门众女将来也！"

〔王辉闻声心慌。寇准暗笑。

〔"急急风"。杨七娘率杨大娘、杨二娘、杨三娘、杨四娘、杨五娘、杨八娘、杨八姐、杨九妹冲上，进门，"亮相"。

众　人　（气势汹汹）参见万岁！（施礼）

宋仁宗　（有点慌张）呃，呃，平身，平身！

众　人　谢万岁！

杨七娘　哒！王大人！你道杨门女将老迈无用，可知俺杨七娘的本领！

众　人　众女将的威名！（唱【散板】）

　　　　　冲锋陷阵经百战，

杨七娘　（接唱）好似那七郎、八虎在世间！

　　　　　尔敢把俺杨七娘……

众　人　（接唱）众女将……

杨七娘
众　人　（接唱）来小看——

王　辉　哎，哎，老朽怎敢！老朽怎敢！只是一门女将，十二钗裙，两军阵前，岂不被西夏嗤笑啊！

〔杨文广内喊："哒！休道杨门无有男儿，俺杨文广来也！"

〔杨文广冲上，柴郡主拉扯不住，追上。

杨文广　（接唱）还有俺杨文广英雄少年！

柴郡主　文广，圣驾在此，不可放肆！

寇　准　文广壮志可嘉，圣上不怪，不怪！（看宋仁宗）

宋仁宗　哦，哦，孤王不怪！

寇　准　（对杨文广）有话你就讲！

杨文广　万岁！俺杨家要帅有帅，要将有将。一门忠勇，盖世无双，刀斧不惧，就是不能求和！请赐圣旨一道，容俺杀敌报国！

众　人　解救边关!

宋仁宗　这……

王　辉　（急了）哎哟，老夫人、少夫人，我的众位夫人! 军国大事，非同儿戏，挂帅出征，不是空谈，与杨元帅报仇事小，这朝廷的安危事大呀!

佘太君　怎么讲?

王　辉　报仇事小，朝廷的安危事大呀!

佘太君　（冷笑）哼哼哼! 王大人你好小量我杨家也! （唱【西皮小导板】）

　　　　　　一句话恼得我火燃双鬓!

杨七娘　哈哈! 王大人，照你这么说，难道我们是为了报私仇? 为了报私仇!

佘太君　（止住）嗯! （接唱【原板】）

　　　　　　王大人且慎言，莫乱测我忠良之心。

　　　　　　自杨家统兵马身膺重任，

　　　　　　为社稷称得起忠烈一门。

　　　　　　恨辽邦打战表兴兵犯境，

　　　　　　杨家将请长缨慷慨出征。

　　　　　　众儿郎齐奋勇冲锋陷阵，

　　　　（转【流水板】）

　　　　　　老令公提金刀勇冠三军。

　　　　　　父子们赤胆忠心为国效命，

　　　　　　金沙滩拼死战鬼泣神惊。

　　　　　　众儿郎壮志未酬疆场饮恨，

　　　　　　洒碧血染黄沙浩气长存。

　　　　　　两狼山被辽兵层层围困，

　　　　　　李陵碑碰死了我的夫君。

　　　　　　哪一阵不伤我杨家将，

　　　　　　哪一阵不死我父子兵!

　　　　　　可叹我三代男儿伤亡殆尽，

　　　　　　单留宗保一条根。

　　　　　　到如今宗保边关又丧命，

　　　　　　才落得，老老小小，冷冷清清，孤寡一门，历尽沧桑，我

　　　　　也未曾灰心！

　　　　杨家要报仇我报不尽——

　　　哪一战不为江山，不为黎民！

众　人　（群情激愤地）万岁！

杨七娘　（唱【散板】）

　　　　　你若求和俺不允——

　　　出征！出征！

众夫人　（接唱）快出征！

宋仁宗　呀！（接唱）

　　　　惊天震地喊出征！

　　　忠勇果然在杨门。

　　　心有余愧主意定——

王　辉　啊，万岁，事关重大，万岁还要谨慎才是啊！

佘太君　王大人，你敢误国不成？

王　辉　老太君，老朽一生饱经风险，处事持重，敢说万无一失。老太君
　　　　此番出兵，若不败于西夏，下官情愿摘下这顶乌纱，从今以后，
　　　　子孙三世，永不入朝为官。

佘太君　哼！我杨家只知忠心保国，哪有乌纱可摘！但求万岁信及老臣，
　　　　臣当拼死杀敌，决不让寸土有失，就请万岁当机立断！

宋仁宗　好哇！（接唱）

　　　　孤不求和就发兵——

王　辉　万岁……

宋仁宗　嘿嘿！（接唱）

　　　　你险些误了孤的大事情哪！

王　辉　（懊丧地）嘿！

宋仁宗　（唱【二六板】）

　　　　　老太君一门多忠荩，

　　　　甘冒风霜远出征。

　　　　命你即日挂帅印，

　　　　率领女将把贼平。

　　　　但愿你马到成功解危困，

早日奏凯回都门。

　　　　　　　　孤在金殿把捷报等——

寇　准　太君挂帅出征，老夫虽然年迈，也要押解粮草军前听用。（故意对王辉）哦，王大人，你我一同前往，料无推辞了！

王　辉　唉！太君，万岁既已传旨，老朽不敢不遵。只是西夏军威浩大，锐气方张，太君你……

寇　准　嘿嘿！你呀，你就不必多虑了！

王　辉　（摇头叹息）唉，人无远虑，必有近忧啊！

宋仁宗　（接唱【摇板】）

　　　　　　　　凯旋日孤亲自接你到长亭。

佘太君　送驾！

　　〔宋仁宗、王辉下。寇准辞佘太君下。众进内。

佘太君　此次挂帅出征，非同小可，众家儿媳与八姐、九妹、桂英等各自准备，明日发兵。

众　人　遵命。

杨文广　（急）太祖母，还有我呢！

佘太君　你么……

柴郡主　战场交锋非比寻常，文广年幼，留在家中为是！

杨七娘　太君，文广虽然年幼，若论本领，不让桂英，就叫他去吧！

杨文广　太祖母，儿虽然年幼，武艺精通，俺一定要同去边关，杀敌保国！

柴郡主
杨七娘　（欲争辩）啊，婆婆……

佘太君　尔等不必争论。明日校场之上，文广与你母亲比武较量，我自有安排。

众　人　是。

　　〔众拥佘太君下。杨文广一愣，杨七娘耳语示意，同下。

# 第五场

　　〔校场。中设帅座，左前侧设擂鼓台。

　　〔佘太君高踞帅座，众男、女兵士，焦廷贵、孟怀源、杨大娘、杨二娘、柴郡主等分列两旁。

**众　人** （唱【粉蝶儿】）

浩荡荡，挂帅出征——

〔杨八姐、杨九妹、杨三娘、杨四娘、杨五娘、杨八娘分上，同
"亮相"。

**众　人** （接唱）报国家，还看我忠烈杨门！

参见元帅！

**佘太君** 站立两厢！

**众　人** 啊！

**佘太君** （念）赤胆忠心发似霜，

百岁挂帅定边疆；

校场分列桃花马，

杨门女将气昂扬！

来，传七娘来见！

**杨八姐** 七娘来见！

〔杨七娘上，身段。"牌子"。

**杨七娘** 参见元帅！

**佘太君** 命桂英、文广比武上来！

**杨七娘** 是。元帅有令，桂英、文广即刻比武上来！（走向擂鼓台）

〔穆桂英内唱【西皮导板】：

"威凛凛换戎装齐跨金镫——"

〔穆桂英上，勒马。杨文广上，与穆桂英互相打量。

**穆桂英**
**杨文广** 呀！（同唱【摇板】）

我的$\frac{儿}{母}$马上英姿果惊人！

奔将台躬身拜听候传命——

（各奔将台，施礼）参见元帅！

**佘太君** 比武三合，擂鼓助阵。各施本领，休得相让！

**穆桂英**
**杨文广** 得令！（各离将台，驰往场中，同接唱）

母子们在校场各显奇能!

〔杨七娘擂鼓。穆桂英持枪亮势。杨文广勒马不前。

穆桂英　儿呀,快快放马过来!

杨七娘　文广! 打呀!

〔穆桂英与杨文广对枪,杨文广越战越猛,二人难解难分。柴郡主十分焦急。焦廷贵、孟怀源、杨七娘欣喜异常。穆桂英、杨文广双"亮相",鼓停。

穆桂英　(唱【快板】)

适才母子对一阵,

我儿武艺果然精。

杨门有后心振奋,

足慰我夫在天灵。

二次再试儿本领——

儿啊,来呀!

〔杨七娘在此同时,临阵指点杨文广。

穆桂英　(接唱)抖一抖当年的老精神!

〔杨七娘擂鼓。"牌子"。穆桂英、杨文广对枪。穆桂英忘其所以,大显身手,杨文广渐渐不支。柴郡主欣喜;杨七娘、焦廷贵、孟怀源焦急。杨文广下,穆桂英追下。

佘太君　呀!(唱【摇板】)

眼见桂英要得胜,

杨七娘　(接唱)急得七娘汗淋淋。

柴郡主　(接唱)看来文广定败阵——

杨七娘　(不服)只怕未必!

柴郡主　一定哪!

佘太君　(接唱)擂鼓催战定输赢。

杨七娘　是。桂英、文广最后一合,快快上马!

〔杨七娘擂鼓。杨文广、穆桂英上,再次对枪;穆桂英用枪压住杨文广的枪。

杨文广　(着急)妈呀! 只此一合了,您若不输,儿就不能去杀敌报国了。妈! 您……抬抬手,孩儿我不就过去了嘛!

穆桂英　这……

杨文广　孩儿我……我哪儿打得过您呀!

穆桂英　呀! (唱【摇板】)

　　　　　小娇儿为出征低声恳请,

　　　　　凭本领闯战场娘不担心。

　　　　　我这里暗思忖主意拿定——

　　　　〔"行弦"。穆桂英缓缓后退。

杨文广　(不知就里) 妈,您让我这一回吧! (不觉大声) 您就让我……

穆桂英　(急暗止) 噤声!

柴郡主　(急喊) 桂英,不得相让!

穆桂英　媳妇不敢。

　　　　〔杨文广暗着急。

穆桂英　儿啊! (有意给旁人听,接唱)

　　　　　凭本领比输赢——

　　　　(刺枪,架住,悄望,轻声地)

　　　　　我让儿三分!

杨文广　(大喜) 提防梅花枪!

　　　　〔穆桂英有意相让,杨文广一枪刺来,穆桂英落马。杨文广急步

　　　　扶起,穆桂英一笑。

众　人　好枪法!

佘太君　哈哈哈! (接唱)

　　　　　文广虽小好本领,

　　　　　桂英心意我看得清。

　　　　　同去出征我心放稳——

杨七娘　(喜出望外) 六嫂,你看我这个徒弟怎么样?

柴郡主　(愣住) 这……桂英为何竟然败了?

杨文广　(得意扬扬) 孙儿的梅花枪用得好!

佘太君　不要这样得意哟! (语意双关地,接唱)

　　　　　还不谢过儿娘亲!

杨文广　(跪) 多谢母亲!

| | |
|---|---|
| 孟怀源<br>焦廷贵 | 恭喜太君，贺喜太君，杨氏门中又出了少年英雄！ |
| 佘太君 | 少年英雄？ |
| 众　人 | 一员虎将！ |
| 佘太君 | 一员虎将？ |
| 众　人 | 一代胜似一代！ |
| 佘太君 | 哈哈哈！好一个一代胜似一代！（向柴郡主）郡主，文广武艺不让其母，就带他去吧。 |
| 柴郡主 | 就依婆婆。 |
| 佘太君 | 众将官！ |
| 众兵将 | 啊！ |
| 佘太君 | 点起号炮，起兵前往！ |
| 众兵将 | 啊！ |

　　〔鼓角齐鸣，众上马，列队。佘太君上马，杨洪高举帅旗拥上。

| | |
|---|---|
| 佘太君 | （回看帅字旗，发现杨洪）啊，杨洪，你也来了！ |
| 杨　洪 | 我跟随太君八十多年，太君来，我能不来么？ |

　　〔佘太君笑，"亮相"下；杨洪随下。众兵士、焦廷贵、孟怀源、众夫人拥下。穆桂英、杨七娘、杨文广"趟马"下。

# 第六场

　　〔"牌子"。西夏兵将、王翔、魏古、王文上。

| | |
|---|---|
| 王　文 | （念）铁骑困边关，<br>　　　　指日取中原。 |

　　〔报子上。

| | |
|---|---|
| 报　子 | 报——大王在上，报子参见！ |
| 王　文 | 有何军情起来讲！ |
| 报　子 | 大王容禀！（念）<br>　　　　旌旗招展卷黄尘，<br>　　　　边关今日来救兵。<br>　　　　杨门女将齐上阵， |

> 男儿文广小将军。
>
> 佘太君百岁挂帅，
>
> 穆桂英马前先行。

一路之上，刀枪耀眼，杀气腾腾，好不威风也！

〔报子身段。"牌子"。

王　文　赏尔羊羔、美酒，再去打探！

报　子　得令。（下）

王　文　哈哈哈……可笑宋室无人，派来些个女流之辈，趁她立足未稳，杀她个落花流水。众将官！

众兵将　啊！

王　文　杀！

〔西夏兵将、王翔、魏古、王文下。

〔宋与西夏双方兵将分上，小开打，两军对垒。佘太君、王文分上。杨文广立佘太君身侧。王翔、魏古立王文身侧。

王　文　天波府老太君请了！

佘太君　西夏王请了！

王　文　老太君年过百岁，何必身蹈险地？依我相劝，献出边关，免动干戈！

佘太君　哼哼哼！无故兴兵进犯，反敢出此狂言，速速马前归顺，饶尔不死！

魏　古　哈哈哈！我笑你宋朝无人，派了十二个寡妇前来送命，叫我魏古好笑哇，哈哈哈！

杨文广　（怒）呔！贼子，休发狂言，看俺取尔首级！

王　文　搭话何人？

杨文广　元戎之子杨文广！

王　文　嘿！黄口小儿，何足道哉！吾儿听令，速擒文广不得有误！

王　翔　得令。

〔王翔持枪冲向杨文广，杨文广一枪把王翔击退。王翔大吃一惊。

佘太君　（一面拦住杨文广，一面下令）七娘！（厉声）与我擒贼！

〔杨七娘一枪刺去，王文耳环脱落。

王　文　（一惊）杀！

263

〔佘太君下。宋与西夏双方交锋。杨七娘与西夏众将起打，西夏兵将大败。王翔接战，不敌。王文接战，败下，杨七娘追下。

〔"乱锤"。王文、魏古、王翔与西夏众兵将败上。

王　文　哎呀，军师啊！只以为杨门孤寡一鼓而擒，不想被她们杀了个落花流水，这，这，这……唉！

魏　古　大王不要烦恼，微臣有计献上。

王　文　讲！

魏　古　想我大营，前有飞龙山天险，后有葫芦谷屏障，居高临下，稳如泰山。我军有险可守，宋军无粮可济，他们利于速战，我们就偏不交兵。耗他一月两月，他们必生急躁，那时么……（趋前向王文耳语）

王　文　（听）哦！免战高悬……诱兵计……葫芦谷……杨文广！（锣）

王　文　哈哈哈！真乃妙计也。我儿听令！分兵三千驻扎葫芦谷口不得有误！

王　翔　得令！

王　文　众将官！坚守大营，不许出战，违令者斩！

众兵将　啊！

王　文　（念）稳坐山头且饮酒，

魏　古
王　翔　（念）只等鱼儿来上钩！

王　文　（夸魏古）真乃社稷之臣也，哈哈哈！

　　　　〔与众兵将同下。

# 第七场

〔月夜。远山起伏。一更一点。

〔佘太君内唱【二黄导板】："乘月光瞭敌营山高势险——"

〔杨洪提灯前导。杨八姐、杨九妹引佘太君上。

佘太君　（接唱【回龙腔】）

　　　　百岁人、顾不得、征鞍万里、冷夜西风、白发凝霜，杨家将誓保边关！

　　　　〔二更二点。

佘太君　（接唱【原板】）

　　　　贼王文凭天险坚守不战，

　　　　妄想我粮草断进退两难。

　　　　（瞭望，接唱）

　　　　这一旁飞龙山山高万丈千里远，

　　　　那一旁葫芦谷陡壁悬崖攀登难。

　　　　〔"哑笛"。

佘太君　贼兵前营扎在飞龙山口，据险防守，一时难攻；后营连接葫芦谷，这葫芦谷……

　　　　〔三更三点。

佘太君　（接唱【原板】）

　　　　都道那葫芦谷峰绝路断，

　　　　为什么宗保孙儿夜探绝山。

　　　　我料他定有那奇谋妙算，

　　　　〔锣。切住。

佘太君　（接唱【垛板】）

　　　　倘若是有栈道闯谷口，

　　　　奇兵直下飞龙山，

　　　　他后营失火全军乱，

　　　　我里外夹攻，岂不是一举全歼！

　　　　（兴奋地）八姐、九妹、杨洪，你道是也不是？

八　姐
九　妹　太君高见！
杨　洪

佘太君　话虽如此，只是宗保归途遇难，只有马童张彪带伤而回，如今谷内情势不明，看来此事么……

　　　　〔闭二幕。

佘太君　（唱【散板】）

　　　　还需要细斟酌再下决断。

　　　　〔四更四点，穆桂英上。

穆桂英　参见太君。

佘太君　桂英，你来得好！（接唱）

　　　　　　虎帐内夜谈兵共解疑难。

　　〔佘太君、穆桂英等同入营帐。八姐、九妹、杨洪下。

　　〔佘太君、穆桂英入座。

佘太君　桂英，你凌晨进帐，敢是前来议论军情？

穆桂英　是。贼兵据险不出，以逸待劳，我军粮草不济，利于速战。

佘太君　不错，利于速战。只是不宜强攻。

穆桂英　是。必须智取。

佘太君　智取之道？

穆桂英　葫芦谷……

佘太君　（惊喜）怎么！你也看中那葫芦谷？

穆桂英　（惊喜）莫非与太君所见相同？

佘太君　是啊，宗保探谷，岂能无因。

穆桂英　绝谷之内，确有栈道！

佘太君　哦？马童张彪他……伤势痊愈了？

穆桂英　正是。太君，如今谷内情势已明，儿愿……（念）

　　　　　　轻骑探谷越天险，

佘太君　（念）奇袭智取胜攻坚。

　　　　　　怎奈贼兵守谷口——

　　〔杨洪上。

杨　洪　启太君，西夏差官求见。

佘太君　来得好！（接念）

　　　　　　辨明虚实用机关。

　　吩咐升帐！

杨　洪　升帐！（下）

　　〔佘太君入帅座。众兵士、焦廷贵、孟怀源、杨七娘、杨文广上。

佘太君　传西夏差官进见！

焦廷贵
孟怀源　差官进见！

　　〔西夏差官上。

266　差　官　老元帅请了。

**佘太君**　到此何事？

**差　官**　今有我家大太子王翔要与你家文广比武较量，约定今日在葫芦谷前交锋对阵。（锣）我家大王言道：堂堂西夏，不欺孤寡，连日免战，并非怯敌。今日男来便出战，（锣）女来不交锋！敢来是君子，不来速退兵！

**杨七娘**　（怒不可遏，一把抓住差官，踢倒）去你娘的！

　　〔西夏差官狼狈下场。

**杨文广**　太祖母！（唱【西皮散板】）

　　　　　太祖母快传令容儿出战，

**杨七娘**　（接唱）杨七娘丈八枪一马当先！

**穆桂英**　（接唱）分明是诱兵计须当防范。

　　〔王翔内喊："吠！杨文广听着，太子来到！（锣）尔命难逃！（锣）缩头不出，（锣）真真好笑！（锣）好笑啊，哈哈哈！

　　〔众西夏兵同笑。

**杨文广**　（怒，搓手顿足）哎呀！（欲再请令）

**佘太君**　哈哈哈！（接唱）

　　　　　笑王文派人来迎我入山！

**穆桂英**　（突有启发，掏翎子，做手势，得计）呀！（唱【快板】）

　　　　　太君一言来指点，

　　　　　恍然大悟在心间。

　　　　　葫芦谷口有暗算，

　　　　　要将文广困绝山。

　　　　　诱兵计，将我赚，

　　　　　将计就计来周旋。

　　　　　顺水推舟虎穴探，

　　　　　险中制胜把敌歼！

　　　　太君哪！贼兵既来讨战，正好闯入谷口。就请太君传令，文广前去迎敌，孙媳二阵接杀。且看儿——（念）

　　　　　纵马云端寻栈道，

　　　　　奇兵飞下九重霄！

**佘太君**　好！（紧张地）尔等进谷之后？

| 穆桂英 | 连夜搜寻。 |
|---|---|
| 佘太君 | 寻得栈道？ |
| 穆桂英 | 偷渡天险。 |
| 佘太君 | 怎样破敌？ |
| 穆桂英 | 里外夹攻。 |
| 佘太君 | 以何为号？ |
| 穆桂英 | 贼营火起为号。 |
| 佘太君 | 何人随行？ |
| 穆桂英 | 七婶母。 |
| 佘太君 | 哪个断后？ |
| 穆桂英 | 焦、孟二将。 |

杨七娘
众　人　（同声）我等赴汤蹈火，万死不辞！

佘太君　（激动地）好哇！（唱【西皮小导板】）

英雄儿女，气冲霄汉！

（下位，面向穆桂英，接唱【快板】）

闯虎穴入龙潭志壮河山。

轻骑满载众望去，

边关安危一身担。

我要儿，凭智凭勇越天险，

不出明晚捷报传。

我要儿，乘风举火飞烈焰，

笑迎金鼓并马还。

临战前传将令张彪进见！

焦廷贵
孟怀源　张彪进见！

〔张彪内声："来也——"上。

张　彪　参见太君，有何差遣？

佘太君　元帅夫人再探绝谷，你可愿做向导？

张　彪　此乃元帅遗志，俺张彪粉身碎骨，万死不辞！

　佘太君　好！（接唱）

牵过了白龙马再跨征鞍!

张　彪　啊!

〔张彪虚下,牵马上。马嘶。佘太君抚马。

佘太君　(念) 忠烈杨门一脉传,

　　　　　　　前赴后继探绝山。

　　　　　　识途老马尽尔力——

　　　　　　白龙马呀,白龙马!

　　　　　　　破敌归来共凯旋!

　　　　(毅然地) 文广!骑上你父的白龙马——

杨文广　(跪) 多谢太祖母!(接马)

佘太君　奋勇杀!

〔穆桂英、杨文广、杨七娘等拜别佘太君,上马,下。众兵士同下。

〔杨洪上。

杨　洪　启禀老太君!寇、王二位大人监军押粮到此。

佘太君　快快有请!

杨　洪　有请!(下)

〔"吹打"。寇准、王辉上,佘太君迎出,同进内。

〔报子内喊:"报!"上。

报　子　小将军追赶王翔误入葫芦谷,正、副先行与焦、孟二将赶去接应,一同被困!

佘太君　再探。

〔报子下。

寇　准　哎呀,太君啊!他母子被困谷内,就该速速派兵接应才是。

佘太君　大人不要惊慌,此事老身早料到。

〔报子内喊:"报!"上。

报　子　贼兵围谷之后,王文扬言,限太君二日之内,献出边关;如若不然,他就纵火焚谷,将文广少将军与先行等烧个尸骨无存!

佘太君　再探!

〔报子下。

王　辉　哎呀,太君哪!我说西夏英勇难敌,偏偏不信。如今他母子被困

269

绝谷，这便……如何是好？

佘太君　大人不必着急，此非贼人之勇，乃我之计。且至后帐歇息，静候佳音。

寇　准<br>王　辉　哦，哦。

佘太君　（缓缓立起，凝目沉思）葫芦谷……这葫芦谷……

王　辉　（惶惑地）葫芦谷，葫芦谷……哎呀，也不知这葫芦里卖的是什么药哇！

佘太君　哈哈哈！（缓步而下）

寇　准　哈哈哈！

王　辉　（苦笑）哈哈哈！

〔王辉、寇准下。

# 第八场

〔"急急风"。王翔率西夏兵将上，"两望门"。

王　翔　众将官！将谷口团团围住了！（三笑）哈哈！哈哈！啊哈哈哈！

〔王翔"亮相"，与众兵将同下。

〔二幕启：葫芦绝谷，重山叠峦，野雾弥漫。

〔穆桂英内唱【高拨子导板】："风萧萧雾漫漫星光惨淡——"

〔四兵士、杨七娘、杨文广上。张彪翻上。穆桂英上，巡视。鼓声、胡笳声、呐喊声……众人"亮相"。

穆桂英　（接唱【垛板】）

　　　　人呐喊、胡笳喧，山鸣谷动，杀声震天，一路巡行天色晚，不觉得月上东山！

〔众转场巡视。风声。"垛头"。众人"亮相"。

穆桂英　（接唱【拨子原板】）

　　　　风吹惊沙扑人面，

　　　　雾迷衰草不着边。

　　　　披荆斩棘东南走——

〔众人"圆场"，斩除荆棘，开道。突遇断涧，众人勒马，"亮相"。

穆桂英　（接唱）石崩谷陷马不前。

　　　　　　　　挥鞭纵马过断涧——（叫散）

　　〔众人跃马过涧，舞蹈。

张　彪　前面已是东南山麓。

穆桂英　（遥望）呀！（接唱【拨子散板】）

　　　　　　　　山高万仞入云端。

　　〔突然，狂风怒吼，乌云遮月。

穆桂英　军士们，速寻栈道！

　　〔众人应声，四下搜寻。

　　〔张彪与众兵士急下，又复上。

张　彪
众士兵　遍地搜寻，并无栈道。

穆桂英　（焦急）呀！（唱【拨子散板】）

　　　　　　　　九回环峰俱寻遍，

　　　　　　　　一夜辛劳靴磨穿。

　　　　　　　　四面八方再寻看——

　　〔众人分头寻找，旋又碰面，互示意未找到。马嘶。“大撕边”。
穆桂英一振。

穆桂英　呀！（接唱）

　　　　　　　　难道说识途的老马待扬鞭。（三锣）

　　〔杨文广打马，马惊蹶，杨文广急勒缰绳。马驮杨文广颠跑下，
众人追下。

　　〔杨文广乘马惊扑上，勒缰不住，只得听其驰去。突然间，马忽
站住不动。杨文广加鞭，马长嘶，仍不前进。穆桂英、杨七娘、
张彪、众兵士追上。

杨七娘　文广，你别打它呀！

杨文广　好怪的畜生，刚才勒马勒不住，这会儿打它都不走。

穆桂英　莫非老马识途，已是栈道不成？张彪，速去看来！

张　彪　是！（奔右看）啊？前面无路！（奔左看）啊？绝壁难攀！（奔中两
望，焦急）哎呀，夫人哪！野雾茫茫，道路难寻，这便如何是好！

穆桂英　这……当日元帅怎样寻得栈道？

271

张　彪　那日元帅也在此处迷路，正在进退为难之际，遇一位老丈采药归来，经他指引，才寻得栈道。

穆桂英　哦，老丈住在哪里？

张　彪　是他言道，深山野洞，到处是家。

穆桂英　当日在此相遇，今日或得重逢，分头寻找，再作道理。

众　人　是！

〔杨七娘、杨文广、张彪、众兵士分下。

〔众兵士内声："老丈！老丈！……"

〔杨七娘内声："哒！老头，你别跑！文广，拦着他！"

〔穆桂英精神一振，注视。

〔"急急风"。采药老人上。杨七娘追上。采药老人被杨文广截堵，反身欲跑，又被杨七娘拦住。杨七娘失手，采药老人跌倒。穆桂英急制止，趋前。

穆桂英　啊，老丈，快快请起。老丈，你可曾与宋军指引过道路吗？

杨七娘　（大声）老头儿，问你话哪！

采药老人　（似乎一惊，摇头不答）……

杨七娘　嗳，你倒是说话呀！

采药老人　（指指耳朵，指指嘴，仍不说话）……

杨文广　唉！他是个哑巴！

穆桂英　（失望）这……

〔"水底鱼"。张彪上。

张　彪　启夫人：四面寻找，不见当日引路之人。

穆桂英　你看那一老丈，可是么？

张　彪　（看）唔，好像就是他。

穆桂英　他可是口哑难言？

张　彪　他耳朵有点聋，可是不哑呀！

杨七娘　哈哈，你这个老头儿，竟敢装哑巴！

〔杨七娘要动手，被穆桂英止住。

穆桂英　（唱【二黄散板】）

　　　　七婶母且耐心我再把话问——

〔"哑笛"。

穆桂英　老丈！休得惊慌，我等乃是宋军，是前来寻找栈道的！

采药老人　（摇头）……

张　彪　夫人，大点儿声，他耳朵背！

穆桂英　老丈啊！

〔穆桂英与采药老人挽手，靠近。众人"亮相"。

穆桂英　（接唱）俺本是杨家将——

采药老人　（不觉失声）噢！

穆桂英　（接唱）你何必心惊！

采药老人　哎呀！

杨文广
杨七娘　哑巴说话喽！

〔众人惊喜。

采药老人　（唱【二黄散板】）

　　　　　贼兵到此我不出声，

　　　　　杨家将进山亲又亲。

　　　　　我装聋作哑太不恭敬——

张　彪　老伯伯，你还认得我吗？

采药老人　（近前，拭眼）哎呀，好像见过。（指穆桂英）这位将军，她是

　　　　何人？

张　彪　这是杨元帅的夫人到了！

采药老人　哦！（趋跪，接唱）

　　　　　休怪我看不出你是大破天门的穆桂英！

穆桂英　（扶老丈）老丈啊！（接唱）

　　　　　入绝谷寻找栈道望再指引！

采药老人　是是，那个自然。那杨元帅呢？

穆桂英　元帅他么……（接唱）

　　　　　可叹他中暗箭为国捐生！

采药老人　（唱【原板】）

　　　　　听说是杨元帅为国丧命，

　　　　　不由得年迈人珠泪淋淋！

　　　　　杨家将保社稷忠心耿耿，

数十载，东西征，南北战，立下了汗马功劳，老汉我听得
　　明来记得清！

夫人你继夫志再探绝岭，

我也要表一表报国之心。

抖一抖老精神我忙把路引——（叫散）

走哇！

〔采药老人穿羊肠小路，曲折前行，众随后。采药老人一滑，几
　　跌倒，杨文广急扶住。

**采药老人**　（指远处）这就是栈道！（接唱【散板】）

悬崖上有栈道——

**众　人**　啊！

**采药老人**　（接唱）直捣贼营！

**穆桂英**　军士们！（在"二三锣"中念）

且喜寻得栈道，

何愁大功不成！

登悬崖，

下绝岭！

备火种，

焚敌营！

胜似邓艾渡阴平！

〔众人"亮相"，同下。

# 第九场

〔"鼓架子"。喊杀声。

〔王文率兵将上，乱营，救火。

〔穆桂英、杨文广、杨七娘、张彪等冲上。

**穆桂英**　王文，哪里走！

**魏　古**　哎呀，天兵天将来了！（抱头逃下）

〔开打。王文败阵，穆桂英等追下。

　〔"急急风"。王翔率兵士"站门"上，西夏兵告警上，王翔挥军

救老营。焦廷贵、孟怀源自谷内杀出。王翔败下。焦廷贵、孟怀源追下。

〔宋男、女兵将上，里外夹攻，西夏兵将大败，王翔被穆桂英刺死。穆桂英挥军追下。

〔王文率西夏残兵败上。王文箭射杨文广，被穆桂英接住。穆桂英、杨文广刺死王文。

〔宋众兵将分上。

**穆桂英** 转至大营。

〔佘太君、寇准、王辉上。穆桂英等迎见。

**穆桂英** 西夏人马，全部被歼！

**佘太君** 此乃孙媳与众将之功也。

**寇　准** 是啊！杨门女将，盖世无双，可喜可贺！

**王　辉** 你们杀得好哇，杀得好！

**寇　准** 啊，王大人，你……（指纱帽）

**王　辉** 这……

**寇　准** 你也忒健忘了！

**王　辉** （摘下纱帽）嘿！

〔众哗笑。

**佘太君** 哈哈哈！歇兵三日，凯旋还朝！

**众　人** 啊！

〔鼓乐齐奏。

〔幕缓落。

**——剧　终**

　　《杨门女将》参考杨家将故事传说《十二寡妇征西》，并吸取了扬剧《百岁挂帅》中的"寿宴""比武"两场情节编写，完成于1960年，由中国京剧院四团首演于北京人民剧场，王晶华、杨秋玲主演。1960年摄制成彩色舞台艺术影片，获首届大众电影百花奖最佳戏曲影片奖、文化部第二届优秀保留剧目大奖。

## 作者简介

范钧宏 （1916—1986），男，祖籍浙江杭州，剧作家。新中国成立后组织汇编了《京剧丛刊》，创编剧目四十余部，多为中国京剧院经典保留剧目，其中《猎虎记》《杨门女将》《调寇审潘》获国家剧本奖。《九江口》《蝶恋花》收录在国家优秀剧目库。撰写发表戏曲理论、编剧技巧文章三十余篇，出版著作五部，其中《戏曲编剧论集》获第一届戏曲理论著作奖。

吕瑞明 男，1925年出生，山东青岛人，剧作家。历任中国京剧院编剧、院长兼党委书记，《中国京剧》主编。个人或与他人合作创编剧目三十余部，《红灯照》《恩仇恋》《锦车使节》《坂本龙马》《承天太后》《弹剑记》《满江红》先后获文化部文华新剧目奖；与日本剧作家合作创作大型神话剧《龙王》，开创中日两国两大剧种同台演出先河。结集出版作品有《新时期京剧剧作集》《范钧宏、吕瑞明戏曲选》。

· 沪 剧 ·

# 芦荡火种

上海市人民沪剧团集体创作

执笔：文 牧

**人　物**　阿庆嫂、沙七龙、沙老太、陈天民、郭建光、叶思中、张明、小王、张松涛、林大根、火德荣、小李、小凌、明珠、三婶婶、男孩、老阿奶、胡传奎、刁德一、刘副官、天子九、张德标、黑田、周翻译、周妹，新四军伤员、抗日游击队员若干，群众若干、哨兵若干、伪军若干、日军若干。

# 序幕　湖边接应

〔抗日战争初期的一个初秋深夜。

〔江南阳澄湖边路上。

〔幕内合唱【吴江歌】：

　　　　"不做亡国奴，

　　　　宁把鲜血流，

　　　　祖国河山寸土不能丢！

　　　　全国同胞武装起来，

　　　　团结一致消灭日寇，

　　　　坚决要战斗！

　　　　不收复河山誓不甘休！"

〔幕启。湖边芦苇丛密，路旁有株合抱大树，枝叶繁茂。是夜，月黑风紧，水浪澎湃。

〔远处传来稀疏的枪声。

〔日本巡逻队在湖边巡查，即下。

〔沙七龙手执划桨，悄悄地从湖边小路上走来，向四处探视一番后，轻敲划桨招呼同伴。

〔阿庆嫂从湖边小路唱上。

**阿庆嫂**　（快板慢唱）

　　　　月黑星稀三更天，

　　　　紧摇快船到湖边。

黄昏县委来指示，

半夜接应伤病员。

约在南浜大树下，

鼓掌三声把信号传。

如今是船泊江口人上岸，

只等那——

同志们一到就开船。

沙七龙 （焦急地）阿庆嫂，同志们怎么还不来？连一点动静都没有！

阿庆嫂 七龙兄弟，不要心急。听！

〔传来击掌三声。

阿庆嫂 同志们来了！七龙兄弟，赶快把船摇到小桥头等着。

沙七龙 我就去。（沿小路奔下）

〔阿庆嫂击掌三下，对方即回三声掌。

〔陈天民带卫生员小凌上。

陈天民 阿庆嫂，辛苦了！

阿庆嫂 陈天民同志，同志们都来了？

陈天民 都来了，一共有十八名重伤病员和一个卫生员。

阿庆嫂 一共十九位同志！

陈天民 是的，你们来了几条船？

阿庆嫂 两条船，都停在江口。

陈天民 村子里安排好没有？

阿庆嫂 都安排好了。村里人听说同志们要来，都高兴极了！老早都把灯火熄了，把村子里所有的狗都关在屋里，几条路口也已经派人去放哨了。

陈天民 伤病员同志要换的便衣带来了没有？

阿庆嫂 也带来了。

陈天民 这样很好！（回身对小凌）小凌，赶快去把同志们接过来。

小 凌 是！（下）

陈天民 阿庆嫂，目前的情况越来越复杂、越紧张，今后的斗争就会更尖锐、更艰苦。由于时间关系，我只能把情况和上级的指示，简单扼要地交代一下。我们的新四军——（唱【基本调】）

279

东进江南敌后方，

屡使日寇受重创。

遍地燃起抗日火，

迫使那日本鬼子心胆丧。

豺狼挨打更猖狂，

兵分五路来扫荡。

截断交通封了港，

妄想设下包围网。

领导上已经作决定，

立即展开反扫荡。

大部队集中到路西去，

迂回作战打它一个冷不防！

留下伤病员十八位，

随军转移有很多不便当。

要他们留在这里养好伤，

坚持斗争把红旗扬。

你们湖东沙家浜，

人称红色保险箱。

因此上，把这十八位同志交与你，

掩护工作你担当，

一定要保存力量——（接唱）

医好毛病治好伤，

开花结果把敌打！

阿庆嫂　（接唱）县委把千斤重担交给我，

决不辜负党期望。

只要是，春来茶馆活着我阿庆嫂，

一定让十八位同志养好伤。

陈天民　好！祝你胜利地完成这个光荣任务。

〔幕后传来掌鸣三声。随后，叶思中扶郭建光上，小凌紧跟在后面。

陈天民　来，我来介绍。这位是指导员郭建光同志。

　阿庆嫂　郭指导员。

陈天民　这位是地下联络员——阿庆嫂，她的公开身份是在沙家浜开设春来茶馆。

郭建光　阿庆嫂，你准备把我们十八位同志安置到哪里？

阿庆嫂　沙家浜。

郭建光　沙家浜离此地有多少路？

阿庆嫂　路不远，就是要通过敌人一个炮楼。喏，你们看，就是那个方向。陈天民同志，现在该是走的时候了。

陈天民　好，郭建光同志，你们看还有些什么困难吗？

郭建光　其他困难我们自己想办法依靠当地老百姓来克服，就是关于医药用品……

陈天民　医药用品我们县委一定设法给你们解决，如果县委有困难，请示省委会来支持你们。

郭建光　感谢党的关怀。

陈天民　阿庆嫂，县委办公地点还在常熟城里老地方，有什么情况可以随时和县委取得联系。

阿庆嫂　好。

陈天民　阿庆嫂，现在该出发了。

郭建光　叶排长，命令同志们出发。

叶思中　是！（向内喊）同志们出发！

〔郭建光带领着十八位伤病员和小凌跟随阿庆嫂指引的方向走去。

〔幕落。


# 第一场　军民一家

〔相隔上场半月左右的一个早上。

〔沙老太家门口。

〔幕外。沙老太上。

沙老太　（唱【基本调】）

　　　　世道变来天也变，

　　　　秋后还像大伏天。

　　　　我家里，住着一个伤病员，

眼看他，热得几夜难安眠。

开窗睡，只怕同志风寒受，

关了窗，又闷得七窍冒青烟。

新四军，为国为民来抗日，

好同志，受伤得病我心酸。

老天呀！

有病之人怎能受得了，

求老天总要照应点。（下）

〔幕启。郭建光手提马灯，从沙老太家举步艰难地走出门来。

郭建光 （唱【阳血夹阳当】）

战斗负伤半月余，

两腿沉重步难移。

心欲抗日身无力，

真是那——

英雄最恨病来欺。

〔幕内合唱【阳当】：

"今日总算能举步，

重返部队喜有期。"

郭建光 （唱【基本调】）

月似银钩星似棋，

山河似画多娇丽。

虞山脚下稻初熟，

阳澄湖里蟹正肥；

浪里渔舟撒丝网，

又见那水击芦苇野鸭飞。

这鱼米之乡好江南——

〔幕内合唱：

"好一个大江南——"

郭建光 （接唱）岂容日寇强占据。

近日来鬼子扫荡多猖獗，

斗争越来越艰巨。

　　　　但愿我早复健康回部队，

　　　　重把快机手中提。

　　　　与同志们并肩作战反扫荡，

　　　　拔尽那江南膏药旗。

　　〔沙老太上。

**沙老太**　喔唷，指导员啊！侬哪能起来啦？当心，当心，快坐下来！

**郭建光**　大妈，我好啦，不要紧。

**沙老太**　今天天气真热啊！（取芦稷）快吃点甜芦稷。（替伤员缝补衣服）

**郭建光**　大妈，看侬，一有空就帮我们同志缝缝补补，侬待我伲真好！

**沙老太**　我做这一点算得了啥！你们新四军为我们老百姓打日本鬼子，吃了苦，流了血，还受了伤。到我们此地来养病，还帮我们种地、挑水、打扫院子……到了晚上你们的小凌姑娘还教大家唱歌识字，你还带病给我们讲打鬼子和穷人闹翻身的故事。

**郭建光**　大妈，我们新四军是老百姓的子弟兵，这些事情是我们应该做的。

　　〔沙老太穿针线穿不进去，郭建光帮着穿。

**郭建光**　大妈，我想回部队去了，你看……

**沙老太**　啥？回部队？

**郭建光**　是啊！

**沙老太**　指导员啊！（唱【流水板】）

　　　　回去两字且慢提，

　　　　先要你好好养身体。

　　　　你寒热未退伤未好，

　　　　走路偏东又偏西，

　　　　怎好回到部队去？

　　　　若不嫌老太怠慢你，

　　　　在此地好好将补细调理。

**郭建光**　（接唱）我不是今朝走明朝去，

　　　　就是要走，

　　　　也要等伤口稍微好一点。

**沙老太**　（接唱）稍微好一点，

　　　　我也不依你！

283

待等你，

腿上伤口痊愈好；

待等你，

身上毛病全脱体；

待等你，

一日三顿九碗饭；

待等你，

身强力壮步如飞；

待等你，面红堂堂——

像正月梅花，

二月杏花，

三月桃花，

红里泛白，

白里泛红，

有了那三等九样花颜色。

到那时候……

郭建光　那时候——（接唱）

　　　　我就能回到部队里！

沙老太　到那时候——（接唱）

　　　　回去两字再商议。

郭建光　哈哈哈！讲了半天，还是不给我回去啊！

沙老太　是呀，指导员啊！大妈讲句心里话，真舍不得你离开我，哪怕你在我家里，住上一年、两年、十年八年也是高兴的。不过我也知道，这样是做不到的。等你们伤好了，就要去打日本鬼子呀！

　　　　〔叶思中、小凌内唱："不做亡国奴，宁把鲜血流——"

郭建光　大妈，你听！

沙老太　喔！大概是七龙回来了，我去看看……是你们的两位同志！

　　　　〔叶思中、小凌上。

小　凌　大妈！（对郭建光）报告，指导员，同志们的病况都有好转，就是张明同志伤势还比较严重。

　叶思中　大妈！（对郭建光）指导员，你怎样了？

郭建光　好得多啦!

叶思中　那好,可以回部队了。

郭建光　小叶,张明同志的病,你要多照应点呀!

叶思中　是。

　　　　〔沙老太在旁已看了叶思中半天。

沙老太　真像我出外的四龙!咦!他怎么不来叫我?(两眼向叶思中直看)

叶思中　指导员,这位大妈怎么盯牢住我看呀?

郭建光　啊,看就看吧!你又不是新娘子,怕什么难为情!

　　　　〔叶思中不解地走向一边。

沙老太　(上前)同志,你今年几岁了?

叶思中　我今年廿四岁了。

沙老太　廿四岁,你叫啥?

叶思中　我叫叶思中。

沙老太　叫叶思中……(自语)不!不是的。

小　凌　大妈,你认得他?

沙老太　不、不认得!(再看看叶思中)真像啊!

叶思中　大妈!像啥?

沙老太　你像我第四个儿子四龙!

郭建光　噢!大妈,就是你经常提起的,参加红军的那个四龙吗?

叶思中
小　凌　红军!

沙老太　(激动地)是呀,是毛主席共产党领导的红军。

郭建光　同志们,大娘一共养了七个孩子,五个都被刁家地主害死了,现在只剩下四龙和七龙两个!

沙老太　(感叹地)四龙离开家乡已有五六年没有音讯了。

郭建光　大妈,四龙的道路走得对啊,抗日一定会胜利,革命一定会成功!

叶思中　对!大妈,你不要难过。

沙老太　不,我不难过……可是你真像啊……

郭建光　来,思中,快叫一声"妈"!

叶思中　(深情地)妈妈!

沙老太　(激动地抱着叶思中)哎!我的好孩子!

　　　　　　　　　〔这时幕内传来沙七龙喊"妈妈"的声音。

沙老太　是七龙回来啦!

　　　　　　　　　〔沙七龙跳跳蹦蹦地上。

沙七龙　妈妈,妈妈!

沙老太　七龙,你回来了!

沙七龙　我回来了,妈妈!啊!指导员,你的伤口化脓还没有好,怎么就
　　　　起床了呢?

郭建光　不,今天我好多了。你看,我已经能走几步了!(说着就举步走
　　　　给沙七龙看)

　　　　　　　　　〔沙七龙见郭建光能走路,既高兴,又担心。

沙七龙　当心,指导员!

沙老太　七龙,(指着叶思中)你看是谁回来了?

沙七龙　(呆视叶思中,想了半天才认出来)是四哥!(热情地抱住叶思
　　　　中)四哥,是你回来啦!

　　　　　　　　　〔郭建光等人顿时哄堂大笑。

小　凌　他不是你四哥,是我们的叶排长!

郭建光　(故意开玩笑地)是大妈刚才认的干儿子。

沙七龙　(孩子气地)妈妈,你……

沙老太　七龙,你说他像不像四哥啊?

沙七龙　……真像呀!

沙老太　那你快去叫一声"四哥"。

沙七龙　四哥!

叶思中　七弟!

沙老太　七龙,你怎么这么晚才回来?

沙七龙　妈妈,本来我老早回来啦!啥人晓得在路上看见财主刁赖皮屋里
　　　　的狗腿子,在抢乡亲们的东西,还把一个老太太推倒在地上。周
　　　　围乡亲们实在看不下去,准备动手打他。那个狗腿子看苗头不
　　　　对,拔脚就逃。我就拼命去追,那个家伙眼看就要给我抓住了。
　　　　他没有办法就往河里一跳,想游水逃走。迭格①辰光我也就往水

---

286　　① 迭格:这个。

里一钻，拖牢他两只脚请他吃了几口水……

叶思中　啊！七弟，想不到侬还有这样好的水性！

沙老太　思中啊！你七弟还有大海里捞绣花针的本领呢！

小　凌　大妈，我们叶排长也有一套本领。

沙老太
沙七龙　啥？

小　凌　他是我们部队里一名百发百中的神枪手，在一次战斗中，他用十发子弹打死打伤了十一个鬼子。

沙七龙　指导员，怎么多打死一个？

郭建光　这叫做一箭双雕。

叶思中　七弟，我向你学习水性。

沙七龙　四哥，我向你学习枪法。

叶思中　好，现在就去。

沙七龙　好，就去。（与叶思中同下）

郭建光　当心，两个小鬼别闯祸。

小　凌　指导员，你自己当心。我去看看其他同志。

郭建光　喏，带几根甜芦稷去吃。

小　凌　不，还是你自己留着吃吧！

郭建光　（开玩笑地）这是命令！

小　凌　是。（拿芦稷下）

郭建光　（向沙老太）大妈！你辛苦了，快去歇歇吧！

沙老太　不，你辛苦了，快坐下歇歇……

郭建光　我没有……好，好！

沙老太　啊呀！我和你瞎缠，倒忘了你肚子饿了，我去蒸两只糯米团子你吃吃。

郭建光　大妈，我不饿呀……

沙老太　不，不！你坐坐，我去去就来。（下）

　　　　〔阿庆嫂神色紧张地上。

阿庆嫂　指导员，有情况。

郭建光　啥？

阿庆嫂　（唱【快板紧唱】）

县委派人传消息，

日寇扫荡将到沙家浜。

情况突然很紧急，

要同志们立即隐蔽进芦荡。

我把船只都已准备好，

叫沙七龙带路最稳当。

〔传来枪声。

〔沙老太急忙上。

〔沙七龙、叶思中边喊："指导员，指导员……"边上。

叶思中　指导员！（接唱【快板紧唱】）

情况突然起变化，

东塘镇，有人逃难到村上。

说什么，鬼子已到小桥头，

杀人放火烧村庄。

沙七龙　（接唱）还有那汉奸走狗们，

也趁火打劫乱放枪。

叶思中　（接唱）我的伤势并不重，

要与鬼子拼一场。

郭建光　（沉思）叶排长！（唱【三角板】）

把各组伤病员都集合，

七龙、阿庆嫂！（接唱）

准备船只，

马上开进芦苇荡。

叶思中　是。（下）

阿庆嫂　妈妈，你去关照一下全村老百姓，说鬼子马上就要来扫荡，要他们把耕牛、粮食和值钱的东西赶快藏起来。人也到村外去找个地方躲一躲，特别是年轻的妇女和姑娘们更要躲起来！

郭建光　大妈，你和七龙也设法躲一躲吧！

阿庆嫂　七龙，跟我来。（下）

沙老太　不，指导员，我们不要紧。我看芦苇荡——你们千万不能去啊！

（唱【三角板】）

指导员啊！芦苇荡——

上无瓦片遮头盖，

下有烂泥湿水塘。

白日里，太阳蒸得热烘烘，

黑夜里寒风透衣凉。

身强力壮尚且受不了，

你们有病之人更难当。

郭建光　大妈！（唱【基本调】）

红军长征行万里，

雪山草原也寻常。

芦苇荡总比那草原条件好，

定能坚持决无妨！

〔老阿奶和她的孙子扶张明上。

老阿奶　张同志……

〔阿庆嫂提着红灯回上。

阿庆嫂　指导员，船已准备好，伤病员同志都已集合在春来茶馆门口，就
　　　　等着你去安排呢！

郭建光　大妈，我们走了。

老阿奶　（老泪纵横地）指导员，你们就留在我们此地吧！

沙老太　是啊，只要沙家浜有老百姓在，就有你们……

老阿奶　指导员，你们不能走，不能走啊！

〔枪声越来越近、越来越猛。

阿庆嫂　乡亲们，还是让同志们走吧！过几天，等鬼子走了，同志们还是
　　　　要回来的！

沙老太　好，你们等一等。（进屋）

老阿奶　可是你们一定要保重啊！（在旁泣不成声）

阿庆嫂　指导员，县委还有指示，队伍进入芦苇荡以后要注意两点：一不
　　　　能动烟火；二不能高声歌唱。只要看见春来茶馆升起红灯，就说
　　　　明鬼子已经走了，我们会派老百姓来接应你们的。

郭建光　明白了，我们一定坚决执行县委的指示。阿庆嫂，你今后身上的
　　　　担子就更重了。

289

〔沙老太拎着一篮子热腾腾的团子从屋里出来。

沙老太　（含着依恋的眼泪）指导员，这些团子你带去吧，可以给同志们在芦苇荡里充充饥。

郭建光　（感激地）不，大妈，你留着自己吃吧！

沙老太　不，指导员……

阿庆嫂　指导员，这是大妈的一片心意，就留下来吧！

郭建光　（接过篮子）谢谢！

沙老太　指导员，保重啊！

郭建光　大妈，再见！（和阿庆嫂同下）

〔暗转。霎时间火光大作，喊救命之声四起。有四五个日本鬼子在抢老百姓东西，追逐年轻妇女。

〔日本司令黑田大尉上。

日　军　报告，新四军没有格。

黑　田　八格也路，统统格替我抢！

日　军　哈依！

黑　田　烧！

日　军　哈依！

黑　田　杀！

日　军　哈依！（下）

〔周翻译上。

周翻译　报告！有情况。

黑　田　什么情况？

周翻译　新四军已经突围了！

黑　田　什么？

周翻译　他们已进入武进县地区。

黑　田　啊！我们又扑了一次空。我就不相信，我们大日本帝国就对付不了几个新四军和小小的游击队？

周翻译　还有一个情报！

黑　田　什么？

周翻译　新四军临走时留下一批伤病员。

　黑　田　伤病员？（心生一计，要周翻译附耳过去，与周翻译鬼鬼祟祟

地咬耳朵）

周翻译　哈依！

黑　田　噢伊！

　　　　〔日军上。

日　军　哈依！

黑　田　开路马司！

日　军　哈依！

　　　　〔幕落。

## 第二场　敌伪勾结

〔幕启。

〔离前场两天后。

〔胡传奎司令部。

〔刘副官、刁德一、周翻译上。

刘副官　请胡司令！刁处长陪周翻译来了。

　　　　〔胡传奎上，天子九随上。

胡传奎　啥？周翻译这个辰光来做啥？苗头不对，事体大哉。请！

刁德一　我来给两位介绍一下，这是皇军黑田先生的得意红人——翻译周仁先生，是我的老同学，也是我的好朋友。这位是阳澄湖边赫赫有名的、新近参加国民党改编"忠义救国军"的胡传奎司令。

周翻译　久仰，久仰！

胡传奎　少会，少会！周先生既然是刁先生的老同学好朋友，你我虽是初交，一朝生，两朝熟，今后请周先生在皇军面前包涵包涵。

周翻译　哪里，哪里，兄弟一定效劳。

刁德一　胡司令是非常要朋友的。

周翻译　老兄，本来么……（唱【基本调】）

　　　　　　四海之内皆兄弟，

　　　　　　多一个朋友多条路。

　　　　　　老兄啊，不应该——

　　　　　　过桥拔桥拆台脚，

弄得我在皇军面上人难做。

刁德一　周先生，请别误会。

胡传奎　是这样——这一次皇军要我暗地里配合扫荡新四军。可是，他妈的，皇军也是嘴硬骨头酥，被他们一冲就过去了，差一点又吃了亏！

周翻译　（唱【基本调】）

　　　　这一次扫荡规模大，

　　　　暗地里，反共密约早谈妥。

　　　　要你们，配合打击共产党，

　　　　重兵叠叠分五路。

　　　　皇军对你们，

　　　　反共不力大为不满意，

　　　　看来是不力者——

　　　　要算司令第一个。

胡传奎　啥？

　　　　〔天子九持枪戒备。

刁德一　做啥？统统走开。

　　　　〔刘副官、天子九下。

刁德一　（唱【基本调】）

　　　　周先生，交朋友素来讲义气，

　　　　为朋友，受点委屈不在乎。

　　　　帮忙总要帮到底，

　　　　胡司令同新四军——

　　　　向来面和心不和。

周翻译　好吧！现在不谈别的，谈谈今后打算怎样。刁先生，黑田先生向你们提出的条件，我已告诉你了，你看怎么办？

胡传奎　啥个条件？

刁德一　胡司令！（唱【基本调】）

　　　　这次皇军大扫荡，

　　　　事先密约谈妥当。

　　　　申明我们名为"忠义救国军"，

　　　　实际是打击新四军和共产党。

　　　　　　皇军十分信任你，

　　　　　　要你配合来扫荡。

　　　　　　到如今，

　　　　　　新四军全部突围走，

　　　　　　我问你，

　　　　　　在皇军面前哪能去交账？

**周翻译**　（唱【三角板】）

　　　　　　因此黑田大佐冲天怒，

　　　　　　要把你们一起消灭光！

**胡传奎**　啊！

**刁德一**　还好。（唱【三角板】）

　　　　　　幸亏周先生从中帮了忙，

　　　　　　皇军司令才肯原谅这一趟。

**胡传奎**　（接唱）帮忙不能空口说白话，

　　　　　　打仗勿是弄白相①。

　　　　　　既要子弹又要枪，

　　　　　　也要人马也要粮。

　　　　　　朝廷也不差饿兵，

　　　　　　队伍兵丁要慰军饷。

**周翻译**　（接唱）若说真心与皇军来合作，

　　　　　　有的是子弹有的是枪！

**刁德一**　（唱【基本调】）

　　　　　　要我们进入沙家浜，

　　　　　　长期驻扎在鱼米乡。

**胡传奎**　唔，多谢周先生帮忙。

**周翻译**　不过有一个条件。

**胡传奎**　（爽直地）啥条件都来！

**刁德一**　开出来好讨价还价的。

**周翻译**　（唱【基本调】）

————————

①　弄白相：儿戏。

293

　　　　　　　新四军留下一批伤病员，

　　　　　　　尚未转移到他乡，

　　　　　　　要你们仔细去搜查，

　　　　　　　免得将来起祸殃，

　　　　　　　要你代替皇军去防守，

　　　　　　　不能让新四军重回沙家浜。

**刁德一**　哪能？老胡，吃得落哦？

**胡传奎**　（高兴地）算数，一言为定。请周先生回复黑田先生，有我胡传奎就没有共产党！

**刁德一**　老胡，这一回你是明里投靠蒋介石，暗里投靠日本军，脚踏两条船，搞曲线救国。你真是一代英雄啊！

**胡传奎**　明里也好，暗里也好，还不是你老弟牵的线吗？再说，此番回到沙家浜——你的家基地。就是我这条强龙也斗不过你这地头蛇呀！

　　　〔幕落。


# 第三场　茶坊智斗

　　　〔三天后。

　　　〔春来茶馆。

　　　〔幕启。日兵扫荡了三天，今天才离村。老百姓纷纷回来，明珠搀着三婶婶上。

**三婶婶**　明珠啊，此地阿是阿庆嫂的茶馆店？我走不动了，就在阿庆嫂门口坐一歇。

　　　〔阿庆嫂上。

**阿庆嫂**　三婶婶，倷转来了①？

**三婶婶**　阿庆嫂，唉！逃东逃西，这种日脚勿是人过的。村里哪能了？

**阿庆嫂**　鬼子在村里搜了三天三夜，搜不出名堂，今朝一清早就离开了沙家浜。

**三婶婶**　我要回来看看，不知屋里搞得怎样了。（起身走，与阿庆嫂互相看一看）

---

294　　① 倷转来了：你们回来了。

阿庆嫂　还是到家里去看看吧！

三婶婶　啥格世道啊！（与明珠下）

阿庆嫂　（唱【十字调】）

日本鬼来扫荡兴风作浪，

搜查了三整天离开村庄。

同志们在芦荡受冻挨饿，

升红灯接伤员准备船舫。

（准备升起红灯）

〔一男孩边喊边上。

男　孩　阿庆嫂，不好了，不好了，胡传奎来了，还有地头蛇刁德一也回来啦！乡亲们！胡传奎来了……（跑下）

阿庆嫂　（压制内心的愤恨，接唱）

想勿到一波平一波又起，

突然间胡传奎进了村庄。

地头蛇到家乡人心惶惶，

且不能将伤员接出芦荡。

（放下红灯）

〔马蹄声由远到近。

〔沙七龙急匆匆地上，沙老太紧跟上。

沙七龙　阿庆嫂，土匪头子胡传奎的部队进村来了。

沙老太　还有刁德一这条地头蛇也回来了。

阿庆嫂　日本鬼子前脚走，他们后脚就到，怎么这样快？七龙，侬看见他们队伍有多少人？

沙七龙　像蚂蚁一样，有好几百人。

阿庆嫂　好几百……

沙七龙　打的是"忠义救国军"的旗号，头上戴的是狗牙齿帽徽……

阿庆嫂　国民党帽徽，"忠义救国军"……

沙老太　阿庆嫂，芦荡里的伤病员怎么办？

阿庆嫂　胡传奎是路过此地还是长期驻扎在此地，还没有弄清爽，暂时不能把同志们接出来。

沙七龙　那……

|阿庆嫂|我伲要想办法替同志们送点粮食去，另外还要把胡传奎进村的情况写封信告诉指导员。|
|沙老太|我屋里还有一点炒麦粉……|
|沙七龙|好，我去准备船只。|

〔沙老太、沙七龙刚下。两个便衣特务天子九、张德标上，东张西望，张德标不声不响地要进茶馆。

|阿庆嫂|大阿哥，里厢还没有收拾好，要吃茶请外面坐。（去拦，被天子九推至一旁）侬迭格人啥地方来格，哪能不讲道理！|
|天子九|向来是迭能格，哪能？|

〔冷不防张德标闯进茶馆。

|阿庆嫂|喂喂，大阿哥……|
|天子九|（故意刁难地）泡壶茶，老子嘴巴干了。快、快点！|
|阿庆嫂|日本鬼子刚刚走，水还没有挑，火还没有生，请侬稍微等一等。|
|天子九|等一等，不懂格，现在就要吃。|
|阿庆嫂|侬等勿及，阳澄湖有的是水，侬自己去吃。|
|天子九|好，侬敢在老虎头上拍苍蝇，勿给侬点颜色看，就不晓得我天子九格厉害！来，张德标！|
|张德标|（从茶馆店里出来）有，里厢一点呒啥！|
|天子九|替我拿迭格女人带走！|
|张德标|是。（准备动手）|

〔刘副官上。

|刘副官|啥事体？（见阿庆嫂）哟！阿庆嫂，好久不见啦！侬好。|
|阿庆嫂|刘副官。|
|刘副官|天子九，阿庆嫂是自家人啊，你吵点啥？阿庆嫂，是怎么回事？|
|阿庆嫂|啊呀，刘副官，你们都回来了。噢，刘副官，喏，迭格大阿哥呀，同我不认识，有点过勿过去啊！|
|刘副官|（把天子九拉到一边）天子九，侬哪能不看人头格①，这是阿庆嫂，曾经救过胡司令的命，胡司令还卖她三分面子呢！侬搭伊吵点啥？快去。（转对阿庆嫂）阿庆嫂，他不认识你，不要多心。|

---

① 人头格：她是谁。

**阿庆嫂** 没有关系，一朝生，两朝熟。（对天子九）大阿哥，等一歇到茶馆里来吃杯茶。

〔天子九尴尬地下。

**阿庆嫂** 刘副官，侬晓得格，我是不欢喜用胡队长的大帽子来压势①人格。

**刘副官** 现在老胡提升为司令了。

**阿庆嫂** 刘副官，眼睛一眨，你们走了已经快两年了，迭格一趟回来，俫要多住几天呀！

**刘副官** 迭趟回来就不走了。

**阿庆嫂** （自语）不走了！

〔内声："立正。"

**刘副官** 司令来了。

〔几个卫兵上，后面跟着胡传奎、刁德一。

**胡传奎** （看见阿庆嫂）阿庆嫂。

**阿庆嫂** 司令啊，侬回来了。

**胡传奎** 阿庆嫂，一年多不曾看见侬，哪能？好啊？活得落哦？

**阿庆嫂** 好，托司令福，活得落，活得落。

**胡传奎** 阿庆呢？

**阿庆嫂** 啊呀，司令呀！你不要提起倷阿庆，迭只②滥料坯③，一日到夜赌铜钿。有一天输得实在不像样，我搭伊吵仔一场。伊算憋气，到外头去哉。

**胡传奎** 走啦？

**阿庆嫂** 一个多月，没有信息。

**胡传奎** 他到啥地方去了？

**阿庆嫂** 有人讲伊在上海跑单帮。

**胡传奎** 写封信，去叫伊转来呀！

**阿庆嫂** 叫伊转来？是呀，司令呀！你要管管伊。

**胡传奎** 这个事体包在我身上。

**阿庆嫂** 司令啊！坐一歇，吃杯茶，我去把水先烧起来。（下）

---

① 压势：欺压。
② 迭只：这个。
③ 滥料坯：不成材的。

胡传奎　刁处长，到了你的家基地啦！大队部住在你家里，你看好吗？

刁德一　（望着阳澄湖）我的家里还不晓得被新四军弄得哪能了。

胡传奎　刘副官，你到刁处长家里看看去！

刘副官　是。（下）

〔阿庆嫂拿了两只茶杯上。

阿庆嫂　请坐，请坐，水快要开了，已经在沸起来了。（下）

刁德一　哎！司令俪讲写信给啥人？

胡传奎　写给她男人。

刁德一　她是啥人？

胡传奎　（唱【汪汪调】）

　　　　　　她啊！

　　　　　　春来茶馆的阿庆嫂，

　　　　　　心直口快好心肠。

　　　　　　大前年我还没改编"忠救军"，

　　　　　　只有十来个人七八条枪，

　　　　　　正好碰着萝卜头①，

　　　　　　就在那阳澄湖边打一仗。

　　　　　　我打光子弹只好溜啊，

　　　　　　鬼子紧追不轻放。

　　　　　　逃到此地大门口，

　　　　　　幸亏阿庆嫂来帮忙。

　　　　　　将我藏在水缸里，

　　　　　　总算逃过这难一场。

〔阿庆嫂手提铜吊上。

阿庆嫂　迭桩事体侬还放在心上呀，讲老实话，当时我也是急中生智。等事体过后我心里一直别别跳，到第二天早上我两条腿还发软呢！（倒水，摸摸口袋）啊呀，香烟忘记了，我去拿。（下）

〔刁德一在偷偷地用眼梢观察阿庆嫂，觉得她很能干。

刁德一　司令！（唱【汪汪调】）

---

　　①　萝卜头：日本兵。

　　　　　沙家浜是我老家乡，

　　　　　我是这里生来这里长。

　　　　　全村人头男女老少都熟悉，

　　　　　哪能会不认得他们夫妻俩？

**胡传奎**　（接唱）八一三战事炮声响，

　　　　　他们逃到此地沙家浜，

　　　　　开一爿茶馆混饭吃。

　　　　　阿庆嫂，

　　　　　为人四海又漂亮。

　　　　　那时候，你们全家逃的逃来溜的溜，

　　　　　怎能会认识他们夫妻俩？

　　　　〔阿庆嫂上。

**阿庆嫂**　（快板慢唱）

　　　　　胡传奎改编"忠救军"，

　　　　　未知他的动向如何样？

　　　　　刁德一一副阴险恶毒相，

　　　　　我要摸清他究竟姓蒋还姓汪。

**阿庆嫂**　胡司令用烟。

**胡传奎**　阿庆嫂，我来搭俉①拉个场，迭位是我伲政训处处长，就是此地
　　　　大财主，刁赖皮的……

**刁德一**　（有些不满）胡司令……

**胡传奎**　（觉得讲错了）啊，不……是刁老太爷的大少爷叫小刁，刁德
　　　　一。阿庆嫂，往后有事，就寻伊照应。刁处长，自家人以后要
　　　　照应点。

**阿庆嫂**　刁处长。

　　　　〔刘副官拿着信上。

**刘副官**　报告司令，刁处长家里去过了，情况倒还好。

**胡传奎**　那司令部肯定设在侬屋里了。

**刁德一**　胡司令，这……

---

① 搭俉：给你们。

**胡传奎** 刘副官，把司令部拉过去！

**刘副官** 是。（下）

**阿庆嫂** （替胡传奎冲茶）再吃杯茶！胡司令，一年多不看见，你越来越发福了。

**胡传奎** 哈哈，最近瘦点了。

**阿庆嫂** 司令，村里老百姓讲起你当初打日本鬼子，喏，跷迭格大指头，还有新四军⋯⋯

**胡传奎** 新四军！

**阿庆嫂** 新四军听说胡司令打日本鬼子也都称赞侬。

**胡传奎** （得意扬扬，朝刁德一看）阿庆嫂，你也不错，当初我藏拉水缸里的辰光，"萝卜头"勒拉你面前，你面不改色，我服帖依格！哈哈⋯⋯

**刁德一** 阿庆嫂！（唱【基本调】）

　　　　我佩服你真是有胆量，

　　　　竟敢在，

　　　　日本人面前耍花枪。

　　　　要没有，

　　　　抗日救国的好思想，

　　　　你怎肯舍身救队长。

**阿庆嫂** （唱【吴江歌】）

　　　　胡司令平时么对我肯帮忙，

　　　　我阿庆嫂——

　　　　背后大树有靠傍，

　　　　这是他，

　　　　行得春风有夏雨，

　　　　开茶馆是江湖义气第一桩。

**胡传奎** 放的交情。

**刁德一** （唱【基本调】）

　　　　新四军在此日脚长，

　　　　一定是，

　　　　茶馆店里常来往。

既然是,

行得春风有夏雨。(故意地)

我要问一声,

你对他们照应得如何样?

阿庆嫂　(听出对方的意思,但若无其事,唱【吴江歌】)

摆出八仙桌,

招接十六方;

砌起七星炉,

全靠嘴一张。

来者是客勤招待,

照应两字谈不上。

(给刁德一燃香烟)

刁德一　阿庆嫂,侬到底是开茶馆店的,连讲闲话也滴水不漏。

阿庆嫂　(给胡传奎点火时,故意挑衅地)司令啊!迭格算啥呢?

胡传奎　说不像话不像。

阿庆嫂　处长,请用茶。

〔刁德一故意不接,打碎茶杯。阿庆嫂镇静地拾起碎片。

〔三人重唱,快板慢唱【汪汪调】。

刁德一
胡传奎　(唱)我看他不阴又不阳,
阿庆嫂

　　　她不慌又不忙
　　　他不善又不良

胡传奎　(接唱)说话好像鬼打墙。

刁德一
阿庆嫂　(接唱)不知她他究竟啥名堂?

刁德一　(唱)我有心问来问到底——

阿庆嫂　(接唱)我有心防来要节节防。

刁德一
阿庆嫂　(唱)我问她若问起新四军伤员在哪里——

刁德一
阿庆嫂　(接唱)趁机会看她神色怎么样。把他底细摸清爽。

胡传奎　(生气地跑到坡上)疑神疑鬼!

301

| 刁德一<br>阿庆嫂 | （唱）胡传奎好像生了气—— |
|---|---|

胡传奎　　刁处长就是迭能格人，阿庆嫂，请侬勿要放在心上。

阿庆嫂　　呒没啥，我去冲点水。（进屋）

| 刁德一<br>阿庆嫂 | （接唱）这一个草包 真是无用场。<br>正好派 |
|---|---|

胡传奎　　（自语）我身背浪①的人，伊总是不大放心。（对刁德一）刁处长侬对阿庆嫂有啥怀疑吗？

刁德一　　（对胡传奎）司令，阿庆嫂迭格女人很不平常，她能眼观六面、耳听八方，胆大心细、遇事不慌。我伲要在沙家浜搞曲线救国，迭格女人我伲很可以派用场，就是不晓得她的心是红格还是白格。

胡传奎　　阿庆嫂我是相信她跟我是一条心的。

刁德一　　那就好，不过……我相信新四军伤病员的下落，她是不会不晓得的。要是她肯告诉我伲，就证明她是我伲一条船上格人，要不然……

胡传奎　　侬想去问？

刁德一　　不错。

胡传奎　　我看侬两只眼睛像出气筒，不看看人头格，你去问不要想问得出，喏，要么我去问。

刁德一　　对！应该司令亲自出马。噢，胡司令，迭格就叫行得春风有夏雨嘛！

阿庆嫂　　（偷听，自语）嗯，倒好格，拿迭格草包抬出来了。（倒水）

胡传奎　　阿庆嫂。

阿庆嫂　　哎，司令啊！

胡传奎　　阿庆嫂，我问侬一件事，迭格"两双头"——新四军……

阿庆嫂　　（唱【基本调】）

　　　　　　司令啊！侬要问起"两双头"，

　　　　　　此地有许多新四军，

　　　　　　还有不少伤病员，

---

　　① 我身背浪：我一边。

伤势有重也有轻。

这个伤了就到此，

那个好了就动身。

我们这个村庄里，

家家住过新四军，

连我这爿小小茶馆店，

也曾经登①过不少人。

胡传奎　（对刁德一）哪能？（转对阿庆嫂）现在他们人呢？

阿庆嫂　现在他们都走了。（唱【基本调】）

　　　　大前天，听说鬼子来扫荡，

　　　　他们说，不与鬼子去硬拼。

　　　　还说只准打鬼子，

　　　　不让鬼子打，

　　　　只听一声集合令，

　　　　一个下午走干净。

胡传奎　伤病员也走了？

阿庆嫂　新四军伤病员不走成功吗②？胡司令！（唱【基本调】）

　　　　你们队伍开到沙家浜，

　　　　是不是，要与鬼子拼一拼？

胡传奎　这个……

　　　　〔刁德一咳嗽示意。

胡传奎　我们有我们的道理，你不用问。新四军伤病员都走了？

阿庆嫂　啊呀！司令，你想——（唱【基本调】）

　　　　如果他们不动身，

　　　　鬼子扫荡搜了三天整，

　　　　怎么搜不出半个人？

胡传奎　（接唱）这桩事情真奇怪，

　　　　"萝卜头"在公路上搜得紧；

①　登：住。
②　成功吗：行吗。

水路上也封了港，

昨夜我们在小桥东面等；

只有这样一条路，

怎样没有碰上他们？

阿庆嫂　司令，倷没有碰上日本鬼子？

胡传奎　"萝卜头"老早碰上了。

阿庆嫂　（自语）碰上了不打，一定是勾结上了。

刁德一　我看新四军伤病员是走不远的。

阿庆嫂　走不远的，那么躲在哪里呢？哪能鬼子搜了三天，会一个也搜不到，那到啥个地方去了？真奇怪。

刁德一　哼，东洋人么，此地地陌生疏，人头不熟，勿要讲三天三夜，就是七天七夜也搜不出一个人来的。不讲别的，就讲胡司令，两年前，不是明明在东洋人的眼皮底下，给侬阿庆嫂拿伊迭能①大的人在水缸里一藏，不就藏过去了吗！是不是？

阿庆嫂　处长，迭能讲，新四军的伤病员是给我藏起来了。（对胡传奎）胡司令，迭格是锣鼓听声话听音！嗯，迭能看，我当初救侬倒救坏了，现在倒反而落个话柄。

胡传奎　（尴尬地）不，不，不。

阿庆嫂　不，不，胡司令呀，请侬格弟兄搭我在里里外外、前前后后，统统搜一搜，省得疑心疑惑不好做人。

胡传奎　刁处长，哪能道理？（对阿庆嫂）阿庆嫂，没有侬格事体。刁处长，我们走吧！

刁德一　司令，自己人讲句笑话么，何必当真呢？我看新四军伤员走不了。你想，他们身上有病又有伤，处境是多少艰苦。我是为新四军伤病员着想呀，要看病又呒没医生，要药品又呒没药品，我们要帮帮他们忙才好呀！阿庆嫂，你讲对吗？我们是"忠义救国军"，应该帮他们忙。

阿庆嫂　刁处长，我看倷还是搜一搜的好。（拿水桶欲往河边下）

刁德一　阿庆嫂，慢走，请侬把红灯点一点。

---

① 迭能：这样。

**胡传奎** 走了，又不吃夜饭点啥灯。

**刁德一** 胡司令，第一次回来，与阿庆嫂又是有交情，我看今朝就在此地吃夜饭。阿庆嫂，请侬点起来。

〔阿庆嫂点灯挂上。

**刁德一** 阿庆嫂，破费侬啦，烧几只菜，我伲要在此地吃夜饭。（拿起茶壶）多放点茶叶冲一壶热茶来。

**阿庆嫂** （生气地看刁德一一眼）有数。（下）

**胡传奎** 刁处长，到底有没有？

**刁德一** 我看一定有！

**胡传奎** 在啥地方呢？

**刁德一** 在芦苇荡。

**胡传奎** 在芦苇荡！对，来人，搜！

〔天子九上。

**刁德一** 轻点，轻点。（把胡传奎拉到一边）侬想，东洋人到沙家浜搜了三天三夜，一个都搜不出，我们倒想搜出个名堂？

**胡传奎** 搜不出么哪能呢？

**刁德一** 我看只有叫他们自己走出来。

**胡传奎** 见侬格鬼，自己肯走出来？

**刁德一** 叫他们自己走出来，也不是一桩难事。（对天子九）天子九，去把村里的老百姓叫到春来茶馆门口集合。

**天子九** 是。（下）

**胡传奎** 叫村里人来做啥？

**刁德一** 哈哈哈……胡司令！叫他们摇船到阳澄湖中捉鱼捉蟹。每条船上都坐上我们的人，芦苇荡要是有伤员，他们看见老百姓出来捉鱼，春来茶馆升起红灯，表示村里秩序井然，他们就会自动走出芦苇荡。那时候就可以来一个捉一个，来两个捉一双，不是一网打尽了吗？

**胡传奎** （听呆了）啊！

**刁德一** 胡司令，你看怎样啊？

**胡传奎** （十分佩服）啊呀！真是个好办法，亏侬想得出！怪不得人家讲侬刁钻促狭。（伸出大拇指）

〔天子九上，群众随上。

**天子九** 报告刁处长，老百姓都来了。

**刁德一** （跑到坡上）乡亲们，不要怕，我们是"忠义救国军"。我们知道这里老百姓被东洋人抄了三日三夜，猪羊鸡鸭搜去了不少。我们来了，你们没有啥东西来欢迎，我们也并不怪哪。可是要你们马上到湖里去捉鱼捉蟹，我们照市价收买，不让你们吃亏。

**沙七龙** 长官啊！碰着日本人的汽船要没有命的呀！

**众　人** （讲话杂声）长官啊，不能呀！

**刁德一** 好了，你们快去吧！不要怕，每条船我们派三个弟兄保护你们。

〔老百姓哀求声，叫声。阿庆嫂提水桶上。

**胡传奎** （对伪军）把他们押下去，啥人不去，就枪毙！

〔老百姓吵闹声，阿庆嫂暗听。刁德一、胡传奎下。

**阿庆嫂** （唱【快板】）

　　　　他们想放下香饵钓金鳌，

　　　　刁德一的诡计毒砒霜！

　　　　眼前情况多紧张，

　　　　渔船一开就起祸殃。

　　　　眼看着红灯升起难放下，

　　　　同志们中计怎担当？

　　　　通风报信又来不及，

　　　　乡亲们，违抗不去也要性命丧。

　　怎么办呢？

〔乌鸦归巢，当空鸣叫。

**阿庆嫂** （望天空，唱）

　　　　乌鸦若能报凶讯，

〔幕内合唱：

　　　　"乌鸦若能报凶讯，

　　　　你就赶快飞到芦苇荡。"

〔伪军内声："走！不走要开枪。"

**阿庆嫂** （受到启发）开枪！（唱【新流水板】）

　　　　如果村里枪声响——

〔幕内合唱：

　　　"村里枪声响——"

阿庆嫂　（接唱）枪声传进芦苇荡。

〔幕内合唱：

　　　"传进芦苇荡。"

阿庆嫂　（唱）伤员们知道村里有敌人——

〔幕内合唱：

　　　"知道村里有敌人——"

阿庆嫂　（接唱）有了防备不会上他当。

　　　对，让他们打枪。（一想）有了！（见桌上有一顶笠帽急忙扣在茶壶上，一起往湖中丢去，只听见"扑通"一声，回身擦桌子）

〔天子九内喊："司令不好了！有人跳水了！"

〔胡传奎内声："他妈的，想逃，打枪！"

〔天子九："是！"连开数枪。

〔胡传奎上来，又连开了几枪。

〔刁德一内声："不准打，不准打！"紧上，拉胡传奎。

刁德一　不能开枪。

胡传奎　来人！快放条船下去！

刁德一　不用了。

胡传奎　为啥？

刁德一　枪声打得这样紧，要是芦苇荡里真有人，他们又不是聋子，听见枪声还敢跑出来。

胡传奎　那侬迭格半吊子①，为啥早点不讲呢？

刁德一　那侬为啥不早点听我的呢？（一想，对内）天子九，把老百姓全部解散，把芦苇荡团团封锁。要是芦苇荡里真的有人，饿也要饿死他们。

胡传奎　要是我弄不过你们，老子就不叫胡传奎！走！

阿庆嫂　胡司令哪能不吃仔夜饭走。

胡传奎　还吃得落夜饭来！（下）

---

① 半吊子：不爽直。

## 第四场　黑夜送粮

〔傍晚。

〔芦苇荡一角。

〔沙七龙上。

**沙七龙**　（唱【快板】）

深更半夜月茫茫，

阿庆嫂叫我送信送粮进芦荡，

一路上，步哨防守多严密，

幸亏路旁野草长。

草里躲，沟里行，

好容易走出沙家浜，

来到河边抬头看——

（到河边看船，接唱）

哪能不见舟船在湖旁。

啊呀！方才我明明放在这里的……

〔幕内哨兵讲话声，沙七龙躲开。哨兵甲、乙上。

**哨兵甲**　嘿！当心点，方才在此地发现一条船，说不定此地有新四军。

**哨兵乙**　什么人……（察看，发现没有人，与哨兵甲下）

**沙七龙**　好！原来一条船被你们弄去了——哪能办呢？

（唱【散板】）

送粮食不能游水去。

（发现有灯光，接唱【三角板夹散板】）

见林中隐隐有灯光，

有灯光前面有村庄，

有村庄谅必有船舫，

有船舫定能有相商，

有相商一定有希望。

对！（接唱）

> 这粮食不能等辰光，
>
> 让我借了舟船，
>
> 趁着黑夜进芦荡。（欲走）

〔天子九上。

**天子九** 什么人？不许动，小赤佬，深更半夜啥地方来？

**沙七龙** 村里来。

**天子九** 到啥地方去？

**沙七龙** 到那边去。

**天子九** 身上背的啥东西？一只一只圆的，小鬼胆子倒不小，贩卖鸦片是吗？犯法。

**沙七龙** （将计就计）长官，做小生意没有办法，帮帮忙。

**天子九** 轻点，告诉你，识相点，快拿包袱放下来，放侬过去，要不然送侬到部队去。

**沙七龙** （自语）要我包袱，看来是个鸦片鬼，让我先下手为强。

**天子九** 哪能？小鬼，要我亲自动手是吗？（上来抢）

**沙七龙** 长官帮帮忙吧！这……实在不能给侬的。（一脚踢倒天子九，欲走）

**天子九** （拔枪）不许动。（唱【说书调】）

> 小鬼你要放得聪明点，
>
> 快拿包袱留下来。
>
> 要是侬再勿识相，
>
> 马上将你送部队。

**沙七龙** 长官！（唱【三角板】）

> 部队千万不能送，
>
> 我做生意为了吃口饭。
>
> 屋里人多吃口大，
>
> 求长官，高抬贵手发慈悲。（欲走）

**天子九** （唱【说书调】）

> 小鬼你敢溜一溜，
>
> 我就要把手枪开。

309

沙七龙　（唱【三角板】）

　　　　　　要是你手枪开一开，

　　　　　　前面的弟兄就要来，

　　　　　　这点老土你也不到手，

　　　　　　就要挑挑①依格大老板。

天子九　喔！（唱【说书调】）

　　　　　　小鬼门槛实在精，

　　　　　　看不出是促狭鬼。

　　　　　　好！试试我的铁拳头，

沙七龙　（接唱）尝尝我的飞毛腿。

天子九　（唱【说书调】）

　　　　　　老土不到手，

　　　　　　手枪不能开，

　　　　　　迭格小鬼倒是蛮厉害。

　　　　（被沙七龙打着耳光）

沙七龙　嘿！（接唱）

　　　　　　侬不要看我年轻好欺侮，

　　　　　　要拿包袱难上难。（上前）

天子九　（拔出手枪相逼）他妈的，当我天子九假的，手枪不是吃素的。

沙七龙　（急中生智，高喊）侬爹叔，快来帮忙！

　　　　〔天子九回头，手枪被打落。两人开打几个回合，手枪到沙七龙手，进逼天子九。天子九刚准备喊救命，被沙七龙一脚踢到河里。

沙七龙　（唱【散板】）

　　　　　　叫你游游水晶宫，

　　　　〔内伪军声。

沙七龙　（接唱）再送你进鬼门关，

　　　　　　我赶紧游水进荡内。

　　　　〔灯暗。幕落。

---

　　① 挑挑：送好处。

# 第五场　芦荡坚持

〔紧接前场。

〔芦苇荡。

〔幕启。时近黄昏，乌云层层。叶思中在给张松涛包扎伤口，伤
员们捧着芦苇来回忙着。

**林大根**　叶排长，我们那里的芦棚搭得差不多了，等一会儿你来看看，是
不是合格。

**叶思中**　好，我马上就来。

〔林大根高兴地唱着歌下。叶思中给张松涛包好伤口。

**叶思中**　小张，你休息吧！

**张松涛**　不，早点把芦棚搭好，可以让重伤员住进去了。（下）

〔幕后传来林大根的声音："叶排长，你快来看看吧！"

**叶思中**　我就来。（下）

〔郭建光背着芦苇举步艰难地上。

**郭建光**　（唱【阳血】）

白日里，

太阳当头似火烘；

黑夜里，

冷风扑面像雪水冲。

芦苇荡，

日晒夜露无遮拦，

一昼夜，

熬尽了春夏与秋冬。

快把芦棚搭起来，

好日遮太阳夜挡风。

〔叶思中回上。

**叶思中**　指导员，林大根他们那组芦棚搭得很好。

**郭建光**　其他组呢？

**叶思中**　我这就准备去看看。

311

郭建光　张明同志的情况怎么样？

叶思中　伤口又在化脓了。（唱【基本调】）

　　　　　白日里，苍蝇来舔伤口血，

　　　　　黄昏后，蚊子叮得满身肿。

　　　　　轻伤员同志还能顶得住，

　　　　　重伤员同志伤势更重！

郭建光　是呀！我们从进芦苇荡以来，阿庆嫂一点消息也没有。村里还有枪声，看来她的处境也相当困难。

叶思中　是不是我想办法出去和阿庆嫂联络一下？

郭建光　不，敌情我们一点也不了解，不能轻举妄动。

叶思中　那……

郭建光　我相信上级党一定在千方百计想办法，老百姓也一定会来支援我们的，我们能坚持下去就是胜利。（由于过分激动，感觉眼前一阵发黑，有点支持不住）

叶思中　指导员，你怎么了？

郭建光　没有什么。

叶思中　不，你手上冰冰冷，头上还在出冷汗……我去给你喊卫生员。

　　　　〔正好小凌从另一方上。

郭建光　不必了，我不是很好吗？

叶思中　小凌，你来得正好，指导员他……

郭建光　（故意振作精神）报告卫生员同志，我的身体很健康，没有别的情况！

小　凌　指导员，你的身体太虚弱了。

叶思中　你从现在开始应该休息！

小　凌　休息有啥用，指导员已经两天没有吃东西了！

郭建光　我不是刚刚还吃过两只团子吗？

小　凌　沙老太临走给我们的团子，指导员他一个也没吃。

叶思中　我不是关照你一定要强迫他吃的吗？

小　凌　（急得快要哭了）我是这样做了，可是指导员他……

叶思中　你过来，小凌！

　小　凌　（莫名其妙地）做啥？

郭建光　这两个小鬼不知又在搞啥花头了!

〔叶思中偷偷从身上掏出一只团子,交给小凌,要她去送给郭建光吃。小凌推让,犹豫不决……

叶思中　这是命令,你一定要执行!

小　凌　(无奈)是,排长!(沉思)

叶思中　快点去呀!(下)

小　凌　(走到郭建光面前,严肃地)指导员同志!

郭建光　做啥?

小　凌　从组织上讲,你是我的上级,我是下级,我应该坚决执行上级的命令,可是从……

郭建光　从啥?

小　凌　从……从……(自语)这话应该哪能讲呢?不要管他。(对郭建光)反正从另一方面讲,我是医生,你是病号。从医院的制度来看,病号应该无条件地服从医生的指挥,你讲对哦?

郭建光　对呀!

小　凌　对就好,现在我命令你(拿出团子)把这只团子马上吃脱。

郭建光　(深情地自语)这是昨天分给小叶的,他没有吃……(对小凌)不,这个命令我不能服从,你还是去命令叶排长把它吃脱。

小　凌　指导员,请侬看在抗日的分上把它吃脱吧!

郭建光　真的,我一点也不饿呀!

小　凌　指导员……

〔火德荣急匆匆地上。

火德荣　指导员,出事情啦!

郭建光　什么?

火德荣　小王同志昏过去了!

郭建光　卫生员,走,我们去看看。

〔林大根背小王上,叶思中、张明、张松涛随上。

众　人　小王同志,小王……

郭建光　他是不是伤口恶化了?

小　凌　伤口没有什么大的变化。

郭建光　那是……

林大根　他是饿得支持不住才昏过去的。

郭建光　（低声地）小凌，刚才还有一只团子呢？

小　凌　指导员，你……

郭建光　没有看见吗？小王已经饿得不行了。

〔小凌忍着眼泪，看着郭建光，把团子拿出来。

郭建光　小王，你肚子饿了，快把这团子吃了。

小　王　指导员，我知道这是最后一只团子了，你自己吃吧！

郭建光　不，我还有……

小　王　你是在骗我。

郭建光　我不骗你，不信你可以问卫生员。小凌你说你那里还有是吗？

小　凌　嗯……还有……

小　王　指导员！（唱【基本调】）

　　　　　　　你待同志情意浓，

　　　　　　　亲如手足一般同。

　　　　　　　你自己伤势比旁人重，

　　　　　　　关心同志还不放松。

　　　　　　　白天四处勤奔走，

　　　　　　　夜里替同志赶蚊虫。

　　　　　　　你忍饥挨饿，

　　　　　　　把粮食省下来，

　　　　　　　省给同志们，

　　　　　　　自己用湖水把饥充。

　　　　　　　指导员，我的亲人呀，

　　　　　　　你病重体弱腹中空，

　　　　　　　吃你这团子我心痛！

郭建光　（接唱）我们是阶级好弟兄，

　　　　　　　为抗日，同在革命队伍中。

　　　　　　　我有困难你照顾，

　　　　　　　你有病我也心痛。

　　　　　　　你刚才饿得昏过去，

　　　　　　　饿坏了身体，

要打鬼子力不从!

小　王　不，我不吃!

叶思中　指导员，我看你们一人一半分了吃吧!

郭建光　不，还是让小王同志吃。

小　王　你不吃，我也不吃。

小　凌　指导员，你就吃吧。

林大根　吃吧，指导员!
张　明

郭建光　你先吃了我再吃。

小　王　不，你先吃。

叶思中　我来给你们分。（把团子一分为二）

郭建光　小叶，你也吃一点。

叶思中　（推让）……

小　王　张明，你肚子也饿了，我分一半给你。

〔一个团子分成了好几块，几乎每人手里都有一小块，但是谁也没有舍得吃。小凌感动得在一边流泪……

郭建光　同志们，这一只团子解决不了问题呀!就算我们每人能吃饱这一顿，可是明天、后天……要是在最近期间，党和群众都有困难，不能来支援我们，那我们怎么办呢?难道有老红军传统的十八个伤员就被这小小的困难吓倒了吗!

林大根　不，我们的前辈，在长征的时候吃树皮草根的困难都战胜了，我们一定要坚持到底。

张松涛　指导员，树皮草根能当饱，那这里的芦根又甜又嫩，不是更可以吃了吗?

郭建光　真的吗?

张松涛　我是阳澄湖边人，这我完全知道。（说罢就拔起一根吃）指导员，你尝尝。

郭建光　（咬一口）嘿，不错呀，又可以当粮食又可以当水果!

叶思中　那我们大家分头去挖芦根!

郭建光　小凌留下来照顾小王同志。

〔大家把团子又集中到小王身边，下。

**郭建光** （对小凌）你命令小王一定要把团子吃脱！（下）

〔场上只剩下卫生员小凌和小王。

**小　凌** 小王，你看这环境多美呀！（体贴地安慰着小王，轻声地）啥人想得到抗日还有得住芦苇疗养院呢！看哪！（唱【夜夜游】）

芦苇疗养院，

一片好风光！

天是屋顶地是床，

青枝绿叶做围墙；

又高又大又宽敞，

世界第一哪个比得上？

月里嫦娥把宫灯照，

巡哨站岗虾兵与蟹将，

喏！还有龟丞相。

天高云淡，野鸭飞翔，

月明之夜，秋虫歌唱。

静静听来意味长，

虫儿好几样，

赛过大合唱。

听！嚁嚁嚁，蟋蟀叫，

呛呛呛，纺织娘；

唧零零，唧蛉子，

咽咽咽咽咽咽，

田鸡蛤蟆叫得响。

双目一闭把精神养，

养好身体上战场，

杀敌有力量！

〔突然起风下雨。

**小　凌** 方才天还很好，怎么一下子就下雨了。小王，我扶你到芦棚里去！

〔小李急上。

**小　李** 不好了，小凌，叶排长呢？

**小　凌** 出了啥事体了？

小　李　张明同志帮我们一起挖芦根，不当心被河水冲走了！

〔这时，叶思中和好几个战士上。

叶思中　在啥地方？

小　李　那边！

叶思中　去告诉指导员，我走了，走！（脱衣跳水）

〔小凌飞奔下，引郭建光上。

郭建光　小叶，你当心啊！

〔众人注视叶思中在水里抢救张明……一个浪头把叶思中卷进水里，众人心情紧张地喊着："不好！"

火德荣　指导员，叶排长有危险……

林大根　张明给浪头冲走了，追不到了！

战士甲　怎么办？指导员，我去！

郭建光　不！怎么水里有三个人？这个同志是谁？水性这样好！看，他将张明同志救起来了！小叶也赶上了。小凌，快去看看！

〔叶思中引沙七龙、张明上。

叶思中　指导员，七龙兄弟来了！

众　人　七龙兄弟！

郭建光　七龙，你好呀！

沙七龙　你们辛苦了，指导员！

郭建光　小凌，好好照顾张明同志！（对沙七龙）七龙，（唱【三角板】）

村里的情况如何样，

乡亲父老可安宁？

日寇一进村来扫荡，

谅你们受尽苦难遭蹂躏！

沙七龙　（接唱）鬼子扫荡三天整，

烧杀掳掠无人性；

田地房屋被摧毁，

鲜血横流满地腥。

更可恨，来了胡传奎与刁德一，

杀人放火害百姓。

还把港口全封锁，

条条舟船拴得紧。

这一下可难住阿庆嫂，

急坏我老娘与众乡亲。

阿庆嫂昨夜叫我送信又送粮，

我走到河边，准备的船只无踪影。

途中遇见天子九，紧紧追问不放轻，

我把他踢进阳澄湖——

这是天子九的枪。（交枪与郭建光，接唱）

我潜入水底才脱险境，

人虽脱身，可是粮食都已冲干净。

郭建光　七龙兄弟，不要难过，阿庆嫂信在哪里？（接过沙七龙递给的竹筒，取出信，唱【三角板】）

同志们，鬼子扫荡未得逞，

勾结"忠义救国军"。

暗里责令刁德一，

要把我们一网打尽。

近来敌人活动很猖狂，

日夜在搜查新四军。

妄想把我们困死在芦苇荡，

切断我们和群众的骨肉亲。

阿庆嫂的处境很困难，

她与县委也断音讯。

叶思中　他妈的，胡传奎、刁德一，不接受我们的劝告，硬要与我们为敌。到时候，非得好好地收拾他们不可！

众　人　对！

张　明　同志们，对呀！打倒日本鬼子……给人民报仇！……

众　人　张明！张明！……

张　明　喔！（又昏过去）

众　人　张明同志！……又昏过去了。

叶思中　他妈的！

318　郭建光　小叶，你又怎样了？

叶思中 （抑制住感情，低声地）指导员，请示县委把我们调出去打日本鬼子算了！

林大根 对！跟他们拼了，打得好一个拼两个，就是一个拼一个也出了这口气了！

小　凌 要拼命也得把伤养好。

郭建光 对呀！卫生员同志讲得对，我们十八个人拼了鬼子三十六个、七十二个，算是报了仇吗？不，鬼子有几十万、上百万的军队来侵略我们，国民党反动派抗日不坚决，边打边退，失去了许多国土，抗日的责任主要在我们肩上。我们要一个变几百个、成千上万个，建立更强大的抗日军，发动更多的老百姓，开辟更大的根据地，才能将鬼子赶下大海，到那时才算报了仇。不过到了那个时候，革命的任务还没有完哪！我不是说在打仗时没有牺牲，但是，不能简单地拼，（对叶思中）你说对不对？（见叶思中点头，又对火德荣）敌人怕他做什么，迟早要被我们打败的。现在是相持阶段，最后胜利是我们的！

沙七龙 对！胜利是我们的！指导员，我马上回去！

郭建光 不！风浪太大有危险，你今天不能回去。

沙七龙 就是因为今朝风浪大，我不能明看着同志们受冻挨饿，我要赶回去告诉阿庆嫂，马上将你们救出去。

郭建光 不！今天不要走了。

沙七龙 为了早让你们把伤养好，早日离开芦苇荡，早日消灭日本鬼子和胡传奎，我走了！（纵身跳入水里）

郭建光 七龙兄弟，小心啊！

沙七龙 指导员！同志们！再见了。（下）

郭建光 同志们，看见吗？人民群众冒着这样大的风险在支持着我们。

（唱【阳血夹基本调】）

胜利属于老百姓，

胜利属于抗日军。

民心归向是标志，

违反民意丧自身。

顽固派愈来愈孤立，

侵略者人民切齿恨。

敌人愈来愈残酷，

百姓仇恨更加深。

好比那，

干柴布满全中国，

党领导，

抗日烽火随风兴。

到处建立根据地，

到处组织抗日军。

军为民，

不怕牺牲流热血，

民为军，

出人献粮无二心。

郭建光
众　人 （唱）人民军队天天强，

敌人死期日日近。

〔突然狂风怒吼，雷声隆隆，电光闪闪，大雨倾盆。

叶思中　指导员，暴风雨来了！湖水也越涨越高了！

郭建光　同志们，日本鬼子和我们作对，可是天老爷也不帮我们的忙，突然起风暴了。就是说，我们的斗争越来越艰巨了，处境也越来越困难了。同志们，我们能不能坚持？

众　人　能！

郭建光　叶思中同志，你前面带路，向地形高凸的地方转移。

叶思中　是！同志们跟我转移。

〔幕内合唱：

"狂风暴雨如山崩，

芦苇荡里浪滚滚。

伤员们，

水淹浅滩难立足，

要与困难作斗争。

作斗争！

作斗争!

冲破困难向前进!"

〔幕落。

## 第六场　开方授计

〔紧接前场。

〔春来茶馆。

〔幕启。风雨漫天，巨浪滚滚。

〔阿庆嫂从湖边拎着一桶水，神情紧张地走至茶馆店门口。

**阿庆嫂**　（唱【快板】）

　　　　　一夜风潮从天降，

　　　　　眼看着黑云盖地白浪滔天!

　　　　　远望芦荡——烟雾弥漫，

　　　　　茫茫一片都不见!

　　　　　近看湖边——湖水拍岸，

　　　　　水涨船高桥脚短，

　　　　　五尺芦苇只没剩了一个尖!

　　　　　十八位同志在水中淹，

　　　　　水中淹，淹……淹……

　　　　　淹在水中我的心里酸!

　　　　　七龙送粮还未归，

　　　　　吉也不知，凶也难猜，

　　　　　有啥人再把信来传!

　　　　　欲向县委请指示，

　　　　　去也困难，来也不便，

　　　　　如今上下断了线。

　　　　　断了线……

　　　　　寸肠九转，

　　　　　也想不出一个好主意。

〔一个伪军揹枪从阿庆嫂面前巡视而过。同时茶馆店内传来胡传奎等人搓麻将的喧闹声。

**阿庆嫂** （唱【三角板】）

　　忽听得恶贼赌博闹声喧，

　　镇静些，

　　敌人就在你眼面前！

〔刁德一内声："阿庆嫂，给胡司令弄点点心来！"

**阿庆嫂** 哎，我马上就来。（定神片刻进内屋）

〔刘副官招呼刁德一从茶馆店内走出来。

**刁德一** 侬迭能神秘，难道发现新四军伤病员的影踪了吗？

**刘副官** 不，是周翻译在等侬。

**刁德一** 他迭格辰光来做啥？

**刘副官** 他讲，他是奉了黑田的命令来了解搜捕新四军伤病员情况的。

**刁德一** 侬又不是不晓得，这几天来新四军伤病员连个鬼影子也没有看见。

**刘副官** 我是迭能同他讲了，他说不行，黑田大佐在发脾气。他讲，今朝一定要听回音！

**刁德一** 好，我就去，侬在此地千万不能走开，来往的人都要一一查问，特别是……（和刘副官咬耳朵）

**刘副官** 是。不过……刁处长，我看新四军伤病员连个影踪也没有，你是不是干脆回头①他们算了。

**刁德一** 你讲什么？

**刘副官** 我是说……不，我是为你着想，不要搞到后来吃力不讨好。

**刁德一** 混蛋！你忘记了，我们的枪支、弹药、军饷是从哪里来的？怎么会长期驻扎在这鱼米之乡？这都是日本皇军对我们器重，我们连几个伤病员都搜查不出来，怎么对得起皇军司令？再说，我们这堂堂"忠义救国军"的招牌不是白挂了吗？不，我刁德一讲啥是啥，一定要拿新四军伤病员统统搜出来，亲手交给皇军不可！（急急而下）

〔刘副官随下。

〔阿庆嫂在屋里听得实在受不了了，冲出来暗暗地骂着。

---

① 回头：回绝。

〔这时刘副官从原路回来。

阿庆嫂　刘副官，侬看我搭侬泡的茶也冷脱了，来，坐坐。

〔刘副官一面坐一面从口袋里摸出扑克牌在桌子上"打五关"。

阿庆嫂　刘副官，你们这几天辛苦了，刚刚侬同刁处长匆匆忙忙到啥地方去？

刘副官　（欲言又止）是……没有啥，随便散散步。

〔沙老太急匆匆地来到茶馆店门口，阿庆嫂暗示她此刻不能来，沙老太又退回。

〔忽然传来赌博声，阿庆嫂趁此要打发刘副官离开此地。

阿庆嫂　刘副官，我倒想起来了，刚才好像胡司令在找你。

刘副官　噢？

阿庆嫂　今天胡司令手气很不好，搓麻将两脱底①了。

刘副官　他又输啦！

阿庆嫂　嗯，侬要当心点。

〔刘副官进茶馆店内，阿庆嫂引沙老太上。

沙老太　阿庆嫂，七龙回来了。

阿庆嫂　指导员碰着哦？

沙老太　碰着了。不过七龙出事体了！

阿庆嫂　怎么？

沙老太　（唱【三角板】）

　　　　七龙他，半路上碰着天子九，
　　　　送粮的小船不见了。

阿庆嫂　后来呢？

沙老太　（唱）他把天子九打死在阳澄湖，
　　　　昨夜又突然起风潮，
　　　　七龙他只得游水进芦荡，
　　　　人虽到，可是粮食未送到。

阿庆嫂　我给指导员的信呢？

沙老太　信交给指导员了。

———————————
① 两脱底：输去两个底数。

323

| 阿庆嫂 | 同志们情况怎样？ |
|---|---|
| 沙老太 | （唱【基本调】） |

        同志们，

        无医无药硬把病来挺，

        伤口化脓在水中泡。

        湖水上涨节节高，

        同志们怎么受得了。

        生死关头在今宵，

        一分一秒也难熬！

| 阿庆嫂 | 七龙兄弟人呢？ |
|---|---|
| 沙老太 | 在村口。 |
| 阿庆嫂 | 妈妈，侬叫伊到此地来。 |
| 沙老太 | 到此地来？ |
| 阿庆嫂 | 嗯！胡传奎在里厢搓麻将，我是走不开的。 |
| 沙老太 | 好！（下） |

〔沙老太领沙七龙上。

| 沙七龙 | 阿庆嫂，我…… |
|---|---|
| 阿庆嫂 | 昨天夜里突然起风潮，我晓得你是有困难的。 |
| 沙老太 | 阿庆嫂，指导员带了伤员们怎么办呢？ |
| 阿庆嫂 | 船只被他们封锁，我们的困难更多了。要想办法弄条船。 |
| 沙七龙 | 对，我拼死要弄到一条船。 |

〔刘副官从茶馆走出。

| 刘副官 | 哪能？弄啥？ |
|---|---|
| 阿庆嫂 | 刘副官，他想弄条船，侬有办法哦？ |
| 刘副官 | 弄条船？（指沙七龙）迭格啥人？ |
| 沙老太 | 是我儿子。 |
| 刘副官 | 是侬儿子，哪能没有看见过？ |
| 阿庆嫂 | 刘副官，这个小囝在生病，困在床上好几日没有出门，难怪侬不曾看见过呀！ |
| 刘副官 | 嗯，（看看沙七龙面黄肌瘦，倒也相信了）噢！在生毛病。 |
| 阿庆嫂 | 刘副官，他们娘两个和我商量，嗒，这个小囝有病，想到城里去 |

看病，呒没船，有病又走不动。他们特地来找我，要我在司令面前说个情，弄条船，到城里去摇个来回……

刘副官　摇只船到城里去，摇个来回？

阿庆嫂　要是侬勿放心，我来陪他们去一趟。

刘副官　阿庆嫂，算了吧！你又不是不晓得的，刁处长怀疑那芦苇荡里有新四军伤病员，才把船只集中在一起封了港口，断绝他们来往。（拉阿庆嫂到一边）告诉你啊！那天和你吵嘴的天子九，昨天夜里在河边巡哨，突然失踪了！

〔沙七龙在旁边与沙老太对视示意。

刘副官　还有一个姓陈的新四军，专门乔装改扮，到处活动，还在招兵买马。风声这样紧，勿来事①格。

阿庆嫂　谢谢你的关照！那么姓陈的新四军到底碰着过哦？

刘副官　这家伙神出鬼没，哪能碰得着呢？

〔幕内传出走方郎中的"摇货掌"声，同时有哨兵喊"站住"声。

刘副官　什么人？

〔伪军内声："是医生，看病的。"

〔陈天民上，手拿"摇货掌"摇着。

陈天民　（唱【道情调】）

空中悬日月，

笔下传奇方。

赛华佗，

家住常熟迎春堂，

三代祖传名儿扬。

疫痨疬病，疑难杂症，

妙手回春，指日可望。

阿庆嫂　先生！

陈天民　病家不用张口，能知病情根源。

刘副官　（心疑，过来问）哎，你是哪里来的？

陈天民　噢！先生。我是常熟城里，城隍庙隔壁第二家，三代祖传，赛

---

① 勿来事：办不了。

华佗。

**刘副官** 良民证有哦?

〔陈天民拿出给刘副官看。

**刘副官** 啥人叫你到此地来乱跑?

**陈天民** 我们是专走江湖,四海为家,不知道此地好来不好来。

**刘副官** 此地不好来,走走走。

**陈天民** 噢!噢!(看看阿庆嫂,要走)

**阿庆嫂** (欲前,喊陈天民)先生。

〔陈天民站停。

**刘副官** 做啥?

**阿庆嫂** 刘副官,这个先生来得巧。本来七龙要到城里去看病,既然先生是走过此地,就让他来替这个小团看看病吧!

**刘副官** 勿来事的。阿庆嫂,侬不是不晓得,刁处长关照过的,随便啥人不好来此地乱跑。

**阿庆嫂** 刘副官,人家也苦恼,有病不能下田,就让他们看看么就好了。我想胡司令这点小面子肯卖的。

**刘副官** 我不好作主,好在胡司令在里厢,我去叫他,侬去搭伊讲。

〔茶馆内突然出现翻掉麻将桌子的声音和胡传奎输钱发脾气的谩骂声……

〔胡传奎上。

**胡传奎** 啥事体?

**刘副官** 噢!胡司令,他们要看病。

**胡传奎** 是啥地方来的?

**阿庆嫂** 胡司令,事体是这样的,迭个团(指沙七龙)身上有毛病,要到城里去看医生,要弄条船,船只已封锁。正巧这个先生走过,我想就请这个先生看一看,刘副官讲——胡司令这点小面子是总肯卖的,就是怕刁处长晓得要害司令做难人格,所以我吓来不敢讲。

**胡传奎** (生气)哪能刁处长放个屁也香的,拾着鸡毛当令箭。

**阿庆嫂** 对也对的,要是出了事体,我在司令面浪①勿好交代;巧格,这

---

① 面浪:面上。

位先生走过，就让他看看吧！

**胡传奎** （对阿庆嫂）看看，看看。

**阿庆嫂** 胡司令啊，今朝手气不好？

**胡传奎** 勿话啥，三底脱光啦，出来兜兜青龙①。

**阿庆嫂** 胡司令啊，这趟坐下去，保险三副腊子②。

**胡传奎** 好格，依侬金口，和仔腊子取红铟。

**阿庆嫂** 和仔腊子取红铟，取红铟。

**胡传奎** 刘副官，天子九呢？

**刘副官** 我寻了好久没有寻到。

**胡传奎** 去寻，饭桶！（进屋）

**阿庆嫂** 七龙啊，过来请医生看看病吧。先生，伊格病——（暗示给陈天民）心里急来！

**陈天民** 哎呀，病家不用开口，能知病情根源。说得对，就吃我的药；说得不对，不取分文。列位，这个本事是三代祖传，绝不欺人。

**刘副官** （感到新奇有趣，插嘴）哎，病家不用开口，就知病情根源，三代祖传。侬勿要吹牛，我倒要看看侬有多少本事来。

**陈天民** （把了脉，看过舌头，点点头）阿嫂，老太，小兄弟的毛病我晓得了。说得对，就讲对，我好用药。

**刘副官** 快讲，不要噜苏。

**陈天民** 各位听了。（唱【阳血】）

　　　　心里闷来头里涨，

　　　　好比千斤大石压胸膛。

**刘副官** 慢！（对沙老太）侬讲他讲得对不对？

**沙老太** 是的呀，刚刚他是讲心里闷来。

**阿庆嫂** 噢！我倒想起来了，刚刚侬不是告诉我，讲迭格小囝呒没清头③，昨日下半日吃仔两只冷的糯米团子，吃坏脱哉。

**刘副官** 迭格人，有点本事格。

**陈天民** （唱【基本调】）

---

① 兜兜青龙：去掉晦气。
② 腊子：打牌的名称。
③ 呒没清头：没头脑。

　　　　　　　他是内有病来又有伤，

　　　　（意指芦苇荡里的伤员）

阿庆嫂　　（领会地）嗯。

陈天民　　（接唱）受了风寒着了凉，

　　　　　　　再加上平时饮食不周到，

　　　　　　　天时一变就痛难当。

　　　　　　　到如今，

　　　　　　　三焦阻隔上下不通气，

　　　　（意指上级关系没有接上，接唱）

　　　　　　　难怪他，

　　　　　　　心虚体弱肝火旺。

阿庆嫂　　刘副官，迭格团肝火旺，刚刚对你犟头立颈，侬勿要动气。

陈天民　　迭格小兄弟毛病要早点看呀，再拖下去就很危险呀！

阿庆嫂　　（双关地）先生，病源你是讲对了，不过总要想个办法救救伊呀！

陈天民　　先把伤吊出来，伤吊出之后病也就好了。

阿庆嫂　　吊出来！

陈天民　　嗯。

阿庆嫂　　有仔伤么，啥人不想吊出来，侬个先生讲得阿要呒没路呀。①

刘副官　　有仔伤么总想吊出来，阿要呒没路呀！

陈天民　　列位，开张方子吃了迭帖药，包侬有路！

　　　　〔阿庆嫂与刘副官打纸牌，分散他的注意力。

陈天民　　（唱【基本调】）

　　　　　　　这一张秘方非寻常，

　　　　　　　定能脱险取出伤。

　　　　　　　共有草药足九味，

　　　　　　　味味重头药性强。

　　　　　　　防风水香与没药，

　　　　　　　当归天冬不能忘。

　　　　　　　最要紧，

①　全句意思是说把伤病员转移到哪里去。

　　　　寄生红花与石蜜，

　　　　村醪半斤赛高粱。

　　　　若问此方妙何处？

　　　　妙处全在药名上，上，上，上。

阿庆嫂　喔唷，刘副官，给侬打得赤脚喏！

　　　〔刘副官从陈天民手中拿过方子来。

阿庆嫂　（从刘副官手中拿回）噢！刘副官，侬要看啊，俚也看不懂呀！

陈天民　阿嫂，马上想法把药配来，浸在酒里，只能浸一夜，不能多浸，注意封口以防走气。

阿庆嫂　看来迭格先生本事么有点格，就是闲话太多了。

刘副官　真是歹戏多锣鼓。

陈天民　侬讲我闲话多，我还要来噜苏两句。噢，这个药要在临睡时服，如若到天亮还不见效力，可以到常熟城里来找我，车马费由我赔偿补贴。

阿庆嫂　哟！说得迭能跷硬。好吧，如果真的灵验，我亲自带伊拉娘两个登门拜谢。

刘副官　毛病看好了，好走啦，走走走。

阿庆嫂　先生走好，今朝天勿好，路上要当心。

陈天民　不要紧，我俚走江湖串四方，走惯了崎岖不平之路，不必为我操心，还是照顾病人要紧！（下）

刘副官　喔，阿庆嫂，我去寻寻天子九。

阿庆嫂　刘副官，等一等有空再到茶馆里来吃杯茶。

　　　〔刘副官边应边下。

阿庆嫂　（揭开门帘向内看一看，悄悄地）七龙，妈妈，刚才迭格先生给俚指出一条路来哉。

沙老太　是呀！我听句句有因头。

沙七龙　是呀，他说把伤吊出来，是不是叫俚把伤病员救出芦荡呀？

阿庆嫂　是迭格意思。

沙七龙　可是把他们转移到哪里去呢？

阿庆嫂　他讲要同志们当天速寄红石村。

沙老太　（惊异地）啊！我没有听到伊迭能讲呀！

沙七龙　我也没有听见。

阿庆嫂　哪能吭没听见他讲？他讲共有药名足九味，味味重头药性强，若问此方妙何处？妙处全在药名上。上，上，上。就是讲叫侬看药名的第一个字。（取方）看！防风，水香，没药，是"防水没"三字。

沙老太
沙七龙　对！对！是"防水没"三字。

阿庆嫂　下面当归、天冬。

沙老太　这不是"当天"两字吗？

沙七龙　对！是当天。

阿庆嫂　下面寄生的寄，红花的红，石蜜的石，村醪的村，连起来是"防水没，当天寄红石村"。（唱【基本调】）

　　　　　县委指示写得清，

　　　　　将伤员速寄红石村。

沙老太　（唱【基本调紧中板】）

　　　　　要救伤员非容易，

　　　　　湖中船只封锁紧。

　　　　　伤员无船不能行，

　　　　　怎样能当夜转移红石村？

阿庆嫂　（唱【基本调紧板】）

　　　　　妈妈你讲得对，

　　　　　伤员无船难脱险。

　　　　　可是先生临走三叮嘱，

　　　　　救伤员只能在半夜前。

　　　　　同志们为了保国保家乡，

　　　　　南征北战流血汗。

　　　　　为了乡亲父老不被鬼子欺，

　　　　　吃苦受累赴汤蹈火抢在先。

　　　　　走狗汉奸心狠毒，

　　　　　一心想困死伤病员。

　　　　　偏偏老天也刁难，

水没芦荡将同志淹。

十八位同志和我们都一样，

妈妈，七龙啊！

我们苦难人的心儿紧相连。

哪怕刀山火海困难大如天，

也要把革命同志来保全。

眼看那狂风大来水浪急，

伤员们已经熬了一夜天。

十八位同志有伤有病又饥又寒，

又没有一条船，

怎受得那狂风打暴雨淋，

湖水冲淹。

想办法更要争时间，

哪怕是困难重重在当前，

我们也要千方百计弄到船，

免得同志们在芦荡遭危险。

沙老太　（急得老泪纵横）可是没有船哪能办呢？

沙七龙　（突然地）我有办法。

阿庆嫂　啥？

沙七龙　让我游水过去把同志们一个一个背到红石村。

阿庆嫂　不行，侬要来回背十八趟，就算侬有迭能好格水性，也没有这样大的力气，可是风大浪急有危险啊！

沙老太　阿庆嫂，侬就让七龙去吧！背回来一个好一个，总比……

阿庆嫂　勿，十八位同志是革命的火种，一个也不能少！

沙七龙　格哪能办呢！

阿庆嫂　船倒是有几十条，可惜就是被敌人封锁了，要是浪头能把缆绳打断，一阵狂风吹两条船到芦荡里去有多好啊！

沙老太　那就谢天谢地了！

沙七龙　（忽有所悟）有了！（唱【流水板】）

让我跳到水中去，

水底里砍断缆绳，

推了船只就动身。

看起来，

空船随风来漂荡，

哪知水底却有人。

只要汆出半里路，

大湖中烟雾弥漫就看不清。

舟船一到芦苇荡，

将伤员送到红石村。

**阿庆嫂** 七龙兄弟，眼前只有迭条路，侬有一身好水性，敌人只知道船在水面上漂，不知有人，拿侬呒没办法，这桩事体只有侬去完成了。同志们要两条船，侬有办法吗？

**沙七龙** 两条船……有。

**阿庆嫂** （发现沙老太在一旁沉思……）妈妈你看……

**沙老太** 阿庆嫂，就让他迭能做吧！再也不能耽搁辰光了。（拉住沙七龙手，唱【流水板】）

你要胆大心细多谨慎，

救出同志出芦苇荡。

你可知，

十八个伤员一个娘，

十八条性命都在你身上。

〔阿庆嫂升起红灯。

**阿庆嫂** 同志们看见了红灯，就晓得党和群众来接应他们了。（对沙老太）侬先回去吧！

**沙七龙** 阿庆嫂，我走啦。（跳入水中）

〔同时阿庆嫂将一桶水倒入河中。

〔胡传奎从内上。哨兵、刘副官同上。

**哨　兵** 哪一个？

**刘副官** 啥人？

**阿庆嫂** 倒脱一桶水呀！

〔幕落。

# 第七场　行舟露迹

〔紧接前场。

〔阳澄湖边。

〔二道幕外。刁德一、周翻译在湖边察看地形后，刁德一准备送周翻译上汽艇，一伪军替他俩撑伞在后跟着。

**周翻译**　刁处长啊，你们进村好几天啦，哪能连新四军的影子也没有抓到，你迭条地头蛇吼没苗头么？

**刁德一**　唉！迭格就叫一朝天子一朝臣，新四军到过此地，老百姓全中仔新四军的毒，人心变了……一问三不知。

**周翻译**　那老兄在皇军面前拍格胸呢？……

**刁德一**　（自负地）这一点还请周先生放心，大丈夫绝不食言。再说我与新四军迭盘棋还没有定局，只是时间上面……还望周先生在皇军面浪缓冲缓冲……

**周翻译**　那还用说。不过，我看你们胡司令对抓新四军，好像还没有搓麻将这样热心啊！

**刁德一**　（轻蔑地）胡司令！还不是叫伊朝东就朝东，包在我身浪。如今令妹下嫁，周先生与胡司令成了郎舅亲，一条裙带拖住他一条腿，日后只要令妹一指点，不怕胡司令心不向皇军，这就叫"曲线救国"。

**周翻译**　哈……

**刁德一**　哈……

〔周翻译与刁德一同时发现船。

**周翻译**
**刁德一**　船？

**刁德一**　（唱【三角板】）

我下令封江两天整，

怎会有小船在水面氽？

莫不是，风大吹得缆绳断，

空舟漂泊顺水行。

（拿望远镜看，接唱）

　　　　不对！水流向东船向西，

　　　　逆水行舟万不能！

　　　　分明其中有毛病，

　　　　嘿嘿，说不定，

　　　　有人暗通新四军。

张德标，马上替我拉一排人出来！周先生，你到我家中稍坐片刻，汽艇借我一用，我马上带些人追上去。老兄，我看新四军这盘棋好定局了。

**周翻译**　我听好消息！

〔灯暗。

# 第八场　雨中转移

〔紧接前场。

〔芦苇荡。

〔幕启。湖水骤涨，巨浪滚滚。战士们手拉手站在一高墩上，遥望春来茶馆方向的红灯，流露着兴奋而又带些紧张的心情。

〔幕内合唱：

　　　　"手拉手，心连心，

　　　　风浪冲不倒坚强的人。

　　　　遥望着，

　　　　春来茶馆红灯亮，

　　　　指导员，

　　　　一丝微笑等喜讯；

　　　　战士们，

　　　　喜望红灯心明亮，

　　　　只等佳音脱险境。"

**众战士**　啊！红灯！

〔幕内合唱：

　　　　"啊！

　　　　　　　只见红灯往下沉。"

　　　　〔战士们不安地议论着……

郭建光　（唱【基本调】）

　　　　　　　收红灯，

　　　　　　　暗向我们报凶讯。

战士甲　啊呀，红灯收下来，出了啥事体啦？

战士乙　是呀，出啥事体啦？

战士丙　为啥红灯刚升起来，又收下来了？

郭建光　同志们，静一静。（唱【三角板】）

　　　　　　　眼见这红灯，

　　　　　　　升起又落下。

　　　　　　　分明突然起变卦，

　　　　　　　同志们须要沉住气。

　　　　　　　我们要，

　　　　　　　仔细分析做安排。

　　　　林大根！

林大根　到！

郭建光　（接唱）你立刻涉水到荡口，

　　　　　　　将四周动静来观察。

　　　　　　　发现敌情速汇报，

　　　　　　　丝毫不能有偏差。

林大根　是。（下）

　　　　〔战士们期待地望着郭建光。

郭建光　同志们！我们进芦荡——（唱【基本调】）

　　　　　　　已有五天整，

　　　　　　　阿庆嫂身陷困境难接应。

　　　　　　　胡传奎部队封锁紧，

　　　　　　　我们被困在芦荡难进村。

　　　　　　　几天不见红灯升，

　　　　　　　分明是阿庆嫂未获县委讯，

　　　　　　　昨夜风雨起，

今夜红灯升。

定然是县委下指示，

阿庆嫂向我们报喜讯。

众战士　那为啥又收起红灯来了呢？

郭建光　（接唱）收红灯说明有情况，

我们要作好准备看动静。

〔林大根急上。

林大根　报告！

郭建光　说！

林大根　发现有人推两只空船向这里游来了。

〔郭建光示意叶思中带人下，自己也隐身一旁。

〔沙七龙上，找寻。

〔郭建光看出是沙七龙，出来。

郭建光　是七龙！

沙七龙　指导员，同志们呢？

郭建光　同志们！是七龙兄弟来了。

〔众人上，围住沙七龙。

郭建光　七龙兄弟，你把情况向同志们讲讲。

沙七龙　阿庆嫂接到县委指示，要你们马上转移红石村。

众战士　红石村！

沙七龙　指导员，我弄来两条船，快上船吧！

郭建光　慢，同志们，情况很明白，阿庆嫂收起红灯，是说明七龙的船已
被敌人发现了。

沙七龙　指导员，快叫同志们上船走吧！

郭建光　不能，船已被敌人发现，走不了啦。

沙七龙　那哪能办呢？

郭建光　叶排长！

叶思中　到！

郭建光　你坐一条船朝东南面梅园方向到适当距离，你就——

叶思中　（抢白）我就打响双枪，转移敌人目标。

郭建光　（赞许地）对！

沙七龙　指导员，我来保四哥的驾。

郭建光　好，你们把敌人目标转移之后，就放弃这条船，游水到红石村，有你这个"浪里白条"保驾更好，而且还要你把你四哥护送到红石村。

沙七龙　是。

郭建光　七龙同志，这任务又艰巨又危险，你?

沙七龙　坚决完成任务。

郭建光　（宽慰地）好，立即执行任务。

〔两人欲下，沙七龙又回头。

沙七龙　指导员，我有一个要求。

郭建光　啥?

沙七龙　我跟你们到了红石村，不回去了。

郭建光　喔! 不回去了，为什么?

沙七龙　我参加革命。

郭建光　好。

〔沙七龙、叶思中下。

郭建光　同志们，跟我来!（下）

〔众战士随下。

〔静场片刻。天幕上出现汽艇。远处枪声，汽艇向枪声方向下。

〔郭建光带领战士们摇船过场。

〔静场。幕后枪声，众伪军、刁德一上。

刁德一　奇怪，一歇歇船就不见了，搜索!

〔伪军四处搜索。

伪军甲乙丙　报告! 没有!

刁德一　（怒骂）笨蛋!

〔伪军丁上。

伪军丁　报告，有、有……

刁德一　快说，有什么?

伪军丁　有、有一只粮袋。

刁德一　（拿来一看，粮袋上印有"沙记"字号，自语）喔，沙记！（面对粮袋）有了你，还怕查不出新四军伤病员的线索吗？

〔幕落。

## 第九场　捕捉舌头

〔数月后某天傍晚。

〔路旁。

〔二道幕外。沙七龙和叶思中上。

沙七龙　四哥，哪能到现在还不来，我实在耐不住了。（要走）

叶思中　七弟！（阻止）

沙七龙　四哥，侬吮没听见阿庆嫂讲妈妈已被他们抓起来了。

叶思中　侬要哪能？

沙七龙　（唱【散板】）

　　　　我爹死在刁家手，

　　　　我哥哥的血债还在心头；

　　　　一家人死的死来走的走，

　　　　如今我妈妈又入虎口。

　　　　从前是手无寸铁苦忍受，

　　　　如今有缴来手枪拿在手。

　　　　我要杀死这恶贼把妈妈救，

　　　　我要冤报冤来仇报仇！（摔手就走）

叶思中　七弟！（阻止，唱【三角板】）

　　　　你的冤就是我的冤，

　　　　你的仇也是我们大家的仇。

　　　　七弟啊！（走近身边）

　　　　你我两人只有四只手，

　　　　即使杀了两个恶贼头，

　　　　又怎能抽出身来去把妈妈救？

沙七龙　（愣住了）……

叶思中　（接唱）我们是抗日游击队，

　　　　三大纪律要遵守，

　　　　服从命令听指挥，

　　　　才能够保证胜利去战斗！

　　　　恶贼定要杀，

　　　　妈妈定要救，

　　　　领导自有好计谋。

根据阿庆嫂的情报，胡传奎要结婚，派心腹刘副官到常熟去采办东西，回来一定要经过此地。

〔战士林大根乔装卖香烟的，从路旁过来和叶思中耳语。叶思中等随即下场。

〔刘副官上。

**刘副官**　（唱【汪汪调】）

　　　　司令定亲，喜气洋洋，

　　　　叫我到，

　　　　常熟城里跑仔一趟。

　　　　请县长，请局长，

　　　　买首饰，办嫁妆，

　　　　买鸡买鸭还买猪羊。

　　　　司令说，

　　　　这趟喜事办得好，

　　　　副官高升当团长。

　　　　也算我，额角头上澄澄亮，

　　　　办喜事，捞着一票大横档，

　　　　趁机会，自家屋里跑一趟。

　　　　〔林大根上。

**林大根**　先生，先生，香烟要哦?

**刘副官**　不要，不要！

**林大根**　先生，我苦恼，你就买一包吧！

**刘副官**　去，去，去。

**林大根**　先生，我娘生病，已经三天没有吃了，做做好事，你就买一包吧！

**刘副官**　啥个俚娘生病，俚娘死脱我也不关。

| 林大根 | 先生，这是中国香烟，不是日本香烟，你就买一包吧！ |
|---|---|
| 刘副官 | 啥个中国香烟，我不要吃。 |
| 林大根 | 你勿吃中国香烟，要吃日本香烟，是汉奸！ |
| 刘副官 | 侬讲啥？ |
| 林大根 | 我讲你是汉奸，汉奸！ |

〔刘副官欲拔枪打林大根。

〔叶思中内声："不准动！"一枪击掉刘副官的帽子，上。

| 刘副官 | 你们是啥人？ |
|---|---|
| 叶思中 | 是江南抗日游击队。 |
| 刘副官 | 啊呀，是游击队。 |

〔叶思中、林大根绑住刘副官，押走。陈天民、郭建光等人上。

| 叶思中 | 报告指导员，刘副官捉到了。 |
|---|---|
| 陈天民 | 你是胡传奎手下的刘副官吗？ |

〔刘副官连连点头。

| 陈天民 | 胡传奎投敌反共，无恶不作。你是他的副官，今朝将你逮捕了，要以军法严办。 |
|---|---|
| 刘副官 | 长官饶命，我呒没做过坏事体。 |
| 郭建光 | 我问侬那次日本鬼子大扫荡，你帮助鬼子烧村庄、杀百姓…… |
| 刘副官 | 这不是我自己要去的，是胡传奎要我去的。 |
| 陈天民 | 那次带了多少人？ |
| 刘副官 | 呒没带多少人，只有三四十个。 |
| 陈天民 | 胡传奎手下现在有多少人？ |
| 刘副官 | 讲起来有一千多，实际上只有四五百。 |
| 陈天民 | 有多少武器？ |
| 刘副官 | 武器也不多，只有两三百根长短枪，六挺机关枪，还有些手榴弹，橡皮船是最近日本人送给他的。 |
| 陈天民 | 为啥无缘无故逮捕沙老太，可是你去的？ |
| 刘副官 | 是刁处长去捉的，不关我啥事体。 |
| 陈天民 | 现在关在什么地方？ |
| 刘副官 | 关在胡传奎的司令部里。 |
| 陈天民 | 听说胡传奎要结婚了？ |

刘副官　是的，是刁处长做的媒人，把周翻译的妹妹嫁给他。

陈天民　结婚的日期定在什么时候？

刘副官　是本月廿三。

陈天民　请了多少客人？

刘副官　请了县长、局长、大队长，还有日本司令也请了。

陈天民　你这些话都是真的吗？

刘副官　是真的，我不敢说谎。要是说谎，你枪毙我好了。长官，我现在都讲了，求你放我回去吧！

郭建光　放你回去？暂时还不能。等到能够让你回去的辰光，会派弟兄们送你回去的。暂时只能委屈你几天了。来，带下去。

〔陈天民暗示郭建光布置任务。

郭建光　叶排长，命令你把会吹、弹、打、唱的同志们组织起来，在三天之内练好一副戏班子和一个江南丝竹的小堂名。

众战士　戏班子？小堂名？

陈天民　对！同志们，县委和阿庆嫂送来的情报与方才刘副官的口供，情况基本是一致的。胡传奎顽固不化公开投敌已经完全证实，这就是说，我们再也没有争取他的必要了。本月廿三胡传奎和周翻译的妹妹结婚，这是一个有利时机。因此上要你们扮作戏班子、小堂名混进沙家浜。到那个时候……（做打击的动作）明白了吗？

众战士　明白！

〔灯暗。

## 第十场　虎口交锋

〔数日后。

〔胡传奎司令部。

〔幕启。胡传奎、刁德一在等候沙老太的口供。

胡传奎　刁处长，哪能办？

刁德一　老太婆真是老口。

〔张德标上。

张德标　报告，老太婆还是不肯招。

胡传奎　拉出去枪毙。

刁德一　慢！黑田要她的口供，不是要她的老命。

胡传奎　我迭格司令连枪毙一个人的权力也没有，算啥格名堂呢？

刁德一　杀一个老太婆是小事体，可是迭根线断脱，查不出新四军伤病员
　　　　倒是大事体。

胡传奎　哼！看侬格苗头！

刁德一　张德标，再上次老虎凳！

张德标　是。（下）

刁德一　胡司令，侬看阿庆嫂迭格女人哪能？

胡传奎　侬对她有怀疑吗？

刁德一　我对她有点不大放心！

胡传奎　侬有根据吗？

刁德一　侬还记得吗？那天我们要派人到阳澄湖里去捉鱼捉蟹，突然有人
　　　　跳水，迭格事体发生在春来茶馆店附近。……再说，天子九被打
　　　　死在阳澄湖，说不定也是政治阴谋。

胡传奎　侬讲阿庆嫂会有迭能大格胆量吗？

刁德一　更可疑的是，两只船失踪的地点也是在她附近。船肯定是沙七龙
　　　　偷的，但是幕后指使人说不定也是阿庆嫂。

胡传奎　那就把她捉得来，像对付沙老太一样，给点颜色她看看。

刁德一　不，现在根据还不充足。

胡传奎　那怎么办？

刁德一　我当然有办法，司令不是要办喜事吗，今朝去请她来，表面上，
　　　　是请她帮侬办喜事，实际上是……（与胡传奎耳语）

胡传奎　（咬牙切齿地）要是迭格女人真是共产分子，我就叫她白刀子
　　　　进，红刀子出！
　　　　〔伪军上。

伪　军　报告，阿庆嫂求见。

刁德一　哟，她倒是先来了。

胡传奎　请。

　伪　军　是。（下）

刁德一　张德标！

〔张德标上。

张德标　有。

〔刁德一和张德标耳语。

〔阿庆嫂出现在门口，室内传来拷打之声。

阿庆嫂　胡司令，恭喜呀！

胡传奎　阿庆嫂，请坐，请坐！

刁德一　侬是稀客，怎么有空来？

阿庆嫂　我是来贺喜的！胡司令，新娘子花轿准备好了吗？

胡传奎　还没有。

阿庆嫂　（唱【吴江歌】）

　　　　常言道，酒水只要看台面，

　　　　讨娘子花轿最要紧，

　　　　挂灯结彩场面好，

　　　　吹弹打唱动人心。

　　　　若说酒水办得好，

　　　　都夸你，为人四海讲交情；

　　　　若说是，请到名家第一手，

　　　　更显得，交际广阔根基深。

　　　　刁处长，你说对吗？

刁德一　阿庆嫂，你真热心。

胡传奎　对，对！阿庆嫂，你要帮帮我格忙呀！

阿庆嫂　这个还要侬讲吗？（唱【吴江歌】）

　　　　先到苏州定打唱，

　　　　再到杭州定纱灯。

　　　　苏州打唱名声重，

　　　　杭州灯彩颜色新。

　　　　陆家浜鼓手称第一，

　　　　我和他们江湖来往有交情。

　　　　司令呀！

　　　　别样礼品送勿起，

343

送一班江南丝竹小堂名。

胡传奎　啊呀！又破钞侬啦！

阿庆嫂　这是人生在世的大喜事。

刁德一　来，来！吃杯茶。

阿庆嫂　我还刚刚知道刁处长会这样客气。司令啊！酒水怎样了？

胡传奎　还没有定呢！

阿庆嫂　（唱【小快板】）

　　　　说起办酒水，

　　　　厨师最要紧。

　　　　我有个姨夫在上海，

　　　　十八把铲刀最出名。

　　　　只要司令出声口，

　　　　我马上回去写封信，

　　　　包教他，立刻赶到沙家浜，

　　　　沙家浜，名酒好菜待客人。

胡传奎　好格，拜托侬。

刁德一　（生气地对张德标）老太婆招了没有？

　　　　〔伪军上。

伪　军　报告，老太婆昏过去了。

刁德一　用冷水喷醒！

阿庆嫂　喔唷，司令，你们有公事在身，我在此不便。刁处长，我走了。

　　　　〔阿庆嫂走到门口被张德标拦住。

阿庆嫂　刁处长迭格算啥？

刁德一　我们在此地办公事跟侬没有关系，请侬在旁边等一等。

　　　　〔沙老太被推上。

胡传奎　老太婆，侬到底招不招？

沙老太　招啥？

胡传奎　芦荡里的新四军是不是你儿子送走的？

沙老太　不晓得。

胡传奎　迭格幕后拉线人侬晓得哦？

沙老太　拉啥格线？

胡传奎　侬再装胡羊①，我就……

　　　　〔胡传奎动手要打沙老太，被刁德一拦住。

刁德一　哎！慢一点，司令，有话好说。（对沙老太）老太太，好好想一想，你再不要糊涂。（唱【基本调】）

　　　　　　新四军待你有啥好？

　　　　　　为啥要，死心塌地去帮忙？

　　　　　　我刁德一，兔子不吃家边草，

　　　　　　终究是，同乡之谊交情广。

　　　　　　只要招出新四军，

　　　　　　侬要活命有希望。

　　　　〔沙老太不理。

刁德一　阿庆嫂，你说对吗？侬与司令有交情，与老太太是邻居，阿庆嫂，我看还是你来劝劝伊吧。

阿庆嫂　处长也不来事，我有啥格办法？

刁德一　我看侬比我有办法。

阿庆嫂　好吧！让我试试看，不过迭格老太脾气我是有点数，恐怕也不来事。（走到沙老太面前）老太，老太，侬迭能大一把年纪啦，迭格是性命交关格事体啊！我看侬只要讲出来仔么，事体就完了……

沙老太　（领会了阿庆嫂的意思，不语）……

阿庆嫂　讲啊！老太，侬应该好好格想一想，啥人好，啥人坏？

刁德一　对了，阿庆嫂，侬倒讲讲看，啥人好，啥人坏？

阿庆嫂　刁处长，好像今朝侬是在审问我嘛！胡司令，侬来讲讲看。

胡传奎　嗯……

沙老太　我来讲。（唱【赋子板】）

　　　　　　哪个好来哪个坏，

　　　　　　老百姓早就看清爽。

　　　　　　八一三，

　　　　　　日本鬼子打上海，

　　　　　　杀人放火奸淫掳掠似虎狼。

---

① 胡羊：不懂。

杀得尸骨如山堆，

鲜血满地淌；

烧得一片是焦土，

到处是荒凉。

有良心的中国人，

谁也不愿国家亡。

新四军，

东进江南来抗日，

老百姓，

当然欢迎都敬仰。

难道说，

支援抗日犯了罪，

你们通同日寇倒无妨？

你们是"忠义救国军"，

手里有刀也有枪，

为啥专打一心抗日的新四军，

反而不去打东洋？

刁德一　侬懂格啥？

沙老太　懂格啥？（接唱）

我问你，

新四军与你有什么仇？

为什么，

狠毒心肠不轻放？

日本人给你什么恩？

为什么，

帮着鬼子来扫荡？

你们是"忠义救国军"，

忠在哪里，义在何方？

我问你救的是哪一国，

为啥不救中国帮东洋？

汉奸走狗卖国贼，

> 我早就识透你们狗心肠！

**胡传奎** 你胡说，抓起来！

**沙老太** （接唱）你有理——

> 对着百姓当面讲；
>
> 不讲理，
>
> 把我千刀万剐也无妨！
>
> 新四军一定会到此来，
>
> 你们的狗命也活不长。

**胡传奎** 拖下去！我要她尝尝我的杀手锏，开肠破肚把她的心挖出来给我过酒吃！

**阿庆嫂** （旁唱【散板】）

> 千钧一发在眼前，
>
> 我定要相救老母亲。

〔沙老太被拉出去。

**阿庆嫂** 司令！

**刁德一** 慢点执行，阿庆嫂有话讲。

**阿庆嫂** 我要走了！倷在此地杀人，真是汗毛凛凛，我还有啥个话敢讲。

**刁德一** 沙老太是依格邻居，难道依见死不救吗？

**阿庆嫂** 刁处长，沙老太有人会来救她的。

**胡传奎** 啥人？

**阿庆嫂** 既然沙七龙救了新四军，我相信新四军也一定会来救沙老太的。

**胡传奎** 我真格杀脱她，看他们来救啥人？

**阿庆嫂** 是呀！依杀脱沙老太，当然没有人来救她了，不过倷要捉新四军格事体么……

**胡传奎** 依是讲把沙老太留下来？

**阿庆嫂** 依我看，倷是上了老太婆的当了。

**胡传奎** 上当？

**阿庆嫂** 胡司令！（唱【流水板】）

> 沙老太，不肯招出新四军，
>
> 她明白，年迈人苦刑受不起，
>
> 故意骂得你们心光火，

　　　　　　　拿条老命拼一死。

　　　　　　　你们真会上她当，

　　　　　　　推到外面去枪毙。

　　　　　　　依我看，杀了一个沙老太，

　　　　　　　放走了新四军伤员一大批。

　　　　　　　再说司令就要逢大喜，

　　　　　　　动刀动枪不吉利。

　　　　　　　侬是一帆风顺青云上，

　　　　　　　何必要自惹风浪遭晦气。

**胡传奎**　哎，是呀！办喜事触仔霉头要一生一世触下去啦。

**刁德一**　（试探地）阿庆嫂照侬看哪能办呢？

**阿庆嫂**　（勇敢地，唱【流水板】）

　　　　　　　我倒有个好主意，

　　　　　　　今朝把她放回去。

**刁德一**
**胡传奎**　（威吓地，接唱）

　　　　　　　放虎归山啥道理？

**阿庆嫂**　啊呀！（接唱）

　　　　　　　不是放虎归山里，

　　　　　　　此乃是，放下金钩钓大鱼，

　　　　　　　欲擒故纵妙笼计。

**胡传奎**　（糊涂地）妙笼计？

**阿庆嫂**　你要打死一个老太婆，还勿是三个指头捏个田螺。你们要的是新四军的伤病员，要选格老太婆做啥？我看放她回去，勿杀她，另外派人日日夜夜跟牢她。只要有人和她来往，就可以引出一个头来，还可以一、二、三、四、五、六、七、八引出一大批来，新四军伤病员不是可以一网打尽吗？

**刁德一**　要是钓不到呢？

**阿庆嫂**　老太婆又逃不脱的，等大喜之后，杀头充军也来得及。

**胡传奎**　是啦哉！来呀！将老太婆带上来。

　　〔带沙老太上。

胡传奎　（向沙老太）老太婆，司令要办喜事了，我看在阿庆嫂面上，就放侬回去吧！

沙老太　要杀就杀，不要搞啥鬼花样。

胡传奎　老太婆，诚心放侬，不要不识相。

　　　　〔沙老太向阿庆嫂看。

刁德一　（突然地）阿庆嫂，侬送她回去吧！

阿庆嫂　（警惕地）我送？好！（对，沙老太）走！走！

　　　　〔沙老太、阿庆嫂下。

刁德一　张德标！

张德标　有！

刁德一　跟下去监视她们，只要两人关系亲密，马上抓回来一起枪毙。

张德标　是！（下）

胡传奎　侬葫芦里卖啥药？

刁德一　我刚才有心放她一马，现在要她狐狸尾巴现原形。

胡传奎　想勿到侬有迭格一记生活①！

　　　　〔张德标上。

张德标　不好了，不好了！刁处长，她们打起来了！

刁德一　啥人打起来啦？

张德标　那个老太婆和阿庆嫂，一到门口就打起来了。

刁德一　我叫你去监视她们，你为什么——

　　　　〔阿庆嫂上。

阿庆嫂　有这样不识抬举的老太婆，跑到门口拿我一阵打，衣裳也扯破了，侬看。

　　　　〔胡传奎上前看。

阿庆嫂　侬看呀，牙齿脚里血也给伊打出来啦。

　　　　〔刁德一走近看阿庆嫂。

胡传奎　（拉刁德一）好了，好了！你少自作聪明吧！真是猢狲肚皮里打不出好主意，狗嘴里落不出象牙来！（见刁德一糊涂了）耐②侬

────────────

① 一记生活：这一手。
② 耐：现在。

放心吗？（对阿庆嫂）哪能？不妨事吧？还要办喜事来！

阿庆嫂　不碍事，喜事尽管办。瞎脱伊眼睛，啥地方是我格对手，早就给我打得落花流水了。

刁德一　哪能？阿庆嫂，多心了，是不是？

阿庆嫂　刁处长，我要是多心也不会在多心人面前多管闲事了。

胡传奎　（对刁德一）神经病！

〔幕落。

# 第十一场　瓮中捉鳖

〔十数天后。

〔胡传奎司令部。

〔幕外。刁德一嘱咐伪军，进来的人要一一检查。张明扮了戏子，手中拿了唱戏用的刀上场。

伪　军　什么地方来的？

张　明　唱戏的。

伪　军　这是什么？

张　明　唱戏用的刀。

伪　军　检查，检查，（检查毕）走！走！

〔郭建光和火德荣挑着衣箱上，同样受到检查后放行。叶思中扮着掌礼报上。

〔小堂名过场。

叶思中　报！舅老爷到！

〔周翻译过场。

〔幕启。胡传奎家，喜庆红布满堂。

〔叶思中、林大根同时拿着盘子上，碰见，二人警惕地耳语暗示。

叶思中　你准备得如何？

林大根　我已准备好了。

〔两人分头进屋。

〔刁德一、胡传奎上。

　刁德一　司令，司令！罗江警察局张局长来了。

胡传奎　请！

　　　　〔张德标上。

张德标　司令，司令，皇军司令部来电话，要周翻译听电话。

胡传奎　电话里皇军司令讲来哦？

张德标　电话里倒没有讲起。

胡传奎　噢！周翻译在新房里。

　　　　〔张德标向新房叫。

胡传奎　刁处长，你先去招待一下张局长，我就来！

　　　　〔刁德一下。周翻译上。

周翻译　电话在哪里？

张德标　在东厢房。

胡传奎　阿舅，请你在电话里一定要请皇军司令来，给我点面子。

周翻译　你放心，我一定请他来。（下）

胡传奎　刘副官哪能还没来？

张德标　司令，刘副官到常熟去采办东西，顺便回去探亲，大概就要
　　　　来了。

　　　　〔阿庆嫂上。

阿庆嫂　司令，一切都准备好了。我到处寻你，新娘子等你要拜祖宗了。

胡传奎　拜什么断命祖宗？

阿庆嫂
张德标　司令，祖宗要拜的。

　　　　〔林大根扮作厨师上。

林大根　长官，一切准备好了，要开席吗？

张德标　司令，要开席吗？

胡传奎　皇军司令还没来呢，去去去。

张德标　（对林大根）臭瘪三，怎么不看三色①的。

　　　　〔刁德一上。

刁德一　司令，怎么还不来，张局长等你到现在了！

　　　　〔周翻译上。

①　不看三色：不能察言观色。

周翻译　皇军司令已经出来了，现在在路上。

胡传奎　皇军真肯卖我面子，准备迎接！

〔里面传来打碎镜子的声音，在场人大惊。

刁德一
胡传奎　什么？

阿庆嫂　我进去看看。（向内奔下）

〔张德标持枪戒备。

〔阿庆嫂从内出。

阿庆嫂　没有什么，新房里人多，一挤，把团圆镜打碎了。

胡传奎　啥？倒霉，啥人打碎的，枪毙！

〔叶思中上。

叶思中　报！皇军司令黑田大佐到！

胡传奎　请！

〔胡传奎、刁德一等人下。

〔阿庆嫂示意叶思中准备。

〔内声：“请！”黑田上。胡传奎、刁德一随上，为黑田卸衣。

刁德一　太白古新桥①。

黑　田　胡先生，今天是大喜之期，人来来往往的很多，面子的有格。

胡传奎　皇军司令今天来，大大有面子，感恩感恩！

黑　田　可是不知贵军的防备怎样？

胡传奎　我们的部队四面都有，不敢疏忽，不敢疏忽。

黑　田　哼！（拍桌子）不敢疏忽！可是我进来的时候，村口小庙里却没有人，嗯？

刁德一　（慌张，与张德标做眼色）啊！小庙里已经派过人了！

黑　田　不！那里没有人在看守！

刁德一　啊，啊！没有人？我去看看，我现在就去看看。

黑　田　现在不用了，我已经派了三十个步兵驻扎在那里了，你们这样疏忽是不行格！

---

　①　太白古新桥：日语，请抽烟。

| 刁德一 胡传奎 | 是，是！皇军请坐！皇军请坐！ |
|---|---|

〔阿庆嫂扶新娘周妹上。

| 阿庆嫂 | 皇军来了，新娘子来见见皇军！舅老爷怎么不介绍介绍？ |
|---|---|
| 周翻译 | 妹妹，你来见见皇军司令。 |

〔周妹见礼。

| 黑　田 | 坐坐格，坐坐格。（让大家坐下）胡先生和周先生令妹完婚，足见对日华亲善是有显著的诚意。今天真是喜上加喜，应该大大地庆贺一番。 |
|---|---|
| 阿庆嫂 | 胡司令，可以开席了。 |

〔张德标上。

| 张德标 | 司令，司令。 |
|---|---|
| 胡传奎 | 做啥？ |

〔林大根送手巾上。张德标向胡传奎招手。

| 张德标 | 司令，小庙里酒水已送去了。 |
|---|---|
| 胡传奎 | 送去了好啦！ |
| 张德标 | 不是的，刚刚我听见一班唱戏的在讲，路上碰到新四军。 |

〔胡传奎、刁德一等人一惊。

| 刁德一 | 啥？没有啥！我去看看。（欲走下） |
|---|---|
| 黑　田 | 什么新四军格？讲！ |
| 张德标 | 是，是，是。我刚才听见唱戏的戏子讲，路上碰到新四军。 |
| 黑　田 | 戏班什么地方来的？ |
| 张德标 | 苏州来格！ |
| 黑　田 | 苏州来的，问问，问问！ |
| 张德标 | 是，是是！（下） |

〔张德标上。郭建光、叶思中穿戏装随上。

| 张德标 | 戏班子，皇军司令有话问侬。 |
|---|---|
| 黑　田 | 听说你们在路上碰到了新四军？ |
| 郭建光 | 是格，碰到新四军。 |
| 黑　田 | 在什么地方碰到的？ |
| 郭建光 | （故意打岔）在那边。 |

353

黑　田　什么那边，好好地讲！

郭建光　各位听了！（唱【夜夜游】）

　　　　　　　舟船顺风向前行，

　　　　　　　沿路经过芦苇荡。

　　　　　　　迎面小舟来阻住，

　　　　　　　把我们带进一村庄。

黑　田　什么村庄？

郭建光　我们是地陌生疏，也不知道这叫什么村庄。（接唱）

　　　　　　　进村庄，

　　　　　　　遇见抗日游击队。

　　　　　　　有几位战士负了伤，

　　　　　　　游击队里有位郭司令，

　　　　　　　他亲自审问把话讲。

　　　　（见黑田等惊慌起来，接唱）

　　　　　　　知道我们是江湖戏班子，

　　　　　　　就相送我们出芦苇荡。

黑　田　郭司令叫什么名字？

郭建光　（接唱）郭司令三字叫郭建光，

　　　　　　　领导抗日威名扬。

黑　田　（上前）有多少人？

郭建光　（接唱）若问部队有多少，

　　　　　　　只有——（接唱）

　　　　　　　十八位伤员在休养。

胡传奎　嘿嘿嘿！只有十八个人，想与皇军老子来碰！

　　　　〔两个游击队员在走廊上搞掉两个站哨的伪军。

郭建光　（接唱）莫道伤员十八位，

　　　　　　　个个都是抗日好汉英雄将。

　　　　　　　有一位，

　　　　　　　浑身是胆赵铁山。

　　　　　　　他曾经，

　　　　　　　火烧虹桥飞机场，

浒墅关前冲过宪兵队，

京沪线上炸桥梁。

有一位，

神枪战士叶思中，

百发百中敌胆丧。

郭司令带领游击队，

不久就要攻打你们沙家浜。

不仅要把汉奸走狗全消灭，

还要把那阳澄湖畔日寇一扫光。

黑　田　胡说！

胡传奎　好大胆，侬竟敢骂人！

郭建光　这不是我讲的，是郭司令讲的。

刁德一　你是什么人？

郭建光　我是唱戏的。

刁德一　替我搜！

〔张德标上前，叶思中从后面拔出双枪。

叶思中　不许动！

众战士　不许动！

刁德一　你们到底是啥地方来的？

叶思中　瞎掉你眼睛，我们是江南抗日游击队。

〔黑田趁众不备，举枪射叶思中。叶思中眼快手快速射两发子弹，击中黑田左手。黑田手中枪落地，游击队员上前缴枪。

郭建光　胡传奎、刁德一，你们从蒋介石手里拿来了武器，不打鬼子，反而来打我们抗日游击队，这是你们忠义救国的行为？胡传奎，你还有什么话好讲？

黑　田　（冲上去）哼……今天给你们俘虏了，可是你们走不出沙家浜！

郭建光　哈哈哈！你还梦想小庙里三十个鬼子来保护你吗？

〔机关枪声起。

郭建光　你听！

〔一队员上。

战　士　报告！庙里三十个鬼子都消灭了。

355

郭建光　听见吗？这就是你们日本鬼子的下场。把他们绑起来！

众战士　是！

〔众战士将刁德一、黑田、胡传奎、周翻译等绑起来。

〔陈天民扶沙老太上。

郭建光　妈妈，你受惊了！

陈天民　（给郭建光一纸条）郭建光同志，大部队回来了，这是司令部的指示。

郭建光　同志们，上级党有指示来了，要我们和大部队会师，迎接新的战斗任务！把他们带下去。

众战士　是！（押黑田、胡传奎、刁德一等下）

〔幕后合唱：

　　　"不做亡国奴，

　　　宁把鲜血流，

　　　祖国河山寸土不能丢啊！

　　　全国同胞，

　　　武装起来；

　　　团结一致，

　　　消灭日寇；

　　　坚决要战斗，

　　　不收复河山誓不甘休啊！"

〔幕落。

——剧　终

　　《芦荡火种》曾名《碧水红旗》，创作于1958年，参照报告文学《血染着的姓名——三十六个伤病员的斗争纪实》创作。1960年易名为《芦荡火种》，由上海市人民沪剧团1960年在共舞台首演，导演杨文龙，丁是娥饰演阿庆嫂、解洪元饰演郭建光。1963年晋京汇报演出，后改编为京剧《沙家浜》。

## 作者简介

文　牧　(1919—1995)，原名王瑞鑫，艺名王文爵，男，上海松江人，戏
　　　　曲作家。代表作品有沪剧《罗汉钱》(与宗华、幸之合作)、《芦
　　　　荡火种》、《金黛莱》(与汪培合作)、《鸡毛飞上天》(与丁是娥、
　　　　石筱英、陈荣兰、宗华等合作)等，《罗汉钱》已拍摄成影片。整
　　　　理的传统剧目有《阿必大》《公孙求乞》《庵堂相会》等。

·绍　剧·

# 孙悟空三打白骨精

浙江省文化局《孙悟空三打白骨精》整理小组

执笔：顾锡东　贝　庚

人　物　孙悟空、豹怪、唐僧、村姑、猪八戒、老妪、沙僧、老丈、白骨精、金蟾、爬山虎、假金蟾、狮怪、众小妖、虎怪、众小猴、狼怪、传令猴。

# 第一场

〔幕启。

〔云雾弥漫，峰峦嵯峨，傍水沿山，蜿蜒小道。

〔唐僧内唱【倒板】："云山万重路遥远——"

〔孙悟空内白："阿弥陀佛！"纵身上。

〔孙悟空舞动金箍棒，探路；猪八戒松懈地上，孙悟空反身招唐僧骑白马复上，沙僧护持上。

唐　僧　（接唱【三五七】）

　　　　　涧壑千丈心胆寒，

　　　　　取经不辞跋涉苦，

　　　　　四野渺茫无人烟。

孙悟空　师父！（拦住马头）徒儿看前面这山，崖高壁陡，妖雾弥漫，定有妖精出没。

唐　僧　（惊）啊?!

孙悟空　师父不必惊慌，待徒儿前去探来。

猪八戒　（哂笑）嘿嘿，哈哈，嘿嘿哈哈……

唐　僧　八戒，为何发笑？

猪八戒　师父喂！你当真相信猴头的话，就是不冻死、饿死，也要急死、吓煞，上勿得西天，见勿得菩萨。

沙　僧　师父！大师兄言之有理，此山确实险恶，师父还须留心才是。

猪八戒　哪里来这么多妖怪呢！

孙悟空　师父！何不命八戒前去巡山开路。

唐　僧　好。

猪八戒　（一呆）那么好——

唐　僧　八戒！

　　　　〔猪八戒佯装没听见。

唐　僧　（高声）八戒！

猪八戒　（无可奈何地）哎——我听见！

唐　僧　命你前去巡山开路！

猪八戒　师父啊！我不好去的。

唐　僧　怎么？

猪八戒　我要保护你师父的呀。

孙悟空　八戒，你敢是惧怕妖怪？

猪八戒　啥西？我怕妖怪？我会怕妖怪的？没有妖怪，也用不着大惊小怪！

唐　僧　你还不快走！（语气滞重而缓慢）

猪八戒　我走，我走，我走、走、走！（唱【起板二凡】）

　　　　　　短命猴头作弄我——

孙悟空　八戒！不可大意，小心妖怪。

　　　　〔猪八戒胆怯，愤愤地下。

孙悟空　师父！缓缓上山，不用害怕。

唐　僧　（唱【三五七】下句）

　　　　　　佛祖保佑无妖魔。

　　　　〔师徒四人下。

　　　　〔暗转。

# 第二场

　　　　〔碗子山。峻崖峭壁，怪石嶙峋。

　　　　〔猪八戒探山上。

猪八戒　（唱【中板二凡】）

　　　　　　一路走来一路望，

　　　　　　又气又累又心慌。

　　　　　　勿见妖怪勿见人——

　　　　〔碗子山小妖爬山虎上，鬼祟窥视，隐避。

361

**猪八戒** （大意不察，见一黄鼠狼）啥西？啥西？原来是只黄鼠狼！（接唱）
那猴头叫老猪空吓一场。

哪里来介许多咯妖怪呢，人也走得吃力煞哉，我还是在这大树底下困上一觉再话。（唱【赶考调】）

想想真开心，
忖忖笑煞人，
老猪巡山，
太太平平，
无妖无精。

嘿嘿嘿！（再环顾四周，见没什么，放心睡下）

〔爬山虎近前窥察，闻声避下。

〔孙悟空上。

**孙悟空** 哈哈！八戒果然在此偷懒。（回顾望）呵，有了！（使隐身法上前，打猪八戒耳朵）

**猪八戒** （惊醒）啥人？勿要吓人，人吓人要吓坏咯！（环视无人）嗄，奈介会没有人咯？噢，勿错，青天白日，我老猪自己在做梦啦。（又睡下）

**孙悟空** 这个蠢猪，如此大意！待俺拔下毫毛，变化几只黄蜂将他咬醒。（拔毛、变蜂）

〔黄蜂围绕猪八戒叮咬。

**猪八戒** （惊醒）哎哟哎哟！（举耙欲打黄蜂）飞得起哉！算我老猪晦气！辰光勿早哉，我老猪好回去哉。（走了两步）勿对咯，师父问起叫我奈咯话话呢？……勿错，让我来造好一段假话，回去骗骗师父，再骗骗短命个猴头。（全无察觉孙悟空在背后暗听）待我来试上一试，"师父！徒儿拜揖。"（回身作唐僧状）"八戒，命你前去巡山开路，这前面是什么山？"（又复作原状）"师父啊！我老猪巡过哉，前面有一座……石头山，石头山里有个石……头洞。"伢师父一定要问："妖怪有勿有？"我说："妖怪交关多，不过看见我老猪吓也吓煞哉，一个走出来叫我猪爹爹，那个走出来叫我猪爷爷，妖怪还大摆酒宴，请我吃了一顿，又吹吹打打送我下山。"我只要实介话上去，伢师父一定会相信。（唱

【补缸调】）

　　　　山中哪有妖和怪，

　　　　师父跟前把口夸。（下）

孙悟空　待我赶上前去，揭穿他的假话便了。（翻下）

　　　〔暗转。

第三场

　　　〔妖洞，隐暗幽邃。众小妖翻跌舞旗，在凄厉的号角声中白骨精上。

白骨精　（唱【粉蝶儿】）

　　　　蓄志潜修，

　　　　善变化惯施机谋，

　　　　有谁知现本相朽骨一丘。

　　　〔爬山虎上。

爬山虎　参见白骨夫人。

白骨精　命你前去打听唐僧消息，有何动静？

爬山虎　容禀——（念）

　　　　东来和尚树下眠，

　　　　两耳如扇嘴拱天，

　　　　定是八戒来开路，

　　　　料有唐僧在后边。

白骨精　啊，唐僧果然来了！（念）

　　　　日思夜想得长生，

　　　　却喜今朝偿夙愿。

　　　（思忖片刻）有请众魔王。

爬山虎　有请众魔王！

　　　〔幕内声："嘎！"

　　　〔狮怪、虎怪、狼怪、豹怪四魔王上。

363

狮
虎　　怪　参见白骨夫人。
狼
豹

白骨精　少礼。你等可知东土唐僧来到此山?

狮
虎　　怪　好哇。
狼
豹

狮
虎　　怪　吃得唐僧一块肉,
狼

豹　怪　长生不老寿绵绵。

狮　怪　待我下山捉拿便了。

虎　怪　待我下山!

狼　怪　待我下山!

豹　怪　待我下山!

狮
虎　　怪　(互争不休)哇——
狼
豹

白骨精　唔——你等可知,这唐僧一路而来,收得三个徒儿,其中一个,
　　　　乃千年石猴孙悟空!
　　　　〔四魔王惊异。

虎　怪　夫人,莫非就是五百年前,大闹天宫的齐天大圣?

白骨精　正是。
　　　　〔四魔王大惊。

白骨精　(诡谲而沉静地)若论法力,你我皆非猴头对手。

狮
虎
狼
豹　怪　夫人，难道就此罢了不成?

白骨精　（冷笑）嘿、嘿、嘿! 嘿哈哈哈……此事只宜智取不可力敌。

狮
虎
狼
豹　怪　着哇。

白骨精　众魔王，听我号令哉!（唱【中板二凡】）

　　　　　泼猴纵有齐天法，

　　　　　且看俺巧施安排赚唐僧，

　　　　　休教他师徒取经西天去，

　　　　　我与你共饱口腹得长生。

　　　　　众魔王，埋伏去哉!

　　　　〔牌子，众妖魔舞下。

　　　　〔暗转。

# 第四场

　　　　〔山间道上。唐僧、沙僧上。

唐　僧　（焦急遥望，唱【平阳】）

　　　　　云烟锁住山行道，

　　　　　野林萧疏景凄寒，

　　　　　二徒巡山未回转，

　　　　　搅譬踌躇心不安。

　　　　〔猪八戒内声："走——"上。

猪八戒　拜见师父。

唐　僧　八戒，这山你可巡过了?

猪八戒　我早早巡过了。

　　　　〔孙悟空翻上。

| 唐　僧 | 那前面是什么山？ |
| --- | --- |
| 猪八戒 | 前面有座石头…… |
| 孙悟空 | （抢上一句）山。 |
| 猪八戒 | （回头四顾）石头山里有个…… |
| 孙悟空 | （又抢上一句）石头洞！八戒，你不用说了！ |
| 猪八戒 | 怎么？ |
| 孙悟空 | 我来替你说吧。 |
| 猪八戒 | 你怎会晓得呢？ |
| 孙悟空 | 你听好！师父看着：（模拟当时情状）"咳，晨光勿早哉，老猪好回去哉。勿对咯，师父问起，叫我奈咯话话呢？有带哉，让我想好一段假话，回去骗骗师父，再骗骗断命猴头。" |
| 猪八戒 | 伊奈咯都会有数呢？ |
| 孙悟空 | ……师父！我老猪山巡过哉……妖怪交关多，不过看见我老猪吓也吓煞哉，一个走出来叫我猪爹爹，那个走出来叫我猪爷爷。师父，八戒不去巡山，还要谎言哄骗，你道气是不气！ |

〔猪八戒大窘，俯首跪地。

| 唐　僧 | 八戒，好大胆！（唱【中板二凡】）<br>　　　　有妖无妖信口讲，<br>　　　　欺骗为师理不当。 |
| --- | --- |
| 猪八戒 | 师父！你们话我不去巡山，总要还我一个凭证呢？ |
| 孙悟空 | 有、有、有，方才你睡觉的时候，有几只黄蜂，刺你鼻子，咬你耳朵，可是有的？ |
| 猪八戒 | （狡黠地）唔，没有的！（见孙悟空睁目怒视，马上改口）有的……有…… |
| 孙悟空 | 这黄蜂是我毫毛变化的。 |
| 猪八戒 | 怎么讲？是你变化出来的？那么完结。 |
| 唐　僧 | 你还有什么话讲？ |
| 猪八戒 | 师父啊！事情都摆在眼前了，还要话啥东西呢！ |
| 孙悟空 | 八戒，下次可要说谎？ |
| 猪八戒 | 勿话哉。 |
| 孙悟空 | 今后不可粗心大意，牢牢记着！（见猪八戒应声）师父跟前我给 |

你去讲情。

猪八戒　那还有啥话！（背白）好人也是伊，坏人也是伊。

孙悟空　师父，看在徒儿面上，权且饶过八戒。

唐　僧　八戒，难为你师兄讲情，就饶你这次，起来！

猪八戒　噢！（走向一旁）

唐　僧　悟空，此山怎样过去？

孙悟空　这——

猪八戒　肚皮也饿煞哉！

孙悟空　师父，你们在这里歇息片刻，待徒儿前去巡山，顺便采些鲜桃野
　　　　果，与师父八戒充饥。（欲去又止，警惕地）嗯，嗯……

唐　僧　悟空，做什么？

　　　　〔白骨精暗上，窥看。

孙悟空　师父，徒儿走了，你们不要乱走，喏、喏、喏，我在这里画上一
　　　　个圈圈，你们坐在其中，见人不能问，见食不能吃，待等徒儿到
　　　　来一同赶路。（用金箍棒在地上画圈）

　　　　〔唐僧、沙僧同进圈打坐，合掌闭目。

猪八戒　（背白）花头真多。（不进圈）

孙悟空　八戒，快进圈子坐下。

猪八戒　人也走得吃力煞带哉，坐坐有啥勿好。（进圈坐下）

孙悟空　师父，徒儿去也！（翻身下）

　　　　〔白骨精下，幻化成村姑提篮子上。

村　姑　（唱【高阳】）

　　　　　　鬓插山花脸带笑，

　　　　　　轻摇翠袖出山坳，

　　　　　一篮斋饭作钓饵——

猪八戒　（闻到饭香，见村姑，趁唐僧不察，溜出圈外，唱【小落山虎】）

　　　　肚皮饿得咕咕叫！

　　　　（走向村姑）阿弥陀佛！

村　姑　啊，妖怪，妖怪！

猪八戒　侬勿可乱话三千，奈咯把我当妖怪哉？

村　姑　你不是妖怪，为啥介怕人呢？

| 猪八戒 | 我啥个地方介怕人咚? |
|---|---|
| 村　姑 | (比画) 喏,耳朵介大,嘴巴介长。 |
| 猪八戒 | 侬看勿出来,我是一脸孔咯福相咚来。喏,耳朵大福气大;嘴巴长有得吃。 |
| 村　姑 | 看你这身打扮,是个出家人? |
| 猪八戒 | 一些勿错。 |
| 村　姑 | 不对,不对,你不是的。 |
| 猪八戒 | 为啥又勿是哉呢? |
| 村　姑 | 我爹娘时常带我到山中寺院斋僧,从来没有看见过你。 |
| 猪八戒 | 伢是从东土大唐来的,到西天拜佛取经去的。 |
| 村　姑 | 噢,小师父是从东土大唐来的,那是我弄错了,我还当你是妖怪,你不要生气啊! |
| 猪八戒 | 我奈咯会生侬女菩萨气呢,这也难怪,勿话你当我是妖怪,要是我老猪多心一些,我当侬还道也是妖怪。 |
| | 〔村姑一惊。 |
| 猪八戒 | 现在我明白哉,侬也勿是妖怪,我也勿是妖怪,伢大家都不是妖怪。 |
| 村　姑 | (暗喜)是啊,大家都不是妖怪。小师父,(欲进圈子,被金光震退)地上坐的是你什么人? |
| 猪八戒 | 我的两个徒弟。 |
| 村　姑 | 地上冷的呀! |
| 猪八戒 | 有啥个办法呢? |
| 村　姑 | 你们为啥不到前面寺院去坐坐,却坐在这里? |
| 猪八戒 | 前面有寺院? |
| 村　姑 | 要是没有寺院,何用我去送斋呢?小师父,请随我一同前往。 |
| 猪八戒 | 噢,让我去告诉伢师父。 |
| 村　姑 | 你说是徒弟呀? |
| 猪八戒 | (尴尬)喏,实介咯啦,有时候我叫他师父,有时候他叫我师父,我们大家轮流在调换的,(走向唐僧)师父哎! |
| 唐　僧 | (睁目)啊!八戒,你为何走出圈外? |
| 猪八戒 | 师父哎,伢是呆哉,前面有寺院有饭好吃,伢冷冰冰坐在此地, |

上了断命猴头的当哉!

唐　僧　你何以得知?

猪八戒　那旁有个女菩萨,到寺院里送斋去的,我们跟她一同去好了。

沙　僧　二师兄,还须小心,这村姑莫非是妖怪变化?

猪八戒　呆沙鳅,人家还当我是妖怪呢!

沙　僧　师父,大师兄未还,我们不可走出圈外。

唐　僧　(犹豫)这……

猪八戒　师父哎,怕啥东西呢,来来——(推唐僧出圈)

村　姑　小师父!(欲拉唐僧)

唐　僧　阿弥陀佛!(急入圈内)

沙　僧　呔!你是什么人!

村　姑　啊呀!(假作惊慌)小师父!

猪八戒　女菩萨勿可怕,伊是好人啦。

唐　僧　悟净不得无礼!(向村姑)请问女菩萨,可是住在此山,哪里有
　　　　村庄寺院?

村　姑　小师父,喏!(唱【三五七】)

　　　　　　家住南山榴花村,

　　　　　　一树古槐掩荆门。

　　　　　　爹娘皈依慈悲佛,

　　　　　　我天王寺中去斋僧。

唐　僧　全仗女菩萨指引。

村　姑　小师父,请随我一同前往。

猪八戒　师父怕啥呢?

　　　　〔唐僧正欲出圈,孙悟空蹿上,拦阻村姑,怒视片刻。

唐　僧　悟空,不得无礼。

孙悟空　妖怪!招打!(举金箍棒欲打村姑)

　　　　〔猪八戒夺金箍棒,孙悟空推开猪八戒,打死白骨精化身的村姑。

唐　僧　(大惊)悟空!你你你……

孙悟空　(发现白骨精真身遁走)妖怪,哪里逃——(追下)

唐　僧　(呼之不返)啊呀!(唱【二凡浪板】)

　　　　　　悟空何故伤人命,

369

血染青岩心胆惊。

沙　僧　师父，大师兄言道，这是妖怪变化。

猪八戒　啥西？是妖怪？

〔白骨精暗上，窥听。

沙　僧　师父，大师兄一路打了许多妖怪，从未错打一个。

唐　僧　……

猪八戒　师父，侬来看，介漂亮的女菩萨，不过只有十六七岁，家里有爹有娘，咯，奈咯会是妖怪呢？

沙　僧　你怎见得——

〔白骨精急避。

唐　僧　（拂袖）唉——（唱【二凡】）

眼前难辨人和妖——

八戒速将你大师兄追回！

猪八戒　噢，我去叫他回来！

〔幕内声："儿啊——"白骨精幻化成的老妪手捏念佛珠上。

老　妪　儿啦——

猪八戒　（迎上前去）老太太，侬寻啥人？

老　妪　小师父，老身寻找女儿。

猪八戒　是不是手里提只篮子的？

老　妪　是呀，小师父见过？

猪八戒　（脱口而出）有的，有的……（一想，急忙改口）喔，我没有看见，伢等等再话。（慌张地对唐僧）师父哎，祸水闯大哉！

唐　僧　怎么？

猪八戒　方才打死小姑娘的娘，伊来寻哉！

老　妪　（上前，装笑脸）长老万福！

唐　僧　啊……阿弥陀佛！

老　妪　请问长老，可曾见过我的女儿？

唐　僧　这个……

老　妪　（唱【二凡】）

她身着翠衫手提篮，

前往那——天王寺去送斋饭。

猪八戒　（抢）老太太，伢师父没有看见。（遮挡村姑尸）

老　妪　（发现村姑尸）女儿——

猪八戒　师父，完哉！

老　妪　（指唐僧）你为何害死我的女儿？

沙　僧　（挡在唐僧身前，对老妪）休得无礼，哪个害死你的女儿？

老　妪　难道她自己寻死不成？

猪八戒　（不假思索，顺口答应）是的，是的——

老　妪　你何以知晓？

　　　　〔猪八戒慌忙摇头。

老　妪　敢是你这恶僧将她害死？（抓住猪八戒）

猪八戒　老太太，我是好人啦。

唐　僧　女菩萨，此事与他无干。

老　妪　（放开猪八戒）这人命关天，就是与你师徒无关，也要随我同去前村，见过三老四少，弄个水落石出。（又顺手抓住唐僧）快走！

猪八戒　（赔笑）老太太放手！

沙　僧　师父，去不得。（推倒老妪）

老　妪　（坐地号哭）我那屈死的女儿啊！

猪八戒　老太太，侬勿可哭，有话慢慢交好话咯。

老　妪　（唱【中板二凡】）

　　　　　　我诵经奉佛多虔诚，

　　　　　　你冤死莫白却为斋僧，

　　　　　　谁料善人无好报——

　　　　（甩珠）啊呀——

唐　僧　（歉疚地，唱）

　　　　　　我悲怆难忍泪难禁。

　　　　　　女菩萨且免悲伤，此乃是我大徒儿孙悟空所为。

　　　　〔孙悟空暗上，亮相，暗地嗅察。

唐　僧　（接唱）管教不严罪在我——

　　　　〔沙僧、猪八戒惊愕。

老　妪　（暗喜）也罢！这才是你出家人道理，也是我老身福薄，小女命苦！你就随我同去前村，与她买棺成殓，也就是了——（背唱）

我略施小计就把大事成。

〔老妪暗幸心遂事就，拉起唐僧便走，孙悟空从后抢上，自代唐僧悄声被老妪拖行几步。老妪感觉不对，回头，见孙悟空，大惊。

孙悟空　妖怪，你又来了！休走，吃我一棒。

〔唐僧、猪八戒阻挡，孙悟空一棒打死白骨精化身的老妪。

唐　僧　悟空，你……你连伤母女二命，是何道理？

孙悟空　师父，你错了，你错了。徒儿所打不是母女，都是一个妖怪变化而成的。

〔白骨精真身烟遁。

孙悟空　（欲追）妖怪，哪里逃！

〔唐僧、猪八戒阻止孙悟空。

孙悟空　被你们拦住，妖怪又逃走了！

猪八戒　你乱话三千，伊勿是来带。

孙悟空　乃是解尸而逃。

沙　僧　大师兄，你不会看错？

孙悟空　我打得不错。

猪八戒　师父，侬看，一个小姑娘一个老太太，死得多少咯罪过啦！

孙悟空　是妖怪！

猪八戒　是人！

孙悟空　是妖怪！

猪八戒　是人！

孙悟空　妖怪！

唐　僧　逆徒！分明你野心未退，妄动杀机，还要巧言诡辩哄骗为师。这天大罪过如何得了！

孙悟空　师父，你我一路而来，这荒山野岭，都有妖魔害人。你来看，这百里方圆，渺无人烟，年轻女子，怎能到此？白发婆婆，如何行走？这分明是妖怪变化，要害师父是实。

〔静场片刻。

猪八戒　（踩着一串佛珠，急忙拾起）师父，小姑娘上山送斋，老太太朝山进香也有的，师父侬看。

唐　僧　（接佛珠，激动地）逆徒，佛门五戒，首戒在杀，你连伤人命，难饶此罪，为师要念紧箍咒了。（合掌）

孙悟空　师父不能念！

沙　僧　师父念不得！

唐　僧　我便饶你，佛祖饶不得此罪。

孙悟空　要是徒儿打死人命，佛祖降罪下来，有徒儿担当也就罢了。

猪八戒　没有介便当！

孙悟空　八戒，你要我怎么样？

猪八戒　我……我，妖怪是要打，可她是人呀！

唐　僧　逆徒，你如若再这样下去，我便不认你这个徒儿。

孙悟空　是是是。

唐　僧　你与我同去前村，访问明白，再作道理。起来。

猪八戒　起来。

孙悟空　多谢师父。（拜师，暗踢八戒）

〔猪八戒痛呼。

唐　僧　待为师超度一番便了。阿弥陀佛！（唱【中板二凡】）

　　　　　　口念往生咒三遍，

　　　　　　母女双亡实可怜，

　　　　　　徒儿快把尸首葬——

〔孙悟空跪送。

唐　僧　（关切地）悟空，随我来！（下）

沙　僧　大师兄，妖怪虽是要打，但也不要触怒师父。（唱）

　　　　　　师徒不和取经难。（下）

〔猪八戒随下。

孙悟空　啊呀且住！看此山妖怪，早有害人之心，两次三番，变化人形，此去岂肯轻易罢休。我若不打，师父性命不保，我若再打，师父怒恼。这……这便如何是好？……哦，有了，待我赶上前去，先除妖怪，后再保师！正是——（念）

　　　　　　任凭妖魔诡计巧，

　　　　　　金箍棒下命难逃。

〔暗转。

# 第五场

〔山巅，云雾弥漫。白骨精步步退上。

白骨精　（唱【二凡浪板】）

　　　　石猴面前难隐身，

　　　　二次变化枉费神。

（苦思有顷，忽有所悟，接唱）

　　　　且待俺三度巧施攻心计——

（幻化成老丈）

老　丈　（接唱【中板二凡】）

　　　　化一个苍鬓白发年迈人。

　　　　赚取蠢僧动悲悯，

　　　　管教他一旦断绝师徒恩。

　　　　手扶鹤杖下山去——

〔孙悟空蹿上。

孙悟空　（怒不可遏地）妖怪！（唱）

　　　　不由俺，咬牙切齿怒火升——

你这妖怪，两次三番害我师父，你瞒得了别人，瞒不过孙爷爷火眼金睛，妖怪你往哪里逃！（当头一棒）

老　丈　（逃）救命哪！救命哪！

〔猪八戒上，阻拦孙悟空。老丈故意躲避，哀求下拜，孙悟空趁隙踢倒老丈，举棒便打。

〔唐僧、沙僧急上。

老　丈　救命，救命！

唐　僧　逆徒大胆！

老　丈　（唱【二凡浪板】）

　　　　忽遇凶僧将人打——

　　　　吓吓吓死我了！

唐　僧　（唱）紧护年尊免遭殃。

〔孙悟空举棒欲打。被唐僧呵止。

猪八戒　老丈放心，有俺师父，有我老猪保护侬。

沙　僧　大师兄，你休得鲁莽行事。

孙悟空　分明是妖，不准俺打，真正气死俺老孙。

猪八戒　又是妖怪，刚才打死的小姑娘、老太太侬话是妖怪，现在这位老
　　　　丈，侬话又是妖怪，实介下去，我老猪也要变妖怪哉！

老　丈　你们打死我老妻女儿，还要加害我老汉，你们出家之人，好狠的
　　　　心哪！（念）

　　　　　　妻儿遭害我难活，

　　　　　　倒不如一死佛前诉冤枉！

孙悟空　师父，这是妖怪诡计。

猪八戒　侬乱话三千。

沙　僧　师父，大师兄火眼金睛，善识妖魔，这老丈莫非是妖怪变化。

唐　僧　你也敢这样讲？

沙　僧　这——徒儿不讲就是。

　　　　〔孙悟空又举棒要打。

唐　僧　（急阻）逆徒，出家人当慈悲为本，怎可杀生害命，血染佛门？

孙悟空　师父，欲取真经，岂可枉发善心，今日不除此妖，日后你定遭
　　　　其害。

唐　僧　纵然是妖，也应劝其归善，可知我佛慈悲，普度众生。

孙悟空　普度众生，也不该是非不明，人妖不分。

　　　　〔静场。

老　丈　你们将人当妖，害得我一家好苦啊！（哭）

孙悟空　师父，切莫中他诡计。（举棒）

唐　僧　大胆！（唱【二凡浪板】）

　　　　　　蝼蚁尚且知贪生，

孙悟空　（唱）妖怪不除难取经。

　　　　〔静场。

老　丈　哎呀，师父啊！你这样宠徒行凶，还行什么善，念什么佛，朝什
　　　　么山，取什么经哪！（唱）

　　　　　　你可知为善胜念千声佛，

　　　　　　作恶空烧万炷香。

（跪拜唐僧）

孙悟空　好狡猾的妖怪！（举棒怒打）

唐　僧　（以身庇护老丈，唱）

纵然是妖……

孙悟空　怎么样？

沙　僧　是妖就得要打。

猪八戒　伊又勿是妖怪，伊是人呀！

〔唐僧回首再度审视老丈。

老　丈　阿弥陀佛！

孙悟空　着打！

唐　僧　（唱）纵然是妖也不准打。

孙悟空　（唱）金箍棒下决不留情。

（高举金箍棒，一把揪住老丈）

唐　僧　（唱）忙将紧箍咒语念——

（闭目合掌，念咒）

孙悟空　（头痛似裂，摇摇欲倒，仍奋身举棒，唱）

你就是咒死徒儿，

我也不饶这妖怪的命！

〔孙悟空千钧一棒下，打死白骨精化身的老丈。

〔白骨精真身烟遁。

唐　僧　阿弥陀佛！

〔孙悟空滚跌，精疲力竭，唐僧睁目见状，欲扶孙悟空又止。

〔白骨精手执素绢暗上。

唐　僧　唉——

〔静场。

〔天空飘下素绢，猪八戒拾起素绢。白骨精暗下。

猪八戒　这是什么？上面有字，师父侬看。

唐　僧　（念）"佛心慈悲，切忌杀生，

姑息凶徒，难取真经。"

（仰天而跪）

376　　孙悟空　啊！（闻声跃起）

唐　僧　（唱【二凡浪板】）

　　　　　天飘素绢显神灵，

　　　　　恨悟空恣意行凶罪孽深。

孙悟空　师父，这是妖精作怪。

唐　僧　（怒目）分明是佛祖点化！（唱）

　　　　　今番断难再饶过——

　　　　　也罢，你……你自回花果山去吧！

沙　僧　啊呀师父，大师兄一路而来，捉妖擒魔，一片忠心，望师父三思！

唐　僧　我意已决，休得多言。

孙悟空　师父——

唐　僧　哼！一封贬书——

孙悟空　师父不能写。

沙　僧　师父写不得。

猪八戒　师父，我看勿好写！

唐　僧　罢！（转身写贬书，唱）

　　　　　从此断绝师徒情！

　　　　　（闭目合掌）

孙悟空　贬书，贬书，贬书！（猛然跳起）啊呀师父，你既然不要我这个
　　　　徒儿，（狠狠地把贬书掷地）理当把我紧箍取掉。

唐　僧　野心未退，难取紧箍。

孙悟空　去箍难，去箍难——也罢，我就走！

沙　僧　大师兄不能走。师父，你还是收留大师兄，我替他领罪，要走我走。

孙悟空　沙师弟你不能走，还是我走。

猪八戒　师父哎，侬看一个要走，一个也要走，这还像啥东西？师父哎，
　　　　要在大家在，要走大家走。

唐　僧　啊呀徒儿呀！你可知天飘素绢，佛门难容。

孙悟空　我就走！（去而又返）啊呀师父啊，徒儿实指望保护师父同往西
　　　　天，共取真经，谁知你误中妖计，今日将我贬走，如今我只得走
　　　　了，打死是人是妖，日后你自会明白。师父请上，受徒儿一拜！
　　　　（三跪三拜）师父此去西天，你要多多的保重了。沙师弟！

沙　僧　大师兄！

| | |
|---|---|
| 孙悟空 | 一路之上，多加小心！ |
| 沙　僧 | 是。 |
| 孙悟空 | 八戒！ |
| 猪八戒 | 哎！ |
| 孙悟空 | 此去西天，你一不可贪吃，二不可贪睡，若是师父有难，你要拼命相救，就是刀山火海，龙潭虎穴，你也要走，你也要闯！保师取经全在你的身上，牢牢记着！你若遇到敌不过的妖怪，就提起我大师兄孙悟空。 |
| 猪八戒 | 噢！ |
| 孙悟空 | 我去也！（冉冉腾空） |
| | 〔师徒悲凄，留恋仰望。 |
| 唐　僧 | 唉！（痛心地）我与他师徒一场，只落得如此结果。（流泪） |
| 猪八戒 | 师父，依我老猪话，猴头是侬的徒弟，要打要骂随便侬，勿应该将伊赶走。 |
| 唐　僧 | 非也，他一日连伤三命，岂是佛门子弟所为？八戒，与为师巡山开路哉！ |
| 猪八戒 | 噢—— |
| 唐　僧 | （唱【中板二凡】） |
| | 心怀凄楚再登程—— |
| | 〔隐约传来钟鼓声。 |
| 唐　僧 | （接唱【大落山虎】） |
| | 声声梵钟出林荫。 |
| 猪八戒 | 师父，侬来看。 |
| 唐　僧 | 前面偌大一所寺院。 |
| 猪八戒 | 师父，这是天王寺。 |
| 沙　僧 | 二师兄，你哪里知晓？ |
| 猪八戒 | （自作聪明）侬个呆沙鳅，刚刚猴头打死的一家三口，就是到这天王寺来烧香拜佛的。师父哎，逢寺挂褡，睡觉吃饭，赶快上山。 |
| 唐　僧 | 既是天王圣寺，理当为他们父女三人顶礼忏悔。 |
| | 〔天王寺。白骨精幻化为巨佛，耸立莲台。 |
| 猪八戒 | 这倒要紧的。 |

378

**唐　僧**　阿弥陀佛！（唱【宣卷调】）

　　　　　　弟子东土唐三藏，

　　　　　　一瓣心香礼佛王，

　　　　　　愿借佛门消灾孽，

　　　　　　求取真经返大唐。

**白骨精**　（现形，奸笑）蠢僧自投罗网，与我拿下了！（下）

　　　　〔山寺化为妖洞，众妖四面上，小开打。

　　　　〔沙僧护唐僧奋抵，唐僧、沙僧被擒。

　　　　〔众妖战猪八戒，猪八戒突围溜逃。妖追，猪八戒回身几耙，妖退，猪八戒即乘机逃下。

　　　　〔白骨精率众妖上。

**白骨精**　（笑）爬山虎听令！命你前去请我母亲金蟾大仙前来，共吃唐僧之肉。

　　　　〔爬山虎应下。

　　　　〔众妖推唐僧、沙僧入洞。

　　　　〔白骨精挥手亮相，下。

　　　　〔山巅，孙悟空被逐走处。猪八戒狼狈逃上。

**猪八戒**　那么完结，只剩下我一个人了！（想）对，赶快上花果山，请大师兄来救伢师父。勿对咯，猴头看见我气也气煞咚，我上花果山，岂不是自讨苦吃，花果山勿好去，去勿得。（想）我还是回高老庄看伢高小姐去，（欲走又止）也勿对咯，师父与沙师弟怎么办？这这这！（苦思）为救师父，我准定上花果山，猴头要骂就让他骂几句，要打就让他打得两记，我准定这样做，我准定这样办。老猪哎，这次要碰碰侬个运气哉。

　　　　〔暗转。

# 第六场

　　　　〔水帘洞，千崖竞秀，万壑争流，云霞辉映。

　　　　〔群猴跳跃，练武摘桃，相互嬉耍。

　　　　〔孙悟空上。

孙悟空　（念）只为三打起祸苗，

　　　　　　　师徒恩情一旦抛，

　　　　　　　是非黑白成颠倒，

　　　　　　　妖魔未除恨难消！

　　　　　俺老孙回到花果山，与子孙们相聚，怎奈心烦意乱，坐立不宁。师父啊师父！你此去西天，叫徒儿如何放心得下也！（唱）

　　　　　　　老孙身在水帘洞，

　　　　　　　心随路上取经僧。

小　猴　大王，请用酒！（倒酒）

孙悟空　（欲饮又止）啊呀且住，妖魔未除，师父此去多难，俺怎能安居洞府，撒手不管？呵，有了，俺不免聚集子孙们叮嘱一番，重下花果山——

〔传令猴上。

传令猴　报——启禀大王，外面有人说有要事求见大王。

孙悟空　什么人？

传令猴　是一个嘴巴拱天，两耳如扇，肩背钉耙的黑和尚。

孙悟空　呵，八戒来了！八戒来了！（喜悦地）莫非我家师父回心转意，命八戒前来叫我回去？嗯，叫我回去。子孙们，随俺大王出洞相迎。

〔众猴应。

孙悟空　且慢！为什么叫八戒前来？其中必有缘故。嗯嗯嗯，我自有道理。子孙们，叫猪八戒进洞相见！

〔猪八戒上。

传令猴　（应）大王有令，进洞相见。

猪八戒　我吓吓煞哉！（唱【快板二凡】）

　　　　　　　猴头传令把我叫，

　　　　　　　吓得我心里卜卜跳，

　　　　　　　师父遭劫我难开口——

　　　　　　　如何请得师兄去除妖。

　　　　　猴头威风凛凛，我魂都没有了，怎么办？老猪哎！（自语）来也已经来了，你胆大些勿可怕……噢，我有数哉。（入内）师兄哎！师兄哎！

孙悟空　啊！哪一个？

猪八戒　是我老猪。

孙悟空　八戒是你，不保护师父，到此作甚？

猪八戒　师父……

孙悟空　师父怎样？

猪八戒　（慌、退）……他？

孙悟空　沙师弟可好？

猪八戒　（搪塞）好好——都好。

孙悟空　既然都好，到此作甚？

猪八戒　我来望望你大师兄。

孙悟空　住口！

猪八戒　我勿话。

孙悟空　方才说有要事相见，进得洞来，言语支吾，神色惊慌，子孙们！
　　　　与我赶了出去！

〔众猴赶猪八戒出，孙悟空示意小猴暗随。

猪八戒　（立于洞外，怔怔地）这倒清爽，一赶就走，事体都没有。（想）
　　　　我是错哉！我是错哉！（想）对，我准定这样讲，我准定这样话。
　　　　（入洞）师兄哎！

孙悟空　又来了？（作声势）赶了出去！

猪八戒　慢！你没有我个师弟，我倒有侬师兄咯。

孙悟空　此话怎讲？

猪八戒　听好了：自从你大师兄走了以后，师徒三人路过碗子山遇见妖怪
　　　　要劫师父，老猪我使尽平生力气保护师父，终因寡不敌众，被妖
　　　　怪团团围住，这时我猛然想起——

孙悟空　想起什么？

猪八戒　就想起你大师兄孙悟空。

孙悟空　嗯嗯嗯。

猪八戒　谁知勿提倒还好，一提起你孙悟空三字，那妖怪哈哈大笑。

孙悟空　她笑俺何来？

猪八戒　妖怪话小小毛猴，不足为奇，一无胆量，二无武艺，背师回山，
　　　　不敢往西，倘若再来，抽筋剥皮！

381

| 孙悟空 | （暴怒）哇！妖怪讲的？ |
|---|---|
| 猪八戒 | 你若再不去，"齐天大圣"四个字要丢掉了！（暗自高兴） |
| 孙悟空 | 气死我也！（发觉有假）八戒，你真人面前莫说假！ |
| 猪八戒 | 我都是老实话咯。 |
| 孙悟空 | 一派胡言，事到如今不吐真情，从今以后休来见我。子孙们，将<br>猪八戒轰下山去！ |

　　〔众猴欲赶猪八戒。

| 猪八戒 | 师父哎！我救侬勿来哉！ |
|---|---|
| 孙悟空 | 招回来，招回来。师父到底怎么样？ |
| 猪八戒 | 我话，我话！（念） |

　　　　　　可恨妖魔诡计巧，

　　　　　　化出禅寺设圈套。

　　　　　　师父被她劫得去，

　　　　　　如今生死不知晓。

| 孙悟空 | 好狡猾的妖怪哪！八戒你道这是什么妖怪？ |
|---|---|
| 猪八戒 | 我勿晓得？ |
| 孙悟空 | 这就是千年尸魔，三次变化人形，要害师父的白骨精！ |
| 猪八戒 | 白骨精？我老猪上当哉！ |
| 孙悟空 | 好糊涂的八戒！（念） |

　　　　　　你粗心大意蒙骗师尊，

　　　　　　贪馋饶舌将妖当人，

　　　　　　如今害得师父被擒，

　　　　　　难取真经。

| 猪八戒 | （恍然大悟）师兄，我全错哉！我全错哉！（念） |
|---|---|

　　　　　　前番我将妖当人，

　　　　　　害得师父被擒，

　　　　　　今日我特地上山赔罪。

| 孙悟空 | 不用说了，（扶起猪八戒）搭救师父要紧。子孙们！好好看守洞<br>府。二师弟！随我除妖去哉！（下） |
|---|---|

　　　　　　〔猪八戒跟下。

　　　　　　〔暗转。

## 第七场

〔孙悟空、猪八戒上。

**猪八戒** （欲闯上山去）来此妖洞，待我动手。

**孙悟空** 且慢，八戒不可鲁莽，师父尚在妖洞之内，你我分头查看动静。（下）

〔猪八戒作探山状。豹怪率众妖上。

**豹　怪** 蠢猪，前番被你逃走，今日敢是前来送死！

**猪八戒** 你个断命妖怪，你快快放俺师父下山便罢，如若不然，（回头望）可知俺猪爷爷的厉害！

**豹　怪** 一派胡言，与我拿下了！

〔开打。猪八戒不断回头呼救，被擒入洞。

〔孙悟空隐身上，欲救猪八戒，闻身后钟声，避下。

〔爬山虎上。

**爬山虎** 夫人摆宴，要吃唐僧肉，你我快走哇！

〔老妖婆金蟾乘轿上。孙悟空暗随。

**金　蟾** （唱【梅花三五七】）

女儿请我赴盛筵，

长生不老寿绵绵。

**孙悟空** （拦住金蟾）来的可是金蟾老妖怪？

**金　蟾** 你是何人？

**孙悟空** 齐天大圣孙悟空！（打死金蟾）待我变化起来！

〔孙悟空拔毫毛变小妖抬轿，自变金蟾老妖乘轿下。

〔暗转。

## 第八场

〔妖洞外，白骨精率众妖出迎。

〔假爬山虎、四假妖抬孙悟空幻化成的金蟾上。

**白骨精** 母亲！（警戒、察视）

金　蟾　（拍白骨精肩膀）儿呀，多日不见，真正想煞为娘了。

白骨精　母亲路上辛苦了！

金　蟾　为娘倒好，那唐僧师徒现在哪里？

白骨精　现在洞府。

金　蟾　快快带为娘前去看来。

〔白骨精引金蟾下，众妖随下。

〔唐僧内唱【倒板】："遭囚禁，被捆绑，身陷妖洞——"

〔二小妖押唐僧、沙僧上。沙僧怒踢小妖。

唐　僧　（接唱【二凡】）

到如今羊落虎口把命送。

〔众小妖绑猪八戒上。

猪八戒　师父！

唐　僧　……八戒……

猪八戒　我是来救你的呢。

唐　僧　你——

猪八戒　我也给妖怪捉牢哉。

唐　僧　（唱【二凡】）

八戒无能不敌众，

比不得神通广大的孙悟空。

猪八戒　师父放心——大师兄他……（闭口不言）

唐　僧　（接唱）我只得，任妖孽，刀剐汤烹。

〔押圆场。

〔妖洞，张灯结彩，盛设筵席，吹打声中，迎假金蟾入内，群妖朝贺入座。

白骨精　母亲，你来看！（唱【二凡浪板】）

喜今朝，开华筵，共吃唐僧。

金　蟾　我儿好本领，好妙法。

白骨精　母亲夸奖了。

金　蟾　众位魔王！

众　妖　大仙！

384　　金　蟾　你们看我女儿本领如何？

众　妖　夫人本领高强!

金　蟾　哈哈哈!

白骨精　不敢,哈哈!众小妖,将唐僧师徒开刀!

金　蟾　且慢!

白骨精　母亲……

金　蟾　为娘要问他几句,快快松绑。

白骨精　母亲……

金　蟾　为娘自有道理。(向唐僧暗示)唐僧,你有几个徒儿?

沙　僧　(踢金蟾)呔,要杀便杀,何必多问!

白骨精　母亲休要惊慌,这就是他的三徒儿沙　僧!

金　蟾　(看)哦,原来是呆沙鳅,呆头呆脑,死活勿晓,(转向白骨精,语意双关)保护师父倒是忠心的,就是要紧关头师父面前勿敢多话哉。

猪八戒　(焦急地)这断命猴头奈咯还不来呢?

金　蟾　来呔哉!(扯猪八戒耳朵)你就是好吃懒做,自作聪明的猪八戒?

猪八戒　(怒吼)侬个猪爷爷!

金　蟾　这只猪倒有些壮呔,耳朵割下来,给我老太婆沽老酒吃。

猪八戒　侬个老太婆妖怪,侬要是敢动我一动,我一脚踢煞侬。

金　蟾　这只猪倒有些凶呔!(孙悟空搔痒暗示)

〔猪八戒会意。

金　蟾　唐僧,你大徒儿齐天大圣呢?

唐　僧　(慨叹地)大徒儿孙悟空被我赶走了。

金　蟾　你为啥要将伊赶走呢?

唐　僧　因他一日连伤三命,违反了佛门戒律。

〔白骨精冷笑。

金　蟾　我儿为何发笑?

白骨精　(炫耀地)此乃女儿略施手段,三次变化人形,叫他师徒分离也!

金　蟾　难道不曾被他师徒识破?

白骨精　哼!除了那个泼猴,慢说他师徒三人,就连母亲你也难以看出破绽。

金　蟾　为娘倒未曾想到,我女竟修得这般本领,你何不重新变化一番,也好让大家见识见识。

狮虎狼豹　怪　　好哇！好哇！

白骨精　　如此，母亲众家魔王看了！

金　蟾　　（对猪八戒）看了！

　　　　　〔唐僧、沙僧面面相觑。

白骨精　　（唱【二凡】）

　　　　　　　一变村姑去送斋——（下）

　　　　　〔白骨精幻化成村姑上。

村　姑　　（轻蔑地）小师父，请随我一同前往。

猪八戒　　（怒踢村姑）侬个断命妖怪！（唱）

　　　　　　　我老猪鼻子虽长，

　　　　　　　闻不出妖和人！

村　姑　　哈哈哈！（下）

　　　　　〔白骨精幻化成老妪上。

老　妪　　长老万福，你可曾见过我的女儿？哈哈……（唱）

　　　　　　　三度巧施攻心计——（下）

　　　　　〔白骨精幻化成老丈上。

老　丈　　（唱）一封贬书逼得那泼猴——

　　　　　　　俯首夹尾回山岗。

　　　　　　　我问你天飘素绢是哪个？

金　蟾　　唐僧，这素绢不是佛祖点化，乃是我女变化。

　　　　　〔唐僧惊悟。

老　丈　　哈！哈！哈！（下）

　　　　　〔白骨精上。

白骨精　　（唱）天王寺他自投罗网。

唐　僧　　佛家以慈悲为怀，方便为本。贫僧生死何惧，但有一言相劝！（念）

　　　　　　　你修你的道，我取我的经。

　　　　　　　彼此无关涉，放我把路行。

白骨精　嘿嘿，前番我几次变化，煞费苦心。就是为要吃你之肉，以保长
　　　　生。如今要我放你前去，岂非梦想！

　　　　〔金蟾激动不安，举拐欲打。

沙　僧　呔！你这刁猾的妖怪，我只恨当时没有和大师兄把你一棒打死！
　　　　（转向唐僧）师父！（唱【快板二凡】）

　　　　　　残害众生妖本性，

　　　　　　劝妖向善是妄想。

　　　　〔金蟾向沙僧翘拇指。

白骨精　众小妖，汤锅伺候！

　　　　〔二妖抬汤锅上。

唐　僧　（摇摇欲坠，唱【二凡浪板、快板】）

　　　　　　痛恨我错把妖魔当善人，

　　　　　　枉发慈悲祸自身。

　　　　　　悔不该，中妖计，

　　　　　　赶走了赤胆忠心的孙悟空！

　　　　〔金蟾不住示意唐僧，白骨精暗地窥察，愈益警觉。

唐　僧　（唱）到如今丧性命难取真经，

　　　　　　只落得空悲痛千古遗恨！

白骨精　众魔王！

　　　　〔众妖魔应。

白骨精　将唐僧师徒一齐开刀。

唐　僧　大徒儿，悟空——（昏厥）

金　蟾　（扶唐僧）师父！

白骨精　你——

金　蟾　妖怪！（显出本相，唱）

　　　　　　妖怪死期在今朝！

　　　　〔开打。孙悟空手持金箍棒，横扫群魔，沙僧勇猛参战，猪八戒
　　　　挥动钉耙巧战护师。

孙悟空　妖怪，你逃不掉啦！

　　　　〔白骨精显出狰狞原形，孙悟空口吐神火，烧毁白骨。现朽骨
　　　　一丘。

387

唐　僧　悟空……

孙悟空　师父……

唐　僧　真愧煞为师也！

　　　　〔师徒悲喜交加。

孙悟空　师父，这都是妖怪害我们师徒分离。

唐　僧　也是为师不明。

孙悟空　师父何出此言，赶路要紧。

唐　僧　好，带马。

　　　　〔师徒四人重上征途。孙悟空牵过白马。

唐　僧
孙悟空
猪八戒　（唱【尾巴】）
沙　僧

　　　　山高涧深征途险，

　　　　西天路上多磨难。

　　　　师徒同心又登程，

　　　　誓扫群妖取经还。

　　　　〔师徒四人造型。

——剧　终

　　《孙悟空三打白骨精》是七龄童20世纪40年代自编自导自演的幕表戏，取材于《西游记》第二十七回《妖魔三戏唐三藏　八戒智激美猴王》与第三十一回《猪八戒义激猴王　孙行者智降妖怪》。1960年浙江省委宣传部、浙江省文化局组织创作小组将传统剧目《孙悟空三打白骨精》和《孙悟空大破平顶山》两剧融合、重新布局，同年由浙江绍剧团首演。导演邢胜奎，六龄童饰演孙悟空，七龄童饰演猪八戒，1960年由上海天马电影制片厂摄制成彩色戏曲片，1963年此影片获得大众电影"百花奖"。

## 作者简介

顾锡东　（1924—2003），男，笔名金易，浙江嘉善人，浙江剧作界的领军
　　　　人物，他一生创作并上演剧目六十余部，电影五部，创作戏剧、
　　　　曲艺理论文章二百余篇。他创作的《五女拜寿》《汉宫怨》《陆游
　　　　与唐婉》等新编历史名剧在中国当代戏剧史上影响巨大，被誉为
　　　　"当代中国戏剧界的关汉卿"。他还为培养中青年戏剧影视创作、
　　　　表演人才做出显著贡献。

贝　庚　山东人，原浙江省文化局剧目创作组创作干部。

· 歌舞剧 ·

# 刘三姐

（根据邓昌伶同名剧本改编）

曾昭文　龚邦榕　邓凡平　牛　秀　黄勇刹　包玉堂

**人　物**　刘三姐——勤劳勇敢的壮族姑娘，简称"三姐"。

李小牛——勇敢刚强的青年猎手，简称"小牛"。

刘　二——三姐的哥哥。

老渔翁——壮族老人，村中长辈。

韦老奶——三姐的外婆。

兰　芬——三姐的表妹。

冬　妹——三姐的女友。

春　姐——三姐的女友。

亚　木——青年猎手。

亚　祥——青年猎手。

莫海仁——恶霸地主。

莫进财——地主管家。

莫　福——莫家狗腿子。

媒婆，陶秀才、李秀才、罗秀才，丫鬟甲、乙，中年人，老年人，外乡人甲、乙、丙、丁、戊，男女青年歌伴，家丁，官兵若干人。

## 序　幕

〔山峰蜿蜒重叠，江流曲曲弯弯，一片红色的朝霞映现在山峦的隐处。春风拂面，清新，舒畅。顺着流水飘来了刘三姐的歌声。

〔三姐幕内唱曲一：

"唱山歌，

这边唱来那边和。

山歌好比春江水，

不怕滩险弯又多。"

〔歌声中，须眉皓白的老渔翁，驾着一只小船，载着三姐和刘二上。

　　**三　姐**　（接唱）浪送船行风送帆，

> 唱起山歌弯过弯，
>
> 山歌唱破千层浪，
>
> 闯过一滩又一滩。

刘　二　三妹，水急浪高，你要站稳呀！

三　姐　（唱曲二）

> 浪滔滔，
>
> 河里鱼虾都来朝，
>
> 急水滩头唱一句，
>
> 风平浪静乐逍遥。

刘　二　三妹，风也没有平，浪也没有静，你就不要唱了好不好！

三　姐　二哥！（唱曲二）

> 唱歌好，
>
> 树木招手鸟来和，
>
> 江心鲤鱼跳出水，
>
> 要和三姐对山歌。

老渔翁　小姑娘，你唱得好，把我这六十多岁的老头迷住了。

刘　二　你莫夸奖我妹子了，她……（欲言又止）

三　姐　老伯，你来唱。

老渔翁　要我唱？

三　姐　我来学呀。

老渔翁　（会意地）哈！哈！……（唱曲三）

> 要我唱，
>
> 牙齿不全口漏风，
>
> 我若开口唱一句，
>
> 虾公鱼仔脸都红。

〔这时红日已升上江面，照得满江通红。

三　姐　（唱曲四）

> 老伯莫讲口漏风，
>
> 唱得云开日头红，
>
> 山歌好比拦江网，
>
> 鱼鳖虾蟹落网中。

刘　二　下滩了!

老渔翁　下滩了!

〔一流急水,小船又被冲得摇晃。刘二扶着妹妹,不安地注视前方。

刘　二　老伯,这是十八滩么?

老渔翁　对,自古道:"要过九重山,须渡十八滩。"

刘　二　噢!好艰难呀!

老渔翁　唔!(唱曲五)

　　　　　过了一滩又一滩,

　　　　　莫怕艰险莫怕难……(一时唱不出口)

三　姐　(接唱)只要留得长流水,

　　　　　有朝冲倒九重山。

老渔翁　(有所领悟地重复唱)

　　　　　只要留得长流水,

　　　　　有朝冲倒九重山。

　　　　小姑娘,你唱得太好了!你是哪里人?高姓啊?

刘　二　老伯,不要讲了!到了,靠岸吧!

老渔翁　好,好,靠岸。

〔老渔翁撑船靠岸,灯光转暗。

〔幕后轻声地伴唱:

　　　　"过了一滩又一滩,

　　　　莫怕艰险莫怕难,

　　　　只要留得长流水,

　　　　有朝冲倒九重山。"

〔歌声渐逝,灯光转明。

# 第一场　投亲

〔村口江边码头,有挑柴、担水、捞鱼、耕田的劳动群众往来过场,路旁有几个坐着歇脚,一个摇串铃的采药老人和一个背药箱的少年向村口走来,两个洗衣姑娘从江边上岸。

〔突然，幕后一阵争吵声，场上众人闻声走散。

〔莫福手提野兔，大摇大摆走上。

莫　福　（念）东村游来西村走，

　　　　　　　　捞只野兔搞壶酒。

　　　　（唱）乐呀乐悠悠！

〔李小牛和青年猎手亚木、亚祥追上。

小　牛　（怒指莫福）你——（念）

　　　　　　　　狗仗人势抢猎物，

　　　　　　　　快快还给我李小牛！

　　　　　　　　快把猎物放下！

亚　木
亚　祥　（齐声）把猎物放下！

莫　福　（耍赖）嘿，这只野兔是在路边捡来的，怎么……

亚　木
亚　祥　（齐声）呸！是小牛哥一箭射中的。

小　牛　对！是我一箭射中的！

〔群众在一旁观看，议论纷纷，莫福感到抵赖不行，干脆摆出一副凶相。

莫　福　好，好，就算是你射中的，那……老子拿来下酒，也是赏你脸……

小　牛　（气极）住口！你好无理！

莫　福　（装雄）你……怎么样？哼！穷鬼，睁开眼睛看看大爷是哪家的！

小　牛　我认得你是莫家的一条狗！

〔莫福举拳向小牛打来，被小牛抓住手腕一甩，摔了跤。

小　牛　你仗着莫家势力为非作歹，今天……

亚　木
亚　祥　（齐喊）打！打！

莫　福　（捧起野兔，跪地求饶）哎哟，莫打……

〔老渔翁引着刘二、三姐笑着走到前面。后面的群众也笑了起来，小牛拿回野兔。莫进财与二家丁从一边上。

莫进财　哼！什么事？

莫　福　（见管家到，又凶恶了）莫管家，我好说好讲跟他要一只野兔给老爷下酒，这穷鬼不识抬举，张口就骂，举手就打！……

**莫进财** 好大的胆子，来呀！要他把猎物交出来！

**众家丁** 交出来！

〔家丁拥上，几个青年怒目而视，家丁犹豫，不敢强夺。

**三　姐** （唱曲六）

　　　　天地山川盘古开，

　　　　飞禽走兽众人财；

　　　　想吃鲜鱼就撒网，

　　　　要吃野兔带箭来。

**莫进财** 你是什么人？可晓得莫家的厉害呀！

**三　姐** （接唱）大路不平众人踩，

　　　　情理不合众人抬。

　　　　横梁不正刀斧砍，

　　　　管你是斜还是歪。

**莫进财** 你……你……

〔刘二阻止三姐。

**老渔翁** 喂！莫大管家，他们是外乡人，不晓得你莫家的厉害，算了吧！为了一只野兔争吵不休，叫外人看见，岂不有失你莫家的体面？哈哈哈！

〔众笑。

**莫进财** 哼！你们这些刁蛮，不愿和你们生这些闲气。走！

〔莫进财下，莫福、家丁随下。

〔场上群众欢笑，气氛活跃了。

**众　人** 唱得太好了！好痛快！

**老渔翁** （称赞三姐）真是个又聪明又大胆的小姑娘！

　　　　哪里的凤凰飞到这里来了！

**众　人** 哈！哈！哈！

　　　　是呀！

　　　　痛快！

　　　　有勇气！

**刘　二** 老伯，莫夸奖我妹子了，她呀！……唉！她就是爱唱歌惹是生非！

三　姐　（劝慰地）二哥！

　　　　〔群众见此情景，不知道怎么回事，全场沉寂。

小　牛　（拉过老渔翁，轻声地问）他兄妹是哪里来的？

老渔翁　这……（想了一想，转身走向三姐兄妹，笑问）哈！莫怪老汉多

　　　　嘴，我再问一句，你兄妹是哪里人？来这里……

刘　二　唉！老伯呀！（唱曲七）

　　　　　　我兄妹，在罗城，

　　　　　　砍柴织笠度光阴；

　　　　　　三妹年幼性执拗，

　　　　　　不知天高和海深。

　　　　　　皆因唱歌惹……惹了事，

　　　　　　这才离乡弃土来投亲。

众　人　来投亲？

老渔翁　你们是不是来找韦老奶的？

小　牛　找韦老奶的？！

三　姐
刘　二　老伯，你怎么晓得？

老渔翁　同条村子共条河，哪家的亲戚老汉我不晓得！你是韦老奶的外孙

　　　　女，爱唱山歌的刘三姐。

小　牛　哦！刘三姐！

　　　　〔小牛示意两青年猎手去告诉韦老奶，两青年猎手下。

三　姐　老伯，你怎么猜到的？

老渔翁　（念）高山打鼓远闻声，

　　　　　　三姐唱歌早闻名；

　　　　　　二十七钱摆三注，

　　　　　　九文九文又九文①。

三　姐　老伯，你讲笑话了。

　　　　〔韦老奶、兰芬、冬妹、春姐等上。

韦老奶　啊！我的外孙女，你长得这样高大了！

---

① 　九文：同"久闻"谐音。

刘二姐　外婆!

兰　芬　三表姐。

三　姐　你是兰芬表妹?

小　牛　我叫李小牛。三姐,你人我没见过,你的歌我们早就会唱了。

三　姐　我的歌?（注视小牛）

众　人　（唱曲八）

　　　　山歌一唱起春风,

　　　　山歌一唱乐融融,

　　　　唱出穷人心一片,

　　　　黑夜唱到太阳红。

〔幕落。

# 第二场　护山

〔春天的山野,满山满坡都是青翠的茶树,万树丛中夹杂着火红的杜鹃花。

〔兰芬、冬妹和几个姑娘手提茶篮边唱边舞上。

姑娘们　（唱曲九）

　　　　春天茶叶嫩又鲜,

　　　　姐妹双双走茶园;

　　　　莞莞茶树亲手种,

　　　　辛勤换得茶满山。


　　　　春天茶叶香又香,

　　　　茶山一片好风光;

　　　　自己种来自己采,

　　　　甜满心头香满筐。

兰　芬　姐妹们,你们看哪! 这茶枝密密的,茶叶多多的……

〔老渔翁暗上。

老渔翁　味道香香的。

姑娘们　老公公来了！

兰　芬　老公公，看我们这茶山好不好？

老渔翁　好！前几年是一片荒山野岭，如今变得花红……

众姑娘　（紧接）茶绿……

老渔翁　（唱曲十）

> 满山茶树满山花，
>
> 蝴蝶采花妹采茶；
>
> 一片茶叶香百里，
>
> 赛过园中茉莉花。

兰　芬　老公公，你不在河里打鱼，来茶山上做什么？

老渔翁　你们茶山的香味，姑娘们的歌声，把老汉引上来的呀！

冬　妹　老公公，自从你把三姐接来这一年多，我们学了好多歌。

兰　芬　老公公，我晓得你是来找三姐的。三姐上山打柴去了，一下就
　　　　回来。

老渔翁　好啦，你们快采茶吧！

兰　芬　姐妹们，采起茶来！

姑娘们　（唱曲九）

> 姐妹生得灵巧手，
>
> 采茶好比绣金球；
>
> 上采好似蝶恋花，
>
> 下采好似金鱼游。
>
> 
>
> 左采好似龙戏水，
>
> 右采好似凤点头；
>
> 采得春风笑开口，
>
> 采得青山笑点头。

老渔翁　（唱曲十）

> 今年采茶手提篮，
>
> 明年采茶用肩担；
>
> 长街换得红绒线，
>
> 绣个金球和哥连。

姑娘们　老公公，你又讲笑话了。

老渔翁　莫吵，你们听。

〔远处传来三姐的歌声，三姐幕内唱曲十一：

　　　　"姐砍柴啰，

　　　　打得柴多歌更多，

　　　　砍柴要砍黄连树，

　　　　唱歌要唱欢乐歌。"

〔亚木、亚祥和几个砍柴的小伙子上。

亚　木　趁着大家歇息，和三姐盘歌好不好？

兰　芬　人家三姐开口是歌，见什么唱什么，你哪里是她的对手？

亚　祥　怕什么，我们人多智广，又有老公公当军师，今天我们一定要对赢三姐。

亚　木　三姐来了。

〔三姐肩挑柴担，口唱山歌上，刘二挑柴随上。

三　姐　（唱曲十二）

　　　　　　脚踩云海过山崖，

　　　　　　挑起柴火把口开；

　　　　　　柴火压弯竹扁担，

　　　　　　山歌伴姐飞回来。

〔姑娘们及小伙子们拥上。

众　人　三姐！

兰　芬　三姐，你看谁来啦！

三　姐　（迎上老渔翁）老伯！好久没有见你了！

刘　二　老伯，家里坐吧！

老渔翁　不啦，大家都等着和你妹子盘歌呢。

刘　二　（犹疑地）噢……

老渔翁　老二，你也来和大家一起唱嘛！

刘　二　不啦，我先回去烧火煮饭，等你来喝酒。三妹！（走向一边对三姐轻声说）唱歌莫唱是非事……

兰　芬　（接念）"免得开口得罪人。"

〔众人笑，刘二无可奈何，挑柴下。

兰　芬　二哥的胆子像芝麻一样大。

　　　　〔众人笑。

亚　木
亚　祥　三姐，我们唱起来吧！（唱曲十三）

　　　　　　引姐唱，

　　　　　　清潭起浪引鱼来，

　　　　　　花开引来蝴蝶舞，

　　　　　　有心引姐上歌台。

三　姐　（接唱）心想唱歌就唱歌，

　　　　　　心想撑船就下河，

　　　　　　你拿竹篙我拿桨，

　　　　　　随你撑到哪条河。

小　牛　（唱曲十四）

　　　　　　什么结子高又高？

　　　　　　什么结子半中腰？

　　　　　　什么结子成双对？

　　　　　　什么结子棒棒敲？

三　姐　（接唱）高粱结子高又高，

　　　　　　玉米结子半中腰，

　　　　　　豆角结子成双对，

　　　　　　收了芝麻棒棒敲。

众青年　（唱曲十四）

　　　　　　什么有嘴不讲话？

　　　　　　什么无嘴闹喳喳？

　　　　　　什么有脚不走路？

　　　　　　什么无脚走天涯？

兰　芬　（接唱）菩萨有嘴不讲话，

　　　　　　铜锣无嘴闹喳喳，

　　　　　　板凳有脚不走路……

　　　　（一下答不上了）

三　姐　（接唱）大船无脚走天涯。

〔众人欢笑。

众姑娘　（唱曲十四）

什么结果抱娘颈？

什么结果一条心？

什么结果包梳子？

什么结果披鱼鳞？

三　姐　（接唱）木瓜结果抱娘颈，

芭蕉结果一条心，

柚子结果包梳子，

菠萝结果披鱼鳞。

（稍停，接唱曲十四）

什么水面打筋斗？

什么水面起高楼？

什么水面撑雨伞？

什么水面共白头？

众青年　（接唱）鸭子水面打筋斗，

大船水面起高楼，

荷叶水面撑雨伞，

鸳鸯水面共白头。

〔在盘歌时，莫进财带着两名家丁探头探脑地从众人后面过场。

老渔翁发现，他没有惊动众人，暗地跟下。

〔大家正唱得高兴，忽闻锦鸡飞鸣。

兰　芬　锦鸡！

亚　木
亚　祥　小牛哥，把它射下来！

〔小牛跑上高坡，箭不虚发。

众　人　射中了！

〔兰芬跑下拾锦鸡上。

兰　芬　你们看，弓声一响，锦鸡落地。

三　姐　（拿过锦鸡）不前不后，箭穿鸡颈正中。

亚　木　小牛哥真是神箭手。

〔众人欢笑，三姐把锦鸡递还小牛。

**小　牛**　这只锦鸡就送给二哥吧。

**兰　芬**　（憨直地）小牛哥，你总是送给二哥，为什么不送给三姐？

**春　姐**　蠢妹子，他嘴巴说送给二哥，心里是送给三姐的！

〔众人哄笑，小牛不好意思欲下。

〔老渔翁手拿一块写着"莫"字的牌子上。

**老渔翁**　你们看，这是什么？

**兰　芬**　莫海仁的"莫"字，圩场上、地头上到处插着这种牌子，哪个不认得。

**小　牛**　怎么插到茶山来了呢？

**春　姐**　莫非他又要霸占茶山？

**老渔翁**　对，莫海仁要霸占这茶山！

**众　人**　啊！

**老渔翁**　方才莫海仁在山脚下，朝着山上指手画脚，他对莫进财讲了几句，骑着马就走了。

**三　姐**　他讲什么？

**老渔翁**　（念）"莫家在此，安葬祖坟。

　　　　　　　　从今天起，封山禁林。"

**小　牛**　莫海仁这个狗贼子……

**三　姐**　（唱曲十五）

　　　　　　众人地，众人天，

　　　　　　众人河川众人山，

　　　　　　众人茶山众人管，

　　　　　　与他莫家不相干。

**老渔翁**　（接唱曲十五）

　　　　　　这山原是和尚岭，

　　　　　　如今栽茶茶成林。

**小　牛**　（接唱曲十五）

　　　　　　谁人敢把茶山禁，

　　　　　　一箭要他命归阴！

**老年人**　莫家财多势大，和官府常来常往，我们怎么斗得过他？

三　姐　（唱曲十六）

　　　　　　一根木柴难起火，

　　　　　　柴多火苗高过天，

　　　　　　只要穷人同心意，

　　　　　　不怕莫家霸茶山！

众　人　（接唱）

　　　　　　只要穷人同心意，

　　　　　　不怕莫家霸茶山！

　　　　〔莫进财与二家丁复上。

莫进财　你们讲什么？（念）

　　　　　　此乃龙山宝林，

　　　　　　老爷要葬祖坟；

　　　　　　你等动刀弄斧，

　　　　　　神龙必定受惊；

　　　　　　伤龙龙口喷火，

　　　　　　全村灾难来临；

　　　　　　老爷今日有命，

　　　　　　严禁采茶伐林！

小　牛　哼！（唱曲十七）

　　　　　　西山原是荒山岭，

　　　　　　不见茶树不见林；

　　　　　　问你莫家那时节，

　　　　　　不葬祖坟为何情？

三　姐　（接唱）西山如今会生财，

　　　　　　全因穷人把茶栽，

　　　　　　一片茶叶一滴汗，

　　　　　　莫家强抢该不该？

众　人　（接唱）不该，不该，大不该！

　　　　　　莫家强抢大不该！

莫进财　众位父老兄弟，莫老爷为了全村的吉祥平安，特地请来风水先生，他们讲，西山原是生龙口……

小　牛　呸！（接唱）

　　　　　　若道这是生龙口，

　　　　　　我们早有绫罗穿；

三　姐　（接唱）撕下莫家鬼脸壳，

　　　　　　封山原是为霸山。

莫进财　穷有穷命，富有富命，这乃天注定。老爷要葬祖坟，怎么说是
　　　　霸山？

三　姐　（唱曲十八）

　　　　　　不是命，不是天，

　　　　　　莫家有把铁算盘，

　　　　　　莫家算盘一声响，

　　　　　　（把）穷人逼进鬼门关。

　　　　〔刘二上。

莫进财　刘三姐，你吃了豹子胆，竟敢骂起莫老爷来了！

三　姐　（唱曲十八）

　　　　　　上山有棍打得蛇，

　　　　　　下水有网捉得鳖；

　　　　　　有理敢把皇帝骂，

　　　　　　管你老爷不老爷。

众　人　（接唱）有理敢把皇帝骂，

　　　　　　管你老爷不老爷。

莫进财　好啊，刘三姐，你三番几次唆使土民与莫老爷作对，你等着！
　　　　等着！

　　　　〔莫进财狼狈地边说边欲下，绊在一块大石头上，几乎跌倒，众
　　　　人大笑。

莫进财　你们这些穷骨头，莫高兴得这样早，这茶山早晚是莫老爷的！

三　姐　莫进财，你说这山是莫老爷的，为什么不帮他搬回家去？

小　牛　（举起大石头）还有这块大石头，给你！

　　　　〔莫进财惊慌失措。

兰　芬　哎哎！还有这块破木牌。（顺手向莫进财掷去，众人笑）

莫进财　刘三姐，你小心点，你小心点！（扛着木牌，狼狈跑下）

405

刘　二　　三妹，你到处闯祸，你有几条命?!

众　人　　三姐!

三　姐　　姐妹们，我们还是采茶去!

　　　　　〔幕落。

## 第三场　诡计

　　　　　〔紧接上场。

　　　　　〔莫海仁家二堂，雕梁画栋，帷幕低垂。

　　　　　〔两个丫鬟随莫海仁上，内有一丫鬟手捧金丝鸟笼，笼中装的是
　　　　　莫海仁爱如珍宝的鹩哥鸟。

莫海仁　　（念）良田万顷我嫌少，

　　　　　　　　老婆九个不嫌多。

　　　　　我，莫海仁，可恨那些穷骨头叫我"谋害人"。哼!只要年年粮
　　　　　谷满仓，岁岁黄金万两，管他海仁还是害人。（笑，坐，逗弄笼
　　　　　中鹩哥，教它学舌）黄金……万两……妻妾……满堂。

　　　　　〔鹩哥学得极像，莫海仁大笑。

　　　　　〔莫进财上。

莫进财　　见过老爷。

莫海仁　　进财回来了，封山禁林之事可曾办好?

莫进财　　老爷呀!（唱曲十九）

　　　　　　　　奉了老爷命，

　　　　　　　　前去禁山林;

　　　　　　　　山上众穷鬼，

　　　　　　　　砍柴采茶闹纷纷，

　　　　　　　　禁牌被拔掉，

　　　　　　　　开口还骂人，

　　　　　　　　她骂老爷你……

莫海仁　　怎么样?

莫进财　　（接唱）封山原为霸山林。

莫海仁　　什么人如此大胆?

莫进财　（接唱）为首就是刘三姐。

莫海仁　刘三姐？

莫进财　她唆使众刁民，不许——（接唱）

　　　　　不许莫家霸山林。

莫海仁　这个黄毛丫头，吃了豹子胆，竟敢与我作对，我早想——

莫进财　给她点厉害看看！

莫海仁　小小一土民村姑，何必与她一般见识。

莫进财　那就赶她出境！

莫海仁　岂不太便宜了这个丫头。

莫进财　老爷，难道就这样罢了不成？

莫海仁　（取食喂笼中鹩哥，对鹩哥）谢谢老爷！

　　　　〔鹩哥学舌"谢谢老爷。"莫海仁狂笑。

莫进财　老爷，这——

莫海仁　进财，你看。（唱）

　　　　　小小鹩哥舌头尖，

　　　　　多喂蜜糖嘴巴甜，

　　　　　金丝笼里把歌唱，

　　　　　陪伴老爷心喜欢！

莫进财　（会意）笼——中——鸟。

莫海仁　快去把王媒婆请来！

莫进财　请王媒婆？老爷远见，老爷高才！（下）

　　　　〔莫海仁大笑。

　　　　〔幕落。

## 第四场　拒婚

　　　　〔中幕前，前场次日，王媒婆持着莫家聘礼上。

王媒婆　（唱曲二十）

　　　　　三寸舌头一嘴油，

　　　　　男婚女嫁把我求；

　　　　　哄得狐狸团团转，

哄得孔雀配斑鸠。

我，王媒婆，一不耕田，二不种地，专靠做媒为生。昨日奉了莫老爷之命，要我到刘三姐家去说媒。（唱曲二十）

　　　刘家丫头谁不晓，

　　　人又刁蛮嘴又嚣；

　　　不是路边闲花草，

　　　她是高山红辣椒。

（想）嘿！我王媒婆也不是好惹的咧！一来看在银子面上，二来凭着老娘这张利嘴，也要去试她一试。（唱曲二十一）

　　　白银子来黑眼睛，

　　　只认银子不认人，

　　　只要银子拿到手，

　　　哪管天理与良心。（下）

〔中幕开。

〔接中幕前的过场。

〔刘二家门口。

〔三姐正在绣着箭袋，边绣边唱。

三　姐　（唱曲二十二）

　　　绣只蝴蝶采鲜花，

　　　绣个葫芦配金瓜，

　　　绣条蛟龙腾云起，

　　　绣个箭袋送给他。

〔韦老奶与兰芬上。

三　姐　（并未发现，接唱）

　　　金丝绣袋送给哥，

　　　装满利箭挂身旁，

　　　望哥箭箭不空放，

韦老奶　（接唱）射尽世间虎和狼。

兰　芬　（拿过箭袋，故作不知）哟！原来是个箭袋呀！

韦老奶　小心，莫弄脏了，这是三姐送人用的。

兰　芬　三姐你送给哪个？送给哪个？

三　姐　哪里，外婆讲笑的。

韦老奶　什么，我讲笑的?

兰　芬　绣得真好呀，三姐，你教我绣。

韦老奶　（对兰芬）你绣箭袋，送给哪一个?

兰　芬　奶奶，看你就喜欢笑人，我……我……我哪个也不送，一生一世
　　　　就跟着三姐。（唱曲二十三）

　　　　　　姐是明月妹是星，

　　　　　　有星无月天不明，

　　　　　　妹愿跟姐永做伴，

　　　　　　如同星星伴月行。

　　　　〔老渔翁身背鱼篓渔网上。

韦老奶　（唱曲二十四）

　　　　　　棒槌吹火不通气，

　　　　　　姐妹怎比月与星，

　　　　　　三姐同你永做伴，

　　　　　　莫非小牛打单身。

　　　　〔小牛暗上，听韦老奶唱后害羞欲走，被老渔翁挡住。

老渔翁　（唱曲二十五）

　　　　　　山中只有藤缠树，

　　　　　　世上哪有树缠藤，

　　　　　　青藤若是不缠树，

　　　　　　枉过一春又一春。

兰　芬　三姐，为什么只有藤缠树，没有树缠藤呢?

老渔翁　兰芬，你还不去捡猪菜?

兰　芬　（会意）啊! 捡猪菜去。老公公你也该打鱼去啦!

老渔翁　啊! 打鱼去!

兰　芬　小牛哥，这是三姐送给你的箭袋。

　　　　〔兰芬与韦老奶下。

老渔翁　小牛! 下水容易，上水难啰! 老汉打鱼去啦! 哈哈……（下）

　　　　〔小牛望望三姐，三姐望望小牛。

小　牛　（唱曲二十六）

409

新买水缸栽莲藕，

莲藕开花朵朵鲜；

金丝蚂蚁缸边转，

隔水难得近花前。

三　姐　（接唱）对河有只鹭鸶鸟，

眼睛明亮翅膀尖；

有心飞过连天水，

莫怕山高水连天。

小　牛
三　姐　（接唱）连就连，

我俩结交定百年，

哪个九十七岁死，

奈何桥上等三年。

〔三姐给小牛挂箭袋，小牛把手镯送给三姐。兰芬与数男女青年
暗上。

小　牛
三　姐　（接唱）风吹云动天不动，

水推船移岸不移，

刀切莲藕丝不断，

斧砍江水水不离。

众　人　（接唱）风吹云动天不动，

水推船移岸不移，

刀切莲藕丝不断，

斧砍江水水不离。

〔刘二上，小牛尴尬下。

刘　二　三妹，又唱什么刀切、斧砍的？

〔众人下。

〔三姐拿锄头欲下。

刘　二　三妹！

三　姐　二哥。（亮亮手镯，刘二并未发现）

　刘　二　三妹，前天在茶山上，莫管家的话，你没有忘记吧？

| 三 姐 | 没有忘啊，他说要我小心点。 |
|---|---|
| 刘 二 | 没忘记就好，我下地干活去了。（从三姐手中拿过锄头） |
| 三 姐 | 二哥。（拿草帽挂在刘二肩上） |
| 刘 二 | 你在家好好纺纱，不要出去砍柴了。（下） |
| 三 姐 | 二哥，你要早去早回啊！ |

〔三姐在纺棉纱，媒婆手拿聘礼上。

| 媒 婆 | 哟！三女儿呀，三女儿！你真是聪明能干啊！ |
|---|---|
| 三 姐 | （唱曲二十七） |

　　亲手种棉亲手纺，

　　自己织布自己穿。

　　三姐不爱人夸奖，

　　花言巧语莫来谈。

| 媒 婆 | 不是妈妈夸奖，像你这样才貌双全，将来定享大福啊！ |
|---|---|
| 三 姐 | （唱曲二十七） |

　　天大福气不稀罕，

　　三姐偏偏爱种田；

　　从小生来有双手，

　　哪能白吃讨人嫌。

| 媒 婆 | 三女儿，你哥哥呢？ |
|---|---|
| 三 姐 | 我哥哥哪有你清闲，他早下地干活去了。 |
| 媒 婆 | 三女儿，我是来向你兄妹两个道喜的呀！ |
| 三 姐 | 王妈妈，道什么喜呀？ |
| 媒 婆 | 三女儿，看你聪明一世，懵懂一时哟！你唱得一口好歌，又长得如花似朵，东西南北，远远近近，谁个不知，哪个不晓！（观看三姐神色，不敢直言）三女儿，你的时运来了，本村莫……莫……莫老爷！ |
| 三 姐 | 莫老爷有良田万顷。 |
| 媒 婆 | 是呀，是呀！ |
| 三 姐 | 莫老爷有家财万贯。 |
| 媒 婆 | 对啰，对啰！ |
| 三 姐 | 莫老爷家吃的是山珍海味。 |

411

媒　婆　是呀，是呀!

三　姐　莫老爷家穿的是绫罗绸缎。

媒　婆　对啰，对啰!（唱曲二十八）

　　　　　　家财万贯且不讲，

三　姐　（接唱）奶奶太太有九房，

媒　婆　（接唱）大小九个不生养，

三　姐　（接唱）但愿人间绝虎狼。

媒　婆　（接唱）进财找我好几趟，

三　姐　（接唱）你想说媒我相帮。

媒　婆　三女儿呀，三女儿你真乖啊!

三　姐　不知莫老爷又想找哪一个?

媒　婆　这个……（接唱）

　　　　　　一要人品最风流，

三　姐　（接唱）二要能说又会讲，

媒　婆　（接唱）三要远近都闻名，

三　姐　（接唱）四要才貌两相当。

媒　婆　这个人哪——

三　姐　这个人也不难找呀!

媒　婆　远在天边，近在……

三　姐　近在眼前!（指着媒婆，唱曲二十九）

　　　　　　看你人品最风流，

　　　　　　扭扭捏捏到处游。

　　　　　　看你能说又会讲，

　　　　　　好比癞狗吠日头。

　　　　　　看你名声传得远，

　　　　　　臭名鼎鼎盖九州;

　　　　　　看你才貌两相当，

　　　　　　黄牙白眼一嘴油;

　　　　　　你同老爷两相配，

　　　　　　好比山猪配花猴!

　　　　〔小牛和几个男女青年陆续上。

三　姐　烧香谢天又谢地，

　　　　　　　送你鬼婆出门楼。

媒　婆　呸！刘三姐，你可不要狗咬吕洞宾，不识好人心哪！

　　　　〔刘二扛着锄头上。

三　姐　（唱曲三十）

　　　　　　　好篮从来不装灰，

　　　　　　　好人从来不做媒；

　　　　　　　今天碰着刘三姐，

　　　　　　　红薯落灶你该煨。

刘　二　三妹，什么事？

媒　婆　刘二，莫老爷看上了你家三姐，老娘好心好意前来说媒……

三　姐　（念）给你大路九十九，

　　　　　　　　叫声媒婆你快走。

媒　婆　（念）老爷等你开金口，

　　　　　　　　婚事不成我不走！

三　姐　（念）山中狼虎我见过，

　　　　　　　　难道还怕一条狗！

刘　二　（拿过聘礼还给媒婆）王妈妈，自古道，竹门对竹门，木门对木
　　　　门，这门亲事我们不敢高攀。

众青年　快走！

小　牛　（唱曲三十）

　　　　　　　老刁骡，老刁骡，

　　　　　　　背起东西往回驮；

　　　　　　　我赶刁骡赶得怪，

　　　　　　　不打屁股专打脚。

　　　　〔众人笑。

媒　婆　好！你兄妹不知好歹……你等着……

　　　　〔莫进财上，踩着媒婆的脚。

媒　婆　哎哟！哪个砍头鬼！（抬头一看是莫进财，忙转笑脸）

　　　　〔莫进财回头请莫海仁及家丁上。

莫进财　刘二，莫大老爷亲自看你兄妹来了。

媒　婆　刘三姐，莫老爷亲自来了，你有什么话，就同老爷讲吧！

刘　二　莫老爷来了，你看这里也没个坐处。

莫海仁　（伪善地）刘二，你的病好了没有？莫某事务繁忙，过去照顾不
　　　　到，今后嘛……

莫进财　今后要是靠上莫家这棵大树，那就风吹不怕，雨打不惊了。

三　姐　（唱曲三十一）

　　　　　　别处财主要我死，

　　　　　　这里财主要我活；

　　　　　　往日只见锅煮饭，

　　　　　　今天看见饭煮锅。

　　　　〔众人哄笑。

刘　二　老爷请莫见怪，我三妹性情执拗，不敢……

莫海仁　不！你三妹聪明过人，若能陪伴老爷，那我就称心如意了。

刘　二　我们家贫命苦，实在不敢高攀！

莫进财　刘二，你不要不识抬举，你莫忘记了你种的是莫老爷的田，吃的
　　　　是莫老爷的饭，若还惹恼了莫大老爷，收回你的田地……

三　姐　（唱曲三十二）

　　　　　　他要收田由他收，

　　　　　　三姐饿死不低头；

　　　　　　穷人生来骨头硬，

　　　　　　绝不弯腰做马牛。

莫进财　打开天窗说亮话，刘二，你到底答应不答应？

刘　二　还是请老爷另选高门吧！

莫海仁　你既不答应，这也没什么，进财……

莫进财　（拿出算盘算账）刘二，你去年治病借的银子，利加利，利滚
　　　　利，本利共欠一十五两三钱七。

莫海仁　马上还清！

莫进财　马上还清！

刘　二　这……

莫海仁　这……这什么？还不起，是吗？把刘二带走，送官治罪！

　三　姐　慢着，我哥哥犯了什么罪？

莫进财　你哥哥犯了什么罪？你犯罪了，你唱歌骂……

莫海仁　进财，休得啰唆，只要她答应亲事，就不用退田还债、送官治罪了。

三　姐　（唱曲三十三）

　　　　　　说的什么媒？

　　　　　　提的什么亲？

　　　　　　明明起的是歪心！

　　　　　　葫芦里头装的什么药，

　　　　　　三姐一眼看得清。

　　　　〔众人议论。

莫海仁　岂有此理，你竟敢说老爷是歪心！

三　姐　（接唱曲三十三）

　　　　　　霸山说是葬祖坟，

　　　　　　恨我你又来提亲，

　　　　　　外贴门神内有鬼，

　　　　　　分明怕我唱歌人。

　　　　〔众人恍然大悟。

莫海仁　什么？老爷怕你唱歌？

莫进财　众位乡亲，堂堂莫大老爷还怕她唱歌？笑话，笑话……

三　姐　那好嘛！（接唱曲三十三）

　　　　　　三姐生来脾气怪，

　　　　　　只爱山歌不爱财，

　　　　　　你若不怕我唱歌，

　　　　　　结亲先要摆歌台，

　　　　　　谁能唱歌唱赢我，

　　　　　　不用花轿走路来。

莫海仁　什么，要对歌？

小　牛　按我们壮家的规矩，要想结亲就先对歌！

莫进财
媒　婆　老爷这可不能答应呀！

莫海仁　若有人唱得过你，你就嫁给我啊！

415

三　姐　有人？若还唱不赢我呢？

莫海仁　从此不提婚事。

三　姐　再不准霸占西山茶林！

莫海仁　这……

众　人　你不敢答应了吧？

莫海仁　好！

三　姐　说话当真！

莫海仁　当真！

三　姐　不得反悔！

莫海仁　堂堂老爷，哪有反悔之理。

众　人　好！我们做证！

莫海仁　走！

〔莫海仁等下。

小　牛　三姐，对歌的时候我给你打鼓助威！

兰　芬　我把村里会唱歌的人都找来！

众　人　好！

〔幕落。


# 第五场　对歌


〔中幕前，前场的若干日后，莫进财率八家丁挑歌书书箱过场。
陶、李、罗三秀才上。老渔翁迎面上。

陶秀才　（唱曲三十四）

　　　　　　桃花开放三月天，

李秀才　（接唱）李花遍地白连连，

罗秀才　（接唱）落花有意随流水，

老渔翁　（接唱）狗屁不通臭上天。

陶秀才　老艄公，你讲什么？

老渔翁　我讲"天连水来水连天"。

陶秀才　小小一条河怎称得上"天连水来水连天"？

　李秀才　真是不通之至也！

老渔翁 怎见不通？

李秀才 陶、李、罗是我等三人姓氏，你懂吗？

老渔翁 你们讲的是头，我讲的是尾呀！

罗秀才 请道其详。

老渔翁 你们的诗尾一个是天，一个是连，一个是水，是不是？

罗秀才 不错，不错。

老渔翁 我把你们三人的尾巴这样一抓，岂不是"天连水来水连天"吗？

陶秀才 妙哉！

李秀才 佳句！

罗秀才 佳句！

三秀才 佳句也！

李秀才 二位仁兄，莫老爷不惜重金，请我等三人到此与刘三姐对歌，必
须深思熟虑，不可信口开河。

陶秀才 李兄言之过矣！想我等皆一方名士，小小一土民村姑有何惧哉！

罗秀才 陶兄言之有理，不过小弟才疏学浅，此次冒上歌场，万一砂罐破
底，则无地自容矣！

李秀才 罗兄，休长他人志气，灭自己威风。就凭我等随身所带之歌书……
　〔莫进财上。

莫进财 三位先生，船已备好。

陶秀才 歌书可曾装好？

莫进财 装了满满一船。

三秀才 此次对歌必操胜券无疑矣！
　〔三秀才相让而下，老渔翁摇船随下。
　〔莫海仁上，媒婆、丫鬟随上。

莫海仁 进财！带上花轿，准备过江。

媒　婆 这个包在我身上，随后就到，请老爷放心。

莫进财 老爷今日对歌必定旗开得胜，马到成功。

媒　婆 马到成功！

莫海仁 哈哈哈，上船！
　〔众下。

〔中幕开。

〔接中幕前的过场。

〔河边一小山坡上，矗立着两株高大的木棉树，鲜红的花朵挂满枝头，小牛在树下擂鼓助威，若干青年歌手相伴。人们在歌声中陆续上。

众　人　（唱曲三十五）

　　　　　山对山来崖对崖，

　　　　　河边搭起对歌台；

　　　　　一声歌起山河应，

　　　　　不怕虎狼打队来。

　　　　　山对山来崖对崖，

　　　　　河边搭起对歌台；

　　　　　唱平江心三尺浪，

　　　　　遮日乌云也唱开。

　　　　〔亚木跑上。

亚　木　小牛哥！听说今天来和三姐对歌的，是莫家特地从外地请来的秀才啵！

小　牛　莫说是外地请来的秀才，就是京城请来的状元也不怕他。

　　　　〔三姐边唱边上。刘二、兰芬、韦老奶随上。

三　姐　（唱曲三十六）

　　　　　一把芝麻撒上天，

　　　　　我有山歌万万千，

　　　　　唱到京城打回转，

　　　　　回来还唱十把年。

　　　　〔众人热忱地、关切地招呼三姐。

刘　二　三妹，莫海仁请来的三个秀才必定是满腹文章，你要用心对才是。

　　　　〔老渔翁上。

老渔翁　喂，乡亲们，莫海仁请来的三个秀才从那边上岸了。

小　牛　乡亲们，我们先试他一试，看他们是秀才还是蠢材！（唱曲三十七）

　　　　　唱歌就唱两三排，

众　人　（接唱）三头两句你莫来，

　　　　三头两句你莫唱，

　　　　　快卷包袱穿草鞋。

　　〔歌声中，三秀才上场。

**罗秀才** 好大的口气。

**陶秀才** 莫老爷未到，我们可以置之不理。

**李秀才** 知己知彼，百战百胜，不妨见见刘三姐是何等人也。

**陶秀才** 哎！你们哪个是刘三姐?

**老渔翁** （唱曲三十八）

　　　　上山砍柴要用刀，

　　　　出门过河要架桥，

　　　　壮家用歌来问话，

　　　　无歌你就夹尾逃。

　　〔三秀才茫然。

**三　姐** （唱曲三十九）

　　　　隔山唱歌山答应，

　　　　隔水唱歌水回声；

　　　　今日歌场初见面，

　　　　三位先生贵姓名。

**陶秀才** 问我等姓名。

　　〔三秀才不直接道出姓名，各吟诗一句。

**陶秀才** （唱曲四十）

　　　　争春花放我为先，

**李秀才** （接唱）兄红吾白两相连，

**罗秀才** （接唱）报喜敲来当当响，

**三秀才** （唱）三人诗才赛歌仙。

**三　姐** 哦，你们三人一个姓陶、一个姓李、一个姓罗，对不对？（唱曲四十一）

　　　　姓陶不见桃结果，

　　　　姓李不见李花开，

　　　　姓罗不见锣鼓响，

　　　　三个蠢材哪里来?

罗秀才　果然厉害。

陶秀才　待我回她一首，以显我等威风。

李秀才　陶兄言之有理。

陶秀才　你是刘三姐吗？

老渔翁　（指三姐）她是刘三妹，你们是不是要和她试一试？

三秀才　刘三妹？

韦老奶　你们对不过刘三妹，就莫再找刘三姐啦，三姐比她还厉害啵！

陶秀才　先给她来个下马威。（唱曲四十二）

牛角不尖不过界，

马尾不长不扫街；

我若不是画眉鸟，

怎敢飞往这里来。

三　姐　（唱曲四十三）

你是山中画眉鸟，

我是游山打猎人，

利箭扣在弓弦上，

叫你有翅难飞行。

李秀才　（唱曲四十二）

没有真才我不来，

千里乘舟上歌台；

腹内藏书千万卷，

叫你呜呼又哀哉。

三　姐　（唱曲四十三）

死读诗书也白费，

你会腾云我会飞；

黄蜂歇在乌龟背，

你敢伸头我敢锥。

罗秀才　（唱曲四十二）

你莫恶来你莫恶，

你歌哪有我歌多；

不信你到船上看，

船头船尾都是歌。

三　姐　（唱曲四十三）

　　　　不懂唱歌你莫来，

　　　　看你也是无肚才；

　　　　唱歌从来心中出，

　　　　哪有船装水运来。

李秀才　（唱曲四十二）

　　　　小小黄雀才出窝，

　　　　谅你山歌也不多；

　　　　那日我从桥上过，

　　　　开口一唱歌成河。

三　姐　（唱曲四十三）

　　　　你歌哪有我歌多，

　　　　我有十万八千箩；

　　　　只因那年涨大水，

　　　　五湖四海都是歌。

罗秀才　好厉害！

陶秀才　我来。（唱曲四十四）

　　　　不知羞来不知羞，

　　　　井底蚂拐想出头，

　　　　见过几大天和地，

　　　　见过几多大河流。

三　姐　（唱曲四十五）

　　　　住你口！住你口！

　　　　我家住在云里头，

　　　　手搭凉棚四下看，

　　　　天地山川眼底收！

罗秀才　今日对歌，恐怕凶多吉少，不如及早趁风转舵。

陶秀才　尚未对歌，何出此不祥之言，罗兄真乃胆小如鼠也。

众　人　（唱曲四十六）

　　　　对歌为何不还歌？

　　　　　　　　喉咙起了蜘蛛窝;

　　　　　　　　你既拜过孔夫子,

　　　　　　　　莫把歌场丢冷落。

亚　木　你们看,莫海仁来了!

　　　　〔莫海仁率莫进财、丫鬟、家丁上。

莫海仁　三位先生对赢了吧!来呀,接人!

陶秀才　且慢,方才我们和刘三妹试了几首,还未分胜负。

莫海仁　哪里有个刘三妹?

李秀才　那个不是?

莫进财　那个就是刘三姐。

罗秀才　明明讲是刘三妹嘛!

莫进财　刘三姐!

三秀才　刘三妹!

莫海仁　刘三姐哪里有妹妹?

春　姐　三妹!

三秀才　哎,哎!

冬　妹　三姐!

莫进财　哎,哎,哎!

罗秀才　喂,你到底是刘三妹呀还是刘三姐呀?

兰　芬　我们比她小的就叫她三姐,比她大的就叫她三妹,那你说她是三
　　　　姐呀还是三妹呀?

罗秀才　有理,有理。

李秀才　难怪,难怪。

陶秀才　原来如此。

　　　　〔众哄笑。

莫海仁　三位先生赶快对来,对赢了重重有赏。

老渔翁　对歌了!

莫海仁　哪位先唱?

陶秀才　我先来!

莫进财　请!

422　　陶秀才　(唱曲四十七)

　　　　　之乎也者矣焉哉，

　　　　　不读诗书哪有才；

　　　　　开天辟地是哪个?

　　　　　哪个把天补起来?

三　姐　（唱曲四十八）

　　　　　开口就是矣焉哉，

　　　　　之乎也者烂秀才；

　　　　　开天辟地是盘古，

　　　　　女娲把天补起来。

李秀才　（唱曲四十七）

　　　　　一个油桶斤十七，

　　　　　连油带桶二斤一，

　　　　　若还三姐猜得中，

　　　　　将油送给三姐吃。

三　姐　（唱曲四十八）

　　　　　你娘养你这样乖，

　　　　　拿个空桶给我猜，

　　　　　分明肚中无料子，

　　　　　装腔作势也跑来。

罗秀才　（唱曲四十七）

　　　　　莫逞能来莫逞能，

　　　　　三百条狗四下分，

　　　　　一少三多要单数，

三秀才　（唱）看你怎样分得清。

三　姐　（唱曲四十八）

　　　　　九十九条打猎去，

　　　　　九十九条看羊来，

　　　　　九十九条守门口，

　　　　　还剩三条……

三秀才　三条什么?

三　姐　（接唱）

……狗奴才。

〔众人哄笑。

陶秀才　（唱曲四十七）

　　　　你聪明，你聪明，

　　　　一个大船几多钉？

　　　　一箩谷子几多颗？

　　　　问你石山有几斤？

三　姐　（唱曲四十九）

　　　　是聪明，

　　　　大船数个不数钉，

　　　　谷子论斤不论颗，

　　　　你抬石山我来称。

〔三秀才急忙翻歌书。

李秀才　（唱曲四十七），

　　　　什么上圆下四方？

陶秀才　（接唱）

　　　　什么下圆上四方？

罗秀才　（接唱）

　　　　什么内圆方在外？

三秀才　（合唱）

　　　　什么外圆内四方？

三　姐　（唱曲四十三）

　　　　箩筐上圆下四方，

　　　　筷子下圆上四方，

　　　　火盆内圆方在外，

　　　　铜钱外圆内四方。

〔三秀才语塞，目瞪口呆，胡乱翻歌书。

罗秀才　这首，这首。

陶秀才　不好，不好，这首她对得出的。

莫海仁　快对，快对。

〔三秀才仍无歌可对，众人哄笑。

兰　芬　（唱曲五十，众和）

唱歌莫给歌声断，

吃酒莫给酒壶干，

既然来把山歌对，

为何不见把歌还？

〔媒婆上。

媒　婆　花轿来迟了，花轿来迟了，新娘快上轿吧！

〔接亲鼓乐声由远而近，众人哄笑。

莫进财　（狼狈地向幕内）先退下！退下！

莫海仁　（见势不对）今日三位先生远路而来，舟车劳累，对歌暂时到此

为止，改日再分胜负。

小　牛　（唱曲五十，众和）

山歌擂台已摆开，

输赢未分怎下台，

半路收场你认输，

你不认输再唱来。

莫海仁　好，唱！

陶秀才　（唱曲五十一）

你莫狂来你莫狂，

孔子面前卖文章，

麻雀怎与凤凰比，

种田哪比读书郎。

三　姐　（接唱）真好笑，

关公面前耍大刀，

我们不把五谷种，

要你饿得硬条条。

李秀才　（接唱）你发狂来你发狂，

开口敢骂读书郎，

惹得圣人生了气，

从此天下无文章。

三　姐　（接唱）笑死人，

425

　　　　　　蠢材自称是圣人，

　　　　　　问你几时种麦子？

　　　　　　问你几时种花生？

　　　　〔三秀才目瞪口呆。

兰　芬　快答，快答！

陶秀才　（只好信口开河，唱曲五十一）

　　　　　　你发昏来你发昏，

　　　　　　这点小事问我们，

　　　　　　阳春三月种麦子，

　　　　　　八月十五种花生。

　　　　〔众人大笑。

韦老奶　（接唱）笑死人，

　　　　　　哪有八月种花生，

　　　　　　若还三月种麦子，

　　　　　　要你狗屎吃不成。

三　姐　（唱曲五十二）

　　　　　　秀才只会吃白米，

　　　　　　手脚几曾沾过泥！

　　　　　　一块大田交给你，

　　　　　　怎样耙来怎样犁？

　　　　〔三秀才互相推让，陶秀才、李秀才将罗秀才推出。

罗秀才　（接唱）听我言来听我言，

　　　　　　我家田地宽无边，

　　　　　　耙田犁地我知晓，

　　　　　　牛走后来我走先。

　　　　〔众人更大笑不已，莫海仁气得讲不出话来。

李秀才　谁和你们讲耕田种地，要讲……就讲天文地理。

三　姐　（唱曲五十三）

　　　　　　你讲地来就讲地，

　　　　　　你要讲天就讲天，

　　　　　　天上为何有风雨？

地上为何有山川？

**陶秀才** （耍无赖）哪一个要和你们讲天比地，我们讲眼前。

**三　姐** （接唱）讲眼前，

眼前眉毛几多根？

问你脸皮有几厚？

问你鼻梁有几斤？

〔三秀才张口结舌，无歌可答，众人哄笑。

**三　姐** （唱曲五十四，众和）

风吹桃树桃花谢，

雨打李花李花落，

棒敲破锣锣更破，

花谢锣破怎唱歌！

**莫海仁** 快对呀！

**莫进财** （推罗秀才）快！快！

**罗秀才** （唱曲五十五）

见你种田受奔波，

长年四季打赤脚，

不如嫁到莫家去，

穿金戴银住楼阁。

**莫进财** 好！好！

**三　姐** （唱曲五十五）

三姐不怕受奔波，

你爱穿金住楼阁，

**刘　二** （接唱）何不劝你亲妹子，

嫁到莫家做小婆。

**莫进财** （接唱）莫家有势又有财，

丫鬟小子两边排。

**媒　婆** （接唱）你若嫁到莫家去，

出门三步有人抬。

**三　姐** （唱曲五十五）

莫夸财主家豪富，

財主心肠比蛇毒，

　　塘边洗手鱼也死，

　　路过青山树也枯。

莫进财　你敢骂老爷！

莫海仁　岂有此理！

陶秀才　你出口伤人。

三　姐　（接唱）高高山上低低坡，

　　三姐爱唱不平歌，

　　再向秀才问一句，

　　为何富少穷人多？

陶秀才　（唱曲五十五）

　　穷人多者不少也，

李秀才　（接唱）富人少者是不多。

罗秀才　（接唱）不少非多多非少，

莫海仁　（接念）快快回答莫啰唆。

　　〔三秀才手忙脚乱，乱翻歌书。

众　人　（唱曲五十六）

　　不会唱歌跟我来，

　　帮我拿伞又拿鞋，

　　拿伞拿鞋拿不动，

　　丑死秀才去跳崖。

三秀才　我等告辞！（狼狈下场）

老渔翁　（接唱）回去啰，回去啰，

　　回去吃饭刮鼎锅，

　　一连吃它十把碗，

　　免得到夜睡不着。

　　〔众人哄笑。

莫海仁　（气极地念）

　　你的山歌算什么，

　　山歌怎比我家财多，

　　舍得黄金三百两，

要你有嘴难唱歌！

三　姐　（唱曲五十七）

　　　　仗着你家钱财多，

　　　　见着什么抢什么；

　　　　抢米粮，抢田地，

　　　　抢房屋，抢马骡；

　　　　假借风水霸茶山，

　　　　强抢民女做小婆。

　　　　只有嘴巴抢不去，

　　　　留着还要唱山歌。

众　人　（接唱）假借风水霸茶山，

　　　　强抢民女做小婆。

　　　　只有嘴巴抢不去，

　　　　留着还要唱山歌。

莫海仁　你敢造反？！

老渔翁　哈哈！莫大老爷，管他反也好，正也好，反正你是输了。

刘　二　是呀！你输了！

众　人　（唱曲五十八）

　　　　笑你癫来笑你疯，

　　　　灯草架桥枉费工，

　　　　桐油浇火火更旺，

　　　　竹篮打水一场空。

〔莫海仁气得发昏，由莫进财搀扶下场。三姐对歌胜利，群众欢舞。

〔幕落。

# 第六场　阴谋

〔对歌后第二天。

〔景同第三场。

〔幕内歌声，曲五十九：

"唱山歌,

一人唱来万人和,

唱得穷人哈哈笑,

唱得财主打哆嗦。"

〔山歌声中幕启。莫海仁气病,二丫鬟扶上。

莫海仁　关窗!(念)

天旱地涝我不怕,

就怕穷鬼唱山歌。

〔山歌声大作。

莫海仁　关门!

〔丫鬟关门,歌声仍然刺耳,莫海仁四处寻找,发现笼中鹩哥学唱,他从丫鬟手中抢过鸟笼。

莫海仁　(念)小小一个笼中鸟,

竟敢扛头来碰刀;

学唱山歌来气我,

看你性命有几条!(摔鸟笼,被丫鬟接住)

〔莫进财急上。

莫进财　(唱曲六十)

大集镇小垌场歌唱如雷震,

莫进财急忙忙报与老爷听。(敲门)

〔莫海仁忽闻敲门声,慌忙躲椅后。

莫进财　开门!开门!

〔丫鬟开门,莫进财钻入。

莫海仁　进财,外面风声如何?

莫进财　(课子)老爷听我说,

外面起风波。

自从对歌后,

山歌大发作。

老鬼教娃仔——

莫海仁　唱些什么?

430　莫进财　(唱曲六十)

　　　　　财主对歌输了底，

　　　　　臭名弄脏九条河。

　　　　（课子）妇女笑骂"谋害人"。

　　　　（唱）瘸脚蚂拐想天鹅。

　　　　（课子）后生更可恶。

莫海仁　唱什么？

莫进财　（课子）扯你的胡须拉二弦，

　　　　　　拿你的骨头敲大锣。

莫海仁　（气急败坏）哼哼！

莫进财　更要紧的是——

莫海仁　快讲！

莫进财　（课子）村村寨寨家家户户像过年，

　　　　　　做粑粑，包粽子，酿甜酒，炸油馍。

莫海仁　做什么？！

莫进财　穷鬼今晚赶歌圩。

莫海仁　赶歌圩？

莫进财　（课子）对歌赢了要祝贺，

　　　　　　还请三姐去传歌！

莫海仁　啊！（唱曲六十一）

　　　　　牙齿打战眼冒火，

　　　　　不除三姐不姓莫！

莫进财　来人！

　　　　〔四家丁提刀上。

莫进财　刘三姐呀刘三姐，你敢把老虎当作猫，叫你插翅也难逃！

　　　　〔家丁舞刀。莫进财带家丁欲下。

莫海仁　（冷笑）嘿嘿嘿……

莫进财　老爷，趁早将刘三姐一刀……

　　　　〔莫海仁愤怒地打莫进财一耳光。

莫海仁　蠢材！（念）刘三姐深得人心，如今远近闻名，光天化日将她杀

　　　　了，那帮穷鬼岂肯甘休？！

莫进财　那……

431

莫海仁　更衣鞴马!

　　　　〔丫鬟、家丁下。

莫进财　（不解地）老爷?

莫海仁　刘三姐为首聚众，教唱反歌，犯上作乱——

　　　　〔二丫鬟拿衣帽上，暗听。

莫海仁　待我面呈官府，下令禁……

莫进财　禁唱山歌!

莫海仁　反歌!

莫进财　（会意）反歌，反歌!（念）

　　　　　　牢笼巧计安排定，

莫海仁　（念）一心拔除眼中钉!

　　　　〔二人狞笑。突然门外歌声大作，二人转身欲下。

　　　　〔二丫鬟悄悄开门走出。

　　　　〔切光。

　　　　〔中幕关。


# 第七场　布阵


　　　　〔接前场，傍晚。

　　　　〔远山葱绿，春意盎然。一抹晚霞，江水泛起金波，春风吹动古
　　　　榕枝叶，好似点头招手，百花争艳，蝴蝶翩翩起舞，百鸟和鸣，
　　　　一片欢乐景象。

　　　　〔伴唱声中，幕开。

　　　　〔外乡人甲、乙背着包裹，撑船从平台后过场。

　　　　〔幕内唱曲六十二:

　　　　　　"三姐歌声传四方，

　　　　　　村村寨寨闹洋洋。

　　　　　　人人要会刘三姐，

　　　　　　要会三姐把歌唱。"

　　　　〔外乡人丙、丁、戊拿着雨伞，喜气洋洋地上。

432　　外乡人　（接唱曲六十二）

> 船来路往不断人，
>
> 歌起歌落不断声；
>
> 一心要会刘三姐，
>
> 百里当作十里行。

**外乡人甲** 这位乡亲，我们是外乡人，专程来拜会刘三姐的。

**外乡人乙** 我也是从外乡来拜会刘三姐的。

**外乡人丙** 真有意思，请问你们是哪里来的?

**外乡人戊** 我是桂林来的。

**外乡人甲乙** 我们是柳州来的。你们呢?

**外乡人丙丁** 我们是从梧州来的，这真是南天门打伞。

**众　人** 一路同行。

〔幕内唱曲六十三:

"山歌一唱起春风，

山歌一唱乐融融，

唱出穷人心一片，

黑夜唱到太阳红。"

**外乡人甲** 你们听，歌圩上唱起来了。

**外乡人等** 我们快走!

〔外乡人同下。

〔兰芬、冬妹、亚木、亚祥上。

**众　人** (唱曲六十三)

山歌一唱起春风，

山歌一唱乐融融，

唱出穷人心一片，

黑夜唱到太阳红。

**亚　祥** (远望) 三姐来了!

〔三姐上，韦老奶、刘二随上。

**兰　芬** 三姐，你看，今晚歌圩好热闹呀，我要唱个痛快!

**韦老奶** 哪个听你唱呀，人家是来会三姐的呀!

433

| | |
|---|---|
| 冬　妹 | 有翻山越岭来的，有撑船渡江来的…… |
| 亚　木 | 都是赶来拜会三姐的。 |
| 亚　祥 | 他们还讲，要请三姐去他们那里传歌呢！ |

〔老年人、中年人、小孩上。

| | |
|---|---|
| 韦老奶 | 老二，你有这样一个好妹子，应该高兴啊，今晚你也和大家一起唱个痛快。 |
| 刘　二 | （憨厚地）嘿，嘿，嘿……我不会。 |

冬　妹
兰　芬　二哥，你不是还教我们唱过……（唱曲六十四）

　　　　　唱首山歌解心忧，

　　　　　喝口凉水浇心头，

　　　　　凉水……

| | |
|---|---|
| 刘　二 | （接唱）凉水解得心头火， |
| | 　　　　唱歌解得万般愁。 |

〔丫鬟甲急上。

| | |
|---|---|
| 丫鬟甲 | 三姐！三姐！ |
| 三　姐 | 你是哪家姐姐，找我有事吗？ |
| 丫鬟甲 | 我是莫府丫鬟，三姐，今晚的歌圩，可不能去了！ |
| 三　姐 | 为什么？ |
| 丫鬟甲 | 莫海仁骑着马去州官衙门，勾结官府今晚要来禁歌！ |
| 众　人 | 禁歌？ |
| 小　牛 | 为什么禁歌？ |
| 丫鬟甲 | （对三姐）老狗讲你为首聚众教唱反歌。 |
| 众　人 | 啊？ |
| 丫鬟甲 | 三姐，我回去了。 |
| 三　姐 | 谢谢你了！ |

〔丫鬟甲下。

| | |
|---|---|
| 众　人 | 三姐！ |
| 三　姐 | 哼！老狗斗歌斗不过，就搬官府来压人！ |
| 中年人 | 唉！灾祸要来啰！ |
| 老年人 | 莫海仁这条疯狗又要咬人啦！ |

434

〔老渔翁急上。

老渔翁　三姐！三姐！啊，大家都在这里呀，刚才我在江心，看见莫海仁老狗带着一队官兵，已经来到茶山坳了，一路上渡口要道，都派兵把守，看来是要下毒手啊！

众　人　啊?!

小　牛　这老狗要下毒手，我们就和他拼了！

众　人　对！和他拼了！

老年人　那好比高山岭顶滚鸭蛋！

小　牛　如今要他鸭蛋不烂烂石山！

中年人　碰不得的！

〔老年人拉小孩下，中年人随下。

刘　二　三妹，小牛，你们快走吧，不要连累乡亲们遭难啊！

韦老奶　老二，事到如今，不走是不行的了。三妹，你快去躲一躲吧。

兰　芬　那，今晚的歌圩……

三　姐　今晚的歌圩一定要唱！

兰　芬　对！他禁他的，我们唱我们的，走！

刘　二　唱不得！

三　姐　二哥！（念）

　　　　　　　大路不走草成窝，

　　　　　　　胸膛不挺背要驼。

　　　　　　　今晚歌圩若不唱，

　　　　　　　正中财主鬼心窝。

刘　二　那怎么办呢?

春　姐　（急上）三姐！莫进财带着家丁来到歌圩上，逢人就讲——

众　人　讲什么?

春　姐　他讲不许唱刘三姐的歌。

三　姐　那好！兰芬、冬妹你们先去歌圩上——（耳语）

〔兰芬、冬妹、亚木、亚祥、春姐急下。

三　姐　老伯、小牛，来！我们商量一下。到歌圩上等莫海仁到，我们就——（手势）

老渔翁　好！（念）

四面摆下山歌阵，

众　人　（接念）活活气死"谋害人"！

　　　　〔切光。

　　　　〔幕急落。

# 第八场　抗禁

〔前场的当天晚上。

〔一轮明月高挂天空，月光透过茂密的榕树林，可见远处山坡上的花草。

〔莫进财带着莫福和家丁在歌圩上窜来窜去，监视三姐。

〔三三五五的人群唱着山歌、吹着木叶在山林中漫步，有些人好像在盼望和等待着什么，有些人在互相询问和奔走相告。

众　人　（唱曲六十五）

　　　　　　　年年三月是歌节，

　　　　　　　月儿明亮歌儿甜；

　　　　　　　如今来了刘三姐，

　　　　　　　歌声唱得月更圆。


　　　　　　　一心想会刘三姐，

　　　　　　　八方歌手四路来；

　　　　　　　四处歌手都来到，

　　　　　　　只等三姐上歌台。

　　　　〔兰芬、冬妹、春姐上。

兰　芬
冬　妹　（唱曲六十六）
春　姐

　　　　　　　唱一声，

　　　　　　　多谢四方众乡亲；

　　　　　　　姐换新装还未到，

　　　　　　　我代三姐谢亲人。

外乡人　请问三姐能来吗？

兰　芬　一下就来。

外乡人甲　能来就好啦，我们特地从外乡赶来，就是拜会三姐的。

外乡人乙　还要请三姐去我们那里传歌呢。

冬　妹　她叫我们先唱起来。

兰　芬　（有意地）对！我们先唱起来！

〔莫进财上。

莫进财　乡亲们，你们唱歌是可以，不过……

男青年　（有意逗莫进财，唱曲六十七）

想妹一天又一天，

想妹一年又一年；

铜打肝肠都想断，

铁打眼睛也望穿。

女青年　（接唱）水泻滩头哗哗响，

妹不见哥心就忧；

喝茶连杯吞下肚，

千年不烂记心头。

〔莫进财听唱的是情歌，无可奈何。

〔兰芬与众人暗示，男女青年跳起壮族人民喜爱的绣球舞来了，莫进财领莫福和家丁下。

女青年　（唱曲六十八）

金丝绣球鲜又鲜，

千针万线妹手连；

绣球飞过相思树，

妹心落在哥身边。

男青年　（接唱）金丝绣球鲜又鲜，

千针万线妹手连；

哥接绣球胸前挂，

条条线把哥心牵。

〔莫进财上。

莫进财　"哥接绣球胸前挂，条条线把哥心牵。"好，好歌，乡亲们，你们　　437

　　　　　　　要唱，就唱这种歌，莫学刘三姐唱那种怪歌。

老渔翁　莫管家，什么是怪歌？

莫进财　那些骂财主的，不怕王法的，冒犯神灵的，都是怪歌！

老渔翁　莫管家，你这一讲我倒糊涂了，我唱一首你听是好是坏？（唱曲
　　　　六十九）

　　　　　　　什么大大四四方？

　　　　　　　什么双双坐中堂？

　　　　　　　什么样人常来往？

　　　　　　　什么饱吞万担粮？

兰　芬　（接唱曲五十六）

　　　　　　　猪栏大大四四方，

冬　妹　老爷奶奶……

老渔翁　（接唱）公猪母猪坐中堂；

兰　芬　（接唱）抢吃猪潲常来往，

　　　　　　　饱吞千家万担粮。

冬　妹
老渔翁　莫管家，如何呀？

莫进财　唱一唱猪嘛，倒还可以！

　　　　〔众笑。

老渔翁　（唱曲七十）

　　　　　　　什么生来手脚多？

　　　　　　　什么心肠是蛇窝？

　　　　　　　脚不沾泥吃白米，

　　　　　　　手不摘桑穿绫罗？

兰　芬
冬妹等　（唱曲七十）

　　　　　　　螃蟹生来手脚多，

　　　　　　　财主心肠是蛇窝；

　　　　　　　五谷不分吃白米，

　　　　　　　四肢不勤穿绫罗。

438　莫进财　哎，哎，这就是刘三姐的歌。

| 兰　芬 | 我学会了就是我的歌。 |
|---|---|
| 众　人 | 我们学会了就是我们的歌。 |
| 莫进财 | 乡亲们！你们不要受刘三姐挑唆。 |

亚　木
亚祥等　（唱曲七十）

　　　　砌屋的人睡墙脚，

　　　　种田的人挂鼎锅；

　　　　心有不平嘴要唱，

　　　　哪用旁人来挑唆。

莫进财　众位乡亲，你们千万莫上刘三姐的当，唱了反歌是要杀头的呀！莫老爷不让大家唱这种歌，是为了大家好哇……

老渔翁　（唱曲七十）

　　　　颠倒颠，

　　　　野猫给鸡来拜年，

　　　　龙角生在猪头上，

　　　　象牙长在狗嘴边。

莫进财　你这老鬼，不要在我面前装疯卖癫，刘三姐就是你用船把她接来的！

〔莫进财欲抓老渔翁，莫海仁带四官兵上。

莫海仁　住手！（在人群中寻找刘三姐）

莫进财　老爷，刘三姐还没有来。

〔三姐、小牛、刘二上场，随即隐没在群众中。

莫海仁　众位乡亲听了，刘三姐为首聚众，教唱反歌。今有州官传谕禁唱山歌。老爷我念她是外地来人，年幼无知，在州官面前替她担待，今后不许再唱山歌！

三　姐　（唱曲七十一）

　　　　州官出门打大锣，

　　　　和尚出门念弥陀，

　　　　皇帝早朝要唱礼，

　　　　种田辛苦要唱歌。

莫海仁　刘三姐，你来了？

三　姐　听说州官传谕要拿我治罪，多蒙老爷担待，特来道谢。

莫海仁　刘三姐，只要你当众认错，不再唱山歌，老爷不但保你无罪，还重重有赏。

三　姐　莫老爷，我年幼无知，不知错在何处，罪在哪里？

莫海仁　你聚众唱歌。

三　姐　什么叫聚众？

莫海仁　二人为伍，三人为众。

三　姐　聚众唱歌，该当何罪？

莫海仁　轻者责打，重者关监。

三　姐　聚众为首的呢？

莫海仁　斩！

三　姐　众位乡亲，可曾记得我与莫海仁对歌之事？

众　人　记得！

三　姐　他请了陶、李、罗三个秀才，不多不少正好三个。莫海仁，聚众为首的是你，看来你的人头难保。

　　　　〔众人兴奋，纷纷道好。

莫海仁　（冷笑）刘三姐，你看这是什么？

　　　　〔官兵展开州官禁令。

莫进财　州官大令，禁唱山歌！（念）

　　　　　　"土民不服王化，

　　　　　　唱山歌扰乱民心，

　　　　　　州官为民着想，

　　　　　　唱歌从此严禁！"

三　姐　（唱曲七十二）

　　　　　　天上大星管小星，

　　　　　　地上狮子管麒麟，

　　　　　　皇帝管得大官动，

　　　　　　哪个敢管唱歌人。

　　　　乡亲们，我们还是唱歌去！

众　人　唱歌去！

三　姐　走，我们唱歌去！

莫海仁　你敢唱!

三　姐　（唱曲七十三）

　　　　　　山歌不唱忧愁多,

　　　　　　大路不走草成窝,

　　　　　　钢刀不磨生黄锈,

　　　　　　胸膛不挺背要驼。

　　　　〔莫进财跟踪追下。

众　人　（接唱）山歌好比龙泉水,

　　　　　　深山老林处处流,

　　　　　　若还有人来阻挡,

　　　　　　冲破长堤泡九州。

　　　　〔莫福敲锣禁歌。

莫海仁　乡亲们,州官大人既已下令禁歌,我看还是不唱为妙。

　　　　〔三姐拿伞从群众中出。

三　姐　（唱曲七十三）

　　　　　　好笑多,

　　　　　　好笑州官禁山歌,

众　人　（接唱）锣鼓越敲声越响,

　　　　　　山歌越禁歌越多。

　　　　〔莫海仁朝着拿伞的追去,却是一个假的三姐,三姐又从另一方
　　　　边唱边上。

三　姐　（唱曲七十三）

　　　　　　山顶有花山脚香,

　　　　　　桥下有水桥面凉;

　　　　　　心中有了不平事,

　　　　　　山歌如火出胸膛。

　　　　〔歌声中莫进财上。

莫进财　刘三姐不见了。

莫海仁　拿伞那个就是。

　　　　〔莫进财又朝拿伞的姑娘追去。

莫海仁　不准唱!

三　姐　（又从群众中出唱）

　　　　　唱起山歌好种田，

　　　　　不费功夫不费钱，

　　　　　一不偷来二不抢，

　　　　　众人唱歌大过天。

　　　〔众人围住"三姐"合唱最后二句，莫海仁从群众中把"三姐"

　　　拉出。

莫进财　（拉一拿伞女青年上）老爷，这哪里是刘三姐？

　　　〔莫海仁一看四个都是服装与三姐相同的女青年，气极甩开。三

　　　姐又从群众中唱出。

三　姐　（唱曲七十四）

　　　　　我唱山歌你抓人，

　　　　　再唱一首给你听，

　　　　　穷人嘴巴封不住，

　　　　　要想禁歌万不能。（下）

小　牛　（唱曲七十四，众和）

　　　　　刀砍杉树不死根，

　　　　　火烧芭蕉不死心，

　　　　　刀砍人头滚下地，

　　　　　滚上几滚唱几声。

　　　〔群众分下。

莫海仁　不准唱！

　　　〔幕内歌声四起。

众　人　（唱曲七十五）

　　　　　大雨蒙蒙不见天，

　　　　　大河涨水不见船，

　　　　　四处歌声不见姐，

　　　　　引得狐狸四处钻。

　　　〔莫海仁领莫进财和家丁四处追寻，气得发昏，群众拥上。

众　人　（唱曲七十三）

　　　　　气死他来气死他，

气得螃蟹满地爬，

四面八方歌声响，

气死财主老王八。

莫海仁　你们这些小穷鬼也敢唱歌骂我！

三　姐　（忽而出现在榕树脚的石头上，唱曲四十八）

小小公鸡尾婆娑，

穷人代代爱唱歌，

唱得财主团团转，

搬来官兵没奈何。

莫海仁　你竟敢目无官府，违抗禁令！

三　姐　（唱曲七十六）

富人少来穷人多，

锁住苍龙怕什么；

剥掉龙鳞当瓦盖，

砍下龙头垫柱脚；

智不穷来力不尽，

敢对龙王动干戈。

〔小牛一箭把禁令射落。

众　人　（唱曲六十七）

富人少来穷人多，

锁住苍龙怕什么；

剥掉龙鳞当瓦盖，

砍下龙头垫柱脚；

智不穷来力不尽，

敢对龙王动干戈。

莫海仁　（手执禁令浑身颤抖）来呀！与我把刘三姐抓起来！

〔四官兵持兵器冲上，拦住群众，三姐从群众中冲出，莫福与家丁执匕首、铁链围住三姐。莫海仁与莫进财自以为得计地冷笑。

三　姐　（唱曲七十七）

山崩地裂我不怕，

水泡九州我不惊，

　　　　　遍地都有歌声响，

　　　　　哪怕财主谋害人。

莫海仁　来人！

小　牛　莫海仁！小心点！（一箭将莫海仁的帽子射落）

　　　　〔群众欢呼。莫海仁与莫进财吓呆，群众下，四官兵执兵器追下。

莫海仁　（对家丁）刘……刘三姐呢？

莫进财　（对莫福）那些穷鬼呢？

莫　福　连个影子都不见了！

　　　　〔莫海仁、莫进财气昏，莫福与家丁忙扶住。

　　　　〔切光。中幕闭。

　　　　〔幕后伴唱曲七十八：

　　　　　　"撒网拦风拦不着，

　　　　　　气得财主没奈何。

　　　　　　要问三姐去哪里，

　　　　　　五湖四海去传歌。"

　　　　〔中幕外，莫福与家丁扶着气昏的莫海仁和莫进财在歌声中过场。

四官兵带着伤痕扛着折断了的兵器和禁令，狼狈不堪地随下。

## 尾声　传歌

　　　　〔中幕开。天空中彩霞万道，大江上金波滚滚。

众　人　（唱曲七十九）

　　　　　　送姐送到大江河，

　　　　　　乘风破浪去传歌，

　　　　　　彩凤高飞云天外，

　　　　　　壮乡歌海波连波。

　　　　〔在歌声中，三姐、小牛坐着老渔翁的小船，向送行的群众挥手
致意。

众　人　（接唱）壮乡歌海波连波，

　　　　　　一人唱来万人和，

　　　　　　江水滔滔流不尽，

444

千年万代不断歌。

——剧　终


　　柳州市《刘三姐》剧本创作组创编，广西壮族自治区《刘三姐》会演大会改编，1960年由广西壮族自治区歌舞团首演于南宁，广西彩调著名演员傅锦华饰演刘三姐，林瑞仙扮演莫海仁。1978年长春电影制片厂摄制成同名舞台艺术片。1979年，广西壮族自治区歌舞团携此剧赴京参加建国三十周年优秀剧目汇报演出，获"演出优秀奖"和"剧本一等奖"。


## 作者简介

曾昭文　（1925—1996），男，中国少数民族戏剧学会会员，曾任广西柳州市艺术研究所二级编剧，创作有《化心石》等剧作。

龚邦榕　（1924—2019），男，曾任广西柳州市戏剧家协会副主席、柳州市研究室主任。发掘、整理和创作《春米》《双连衣》《云南追夫》《旺国楼》等剧本。

邓凡平　（1921—2007），男，中国电影家协会会员，曾任广西柳州市文联主席、广西作协副主席、广西电影制片厂副厂长、广西电影家协会名誉主席，编有《刘三姐丛书》。

牛　秀　（1926—2013），男，曾任广西柳州市文化局局长、市文联主席。与他人合作创作戏曲《旺国楼》《覃国生上门》等。

黄勇刹　（1929—1984），男，广西田阳人，壮族民间文艺学家，曾任中国文联第四届委员、中国作协第三届理事、中国少数民族民间文学学会理事。著有民歌集《大寨良种撒壮乡》（合作），戏剧剧本《韦拔群》《指天椒》《三女争夫》（执笔），电影文学剧本《龙泉》《刘三姐》，论著《歌海漫记》《壮族歌谣概论》，诗集《高歌向太阳》《木棉花开》等。

包玉堂　（1934—2020），男，广西罗城人，仫佬族，中国作家协会会员，曾任广西文化局副局长、广西作协副主席。著有《回音壁》《歌唱的民族》《凤凰山下百花开》《在天河两岸》《清清的泉水》《春歌不歇》等诗集。

·昆　曲·

# 李慧娘

孟　超

时　间　南宋恭帝赵㬎德祐元年（1275）秋，元军进攻襄樊之时。

地　点　临安（今杭州）城外。

人　物　李慧娘、裴舜卿、郭稚恭、李子春、贾似道、廖莹中、秋鸿；二
　　　　家院、众姬妾、四校尉、众丫鬟、二船夫、家将、二管家婆。

# 序　曲

〔幕后唱【大红袍】：

　　"南渡江山残破，

　　风流犹属临安。

　　喜读择庵补'鬼辩'，

　　意气贯长虹，

　　奋笔诛权奸。

　　拾前人慧语，

　　申自己拙见。

　　重把《红梅》旧曲新翻。

　　检点了儿女柔情、私人恩怨。

　　写繁华梦断，

　　写北马嘶鸣钱塘畔。

　　贾似道误国害民，笙歌夜宴，

　　笑里藏刀杀机现，

　　裴舜卿愤慨直言遭祸端；

　　快人心，伸正义，

　　李慧娘英魂死后报仇冤！"

# 第一场　豪门

〔半闲堂中，窗外隐隐看到集芳园景：秋意渐深，黄叶飘落，残柳拂

动。堂内悬灯结彩，点缀着秋菊盆景，中间屏上大书"寿"字，极尽热闹繁华之象。音乐声中，丫鬟甲、乙手托酒盘，从左右分上。

丫鬟甲乙　（念引子）

　　　　　富贵平章府，

　　　　　阴森宰相家。（唱【六幺令】）

　　　　　相爷寿诞称庆，

　　　　　又值新封魏国公。

　　　　　一人欢笑，奴婢惶恐。

　　　　　急收拾，莫消停。

　　　　　提防着皮鞭儿重，

　　　　　打在身上入骨儿痛。

丫鬟甲　我说姐姐，今天是相爷寿诞之期，我怎么从心眼儿里害怕？你我要当心侍候。

丫鬟乙　我也是一个劲儿地打哆嗦。

丫鬟甲　咱们姐儿俩可得小心点，相爷一动气，就得挨打挨骂。

丫鬟乙　（低声地）碰巧了，还得脑袋搬家哩。

　　　　〔秋鸿内声："夫人看仔细。"

丫鬟乙　（惊惧地）嘘——有人来了，你我快收拾吧！

　　　　〔秋鸿扶李慧娘上。

李慧娘　（唱【鹧鸪天】）

　　　　　强整慵妆，

　　　　　懒步画廊，

　　　　　心伤愁进半闲堂。

　　　　　鲛绡湿透千行泪，

　　　　　幽恨绵绵苦断肠。

俺李慧娘，乃系良家妇女，陷入贾相府中，逼充妾媵，凌辱折磨，已近数载。苦日茫茫，正不知若何下场也！正是：家室破败风沾絮，身世凄凉雨打萍。

丫鬟甲乙　（向前施礼）参见李夫人！

449

李慧娘　罢了！

丫鬟甲乙　李夫人，您的病体如何？

李慧娘　唉！（接唱）

　　　　苦海深，波涛骤，

　　　　风雨浮舟。

　　　　谁似我愁多恨久。

　　　　新来瘦，非关病酒，

　　　　哪堪经秋。

（走至窗前怅望园内景象，后又回身，环视堂内布置。唱【解三醒】）

　　　　集芳园，阴沉沉，

　　　　半闲堂，冷森森。

　　　　强挣扎苦度着生死命运，

　　　　俺釜底游鱼，笼里的哀禽。

　　　　呻吟，

　　　　一任他扁鹊华佗，

　　　　也难除俺的病根！

〔二丫鬟见李慧娘伤心，慢慢退下。

秋　鸿　夫人，别净难过了，还是保重身体才是，一会儿相爷回来，千万小心在意。

李慧娘　秋鸿，你哪里知道俺的心事啊！（唱前腔）

　　　　胸中自比黄连苦，

　　　　心痛谁把参芪投？

　　　　俺双蛾儿皱成沟，

　　　　泪珠儿尽日流，

　　　　这凄凉的岁月，

　　　　怎折磨得够。（惊闻天边雁声）

　　　　雁过也，

　　　　你带来了几江秋，

　　　　逗起俺万斛愁。（俯视堂内盆景）

菊残犹有傲霜枝，

俺却似杨柳西风绕指柔，

捱度着这时候。（重句）

〔幕内声："相爷回府！"

〔二丫鬟急上。

丫鬟甲乙　众位夫人，相爷已至前厅，快来迎接！

〔四姬妾上，四校尉引贾似道上。

贾似道　（唱【北画眉序】）

恩宠日日加，

丹墀宴罢。

葛岭府第，

绛纱银蜡。

看红妆五魁八马，

再饮个星移斗斜。

任草莽小人，

笑骂由他。

众姬妾　参见相爷！

贾似道　罢了。（念诗）

半壁河山任风流，

西湖歌舞夜不休。

巢破留待别人补，

且向人间添寿筹。

老夫贾似道，少年浪迹江湖，长大攻读理学。姐姐玉华，承恩椒房。老夫蒙三朝皇恩，屡次晋封，位居太师，平章军国大事，尊称师臣，赐第葛岭，职掌朝纲，权威四海。可恨那班太学生，屡与老夫为难，目下元军攻打襄樊甚急，想他们又会借端骚动，倒也不可不防。今日老夫寿日，受恩赐爵，朝宴归来，要与众姬妾开怀畅饮，前思后想，好不侥幸人也。

众姬妾　贱妾等叩祝相爷千秋。

贾似道　（大笑）罢了。速进歌舞！（顾李慧娘）慧娘奉酒！

〔李慧娘暗暗叹息,勉强奉酒。

众姬妾　（起舞,合唱【乌悲词】）

　　　香浓宝篆,

　　　光泛玉盏,

　　　良辰欣逢华诞。

　　　祝宰辅,

　　　人间神仙,

　　　威名赫显。

　　　添鹤算,

　　　风月无边,福寿全……

贾似道　哈哈哈!（唱【鲍老催】）

　　　寿宴庆今朝,

　　　纵豪兴歌舞笙箫,

　　　粉白黛绿,满堂多娇。

　　快进酒来,快! 快!（接唱）

　　　俺要在温柔乡里,

　　　把玉山倾倒。

　　　哪管他胡尘蔽日,江山破碎,舆图换稿。

〔家院上。

家　院　廖莹中廖大人与满朝文武官员求见祝寿!

〔众姬妾欲退。

贾似道　廖莹中乃老夫身边之人,和尔等一样,不必回避。

众姬妾　是。

贾似道　（对家院）请他进来!

家　院　是。（退下）

〔廖莹中手捧蛐蛐罐儿上。

廖莹中　（念）豪门逞心计,

　　　朝廷做大官。

　　　奔走趋炎势,

　　　哪管民熬煎。

452

　　（跪叩）师相在上,学生叩贺千秋!

贾似道　罢了，坐下。

廖莹中　今日师相寿诞，学生有一珍奇礼物奉祝。

贾似道　呈了上来！

〔廖莹中献上蛐蛐，贾似道开视大喜。

贾似道　哈哈，身躯雄伟，昂藏不群，真乃蛐蛐之中之英物也！——请出俺的金顶霸王，当场斗上一斗！

〔丫鬟捧出贾似道的蛐蛐上。斗蛐蛐。

〔家院手执简帖上，见贾似道正在斗蛐蛐，惊恐地把简帖藏在背后，舌头一伸，退下。

贾似道　你看它，鸣声洪亮，往来驱驰，堪称一员上将。

廖莹中　是啊，要是派了这员上将领兵挂帅，准保不折一兵一卒……

贾似道　怎么？

廖莹中　就用不到疆场交锋，也用不到降书降表了！

〔贾似道与廖莹中相与大笑。

廖莹中　说到疆场，几乎忘怀一件大事。

贾似道　何事？

廖莹中　元兵进攻襄樊甚急，二城旦夕必破！

贾似道　此事老夫早已知晓，自有安排，何须吃惊。

廖莹中　难民纷纷逃奔，临安惶惶不安！听说太学生又要借端滋事，酝酿上书，吁请师相亲赴襄樊，督师作战。

贾似道　老夫已有对策，一面教场操练人马，一面促使大臣上表万岁，就说枢密重臣不宜轻动。

廖莹中　弯弓不放箭，师相高明。

〔家院上。

家　院　府外有一太学生……

贾似道　（一惊）哦，太学生，他……他怎么？

家　院　他送上简帖一封，说是为相爷祝寿。

贾似道　哈哈，太学生也有几般不同，赶快赐宴相待。

家　院　那人已然去了。

贾似道　不会认人的东西，下去！太学生也来祝寿，谁说老夫辜负斯文。待我看来。（急读诗束）

　　　　　　　"胡尘暗日鼓声鸣，

　　　　　　　高卧湖山不出征，

　　　　　　　不识咽喉形胜地，

　　　　　　　公田枉自害苍生。"

　　裴禹，舜——卿！

　　〔贾似道读罢大怒，将简帖撕得粉碎，狠狠投在地上。众姬妾见他盛怒，惊骇无措。

　　〔李慧娘一直注视着、倾听着，引起无限感触。

李慧娘　（不自觉地抒出胸怀）咳……（旁唱【鹧鸪天】）

　　　　　　　一首诗利似金风，

　　　　　　　破乌云吹现晴空——

　　　　　　　好端端俺又心惊！

廖莹中　（奉迎地）师相呀，区区蝼蚁，何足介意。

贾似道　你看如何？

廖莹中　不是学生夸口，待俺略施小计，定要他逃不出学生手心——不，师相您老佛爷的巴掌！

贾似道　那就将他交付予你了。

廖莹中　相爷放心，看俺了。正是：出谋划策一张嘴——

贾似道　高才妙计心腹人。

廖莹中
贾似道　哈哈！


# 第二场　游湖

　　〔一边是岳庙门前，松柏参天，衰柳摇曳。一边是湖光秋影，清波荡漾。

　　〔裴舜卿轩昂磊落地从岳庙走出，满怀愤慨。

裴舜卿　（唱【新水沉醉】）

　　　　　　　书剑飘零，

　　　　　　　故国残破。

　　　　　　　怕愁结悲多，

大丈夫不向新亭过。

愤填膺，壮怀烈，

精忠坟前，荒草寂寞。

南渡君臣，昏迷江左。

儒冠何曾误我，

兴亡事大，

哪怕他刀锯鼎镬党锢祸。

俺裴禹，表字舜卿。游学临安，列籍庠序。慕东汉李膺之高风，承先朝陈东之素志。当此山河变色、朝政陵替之际，外有元兵猖狂，内则权奸肆虐，日前与郭稚恭、李子春约好，今日同到昭庆寺中，起草劾奸表章、揭帖，上书万岁，传檄学府朋友、天下黎民。俺有意早来一步，先到岳王坟前凭吊了一番，真也忍不住无限悲愤也！（唱【折桂令】）

埋骨处，土一丘，

金牌十二，壮志未酬，

风波亭畔，遗恨悠悠。

南朝孽种，哪分亲仇，

自坏长城，把社稷轻丢。

任烽火遍地，胡马嘶秋，

把汉家旌旗黯然卷收。

俺吊英灵，万丈愁，

放悲声，血泪流！

〔小船摇来，上载郭稚恭、李子春二人。

郭稚恭　子春兄，你看那不是舜卿兄吗？

李子春　舜卿兄，快上船来。

裴舜卿　（登船）郭、李二兄！

李子春　你倒先来了！

裴舜卿　俺有意先来一步，在岳王坟前凭吊一番，把那秦桧痛骂了一顿，少泄胸中积愤。

李子春　不要去骂那死秦桧了，还是对付这活着的蟋蟀相公吧！

郭稚恭　舜卿兄，趁你满怀愤慨，草写劾表、檄文，一定能淋漓尽致，掷

455

地作金石声!

裴舜卿　仁兄啊!(唱【乔牌儿】)

　　　　俺要铸禹鼎,塑神奸,

　　　　把他那重重罪恶从头翻,

　　　　凭一支如椽笔当作利剑,

　　　　诛邪佞,使老贼破胆。

郭稚恭　还要写到目前才是。

裴舜卿　稚恭兄说的正是,元兵攻打襄樊甚急,贾似道身为宰相,并不派兵援救,终日歌舞饮宴,劾奸和救援襄樊原是一事。贾贼不除,那襄樊哪能有救?

郭稚恭　如此,上书传檄都要言辞锋利才是。

李子春　别尽谈论了,咱们赶快到昭庆寺去写吧!

郭稚恭
李子春　(念)伤时难抛长沙泪!

裴舜卿　(接念)忧国常歌汨罗吟!

〔船夫急摇船下。

〔远处歌声缭绕,四丫鬟荡着画舫,校尉、家院、婢妾多人引贾似道上。李慧娘扶秋鸿一旁侍立。

贾似道　(唱【麻郎儿】)

　　　　山色空蒙,

　　　　湖光潋滟,

　　　　瞩目处清秋一片。

　　　　南北高峰新翠染,

　　　　苏堤冷落,

　　　　对矗着孤山吴山。

　　　　风景不殊,

　　　　谁能说山河色变!(接【络丝娘】)

　　　　葛岭蒙恩赐,

　　　　笑看西子秋妆淡。

　　　　如今这湖山,

　　　　只属得赵家一半,

俺贾家也占了一半。

（对李慧娘和众姬妾左顾右盼，接【调笑令】）

　　　林和靖，

　　　纵有梅妻不如俺。

　　　白公苏公也应羡，

　　　拥娇娆满列画船。（向李慧娘）

　　　论色貌，

　　　钱塘苏小当知惭。

（得意忘形，对李慧娘做昵态）

**李慧娘**　（不耐烦，略拒，接唱）

　　　对清波，

　　　远山巍岩，

　　　俺腼腆。

**贾似道**　（大笑）拿酒来！（唱【三台令】）

　　　俺要醉个白藕香橙菊花天，

　　　尽兴地欢乐，

　　　畅情地游玩，

　　　任船儿悠悠开向断桥畔，

　　　谁徒念汴州，不恋临安？

〔画船绕西湖暂下。

〔二舟子复驾小船，载裴舜卿、郭稚恭、李子春上。

**裴舜卿**　（念引子）

　　　墨酣奋提诛奸笔，

　　　时艰急草万言书。

〔远处笙歌声起，三人倾听。

**裴舜卿**　（唱【收江南】）

　　　那边鸾箫凤管声断续，

　　　烽火连天，

　　　是谁家这般闲情荡画船？

**郭稚恭**　还有谁家，我想还不是那"充耳不闻刀兵事，醉心但娱妇人颜"
　　　的蟋蟀相公贾似道吗？

457

裴舜卿　（愤慨地）如果是他，俺要当面问他一番。

李子春　（摆手制止）算了吧，横竖本章檄文就要发出，何必和他争这一时麻烦呢。

裴舜卿　（断然地）不！（顾舟子）把小船速速开向大船！

〔小舟开近大船。

校　尉　（厉声阻止）贾相爷官眷游湖，小船之上乃是何人，敢不回避！

裴舜卿　西湖乃是天下人的西湖，贾相爷游得，难道俺们就游不得！

校　尉　圣上把葛岭一带赐给俺家相爷。这里乃是相爷的禁区，不许百姓船只到此游玩！

裴舜卿　只闻湖山属天下，不闻湖山属贾家。哈哈哈！

郭稚恭　（讽刺地）圣上把天下交给你们贾相爷掌管，你们相爷像那开绸缎店的，零割整卖出脱得也差不多了。这片西湖，看你们贾相爷还能霸占几天呀！好一个狗仗人势啊！

〔贾似道闻喧闹声，从内舱走出。

贾似道　（厉声地）何人喧闹？

校　尉　禀报相爷，三个书生在此吵闹。

贾似道　（阴险地）哈哈，老夫素来礼贤下士，他们既要在此游玩，老夫也就谅他！要他转船他去，也就是了，何须吵闹！（狠狠地）——让他一番，老夫自有道理！

校　尉　相爷恩谅你们，他处游玩去吧，不许滋闹。

裴舜卿　俺正要与你家相爷当面讲话，不向他处游玩！

贾似道　（旁白）他等既要相见，不见倒显得老夫心怯！（走向船头）你等如有话讲，容日后舍下相谈，今日有老夫家眷在此，多有不便！

裴舜卿　俺们乃是朗朗清白之士，谁管你艳姬美婢在前。（唱【江儿水】）

　　　　　俺不作狎邪游，

　　　　　谁曾是窃玉偷香手，

　　　　　谁稀罕私窥你妻妾风流？

　　　　　谁像你为相的不管天下兴亡，

　　　　　民愁国忧，

　　　　　只知道向酒坛舞袖里埋首。

458　李子春　（见事已爆发，动摇地拉住郭稚恭）你们酒吃得太多了，看醉成这样，别乱说了，走吧！

〔贾似道已经气极，表面仍故作镇静。

**裴舜卿** （沉着而爽朗地）贾相爷，贾似道啊！俺们都是太学生，俺乃裴禹舜卿，有国事相询！

〔李慧娘听到"裴禹"，想起投送诗柬之事，回头注视。

**贾似道** 既谈国事，更应相府相见。

**裴舜卿** 你沉醉昏迷，高卧不起，哪问国事？（唱【雁儿落】）

俺问你，

为什么劫民盐，重利盘剥？

为什么占民田，压榨抢掠？

为什么增赋税，强索豪夺？

为什么滥用刑法，排挤善类，杀人如麻……

闹得这大宋朝，

哀鸿遍野，黎民失所。

**贾似道** （狞笑）真是乳臭小子，你懂得什么？这都是治国的要政，朝廷的大法啊！

**裴舜卿** 俺再问你，为什么襄樊军情狼烟急，高卧湖山不出兵？

**贾似道** 这话愈加可笑了，老夫终日操练兵马，即将督师前方，屡次上表，万岁不准老夫所请，也怨不得俺啊！

**裴舜卿** 哈哈，难道这是实情吗？俺问你，当日督师汉阳，派宋京前往元军称臣纳币，乞和求降；班师之日，却欺君骗民，谎言凯旋，因此步步高升。今日之事，又何尝不是依样葫芦。你这大大的卖国奸贼，难道还想一手掩尽天下耳目！

**贾似道** （气极，急不择言，唱【秃厮儿】）

你，你，你，

螳臂挡车，

狂言犯上，

俺纵有宰相度量，

也怎容你猖狂。（拂袖，旁唱【金蕉叶】）

俺自有天罗地网，

收拾你何必当场！（色厉内荏地走进舱内）

459

〔在贾似道、裴舜卿斗争中，李子春一直手足无措地战栗着，一
　见贾似道返回舱内，才喘了口气。

李子春　骂也骂了，吵也吵了，乱子也惹下了。（拉裴舜卿）走吧！（吩咐
　　　　舟子）快，快，快走啊！

〔小船急下。李慧娘和秋鸿一直看着小船远远逝去。

李慧娘　（旁唱【夜游湖】）

　　　　　　这逞雄辩的，

　　　　　　正是题诗的裴家少年。

　　　　　　俺知人少阅世不宽，

　　　　　　几曾见似这般磊落奇男，

　　　　　　不畏权势，

　　　　　　敢把这人间正气显。

秋　鸿　夫人，你望着什么？

李慧娘　（不觉低声而出）壮哉少年！美哉少年！

〔贾似道正好听到，突然变色。

贾似道　（沉重地）哼！

〔李慧娘、秋鸿猛然一惊。

贾似道　（厉声）回船返府！


# 第三场　杀妾


〔贾似道相府小书房中。

〔贾似道气咻咻地上。

贾似道　欲平学府乱，先除异心人。来人！

〔家院上。

贾似道　唤慧娘来见！

家　院　是——相爷唤李夫人书房进见。

〔秋鸿引李慧娘上，家院下。

李慧娘　（唱【滚绣球】）

　　　　　　一声传唤，

　　　　　　似霹雳突响晴空。

　　　　　　明知是湖上事发，

　　　　　　只因俺心存不平，

　　　　　　一句话透露了深怀隐衷。

　　　　　　贾似道心胸狭窄，

　　　　　　杀害人不露刀锋。

　　　　　　无奈何，硬一硬头皮儿将他骗哄，

　　　　　　料今朝少吉多凶。

　　　〔贾似道故意地装出平静的神态。

**李慧娘**　参见相爷。

**贾似道**　（缓和而暗藏阴险地）坐下。（顾秋鸿）俺与慧娘闲叙，你且退下。

　　　〔秋鸿恐有祸事，欲下又止，迟疑。

**李慧娘**　（对秋鸿无限恋恋）相爷吩咐，你就下去吧！

　　　〔秋鸿无奈下。

**贾似道**　慧娘，今日游湖，船到白堤，老夫忽有一事感触于心……

　　　〔望李慧娘，沉吟。

**李慧娘**　（被他没头没尾的话说得不好置答，也沉吟地）相爷请讲。

**贾似道**　俺想白傅晚年，打发家姬出府择配，成为千古佳话，如今老夫已
　　　　年过半百，风烛残年，哪能再误你青春。（唱【混江龙】）

　　　　　　樊素袅娜小蛮媚，

　　　　　　俺享尽了脂粉温存。

　　　　　　趁姹紫嫣红时分，

　　　　　　让花枝留住芳春。

　　　　　　俺要开笼放鹤举头看，

　　　　　　打点了风流素心。

**李慧娘**　（听他甜言蜜语，不怀好意，很有分寸地）相爷此话从何说起？

**贾似道**　俺看你在湖上，对那少年十分流盼——（接唱）

　　　　　　他虽不是题桥相如，

　　　　　　你却是未寡文君，

　　　　　　不须私奔，

　　　　　　俺要成就你这关不住的荡漾的心。

　　　老夫已打定主意，准备丰盛妆奁，将你嫁他何如？

**李慧娘** （想要掩饰过去）啊，相爷，你听错了！（唱【滚绣球】）

　　　　　　俺见那秋山滴翠秋风临，

　　　　　　赞一声壮哉美哉高入云。

**贾似道** （唱【油葫芦】）

　　　　　　俺眼纵钝，

　　　　　　耳纵昏，

　　　　　　看眼色，却十分地真。

　　　　　　慧娘啊！俺看你，

　　　　　　身无彩凤双飞翼，

　　　　　　通情愫，

　　　　　　却有那灵犀一片心。

　　　　　　他虽则憨莽，

　　　　　　谅他是忧国心语无伦，

　　　　　　愿送上红颜，

　　　　　　赔上千金，

　　　　　　俺和他结上这门亲。

**李慧娘** （见贾似道步步逼紧，打定主意，一口咬定到底，接唱）

　　　　　　相爷啊，你怎这般不谅人！

**贾似道** （见李慧娘坚不承认，进一步诱引，接唱）

　　　　　　俺问你，

　　　　　　传情处，这眼梢眉角怎思寻，

　　　　　　你和俺谈个知心。

**李慧娘** （至此已忍无可忍，慢慢地激动起来，接唱）

　　　　　　俺白璧无瑕，

　　　　　　明珠有价，

　　　　　　与那人不相识，

　　　　　　哪曾会通私情，胡勾搭，

　　　　　　你贾相爷三字苦狱安排下，

　　　　　　把俺这苦海冤禽折磨煞！

**贾似道** （突然翻脸）贱婢！（唱【哪吒令】）

462　　　　　俺相府容不下你淫荡娃，

　　　　　　　你这硬嘴鸭，

　　　　　　　总说着昧心话！

李慧娘　（也愤恨地爆发起来，唱）

　　　　　　　相爷啊！

　　　　　　　俺慧娘从来不作假，

　　　　　　　莫须有怎把供状画！

贾似道　（狞笑，接唱）

　　　　　　　弄朱唇，

　　　　　　　说诳话！

李慧娘　（受不住委屈，激情地，接唱）

　　　　　　　俺从来胸襟正大，

　　　　　　　坐得正，站不歪斜，

　　　　　　　千般罪状由你加，

　　　　　　　俺，没奸诈。

贾似道　（执剑在手，接唱）

　　　　　　　难道你不怕俺的家法闺法！

李慧娘　（愤怒地，唱）

　　　　　　　你相爷要俺死，

　　　　　　　俺怎敢怕，

　　　　　　　恶威风由你发！

　　〔贾似道一剑刺去，李慧娘惨叫一声，受伤未死，跌扑翻滚，怒目地指着贾似道。

李慧娘　贾似道啊！宰相腰悬尚方剑，看你横行到几时，俺死不瞑目啊！

贾似道　看你瞑目不瞑目！（连刺数剑）

　　〔李慧娘死，秋鸿与众姬妾奔上。

秋　鸿　（抱李慧娘尸痛哭）夫人呀！你死得好惨哪！

贾似道　（狠毒地）不许哭，谁要不守闺法，这就是你们的榜样！来人！

　　〔家院二人上。

贾似道　将这贱人尸体抬了下去！（唱【混江龙尾】）

　　　　　　　卖风流的，应埋在牡丹花下！

　　〔家院抬李慧娘尸，秋鸿、众姬妾随下。

463

贾似道　哈……哈……哈……哈！俺贾似道衾边榻畔，哪容有异心人在！
　　　　来人！

〔家院上。

贾似道　请廖莹中进见。

〔家院下。

〔廖莹中上。

廖莹中　学生叩见师相。

贾似道　游湖之事，你可知道？

廖莹中　学生——尽知。

贾似道　慧娘已死，那裴禹如何处置？

廖莹中　给他个斩草除根。

贾似道　这事就交付于你。

廖莹中　是，是。

贾似道　正是：轻挥宝剑诛红粉——

廖莹中　再挂金钩钓清流！


# 第四场　幽恨

〔集芳园内，月光惨淡，四周阴冷，秋树萧索，哀虫凄鸣，李慧娘魂魄着素衣，黑纱兜头，幽幽地上。

李慧娘　咳——俺李慧娘好苦也！（唱【四边静】）

　　　　月惨淡，

　　　　风凄零。

　　　　白露泠泠，

　　　　寒蛩哀鸣。（慢慢地往前飘动）

　　　　俺无主的幽魂，

　　　　漂泊难凭，

　　　　似断线的风筝，

　　　　又飘到集芳静境。

（黯然地站住，看看四周，仰望天空，接唱【耍孩儿】）

　　　　看流萤飞动，

落叶扫过空庭，

数着星星，

听着漏永。

（忽闻远处传来笙歌凄楚的声音，她倾听了一会儿，又飘向前去。

接唱【五煞】）

那边是笙歌缕缕迷醉着繁华梦，

俺这里，孤零零，顾阴影，欲哭无声。（接唱【四煞】）

龙泉剑，血污粉颜。

再不受折磨摧残，

再不在虎狼前强承欢，

再不在粪堆污池里受腌臜，

哪怕他刀兵鼙鼓动边关。

忧的是灾黎苦，

愁的是人间流离怨。

湖畔繁华镜中天，

临安城人比鬼声惨。

贾似道的巴掌下，

死后也心难得安。（作鬼舞，接唱【三煞】）

障娇躯暗雾一片，

似灰鹤羽衣翩翩，

俺游荡着，

瞅机缘，报仇冤！（愈舞愈飘忽，愈快，做旋风状。）

驾旋风，滴溜溜转，

来，一缕轻烟，

去，一缕轻烟，

俺是望帝魂归托杜鹃，

咳！

又怎扬得下这人世的苦难！

〔家院二人扶裴舜卿急上，过场下。

**李慧娘**　呀！适才家院挟持那人，好似裴生。（接唱）

他，他，怎么也陷进了这虎狼关？

465

〔廖莹中打灯笼上。

廖莹中　（念）设下万丈深潭计，

　　　　　　　管取骊龙颔下珠。

〔家院上。

家　院　禀廖爷，已将那人安置在西廊下书斋中。

廖莹中　好，去吧！

〔家院下。

廖莹中　裴禹呀裴禹，看你还能兴风作浪？你的好时辰快要到了，这一下子，咱们下一辈子再见了！嗯哼。（下）

李慧娘　呀！且住，裴生被陷，事在危急，我如今是这花园鬼，出入没遮拦，贾似道任你奸险凶残……（唱【煞尾】）

　　　　俺要做一个南无观世音鬼菩萨，

　　　　救苦救难，

　　　　害人的有你，

　　　　救人的看俺！


# 第五场　救裴

〔小小书斋，灯光暗淡。裴舜卿一个人忐忑不安地一会儿扶几假寐，一会儿起立徘徊，叹一声气，又轻轻地长啸一声。

裴舜卿　（念引子）

　　　　烛光淡淡秋风冷，

　　　　心事重重近三更。

俺裴舜卿前日在岳庙起草了劾奸本章，讨奸檄文，又在湖上面斥了奸相。同学李子春再三劝俺敛迹韬晦，免遭不测，可是国事日急，危亡在即，又哪顾得个人的安危。适才心中郁闷，步月湖边，忽被狂徒二人劫持至此，黑夜之间，不知是何所在？（向窗外倾听，唱【川拨棹】）

　　　　听寒虫凄厉，

　　　　叶落窗外，

　　　　这潇洒秋园何所在？（重句）

〔裴舜卿疑虑之时，李慧娘鬼魂上。

**李慧娘**　（唱【朝天子】）

　　　　牡丹花下尸骸埋，

　　　　蒙受了不白的冤枉害。

　　　　到此来，

　　　　不是偿还风流债。

　　　　莽书生遭祸灾，

　　　　为国事，困书斋。

　　　　俺做鬼的再不怕瓜田李下流言在。

　　　　壮一壮胆子，

　　　　要把他救出了望乡台。（站在窗外倾听）

**裴舜卿**　（唱【川拨棹】）

　　　　纵然是祸来天外，

　　　　俺大丈夫，

　　　　肝胆在，

　　　　有何惧哉！

**李慧娘**　（不觉点头赞叹，接唱【朝天子】）

　　　　他磊落心胸，

　　　　湖海襟怀，

　　　　真不愧清流主宰。

〔李慧娘上前轻轻敲门，裴舜卿开门。

**李慧娘**　（暗进）裴相公，受惊了。

**裴舜卿**　（唱）呀！为什么来了个女裙钗？

　　　　俺裴舜卿乃堂堂男子，黉夜之间，要避些嫌疑，快快去吧！

**李慧娘**　裴相公，你可知这是何所在？

**裴舜卿**　俺被人劫持至此，并不知这是何所在。

**李慧娘**　这是集芳园，贾似道的相府！

**裴舜卿**　（惊）你……你，莫非贾贼差来杀害于俺！

**李慧娘**　俺乃裙钗弱质，手无寸铁，怎能害你！

**裴舜卿**　（略一思索，似有憬悟，冷笑一声）这……哈哈，俺明白了，莫非贾贼施出美人计，想来迷惑于俺……（唱【搅筝琶】）

467

> 你纵摆下粉阵脂营，
>
> 俺志如铁坚，心如钢硬。
>
> 收拾起你那温柔索，
>
> 打点了你那迷魂梦。
>
> 你还是去吧，别巧施心计了！

李慧娘　（委屈地）裴相公呀！俺本好意儿前来，不想你这般相看，教俺好伤心也！（哭）

裴舜卿　（更加疑惑）如此，你是何人？

李慧娘　俺乃贾似道之妾，李慧娘……

裴舜卿　噢，如此越发是了……

李慧娘　唉，你哪里知道，俺李慧娘啊！（唱【叨叨令】带【倘秀才】）

> 贾相府好比是秦楼楚馆，
>
> 餍粱肉俺好似鱼吞钓钩，
>
> 绮罗裳缠得俺灵魂儿消瘦，
>
> 枕边酒后，磣得俺骨节儿羞透、恼透，
>
> 无端的斥责，又似对马牛。

裴舜卿　如此说来，倒也可怜。

李慧娘　（更加难过）提起俺的苦情，唉，裴相公啊！

裴舜卿　怎么？

李慧娘　（转入愤激，唱【脱布衫】）

> 你在湖上骂权奸，
>
> 俺轻轻地只一声赞叹，
>
> 便恼怒了贾似道……

裴舜卿　他怎样？

李慧娘　（接唱）他拔出龙泉剑，

裴舜卿　（一惊）啊！

李慧娘　（接唱）俺身首断，

> 剩渺渺阴魂不散！

裴舜卿　（入梦般地）啊，你是……

李慧娘　（接唱）俺是个含冤被害鬼红颜，

> 到如今幽幽无主在黄泉！

裴舜卿　俺裴禹倒还有些胆量。你不要装神弄鬼恐吓于俺吧！

李慧娘　（说不出的委屈，痛哭起来）俺句句实情，为你义勇所感，（深情地）哪能恐吓于你。

裴舜卿　（再一沉思）大姐为俺而死，纵然是鬼，俺哪敢惧怕。（唱【驻马听】）

　　　　你溅碧血污红颜，

　　　　魔手揉折菊花残，

　　　　同是天涯孤鸿怨，

　　　　俺，铁石心肠也呜咽！

李慧娘　（越发伤心，哭了起来。唱【小梁州】）

　　　　咱二人，苦相怜，

　　　　幽冥路隔，

　　　　难得相逢同患难。

裴舜卿　（接唱）莫负这——

　　　　孤灯凉夜奈何天！

李慧娘　说什么孤灯凉夜奈何天，咱二人是……唉！（接唱）

　　　　又何须娟娟明月回廊畔，

　　　　向人间偷度金针线。

　　　　就这样结就再世如花眷，

　　　　纵海枯石烂，

　　　　俺魂儿冉冉，

　　　　心永不变！

　　　　〔园内连敲更声，远处传来脚步声。

李慧娘　（突然大惊）裴相公，杀害你的人到了！

裴舜卿　大丈夫，身陷魔阱，有死而已。

李慧娘　国事为重，性命为重，留得青山在，哪怕贼横行，随俺来！

　　　　〔家将上，三人对面相碰，李慧娘扇灭火把，扶裴舜卿疾走。二人走圆场。家将下，复点火把上。

　　　　〔三人做身段，跌扑，最后，李慧娘连扇阴风，家将跌地昏迷。裴舜卿、李慧娘走至园门口，李慧娘扇开门锁。

裴舜卿　（喘息略定，唱【拨不断】）

　　　　今晚事，

如梦复如烟，

你义薄云天，

俺得一个幽冥知己，

自问无愧。

李慧娘　裴相公，此处不可久留，速速去吧！

裴舜卿　大姐，泉下珍重，从此别矣！

李慧娘　（黯然）哦……今生别矣！

裴舜卿　（唱【灵寿杖】）

断头缘，没下梢，

从今后俺做了乱离韦皋。

李慧娘　（接唱）唉，

俺成了睡枯坟，害相思——

孤零零的玉箫！

〔裴舜卿依恋不舍，李慧娘推他急下。

〔李慧娘怅望门外，呜咽低泣。

李慧娘　正是：（念）

断梗飘萍游子梦，

凄风苦雨鬼寒心！

咳，俺李慧娘好凄凉寂寞也！

〔幕内声："相爷回府！"

〔李慧娘转为愤怒，急下。

## 第六场　鬼辩

〔半闲堂中。夜已深沉，热闹场中，笙歌歇止，微露阴冷气象。

〔贾似道平日宴安享乐，不理朝政，因为军情紧急，也不能不心情难安，但对于私愤私恨，更不忘情。他在烛光之下一面等待杀害裴禹的回报，一面不在意地翻阅着奏章、边报。

贾似道　（唱【醉花阴】）

夜冷心愁，笙歌停留，

玉树后庭又经秋。

（连看几本奏章，都是对他不利，慢慢烦躁起来，接唱）

这舆情恶，（把本章抛在一边）

那边报急骤。（更加烦躁，狠狠地把边报丢在地下，接唱）

看来，这太平宰相，

将没了下梢头。

强挣扎，怕残年难久。

且醇酒妇人，

把这时光度休。

〔家院上，送新到军情急报。

家　院　禀报相爷！外有襄樊差来急报，有紧急军情求见。

〔贾似道从心烦转到躁怒。

贾似道　（咆哮地）吩咐校尉将报子斩首。以后如有边报，一律不许呈进。谁要妄谈军情，提头来见！

家　院　是，（打诨）相爷心烦乱，报子头倒霉——斩吧！快临到你自己了！（下）

〔家将上。

家　将　谁开玉笼飞彩凤，空提钢刀报相恩。

〔贾似道一见家将，立刻又高兴起来。

贾似道　给你记上一大功，外加重赏——事情已办妥当了吧？

家　将　（讷讷地）特来回复相爷，廖大人传下相爷钧谕，小人即刻准备停当……

贾似道　（急不能待）怎么样了，你快说呀！

家　将　……三更时分，俺提了钢刀，进入书斋，向着床榻咔嚓一声……

贾似道　自然是人头落地了……好，哈哈……给老夫除了大大的一害啊！

家　将　（垂头丧气地）谁知……一刀落空，房内榻上，悄无人影，点起火把，寻至园中，见一妇人，手拉裴生，正待下手，忽起狂风，火把吹灭，不见踪影。

贾似道　噢，竟有这等事——你可曾认清是哪个妇人？

家　将　俺急忙之中，认不真切。

贾似道　（气恼咆哮）可恼啊！可恼！无用的东西！校尉！

〔校尉上。

471

贾似道　把他砍了！

〔校尉拖家将下。

贾似道　（怒喊）家院！

〔家院上。

贾似道　传合府姬妾丫鬟速来见俺！

家　院　相爷传众家夫人、合府丫鬟进见！

〔家院下。秋鸿及众姬妾、丫鬟同上。

众姬妾　笙歌归院落，灯火下楼台。

众丫鬟　刚要打瞌睡，老虎唤俺来！

众姬妾
众丫鬟　叩见相爷。

贾似道　你们这班贱人，哪个私到园中，放走了裴生，速速招来！

众姬妾
众丫鬟　妾等刚刚侍宴回房，哪曾见什么裴生。

贾似道　看来不动重刑，你们不肯实招——管家婆子哪里，速取刑具，给
　　　　我重重地拷打！

〔管家婆甲、乙凶恶地执刑具上。

管家婆甲　忽听一声阴雷响，

管家婆乙　来了两个活无常。

管家婆甲乙　叩见相爷——拶子、皮鞭、夹棍、竹片、荆条、绳子都已在
　　　　此，等候相爷吩咐！

贾似道　给我一个个皮鞭抽打。

〔婆子抽打，众姬妾等痛楚叫喊。

众姬妾　我等不知此事，望相爷开恩！（痛极）哎哟……哎哟……望相爷
　　　　饶命！

贾似道　（唱【滴溜子】）

　　　　　　恨这般荡妇淫娃，

　　　　　　胆如天大，

　　　　　　不怕俺相府刑法，

　　　　　　私放人犯，逃出官衙。

　　　　　　老夫的深仇积怨，

　　　　　　被你们一笔勾画。

　　　　　　怕只怕留下了后患，难以招架！

贾似道　（对管家婆）不狠狠地重打，哪能吐实话。（咆哮地）快快招来！

　　　〔婆子再使力重打，众惨叫呼痛。

秋　鸿　相爷啊！（唱【一枝花】）

　　　　　　既然说有人私放裴生，

　　　　　　是哪个曾看见？

贾似道　自有人亲眼看见。

秋　鸿　既如此，叫来当场相认。

贾似道　还敢冲撞！难道你等都与裴生勾搭上了不成？再不招供，有杀李
　　　　慧娘的宝剑在此。

　　　〔李慧娘红纱兜头暗上。

秋　鸿　（听到提起李慧娘，无限感触，又加痛极，忍无可忍地，冷笑唱）

　　　　　　纵浑身碎剐，

　　　　　　没来由，怎把冤情乱招下，

　　　　　　任你杀，倒省得活生生受欺压。

　　　　　　俺甘愿陪伴着孤单单的李慧娘在黄泉下！

贾似道　（怒极）气死老夫也！（举起剑来，正要砍下）

李慧娘　（厉声地）放下剑来，不许错杀无辜，放裴生的人在此！

贾似道　（突然一惊）好！有人招承！把她等押了下去。

管家婆　是！（押众姬妾、众丫鬟下）

贾似道　（乍闻声音，不见人影，向发声处看，慢慢地才看到模糊的影
　　　　子，有些惊惧）我看是哪一个贱婢？

　　　〔李慧娘反复作身段，半闲堂中从暗淡转为阴惨。

贾似道　怎么她忽隐忽现？你莫非是妖魔鬼怪，前来戏弄老夫？

李慧娘　（冷笑）俺不是妖魔鬼怪……

贾似道　你是何人？

李慧娘　我嘛，（唱【梁州第七】）

　　　　　　你有时向俺求欢买笑，

　　　　　　有时异梦同床，

473

|  |  |
|---|---|
|  | 旧相识哪能轻相忘， |
|  | 用不到费端详。 |
| 贾似道 | 家下姬妾婢女俱已在此，外厢娼妓、粉头、良家妇女，与老夫有牵连的，不知多少，谁记得那些。 |
| 李慧娘 | 俺如今啊，来问你——（接唱） |

        五更签押，三鼓坐衙，

        荆条竹板，玉锁金枷。

        你当相爷的，惯会把冤狱安排下，

        却把俺当事人笑煞！

|  |  |
|---|---|
| 贾似道 | 你到底是何人？不敢叫老夫认清面目。 |
| 李慧娘 | 您贵人多忘事啊！（接唱） |

        俺罪名是清盼勾引少年郎，

        短剑下，

        红颜断送在半闲堂！

    （把红纱头向后一掠，现出真容，向贾似道露出揶揄的笑意）

|  |  |
|---|---|
| 贾似道 | （惊觑）啊！你敢是李慧娘的阴魂出现？相府森严，为何到此！ |
| 李慧娘 | 阎王不收留，相爷舍不得，俺还有一笔旧债未清！ |
| 贾似道 | 你敢放裴生，自然和他已有勾搭，还有何辩解？ |
| 李慧娘 | 哪，还是那句老供状。（唱【牧羊关】） |

        生时虽没和他有私情来往，

|  |  |
|---|---|
| 贾似道 | 死后呢？ |
| 李慧娘 | （接唱）俺把你集芳园当作了西厢， |

          刚和他拜盟焚香……

|  |  |
|---|---|
| 贾似道 | （妒意突发地）唵！ |
| 李慧娘 | （接唱）愿结下来生的姻缘账。 |
| 贾似道 | （受了嘲笑发怒）你，生前淫妇，死后荡鬼，有何颜面来见老夫！ |
| 李慧娘 | （接唱）俺怕的是： |

        打坏了娇滴滴姊妹行，

        累坏你气呼呼的老平章，

        你亲口许俺嫁裴郎，

        俺特来回复叩谢，

　　　　　　　承关情错爱俺李慧娘。

**贾似道**　老夫有朝廷威命在，哪怕你妖魔小鬼，前来戏弄。

**李慧娘**　朝廷威命？甚不足怕。（接唱【骂玉郎】）

　　　　　　　你凭钻营，

　　　　　　　卖国害民，吃尽宰官粮，

　　　　　　　却不道到头来和俺一样，

　　　　　　　怎跳出别伎俩。

　　　　　　　冤家路逢，

　　　　　　　相扭看——

　　　　　　　哪个强！

**贾似道**　（执起宝剑）好，哪个强！看剑。

**李慧娘**　（沉痛地）人只有一死，哪有两死……你砍吧！

　　〔贾似道执宝剑乱砍不着，李慧娘回旋地做旋风舞，指着贾似道
　　　笑着。

**李慧娘**　（大笑，唱【乌夜啼】）

　　　　　　　俺笑着你，手提三尺剑，

　　　　　　　只在空中晃，

　　　　　　　这威风是逞势虚张，

　　　　　　　砍不到俺鬼身上。

　　　　　　　俺笑君王无知昏庸，

　　　　　　　认你做好平章，

　　　　　　　你却向元兵称臣投降，

　　　　　　　任意诛杀，苦害善良，

　　　　　　　死后的李慧娘，

　　　　　　　全不怕你这贼丞相！

**贾似道**　你把裴生还俺，彼此罢休。

**李慧娘**　（大笑）放鹏鹤的，怎肯把凤凰往笼里装。

**贾似道**　裴生往哪里去了？

**李慧娘**　他威武不屈，七尺昂藏，忧国心切，拯民意张，冲出你的天罗地
　　　　　网，怎能饶过你贾阎王！

**贾似道**　（气已衰馁）你不还我裴生，还敢在此无礼。（慌张失措地，连声

呼喊）校尉快来，有鬼！有鬼！

〔四校尉慌忙急上。李慧娘一阵鬼风，口吐焰火，挡住了众校尉，众校尉呆如木鸡，无法靠前。

**李慧娘**　（反身向贾似道，愤怒地）俺李慧娘，生做冤禽，死为厉鬼。怒火千丈，正气凌人；喷血三尺，足制贼命。牡丹花下是俺的埋骨处，集芳园中有你的受刑台！（接唱【哭皇天】）

贾似道，

你再狠狠地认俺半晌，

待俺把血头颅向你心窝一撞！

俺李慧娘生前受欺死后强梁！

〔贾似道向后倒退，摇手，李慧娘一头撞了过去，贾似道昏倒在地，李慧娘跳上书案，大笑三声。

**李慧娘**　（唱【尾声】）

千古正气冲霄汉，

俺不信死慧娘，斗不过活平章！

——剧　终

《李慧娘》根据明代周朝俊的传奇《红梅记》情节编写，剧本完成于1960年，1961年由北方昆曲剧院首演。导演白云生，李淑君饰演李慧娘，丛兆桓饰演裴舜卿。

## 作者简介

孟　超　（1902—1976），男，山东诸城人，作家。曾参加创办艺术剧社和筹备发起中国左翼作家联盟，曾与老舍等共同创办《民报》副刊《避暑录话》。新中国成立后历任出版总署图书馆副馆长、人民美术出版社研究室副主任、中国戏剧出版社副总编辑、人民文学出版社副总编辑兼戏剧编剧室主任等职。主要作品有诗集《候》《残梦》、昆剧《李慧娘》。

· 高甲戏 ·

# 连升三级

王冬青

时　间　明代崇祯年间。

地　点　通州、京都。

人　物　贾福古——二十四岁，土财主的子弟。

贾　仁——三十多岁，贾福古的仆人。

甄玉斋——六十多岁，老儒。

甄似雪——十八岁，甄玉斋女儿。

秋　红——十六岁，甄似雪的婢女。

崇祯皇帝——三十多岁。

魏忠贤——六十岁，权监，封九千岁。

冯　庸——近七十岁，丞相。

王永光——四十多岁，胖子，考官。

徐大化——五十多岁，瘦子，考官。

吴铁口——五十岁左右，江湖星相人。

老监、小监二人，厂卫四人，门子、报子，宫监二人、亲随二人，文官、武官、诏使，锦衣卫四人，宫娥二人，武士二人。

## 第一场　求亲

〔幕启。佛寺后的花圃，圃中有座罗汉石塔。

〔幕启时，幕后传出佛会的钟磬、木鱼声，礼佛诵经声，它给人的感觉是世俗热闹的味儿多于宗教肃穆的味儿。

〔贾仁引贾福古上。

贾福古　（唱）手摇小扇笑嘻嘻，

　　　　　　　三伐二步入佛寺。

贾　仁　大爷呀！（唱）

　　　　　　　放慢行，须留意。

贾福古　是，是。（唱）

　　　　　　　咱来放慢行，

学做斯文意致。

贾　仁　（唱）稍时佛殿会美人，

　　　　　　　施展手段求亲谊。

贾福古　啊哈——嘻！（唱）

　　　　　　今朝若是会着伊，

　　　　我，贾福古断不错过好缘机！

　　　　贾仁，只是本大爷心中不解。

贾　仁　大爷有啥不解？

贾福古　（念）凭我家资有万金，

　　　　　　　甄家为何不动心？

贾　仁　（念）而今亲见大爷好人品，

　　　　　　　想伊月里嫦娥也轻身！

贾福古　哈哈哈！……呃，行遍半个佛寺，还寻不见美人？

贾　仁　大爷莫急，奴才探听得准准，今日甄家父女要来赶佛会，咱到后
　　　　殿等处逡逡巡巡，或有奇逢。

贾福古　行兮！（与贾仁同下）

　　　　〔甄似雪内声："秋红，伴我来呀！"秋红应声："晓得。"秋红引
　　　　甄似雪上。

甄似雪　（唱）佛前已上三炷香，

　　　　　　　趁此寺中漫游赏。

　　　　〔甄玉斋内声："似雪！似雪女儿！"上。

甄玉斋　哦！女儿，你且在此处少待亦佳，你爹将去访会住持，请他为我
　　　　解此好签诗也。

甄似雪　爹亲，你这般诚心祷佛求签，真的要上京赴考？

甄玉斋　子曰："君子务本"，科举功名就是君子本分，你爹不但要赴考，
　　　　而且明日即将起程矣！

甄似雪　爹亲，莫去也罢！（天真地抚弄甄玉斋的白胡子）看你须发都已
　　　　斑白了，还苦苦想那功名富贵作甚！

甄玉斋　不然也，不然也，孔子曰："富而可求也，虽执鞭之士，吾亦为
　　　　之！"我甄玉斋者，一生苦读圣贤经书，焉能不致功名富贵？只
　　　　恨连考十三科，犹未名登龙虎榜，若竟埋没老死，岂非抱恨九泉

乎？今者崇祯万岁，新登宝基，定必广开贤路，拔擢英秀，况是今日佛祖又以上吉灵签赐我。古时姜子牙八十拜相，梁灏八十二名占金榜，尽皆大器晚成也！哈哈，你爹老运亨通，晚境异香，其在眼前矣！

〔甄似雪为之失笑。

**甄玉斋** 女儿，为何发笑？

**甄似雪** 请问爹亲，李白、杜甫因何儳中状元？中状元的因何无李白、杜甫？

**甄玉斋** 李白、杜甫？状元？（被窘）哼！"知之为知之，不知为不知，是知也。"女儿家竟敢妄自谈古论今！（旁白）我这女儿，聪明秀慧，就是性情不随俗也！（边说边下）

**甄似雪** （望着父亲龙钟的背影）啊！我爹真是……

**秋 红** 小姐，咱就在此等待片时，却也无妨。你看，这花圃万紫千红，百花齐放，实是好春景，待婢子陪你玩赏一番。

**甄似雪** 三春花草，都也寻常，未知还有较好的去处？

**秋 红** 较好的去处？——有了，花圃中这座罗汉石塔，雕有五百罗汉，五百体态，小姐，咱相共前去数罗汉。

**甄似雪** 好呀！数罗汉，真别致。

〔甄似雪与秋红二人走向石塔。

**甄似雪** （唱）百花绕塔斗芳妍，

　　　　　　五百罗汉坐花前。

**秋 红** 小姐，这些罗汉，为何体态各自不同？（唱）

　　　　　这一尊昏颠颠，

　　　　　这一尊笑连连，

〔幕后合唱：

　　　　　"昏颠颠——"

**甄似雪** （唱）定有俗事烦心田，

〔幕后合唱：

　　　　　"笑连连——"

**甄似雪** （唱）应无闲愁胸挂牵。

**秋 红** 是，是。婢子晓得了。

〔贾福古主仆暗上偷窥，一副馋丑之相。但甄似雪、秋红均未发觉。

**甄似雪**　（绕塔）秋红，你来看——（唱）

　　　　那飞钹尊者因何头欹偏？

**秋　红**　（唱）只恐钹儿飞出天外天。

　　　　〔幕后合唱：

　　　　"头欹偏，

　　　　怕钹儿飞上天。"

**甄似雪**　（赞赏点头）是。（唱）

　　　　那长眉尊者因何垂疲眼？

**秋　红**　（唱）不耐打坐，想要放脚眠。

　　　　〔幕后合唱：

　　　　"垂疲眼，

　　　　想要放脚眠。"

**甄似雪**　（点头）都想得有趣！

**贾福古**　（上前，冒失地）不！嘻，嘻！（唱）

　　　　这个老和尚，

　　　　难过美人关，

　　　　假装无意，

　　　　偷看女天仙！

　　　　〔甄似雪、秋红惊羞、厌恶，甄似雪移一步避开，秋红白贾福古一眼后，突生报复嘲弄之意。

**秋　红**　小姐！（唱）

　　　　还有降龙伏虎眼睁圆？

**甄似雪**　嗯。（会意，唱）

　　　　想将无赖狠狠打一拳！

**秋　红**　哈哈哈！……

**贾福古**　不是，不是！这降龙伏虎的——（唱）

　　　　抽龙筋，剥虎皮，

　　　　龙虎肉卤大面，

　　　　吃喝一顿饱，

481

逍逍遥遥去上烟花院。

秋　红　啐！你这人！我们数罗汉与你何相干？

贾福古　（在贾仁指点下，强装斯文，整衣施礼）嘻嘻嘻！闻名小姐是才女，小生也是才子，今日特来讨、讨——教！

甄似雪　（冷笑）好笑煞人！几时见过这般轻狂无状的"才子"！

贾福古　正是才子。小生家资万贯，良田千顷，今年二十四，尚未——（突然逼近甄似雪面前）尚未讨老婆！

秋　红　呸！你这人好无理，平白无端，向我们说出这般那般作甚？（唱）

　　　　　　才子应是读书郎，

　　　　　　几曾见才子这般无礼又轻狂？

贾福古　（唱）才子应是读书郎……（续不下去）

贾　仁　（唱）美人面前难端庄，

贾福古　是是！（唱）

　　　　　　美人面前难端庄……

　　　　（又续不下去）

贾　仁　（唱）张生风流跳粉墙，

贾福古　啊哈！说得正好，正好！（唱）

　　　　　　张生风流跳粉墙，

　　　　　　一心要会美秋香。

秋　红　哈哈！真个是"说得正好"！（唱）

　　　　　　张生若是配秋香，

　　　　　　唐伯虎与崔莺莺双拜堂！

　　　　　　卓文君多情为宋玉，

　　　　　　西施女唐宫伴明皇；

　　　　　　古今鸾凤肆颠倒，

　　　　　　急得月老喊荒唐！

　　　　〔幕后合唱：

　　　　　　"月老喊荒唐，

　　　　　　笑话出了一大场！"

　　　　〔甄似雪、秋红大笑，但贾福古不解，仍欣欣自得。

482　贾　仁　大姐仔，你家小姐是通州才女，我家大爷贾福古也是通州才子；

才子，才女，正好彼此彼此。我家大爷也曾几次差遣媒人——

**秋　红**　唪！谁人要听你这油嘴！（向甄似雪）小姐，原来此人就是屡
次提亲都被咱回绝的草包贾福古，今日竟敢自称才子。小姐何
不出一个对，将他当面考倒，让他更加狼狈出丑，才消得咱一
肚怒气。

**甄似雪**　说得也是，这般下流无赖，合该将他奚落一番。

**秋　红**　（向贾福古）喂！你自称"才子"，从来未曾闻名，我们此时出一
个对，让你对对看。

**贾福古**　对对？（低声）贾仁，她要招我对对。

**贾　仁**　有啥为难，对对就是"天对地"，"文对武"，"阿父对阿母"。和
她对！

**贾福古**　慢着！贾仁你岂不知我呀！——十年一卷"千字文"，"天地玄
黄"血攻心！

**贾　仁**　勿要紧。——虽然见书如见虎，大爷聪明不糊涂！

**贾福古**　哈哈！正是如此。平日咱乡里中，谁人不称赞本大爷聪明？（向
秋红）不怕！大姐仔，将对出来！

**秋　红**　小姐，要出什么让他对咯？

**甄似雪**　你要出，就现成的景物随意来出。

**秋　红**　（触目所见）啊！远处有一只大粉蝶飞舞花间……啊！小姐"蛱
蝶穿花"好吗？

**甄似雪**　这对连三岁小童也对得来！嗯，但也无妨。

**秋　红**　（向贾福古）喂，"蛱蝶穿花"让你对。

**贾福古**　"蛱蝶穿花"？——"蛱蝶穿花"要对什么咯？（苦思索）……啊
哈！有，有了。"蛱蝶穿花"对"苍蝇放蛆"。

〔甄似雪、秋红相顾失笑。贾福古主仆误会为赞赏。

**贾　仁**　（唱）对得好，对得妙！

**贾福古**　（唱）对得美人哈哈笑。

**甄似雪**　秋红呀！（唱）

　　　　　笑他八戒照镜显丑相，

**秋　红**　（唱）笑他鱼目混珠不放光。

喂，（向贾福古，唱）

笑你这般人物称才子，

面皮足足厚三丈！

〔幕后合唱：

"正是这般人物称才子，

'苍蝇放蛆'成文章！"

秋　红　哼！亏你对得出来，分明是一个大草包，敢来冒充才子。像你这般"才子"呀，狗看见退三步，人看见大呕吐，鬼魂看见惊得逃入墓！

甄似雪　秋红，你骂得正好。咱不可多耽延，相共前去找我爹亲。（与秋红同下）

贾福古　啊，她骂我"草包"，莫非我对得不通？

贾　仁　通！通！通！若问孔子公，他也说你通。

贾福古　既然是通，为何手指到我鼻尖上骂？

贾　仁　咳！女人的脾气，爱在心内，骂在嘴头。大爷，趁她爹甄玉斋也在寺内，托人不如当面乘此机缘，前去求亲。

贾福古　有理！跟她前去找甄老先生。（唱）

趁热打铁是道理，

挥拳带踢去求亲谊。

〔贾福古主仆下。

吴铁口　（喊上）来呀！铁口，相命，辨气色，观五形，问吉凶，卜前程……

〔贾福古内声："老先生，老先生！"

〔甄玉斋内声："此一亲事难以从命，难以从命也！"

吴铁口　（背身向内，认真瞻望）哈哈！我的生意来了，今日柴米有着落了！（急躲一旁）

〔甄玉斋面带不耐烦的神色匆匆上，贾福古主仆尾随纠缠上。

贾　仁　甄老先生，我家大爷万贯家资，千顷良田，也配得起你家千金。……

甄玉斋　咳，咳！非也！孔子曰："士各有志，不能相强。"小女虽然寒微，总是书香门第，儒家之后。——此事就毋庸再论矣！

484　贾福古　你是嫌我贾福古无功名，才不肯——

| 甄玉斋 | 嘿嘿，岂敢！（讽刺地）如贾大爷者……簪花及第必也！ |
|---|---|
| 贾福古 | 这是说我若能簪花及第，你女儿就肯嫁我？ |
| 甄玉斋 | 哈哈！大爷若能簪花及第，飞黄腾达，自系另外一回之事。咳，言止于此，老夫尚有他事，失陪，失陪！（摆脱纠缠，拱手下，喊）女儿，等我一步！ |
| 贾福古 | （大声叹气）唉！气死本大爷！这分明是笑我肚内无墨汁，狗头难生麒麟角。……贾仁，我想起来了，难怪我爹因为我不读书，嬲做官，有一次，气得踢死一只母狗，原来连娶老婆也和这有缪辖！ |
| 贾　仁 | 大爷，你也莫得烦恼。若要簪花三及第，中状元、榜眼、探花，却也无难。 |
| 贾福古 | 啥？无难？ |
| 贾　仁 | 你岂无听见人说："十年寒窗勤苦读，一举成名天下知。"你就刻苦读他十年书。 |
| 贾福古 | （怒，扇打贾仁）死奴才呀！再读十年书，你大爷已经老得胡须到肚脐了！ |
| 吴铁口 | （凑上前来）恭喜！恭喜！ |
| 贾　仁 | （挥拳要打）你娘的！老子挨扇柄，你来恭喜！ |
| 吴铁口 | 误会，误会！（向贾福古）大爷恭喜！江湖上闻名的相士、山人吴铁口有礼。 |
| 贾福古 | 本大爷求亲不成，喜从何来？ |
| 吴铁口 | （大肆卖弄玄虚）嘿！嘿！大爷大喜临身，贵不可言！（指手画脚）你看：天庭平衡，地阁丰盈，主大器早成。眉如虹带彩，眼如星灵快，两耳坠珠入海，定卜富贵康泰。啧，啧！脸晕朝霞，紫气如花，保你百日内发迹定无差。——恭喜，恭喜！ |
| 贾福古 | （惊异，愣住）嗄！你说啥？ |
| 吴铁口 | 大爷——不，大人呀！ |
| 贾　仁 | 大人？ |
| 吴铁口 | 正是大人！你看：面是大人，手是大人，脚是大人，连头发都是大人，大大的大人！（唱） |

劝大人，赴京城，

包保你，成大器。

三元及第命宫有，

凤俦鸾友遂心志；

福星已高照，

岂可轻自弃！

贾福古　哇！话说得真中听。可惜本大爷识的字比算盘珠还少，是一个篾笼糊纱布。

吴铁口　此话怎说？

贾福古　"白灯（丁）"。——三元及第，从何说起？

吴铁口　（一时窘住，但随即临机应变）哈哈！此言就差了。汉朝刘邦，亭长得天下；本朝洪武，牧童做皇帝，岂凭什么大学问？（知心亲切地）再说，而今科举场上通关节，买题目，雇枪手，冒名顶替……亦是寻常。

贾　仁　啊哈！是了。大爷，你族兄贾博古，中过举人，上月患病身亡，你若冒他名字前去赴考，博古、福古、福古、博古，同宗同祖，有何不可？

吴铁口　如此最妙，妙不可言！真是天赐良机，助大人平步青云，只要大人多带些金银入京使用，自然更加如意。

贾福古　金银我岂怕无！只是你敢担保相得准？

吴铁口　准！准！准！（捧起挂在胸前的白布招牌，拍胸）"吴铁口"三字是金招牌，宁肯饿死，也从来不随便奉承一句好话。大人命相若无准，我这招牌给你砸作灰粉！

贾福古　哈嘻！想不到我这四两人有千斤命！贾仁，送先生五两银子。

贾　仁　呵呵！五两？（掏付银子）

吴铁口　大人不用客气，不用客气！（假作推辞，其实是急把银接过）谢大人赏赐，山人就此告辞了。

贾　仁　（拉住吴铁口）慢着，先生顺便为我相一下。

吴铁口　你？——好！塌塌鼻鞍，尖尖下颏，应话"是是"，差叫"亲来"，平安无事，一生一世做奴才！（做鬼脸急下）

贾　仁　（追打不及）呸！我家大爷会做官，贾仁就不会发迹？

贾福古　（喝住贾仁）回来！死奴才呀！我做大官，提拔你做大奴才，有啥不好？相命先生的话说得对！

贾　仁　是，是，对！

贾福古　贾仁，不可耽延，随我入京赴试。——"有钱能使鬼推磨"，金银财宝多多为我携带。

贾　仁　大爷，你真要赴试？

贾福古　本大爷是大大贵人，甄玉斋说我必定簪花及第，吴铁口也相我会高中，我要赴试，岂是假说！（唱）

　　　　　　我相貌，不平凡，

　　　　　　入京都，夺三元，

　　　　　　驷马高车返家园，

贾　仁　（唱）自有才女配凤鸾。

贾福古　（唱）称心如意，说也说不完！

　　　　〔幕后合唱：

　　　　　　"从今后——

　　　　　　奇逢巧遇，巧遇奇逢说不完！"

贾福古　哈哈哈！哈哈！……

　　　　〔贾福古连串狂笑，险些跌倒，贾仁急扶住他。

　　　　〔幕闭。


# 第二场　闯道


　　　　〔二道幕外。

贾福古　（催马奔上，唱）

　　　　　　匆忙，匆忙赴春闱，

　　　　　　心急，心急如擂槌，（回望）

　　　　可恨呀！（唱）

　　　　　　贾仁行路像乌龟！

　　　　贾仁！贾仁！

　　　　〔贾仁内声："来了！来了！"气喘喘地挑行李赶上。

贾福古　死奴才呀！吃饭"三战吕布"，出门"玉真行路"，若是误了本大爷功名大事，不饶你这条狗命！

贾　仁　（旁白）哎呀！尚未做官，就摆起这套官威！（向贾福古）大爷呀，不是我行路蹒跚迟延，是你一路贪杯流连。

贾福古　哦，哦！正是你行步迟延，不是我贪杯流连！（扬鞭要打）

贾　仁　大爷饶饶我，奴才不敢了！

贾福古　考期紧迫，日头又要落山了，还不速速赶路！

贾　仁　是，是，速速赶路。

　　　　〔二人圆场，马疲乏不前，贾福古鞭马，发急。

贾福古　唉！……（唱）

　　　　　　一路上，受此马缓延拖累，

　　　　　　恨爹妈，不生我四条脚腿！

贾　仁　（好笑）啊哈！（摔跤）哎哟！

贾福古　死奴才呀！你笑啥因？跌啥事？

贾　仁　无，无……（瞭望）啊，大爷，原来已到京都城口了。

贾福古　哈！连脚带手滚入去！

　　　　〔贾福古主仆翻滚下。

　　　　〔二道幕启：京都棋盘街。午夜，街灯幽暗，月淡星稀。

　　　　〔开幕时鼓打三更。四厂卫佩刀提大灯笼，二武士执斧钺排场同上。

　　　　〔老监后上。

老　监　（高声）九千岁驾回王府，着官民人等清道回避。

厂　卫
武　士　嗬！

老　监　（特意低声向内嘱咐）九千岁今夜带有三分酒意，小心伺候。

　　　　〔二小监内声"有"，上。

　　　　〔老监向内打躬，魏忠贤骑马缓缓上，略带酒意，小监左右扶持。

魏忠贤　（唱）九千岁，爵位高，

　　　　　　满朝纲，我势豪；

　　　　　　潜蛟早晚翻沧海，

　　　　　　新君忌我枉徒劳！

　　　　　　宵夜东厂谋机密，

　　　　　　带酒回府意醄醄；

游天街，赏月色，

看京华王气，

魏忠贤，志高魏武曹！

哈哈哈！……

〔在魏忠贤的得意笑声中，贾福古昏头昏脑鞭马冲上。贾福古马突见灯光和仪仗，惊惶狂闯，撞魏忠贤马头，魏忠贤仪仗一时纷乱。

老　　监　谁人狂妄闯道？拿下！

〔厂卫等应声动手，贾福古与抗。

〔贾仁上。

贾　　仁　（见状惊叫）我苦，惹大祸了！（急从原路匿下）

贾福古　拿我？岂有此理，我此刻哪有闲工夫让你们拿？（仍要突路，被阻，定神看魏忠贤马前"九千岁"字样的大灯，旁白）"九千成"？什么"九奸臣，十奸臣"？（窥魏忠贤，低声）原来是一粒无须的老芋头。哼！找不到考场，比天塌下来更加着急，不说一粒老芋头，就是十个老虎头，我也不怕你什么！

老　　监　你噜苏什么？

贾福古　我说大路众人行，你们真岂有此理——不让路！

魏忠贤　（诧异）嗯？要孤王让路，让他的路？——哈哈哈！

老　　监　真是该杀！

〔厂卫扬刀要砍。

魏忠贤　住！（旁白）好胆量，在孤王面前，从来无人有此硬骨头。（向厂卫）带来孤王视过。

〔贾福古被推到魏忠贤面前，"理直气壮"地挺立无惧色。

魏忠贤　嗯，是个小子。真是"初生牛儿不惧虎！"（向贾福古）你不怕死？

贾福古　我？大富大贵还在后头，怎会死得了！

魏忠贤　（觉得好笑）这——那你此刻懵懵懂懂，奔啥急丧？

贾福古　我专行赴考，迟了时刻，怎能进考场？此科前三名拿得稳，误我贾博古的大事，你赔得起？

魏忠贤　贾博古？这等货色会中前三名？（向贾福古）喂，你可是酒醉发酒狂？

| 贾福古 | 嘿嘿！是你醉迷茫，不是我酒发狂！ |
|---|---|
| 魏忠贤 | 我醉？（一串大笑）哈，哈哈！哈哈！那你一定会三元及第？ |
| 贾福古 | 一定，若不是一定，我不如在家赌钱、饮酒、嫖烟花、踢纱球，何用迢迢来这京都撞马头！ |
| 老　监 | 哼！狂妄无状，不晓生死，这种人真是该死！ |
| 魏忠贤 | 憨呆莽直，有肠无心，这种人别具一格，却也难得！——况且听他大口气，还是笔墨贤才。……（又把贾福古仔细打量）笔墨贤才？……（怀疑地摇头）难信呀难信！ |
| 老　监 | 这等草包，真是七文钱的泥人仔，想戴百四十文的纱帽，就说会夺三元！考场今早五更按时鸣炮放进，随即封场，而今深夜，你已进去不了！ |
| 贾福古 | 哎呀！我苦了！（唱） |

　　　　　此言若果真，

　　　　　皇天，你太不仁！

　　　　　为何天色暗得早，

　　　　　白白断送我高榜好前程！（忽激动若狂，唱）

　　　　　任是铜墙铁壁，铁壁铜墙，

　　　　　我，我也要冲入考场！

　　〔贾福古四面撞闯，甚至向魏忠贤直冲，被厂卫制伏。

| 魏忠贤 | 哈哈哈！真是…… |
| 老　监 | 将他拿入东厂杀了？ |

　　〔魏忠贤摇头。

| 老　监 | 不然，就绑交京尹衙门，办他闯道惊驾之罪？ |

　　〔魏忠贤仍摇头。

　　〔贾福古又神经质地挣扎暴跳。

| 贾福古 | （唱）我要入考场，入考场， |

　　　　　哪管你人间帝王，天上玉皇！

| 老　监 | （气极）这，这…… |
| 魏忠贤 | 好！送他入考场。 |
| 老　监 | （大出意料地惊讶）不杀他？ |
| 魏忠贤 | 不用多事，孤王杀人一向不须费力。不过此人…… |

| | |
|---|---|
| 老　监 | 但考场已经按时封闭，这是朝廷规矩。 |
| 魏忠贤 | 理他什么规矩？——嗯，孤王正偏要碰碰这个"朝廷规矩"！ |
| 老　监 | 九千岁虽然"万人之上"…… |
| 魏忠贤 | （触怒）哇！谁说我"一人之下"？厂卫！ |
| 厂卫甲 | 在。 |
| 魏忠贤 | 带路引他入考场。 |
| 厂卫甲 | 领旨。（向贾福古）喂，走，带你入考场。 |
| 贾福古 | 啥？ |
| 厂卫甲 | 带你入考场。 |
| 贾福古 | 有此等事？——嘻嘻！（念） |

　　　　　　果然荣华富贵要临身，

　　　　　　一入京都就遇贵人！

| | |
|---|---|
| 贾　仁 | （探头上）大爷，奴才遍地找你不见，而今奴才陪你入考场。 |
| 贾福古 | 牵马！ |

　　　　〔贾福古主仆随厂卫甲下。贾福古临去回头憨笑，向魏忠贤一
　　　　点头。

| | |
|---|---|
| 魏忠贤 | （目送贾福古下场而去，转向老监）你说孤王今夜醉了？（神秘地微笑点头，接着又是摇头地一串大笑）哈哈哈！……排驾回府。 |

　　　　〔幕闭。


# 第三场　移卷


　　　　〔幕启。考院内帘，深夜。

　　　　〔王永光、徐大化又兴奋又疲乏地相邀同上。

| | |
|---|---|
| 王永光<br>徐大化 | （唱）天子重文章， |

　　　　　　开科设考场，

　　　　　　你我一考官，
　　　　　　我你二

　　　　　　为国选才良。

| | |
|---|---|
| 王永光 | （唱）选才良，为国忙， |

| 徐大化 | （唱）私底事，也不忘， |
|---|---|
| 王永光<br>徐大化 | （唱）趁此深夜好商量。 |

徐大化　　（唱）私底事，也不忘，

王永光<br>徐大化　　（唱）趁此深夜好商量。

王永光　　是呀，尚有状元一名，难于定着。

徐大化　　不用说，这状元呀，一定要真真是文章魁首，能压榜头，才免引起天下议论。

王永光　　也才显得你我二位考官居官清白，尽忠职守！

徐大化　　万选擢贤，大公无私！

王永光　　正是，正是。不过……

徐大化　　不过难就难在这里！

王永光　　（思索）……噢！有了。今日第一个交卷的考生甄玉斋，写了一篇金玉铿锵、掷地有声的大好文章，若是荐他第一，正好折服天下。（拣出试卷付徐大化）你看，他开头几笔，就是绝妙。

徐大化　　（读卷）"明主嗣统，绍百王之业；圣泽布宇，熙三代之风。敷仁，则万方皆颂德；抡才，允四海无遗珠……"（拍案）妙！绝妙！妙在他既刻意歌颂新君，又伸手要讨功名，一刀两面，用意深长，真堪荐为状元！

王永光　　真堪荐为状元！——英雄所见略同，就此定着。

徐大化　　且慢！（从袖里掏出一大沓帖子、函札，认真地翻了再翻）呃？王大人，说句相知话，（低声）这个甄玉斋，为何并无权门引荐？

王永光　　（也急从袖里掏出一大沓礼单，认真地翻了再翻）呃？徐大人，说句在行话，（低声）这甄玉斋为何我手头也无他的礼单？

徐大化　　无势？

王永光　　无财？

徐大化　　无势，岂有这般便宜！

王永光　　无财，断无白送之理！

徐大化　　这——

王永光　　功名许他孙山外！

徐大化　　正该如此，让他名落孙山！——啊！不，不！不可轻率鲁莽。王大人，万一这甄玉斋是权门子弟，豪家亲戚，自恃才华，故意不通关节，他日权贵出面追究，如何是好？

王永光　啊！是，是！如非徐大人深虑所及，险误大事。若是参奏一本，说咱不取真才，贪墨舞弊，如何是好？

徐大化　（寻思得计，向王永光耳语）依我之见，趁此深夜无人知晓，将此人召进密询一番，有势，无势，有财，无财，便知端的。

王永光　有理！有理！（向内）左右！（低声）密召考生甄玉斋来见。

　　〔内应声：“遵命。”

　　〔甄玉斋上。

甄玉斋　哈哈，妙矣哉！文章得心应手，正喜大有神助，又得考官大人，星夜破格召见，定有佳音也。正是：（念）

　　　　　功名不欺白发新，

　　　　　明朝看我簪花人！

　　门生甄玉斋诚惶诚恐，拜见恩师大人。

　　〔王永光、徐大化抬眼看甄玉斋，均大失所望。

王永光　（低声）咳！衣履不丰，一介寒酸。

徐大化　（低声）哼！穷巷老儒，一望便知。

甄玉斋　（不受理睬，着急）门生甄玉斋拜见恩师大人，既蒙召见，定荷教诲。

徐大化　误会，误会，谅系传呼有错。

甄玉斋　（迷惘失措）……有错？

徐大化　考试大典，制例森严，帘内帘外，应该避嫌。

王永光　正是如此！（挥手示意令走）

甄玉斋　（竭力争取）门生道守仁义，书读圣贤，虽一生困顿，幸今日得沐春风，百拜座前……

徐大化　（讨厌，旁白）哼！你一生困顿，与我何干？

王永光　（讨厌，旁白）只凭文章，就可致富贵荣华吗？（严厉地）回去！

　　〔门子突上。

门　子　禀二位大人，有人来叩考院大门。

王永光　胡说！考院重地，且已深夜封场，谁敢打扰，将他驱逐！

徐大化　不，吵闹春闱，该当重办，立送京尹衙门，先杖一百大棍！

门　子　禀大人，叩门的手提——魏王府灯笼。

王永光　魏王？

徐大化　九千岁？

王永光
徐大化　（跳起）哎呀，速速接旨！

　　　　〔门子应声下。

厂卫甲　（提灯笼上）奉九千岁谕旨，送一考生……

王永光
徐大化　（等不及听清楚，急跪下）领九千岁谕旨。

厂卫甲　考生已在门外……

王永光
徐大化　（慌张万分）迎接！

　　　　〔厂卫甲下。

王永光
徐大化　（糊涂接腔）遵办！遵办！

甄玉斋　（尚欲纠缠）恩师大人！……

徐大化　（回头）啊！你还在此地打扰？

王永光　（摆手）回去！回去！门子，赶回号房去！

　　　　〔王永光、徐大化疾步同下。

　　　　〔门子带贾福古上，甄玉斋被赶，忽迎面有所见，怔住。

甄玉斋　哎呀！魏忠贤引荐的就是他？

门　子　走！走！（强拉甄玉斋下）

　　　　〔王永光、徐大化迎贾福古同上，贾仁随上。

王永光
徐大化　（趋奉唯恐不及）不知学士光临，失迎，失迎！

贾福古　唔，唔，岂敢！（开门见山）请问今科是什么市价行情？

　　　　〔王永光、徐大化惊愕。

徐大化　"恃势凌人"？考场乃斯文之地，笃行恭信，怎会"恃势凌人"？

贾福古　该多少银两，我一文钱也不少你。

　　　　〔王永光、徐大化更惊愕无措。

徐大化　银两？……唉，坏了！（低声向王永光，唱）

　　　　　　魏王定是闻风声，

王永光　（唱）故遣此人探吾情。

徐大化　王大人，都怪你！都怪你！（唱）

　　　　　　　一向考场作市场，

　　　　　　　金银买卖肆经营！

王永光　（几乎吓坏）这……怎能单怪我一人？

徐大化　（向贾福古）学士此言谅出误会。下官奉旨典试春闱，为国选贤，竭智尽忠，奉公守法，怎敢有买卖功名情事！

王永光　绝无此事，本人更绝无此事！

贾福古　（迷惑，低声向贾仁）怪，怪！哪有猫儿不吃腥的？他们不卖功名，我要如何是好？

徐大化　（怀鬼胎，自深恐惧，一再向贾福古强调）学士定能明鉴，下官等上报朝廷重命——

王永光　（急接话）下望子孙昌荣。

徐大化　怎敢欺心行事——

王永光　自招天诛地灭！

贾福古　（低声向贾仁）他们是啥意思？

贾　仁　这——大概是大爷相貌不寻常，有威神。

贾福古　哦！我有威神？（睨视王永光、徐大化）

王永光
徐大化　……（内心更慌怯，忽想到尚未请贾福古就座）啊！请坐，请上座。（争着搬椅奉承）

贾福古　（大模大样一骨碌坐下，因终夜奔波，顿感疲乏）咳！疲倦，疲倦！

王永光　（听错）试卷？试卷有！（急从案头拣一空白试卷，恭敬捧至贾福古面前）学士一入试院，就要及锋而试，定下笔扫千军！

贾福古　（面对试卷，不晓如何应付）啊？……（终于天真地）我命中注定要中的，若不，这一卷要卖多少？

徐大化　（大惧，急拉王永光至一旁）嘻！王大人你真懵懂，莫怪他看见试卷就生气，定是疑心我等要索贿。若是被九千岁得知，你我大祸临头。

王永光　哎呀，天地良心！他分明说要试卷，所以我……

徐大化　哼！九千岁交代的人还要考？岂有此理！凭"魏忠贤"三个

字，就该给他高中，你我做了多年京官，连这点小人情也不晓得伺候！

王永光　是，是。我一时糊涂，（自敲额角）该死！

徐大化　让我来。嘻嘻……（胁肩谄笑地走向贾福古）学士深夜光临，谅多辛苦，依下官看来，还是及早入内沐浴歇息为是。

贾福古　这？

徐大化　学士一概不用操心，诸事明日办妥。

贾福古　（莫名其妙地点头）唔，唔。

王永光　是，是。（向内）左右，打扫本大人官舍，伺候贵客歇息。

〔内应声。贾福古侃侃然步下，贾仁正要随后下，徐大化用手势招呼他。

徐大化　喂！这位贵管家，敢请教你家学士老爷高姓尊名。

贾　仁　贾——博古。（觑穿王永光、徐大化的心理，跷起大拇指）真不二价的贾博古，通州有名的才子！

王永光
徐大化　才子？啊！少年英俊，闻名，闻名！

贾　仁　不错！不错！这次特地要来——夺三元的。

王永光
徐大化　啊！……（震惊相视）

〔贾仁大摇大摆下。

徐大化　嘿，嘿！果然派头足，威风凛，口气大，若不是魏王至亲，也必是魏王得意门生。我等宁可得罪崇祯皇帝，也不可得罪魏王九千岁！

王永光　那该当如何应付？

徐大化　小心，小心，万分小心！不但要替他写出考卷，还须保他名题金榜。

王永光　哈哈！徐大人真是想得周到，就该如此！

徐大化　既该如此，敢问安排什么名次？

王永光　魏王面子大，不可造次，进士一名让他及第。

徐大化　咳！王大人，你总是误事！（唱）

　　　　　　既知魏王势大须奉承，

就该荐他高中第一名。

王永光　（唱）三年一个第一名，

　　　　　　　不能卖钱太伤心！

徐大化　银两事小，你我前程事大。王大人呀，此事若是讨得魏王欢

　　　　心——

　　　　〔晨鸡唱晓。

徐大化　啊！事忙夜短，天已将明，还是替贾博古做文章要紧。

　　　　〔二人互相推让后均坐下，苦苦构思，满头大汗，不能下笔。

　　　　〔晨鸡迭唱。

王永光　唉！天已光了。徐大人，说句实话，你我久疏文字，一时也无什

　　　　么好笔墨。

徐大化　（忽有所悟，掷笔跃起）有，有了！（唱）

　　　　　　你我枯井汲水枉用心，

　　　　　　不如甄卷移作贾姓名？

王永光　好计，张冠李戴！

徐大化　偷天换日！

王永光　慢着，但恐不称其才？

徐大化　通州才子，正该中状元！

王永光
徐大化　哈哈哈！

　　　　〔二人得意，挽手同下，临下场伸个懒腰，打个呵欠。

　　　　〔幕闭。

## 第四场　惊宠

　　　　〔二道幕外。

　　　　〔幕后一串锣声，报子高喊："报，报，报！"

贾　仁　（跑上）大爷，赶速出来。高中了！高中了！

　　　　〔贾福古与报子分由左右急上，互撞，均跌倒在地。

报　子　（先挣起，高举大红报条）捷报！贾府贾老爷高中一甲一名状元。

　　　　报，报，报！

贾福古　（来不及站起来，就坐在地上接报条）赏，赏，赏！

〔贾仁扶贾福古起，报子接赏行礼下。

贾福古　（茫茫然）贾仁，中了？

贾　仁　老爷！中了！

贾福古　高中了？

贾　仁　真真高中了！

贾福古
贾　仁　——哈！——嘻，嘻！……（狂欢起舞）

贾福古　（唱）吴铁口，真神仙，

　　　　　　　相我高中今果然！

贾　仁　（唱）平地一步登九天，

贾福古　（唱）胜人寒窗读十年！

〔幕后合唱：

　　　　"哗来哇，唧哗哇，哇唧哗唧哇，

　　　　欢喜万万千。"

贾福古　（唱）功名有我份，

贾福古
贾　仁　（唱）富贵荣华在眼前！

〔幕后合唱：

　　　　"荣华富贵在眼前，

　　　　哗唧哇，唧哗哇。"

贾　仁　老爷果然高中，待奴才回通州替你提亲。

贾福古　好！——不，且慢。老爷而今状元及第，岂怕无月里嫦娥共我配
　　　　亲，何必一定要娶甄似雪？

贾　仁　正是老爷状元及第，才更加要娶甄小姐。

贾福古　此话有啥道理？

贾　仁　砻粟须砻出米，说话须说出道理。老爷呀！（数板）

　　　　　　莫怪奴才说话无委婉，

　　　　　　你是"瞎子状元"，

　　　　　　大官要做在眼前，

　　　　　　文墨谁替你周旋？

贾福古　这——死奴才呀，话说到我心窝第三坎。我晓得了！（数板）

　　　　　　这姻缘不可放手，

　　　　　　贤内助天下难求；

　　　　　　叫她梳妆楼上办公文，

　　　　　　保我官途顺遂永无愁——永无愁！

贾　仁　还有一说。（数板）

　　　　　　当时"苍蝇放蛆"，

贾福古　（数板）受尽鄙诮苦气，

贾　仁　（数板）偏要娶她甄小姐，

贾福古　（数板）才显得我贾福古会立志——会立志！

　　　　贾仁，就命你前去通州，向甄家提这头亲事。

贾　仁　奴才遵命！（下）

　　　　〔内报："禀老爷，二位考官大人登门贺喜。"

贾福古　啊！有这等事？不收收银两，白白送我一个状元，而今又来登门贺
　　　　喜。照道理也该和他客气一番。迎接！

　　　　〔王永光、徐大化同上。

王永光　（念）莫笑考官拜门生，

徐大化　（念）自有缘由须奉承。

贾福古　（迎上）考官大人！

王永光
徐大化　贾状元，贾贵人！

贾福古　恩师！

王永光
徐大化　贤契！

贾福古
王永光
徐大化　哈哈哈！……

王永光
徐大化　贤契鲤鱼化龙，前程万里，老夫等特来拜贺。

贾福古　多谢，多谢！

徐大化　怎可言谢，九千岁看重贤契，老夫等秉承行事而已。

贾福古　（莫名其妙）九千岁？

王永光　今日新贵人入宫簪花，琼林赴宴，老夫等善始善终，特来伺候贤契入宫。

贾福古　真好，真好！就此一同前去。

〔徐大化、王永光、贾福古三人正要同下，内报："九千岁谕旨到。"

贾福古　（更莫名其妙）什么？又是一个九千岁！九千岁是谁？他与我有何缪辖？

〔厂卫甲上。

贾福古　哦！——原来是你？

厂卫甲　九千岁谕旨，新科贾状元到魏王府受宴。

徐大化　贾状元，速速领旨谢恩！

贾福古　（连忙跪下）领九千岁旨，谢九千岁大恩！

〔厂卫甲下。

贾福古　（从记忆中搜索，恍然大悟）哈哈哈！……（旁白）原来撞冲马头的就是魏王九千岁？送我一个状元的也是他？嘿！嘿！九千岁比我的祖公更加好！正是——（念）

　　　　一朝金榜题姓名，

　　　　记起马头旧交情。

（向王永光、徐大化）二位请，我要先找九千岁去了。（转身要走）

徐大化　且慢。九千岁面前，烦请贤契为老夫顺便提及一声，就说考官徐大化竭诚效劳，如何，如何。

王永光　也说考官王永光十分忠实，这般，这般。九千岁若是一时记不起老夫等二人——

贾福古　我就说那一个高高瘦瘦的和那一个矮矮胖胖的。（匆匆下）

王永光　嘿！嘿！究竟不同泛泛，九千岁于贾状元，真是宠眷独厚。

徐大化　那，我等只好先到宫中一步，等待伺候他了。

〔徐大化与王永光同下。

〔二道幕启：御苑，排宴。细乐悠扬。

〔宫监上。

宫　监　万岁有旨：宣赐三及第贵人入宫簪花。一甲一名状元及第贾博古。——一甲一名状元及第贾博古。（下）

〔王永光、徐大化上，因不见贾福古应旨，着急。

〔冯庸上。

冯　庸 （念）闻道明君得英奇，

特上帝苑瞻桃李。

王永光
徐大化 哦！冯丞相、老先生临驾。

冯　庸 王、徐二位大人请了。听说新科状元贾博古才华盖世，天下共
钦，有此事否？

王永光
徐大化 是，是。才华盖世，天下共钦。

冯　庸 因此，老夫特来瞻仰、瞻仰。但因何未见他入宫簪花？

王永光
徐大化 这——贾状元先赴魏王召宴，因此来迟一步。

冯　庸 嗯！（不满，旁白）魏王召宴，又是僭越！（下）

〔内宫监又传，"万岁有旨：宣赐三及第贵人入宫簪花。一甲一名
状元及第贾博古……"

〔贾福古在越来越急的传呼声中赶上，王永光、徐大化急趋迎。

徐大化 贾状元，贾状元，领旨簪花。

贾福古 领旨。（回头，向王永光、徐大化，洋洋得意）九千岁就是好！
一见面便连声称赞我说："人不可以貌相，海水不可斗量，原来
贾状元果然少年英俊，有八斗五车之才，亏孤当时一眼看出！"
哈哈！八斗五车资财算得什么？我家金银起码也有八石、五十
车！我正要照实回答九千岁，可惜他已经传旨开宴了。……

〔二宫娥上。

宫　娥 请状元及第贾贵人簪花。

〔贾福古在宫娥示意催促中下场。

〔王永光、徐大化闻言大惊愕，如梦恍然初醒。

王永光 ……我苦！连"才高八斗，学富五车"也不晓得。

徐大化 想不到原来是一个大草包！

王永光 更想不到其草包一至于此！（埋怨）都是你！都是你徐大人出的
好主意："荐他高中第一名！""荐他高中第一名！"唉！（唱）

　　　　　　　　　阉鸡看作凤凰，

　　　　　　　　　蚯蚓当作蛟龙；

　　　　　　　　　若是御前露马脚，

　　　　　　　　　糊涂考官欺君罪难容。

徐大化　无妨！有魏王做靠山。

王永光　魏王阴阳难测，那时若不认账，"水渐渐，泻下低"，你我岂不是更加"哑子吃黄连"？

徐大化　……罢，罢了！（唱）

　　　　　　　　　造塔造到塔尖顶，

　　　　　　　　　送佛送到西天境；

　　　　　　　　　为他遮掩到底，

王永光　（唱）只有此路可行！

　　　　〔内宫监又传呼："万岁有旨：三及第贵人，赐赴琼林御宴。"贾福古簪花上，二宫娥引他上场后即下。

贾福古　二位恩师，你们看我这对金花簪得可好？

王永光　（勉强应付）……好，好，恰似麒麟生角。

贾福古　是狗头生麒麟角，还是龙头生麒麟角？

徐大化　这……（又气又不耐烦）自然是麒麟头！

贾福古　（得意狂笑）哈哈哈！

王永光　（急制止贾福古）咳！贾状元，御苑龙庭，不可纵情。

徐大化　少时，万岁御前，尤须谨慎从事，恭诚有礼。

贾福古　晓得，晓得。我早就听人言，"伴君如伴虎"，怎可随便！

徐大化　御前千万择言而动，最好只说这几句。（附贾福古耳语）

贾福古　（皱眉）这些经文咒语，从何而来？如此噜苏！

王永光　这是你的状元卷开头颂帝德邀功名的绝妙文章，老夫再教你一遍。（也附贾福古耳）记得吗？

贾福古　记得了，不难，不难！我学唱"英台吊丧"，也只是念一遍就上口。

　　　　〔宫监上。

宫　监　万岁驾到！

502　　　　〔二宫娥拥崇祯皇帝上，魏忠贤、冯庸随帝身后上。王永光、徐

　　　　大化指点贾福古，并与贾福古同伏地接驾。

贾福古　新科状元臣贾博古见驾，陛下万岁、万岁、万万岁！

崇　祯　哈哈！……赐卿平身。

贾福古　谢圣恩，万万岁！

宫　监　琼林开筵。

　　　　〔动细乐。崇祯就中座，魏忠贤、冯庸陪坐左右侧；贾福古独坐
　　　　右首另席，王永光、徐大化陪坐左首另席。宫娥斟酒。

崇　祯　（唱）天上文星灿，

　　　　　　　朝廷得大贤。

　　　　〔幕后合唱：

　　　　　　"文星灿，得大贤，

　　　　　　鳌头独占先。"

众　臣　（唱）都道圣德丕丕，

崇　祯　（唱）争传文采翩翩；

　　　　〔幕后合唱：

　　　　　　"圣德何丕丕？

　　　　　　文采怎翩翩？"

众　臣　（唱）君王含笑，

崇　祯　（唱）臣子承欢；

崇　祯
众　臣　（唱）琼林宴上看状元。

　　　　〔幕后合唱：

　　　　　　"琼林宴，看状元，

　　　　　　似这般国中'无双士'，

　　　　　　声名竟上五云天！"

崇　祯
众　臣　（欣欣然注目于贾福古）哈哈哈！

贾福古　（大得意，突趋帝前，献觞朗诵）"明主懵懂，笑百王罪孽；孽省
　　　　得动武，死三代祖宗。"

崇　祯　（骇愕，不知所云）啊！

众　臣　（同样骇愕）啊！

| 徐大化 | 哎呀！……（急上前掩饰）启陛下，贾状元是恭献"颂德辞"。 |
| --- | --- |
| 崇　祯 | "颂德辞"？ |
| 冯　庸 | 这是歌颂圣德？ |
| 徐大化 | 正是歌颂圣德。贾状元他说，"明主嗣统，绍百王之业；圣泽布宇，熙三代之风。" |
| 崇　祯 | 喔！妙哉！ |
| 魏忠贤<br>冯　庸<br>王永光 | 喔！妙哉！妙哉！ |
| 贾福古 | （乘势而下）"夫人，则万般皆失德；奴才，赌四番尽都输。" |
| 徐大化 | "敷仁，则万方皆颂德；抡才，允四海无遗珠。" |
| 崇　祯 | 哈哈！颂扬得体，甚称朕意，真是状元才！ |
| 魏忠贤<br>王永光<br>徐大化 | 真是状元才！ |
| 冯　庸 | 果真是状元才！（旁白）咳咳！原来老夫年高耳不灵，凤鸣听作乌鸦声。——不过，可恨魏忠贤竟先召他赴宴，此中用意呀……哼！（向崇祯）启陛下，贾状元虽具才学，但颂德不跪，慢君傲上。 |
| 崇　祯 | （被提醒）嗯，慢君傲上？ |
| 冯　庸 | 罪不可恕！ |
| 王永光 | （低声向徐大化）真是自坏大事！ |
| 徐大化 | （低声）真是要害死你我性命！ |
| 崇　祯 | （愠怒形于色）哼！ |
| | 〔场上紧张。王永光、徐大化冷汗浃背；贾福古也察觉不对劲，惶恐发愣，正想跪下，突被魏忠贤的笑声打住。 |
| 魏忠贤 | （连串冷笑）嘿嘿嘿！……冯老丞相少见多怪，贾状元辞意如此挚诚，丹心可鉴，怎可以细节不谅大贤？ |
| 王永光 | （如获救兵，急附和）是，是！九千岁巨眼识英豪，不以细节责大贤。 |
| 徐大化 | （亦急凑和）昔日李白金銮殿草吓蛮书，高踞帝座，御前脱靴， |

504

豪气纵横，才人本色，唐明皇未尝以为无礼。

崇 祯　言得有理，哈哈！……（解怒为欢，亲接贾福古酒，一饮而尽）

徐大化　（低声责贾福古）好险，好险！贾状元，以后千万不要读别字。

贾福古　唔。以后吗？包保不读错。

崇 祯　贾贤卿，朕有一言问你：怀不世才，膺琼林宴，荣乐如何？

贾福古　（自语）啊！什么不世才，如河如海？

徐大化　是，是"小臣不才，帝恩似海"，真是恭谦有礼，应对如流！

崇 祯　果然恭谦有礼，更是应对如流！众贤卿，非朕之德，焉得此才？

众 臣　（齐呼）吾皇万岁，万岁，万万岁！

崇 祯　为国庆得贤良，朕与诸卿共醉一杯。（举杯，唱）

　　　　　　贤卿多才，我朝瑞祉，

贾福古　嘻嘻！（唱）

　　　　　　万岁好心，看我得起。

崇 祯　（唱）二考官大功录贤俊，

王永光
徐大化　（唱）圣天子有道拔英奇！

众 臣　（痛饮欢呼）万岁，万岁，万万岁！

冯 庸　（忽有所感，旁白）啊，此事紧要，该抢先一步！（低声向崇祯，
　　　　唱）陛下初登万世基，

　　　　　　贤才怎可失交臂？

　　　　　　须防魏阉争抢罗致，

崇 祯　老贤卿所言甚是，朕也正有此意，该当如何区处？

冯 庸　（接唱）先以官爵将他羁縻。

　　　　"学成济世才，货与帝王家。"读书人谁不想朝廷做官？

崇 祯　有理！（向贾福古）贾贤卿英秀绝伦，朕心喜悦，就此琼林宴
　　　　上，封卿为翰林院修撰。

贾福古　（一扑落跪下，叩头不起）谢圣恩，万万岁！

魏忠贤　（看穿）哼！（旁唱）

　　　　　　冯老贼心恶用意长，

　　　　　　魏忠贤不甘把贤让。

　　　　　　他怎能是你旧明室股肱臣？

他该是我新王朝大栋梁!

嘿嘿!(接唱)

勾心斗角非一日,

看谁手段最高强!

(借机起身扶贾福古)陛下真是重才礼贤,天恩浩荡!(附贾福古耳)但不可忘我送考大德。

贾福古　(低声)当然,当然!

〔冯庸、崇祯瞧在眼里,冯庸以手向崇祯示意。

崇　祯　贾贤卿,即日翰林院上任,暂屈大才,日后再予迁升。

贾福古　谢圣恩。万岁,万万岁!

崇　祯　(乐不可支)哈哈哈!

魏忠贤　哈哈哈!

冯　庸　哈哈哈!

王永光
徐大化　哈哈哈!

〔以上笑声,各有不同心情。贾福古飘飘然如置身云端。

〔幕闭。


# 第五场　乞联


〔二道幕外。

〔贾仁上。

贾　仁　(念)单丝难搓线,

独木不成林;

男欢女不爱,

恰似无油强点灯,

哎哟!(唱)

真个空行枉费心!

〔贾福古上。

贾　仁　叩见老爷。

贾福古　贾仁,回来了?亲事谅已成遂?

贾　仁　嘻嘻！甄老先生说：科举出身最贵气，单单"状元"二字就香
　　　　馏完。

贾福古　啊哈！如此亲事成，成了！

贾　仁　成欠未！但是他说：就偏偏不稀罕你这份功名。甄小姐说她宁愿
　　　　相信八月十六是中秋，也不相信老爷你有才学会状元及第！

贾福古　哼！看我熟豆馏发芽？她看错了，我还不止状元及第哩！

贾　仁　老爷，你高升了？

贾福古　（弹冠炫耀）小可，小可，翰林院修撰。

贾　仁　（跳起）啊，奴才向老爷恭喜贺喜！（突然大笑）嘻嘻嘻！那亲事
　　　　包保成了。

贾福古　此话怎说？莫非本老爷而今更加官高好行事——

贾　仁　势大好压人！

贾福古　（做"抢"的手势）抢？抢亲？哈哈！我本就有这主意！来，带
　　　　二十名跟随，随我通州抢亲。事成有赏！

贾　仁　奴才遵命，遵命，再遵命！
　　　　〔贾仁下。在内传声："来呀！二十名跟随，大锣大轿，伺候老爷
　　　　通州抢亲。事成有赏！"
　　　　〔内应声："嗬！"并敲打开道锣。

贾福古　哈哈！好威风！（念）

　　　　　　功名利禄最要紧，

　　　　　　凭此权势抢美人！（下）

　　　　〔二道幕启：甄家的厅堂——书轩。

　　　　〔甄玉斋上，叹息徘徊。

甄玉斋　（念）文章憎命又一回，

　　　　　　更有权势来相摧。

　　　　唉，唉！我甄玉斋者，心乱如麻也！

　　　　〔甄似雪内声："爹亲，爹亲，你来、来呀！"与秋红同上。

甄似雪　爹亲，女儿新制一个"嫦娥奔月"的大风筝，恁般美，恁般巧，
　　　　要邀爹亲同去张放玩赏。

甄玉斋　你要邀我放风筝？

甄似雪　是。

甄玉斋　唻！岂有此理。你爹烦恼不了，焉有此闲情逸致共你放风筝，做儿戏耶？

甄似雪　爹亲莫生气，女儿正是要为你排遣愁闷呀！（唱）

　　　　　窗前翠竹夹红花，

　　　　　天外轻风送明霞，

　　　　　这盎然情趣，怎可虚赊？

　　　　　莫羡玉堂金马多骄奢，

　　　　　莫叹掇科及第非才华，

　　　　　倒不如及时行乐些些；

　　　　　挂风筝摇曳半天斜，

　　　　　逗你个，笑哈哈，

　　　　　逍遥是，咱自家！

甄玉斋　噫，娇痴能言！但又焉知你爹愁怀何止一端！

甄似雪　女儿怎不晓得，也无非是为——

甄玉斋　是是。正是贾福古迫亲之事。

甄似雪　咱已再三回绝，莫非爹亲有三心二意？

甄玉斋　胡说！"以小人之腹，度君子之量"，其可乎？其可乎？

甄似雪　好，好呀！那咱就是天翻地覆，也不理睬他这贾福古。

甄玉斋　不过……贾福古者，新贵势大也。

秋　红　咦！原来老相公还是心头十五只吊桶——七上八落！

甄玉斋　哼！谁允你插嘴？

　　　　〔秋红避责下。

甄似雪　爹亲，你记得咱佛寺所遇是甚般人才？

甄玉斋　（唱）一窍不通无赖儿；

甄似雪　咱通州纷纷议论的是何事？

甄玉斋　（唱）盗名赴考把世欺；

甄似雪　你在京都亲眼看见的又是什么光景？

甄玉斋　（唱）投靠魏忠贤，

　　　　　全仗权奸撑腰肢！

甄似雪　好哉！爹亲，似这般狂妄无赖、盗名欺世、投靠权奸的人物，可会称你的心？中女儿的意？

| 甄玉斋 | 称心？中意？何有哉！何有哉！ |
|---|---|

〔幕后传出开道锣声，秋红急上。

| 秋　红 | 老相公，贾福古带大队跟随，大锣大轿往我家而来了！ |
|---|---|
| 甄玉斋 | 哎呀！这是前来迫亲，我正恐其出此一手，而今将何以为计也？ |
| 秋　红 | 老相公，咱不是天翻地覆也不答应？ |
| 甄玉斋 | 噢！这…… |
| 甄似雪 | （邀秋红欲下，回头）爹亲，千万不可犹豫。 |
| 甄玉斋 | 断不犹豫！"富贵不能淫，威武不能屈"。（与秋红同下） |

〔贾仁内声："翰林院贾大人到——"引贾福古趾高气扬上。

| 甄玉斋 | （见贾福古衣冠、派头，心怯三分）贾大人，请坐也！ |
|---|---|
| 贾福古 | （坐下，作威作福地）老先生，你当时不允亲，但是亲口说过，我若能簪花及第，你就肯将女儿嫁我。 |
| 甄玉斋 | 这…… |
| 贾福古 | 老先生，多谢你金言顾爱，我不单簪花及第，而且是——（跷起大拇指）头名状元了！ |
| 甄玉斋 | ……是。 |
| 贾福古 | 不只是头名状元，而且是——（弹冠）嘿嘿！有财有势的翰林院修撰贾大人了！ |
| 甄玉斋 | ……是，是。 |
| 贾福古 | 将你女儿嫁我做修撰夫人，不会辱没你吧？ |
| 甄玉斋 | 这……（鼓起勇气）在下断断——不能从命也！ |
| 贾福古 | 哇！哇！（唱） |

> 你敢将我来看轻，
>
> 不允亲事我不饶情！
>
> 我不但皇上亲口加官爵，
>
> 还有魏王一手把腰撑；
>
> 魏王权力有天大，
>
> 疼我赛过儿亲生；
>
> 谁人敢拂我意，
>
> 老虎头上打苍蝇！

| 贾　仁 | 哼，真是纸人坐轿，不识抬举！ |
|---|---|

贾福古　你答应不答应？你答应不答应？（咄咄逼人）

贾　仁　（助势进逼）快答应！快答应！

甄玉斋　（两面受攻，无路可退）在下，在下……

〔甄似雪闻声急上，挺身护甄玉斋，秋红随上。

甄似雪　谁人好权势，这般无礼！

贾福古　哼！无礼就无礼！谁敢——（回头见甄似雪，突变嬉皮笑脸）嘻嘻嘻！怎敢，怎敢无礼！

贾　仁　是是。贾大人今日来讨小姐亲谊。

〔甄似雪挽甄玉斋下，然后回转身来。

甄似雪　嗯。"搬梯摘月"。

贾福古　此话怎说？

秋　红　高攀不及。

贾福古　嘻嘻！小姐答应亲事就是，何用如此客气。

贾　仁　甄小姐呀！（唱）

　　　　　　　状元高科插金花，

　　　　　　　翰林修撰好才华。

秋　红　（唱）任你说得天花坠，

　　　　　　　"苍蝇放蛆"且莫夸！

〔甄似雪、秋红大笑，贾福古主仆尴尬不堪。

贾福古　哼！嘴舌如刀。"苍蝇放蛆"，正是要试试你家小姐的心意，你怎知本大人满腹文章！

秋　红　失礼呀失礼！原来贾状元而今满腹文章了！

贾福古　正是，不差。若不相信，就读本状元爷的"状元卷"，让你们见识见识。

秋　红　"状元卷"？阿弥陀佛！一定好得会吓死人！我不爱听。

贾福古　（诵）"明主嗣、嗣统，绍百——王之业；圣泽布、布宇，熙三——代之风。奴才……"不，不是"奴才"，是"夫人"，"夫人"，人，人……（念不下去）

甄似雪　（接诵）"敷仁，则万方皆颂德；抡才，允四海无遗珠。"是这篇文章吗？

510　贾福古　嘿，嘿！甄小姐你这般好才情！——啊，不，不！定是我这篇大文章，已经名闻天下，无人不晓了。哈哈哈！（忽自觉续读下去更没有把握）算了，好香只须烧一线，好文只读两句半！

甄似雪 （旁白）就是这两句半的文章，我更加识透你这个新科状元了！原来他不只冒名赴考，且是偷换了我爹试卷。（激动地）贾福古！

贾福古 贾仁，她为何不客气，直呼本老爷名字？

贾　仁 叫名较亲，谅是要答应亲事了。

贾福古 有理。来了！（恭敬作揖）下官在此有礼，未知小姐有啥吩咐？

甄似雪 （唱）看金榜题名字，

　　　　并无稀罕你半些儿。

　　　　说什么入蟾宫，攀桂枝，簪金花，游帝市，

　　　　真个惹人笑死！

　　　　我看你——

贾福古 你看我怎样？总不是泄气的人物！

甄似雪 （唱）我看你——

　　　　恰似鬼怪做游戏，泼猴穿人衣！

　　　　若要我允亲谊，

　　　　除非日头从西起！

贾福古 啊啊，气死我！真是"香的不吃吃臭的"。来呀，抢亲！

贾　仁 来呀！老爷有命，抢，抢亲！

〔内应声，场上紧张。

〔内声："禀大人，京都官邸有人前来禀报要事。"贾福古示意贾仁出视。贾仁下。

〔贾仁内声："且慢抢亲，且慢动手！"并即捧对联上。

贾福古 贾仁，何事？

贾　仁 （把贾福古拉至一旁）咱京都官邸，专人快马前来转传魏王旨谕，因魏王要做六十大寿，说老爷才华出众，又是他的得意门生，交下一对寿联，请老爷亲自撰写，为他歌颂功德。

贾福古 我苦！"无力遇着虎"！平日翰林院别人修书写文，我只点头喊好，羊头假鹿头，倒也混得过去。这番真刀真枪，叫我如何应付？贾仁，立刻先回京都，寻大贤人，千金重托，请他代笔。

贾　仁 堂堂修撰大人托人写联，若是传出笑话，老爷怎好在京都做官？

511

贾福古　那，叫咱乡里的乡塾先生……

贾　仁　这也不好。莫说塾师才情有限，万一漏了风，不怕乡亲笑你……？

贾福古　（焦急无计）这，这……

贾　仁　啊！是了。老爷，你近的观音不拜，反求远的菩萨？（指甄似雪示意）

贾福古　啊哈！亏得你提醒。（转身向甄似雪）甄小姐，此刻别有话说，你先替我写一副对联，（甄似雪不理）替我写一对祝贺魏王大寿的好对联。

甄似雪　魏忠贤的寿联？

贾福古　正是。魏王九千岁六十大寿，为他歌颂功德。

甄似雪　（旁白）哼，亏你白想。我宁愿画蛇、画狗、画乌龟，也莫想我为魏忠贤歌功颂德！（向贾福古）刚才如此凶恶待人，还敢望我替你写联？

贾福古　误会，误会！那是下官一时懵懂，该打！该打！（自打嘴巴）赔礼，赔礼！（一连作揖）

甄似雪　今科状元，天子门生，因何不自己动笔？

贾福古　（旁白）叫我自己动笔，不如叫我挑水上壁！（向甄似雪）小姐呀！（唱）

　　　　　　　君子不记小人仇，

　　　　　　　贾福古万般诚意来拜求：

　　　　　　　你若肯为我写对联，

　　　　　　　我祝你多福又多寿；

　　　　　　　你若不肯为我写对联，

秋　红　不肯写，你要怎样？

贾福古　（唱）我就要，要，要——跪落地上九叩头。（跪下磕头）

秋　红　笑死人呀！恰似狐狸拜月娘，蛴虾朝妈祖！

　　　　〔甄玉斋暗上，睹状惊奇。

甄玉斋　奇乎怪哉！这是什么"戏文"？

　　　　〔贾福古急站起，抚额，拂衣。

甄似雪　枉你磕到头破血流——

贾福古　还是不写？

甄似雪　……嗯。不写！

贾福古　（翻脸）果真不写？哼，莫怪我贾福古心狠手辣了！

贾　仁　（指手画脚助声势）手辣心狠，石柱砸成灰粉！

甄玉斋　咳咳！"君子动口，小人动手。"贾大人不用生怒，以老夫之见，就命小女代劳撰联，但亲事即作罢论，各得其所，不亦可乎？

贾福古　（考虑一下）好，对联先写。

甄玉斋　亲事罢论。

贾福古　不，亲事推迟一些日子，这是本大人大大让步。

甄玉斋　这……

贾福古　哼！……来呀！

〔二跟随应声，气势汹汹上。

贾福古　嘿嘿！你看，写还是不写？——写还是不写？

贾　仁　速速定主意！速速定主意！

贾福古　抢！

〔二跟随应声动手。

甄似雪　住！（反挺身向前，压住跟随）真要我写？

贾福古　真要你写！

甄似雪　（突然一串大笑）哈哈哈……

贾福古　你？

甄似雪　我写！我已改变主意，要替你写。

甄玉斋　啊！女儿……
秋　红　　　小姐

贾福古　替我写！（大喜）嘻嘻！到底是观音面就有菩萨心，真是知情知义的好小姐！（举脚踢跟随）退下！还不退下！

〔二跟随下。

〔贾福古捧联呈向甄似雪，甄似雪示意秋红接联。

甄似雪　爹亲，你且入内将息，待秋红伴女儿写联。

贾福古　我来，我来为小姐磨墨捧砚。

甄似雪　啐！你在这书轩外等待，不准打扰。

贾福古　遵命，遵命，不敢打扰。不过小姐须用心写，写出上好上好的对联。

513

〔甄似雪与秋红步入书轩，甄玉斋下。

秋　红　（研墨、舒联）小姐，你真是要替他写？

甄似雪　（含笑点头）秋红，不用多心，你且看我落笔。（唱）
　　　　　　　书轩内写对联，
　　　　　　　别有心意作周旋。

贾福古　（唱）书轩外等写对联，
　　　　　　　心头欢喜万万千。

甄似雪　（唱）岂是畏强暴，
　　　　　　　才将这金笺渲染。

贾福古　（唱）定是怕权势，
　　　　　　　才将这大事成全。

甄似雪　（唱）看不惯狼狈互为奸，

〔幕后合唱：
　　　　　　　"看不惯世道无日天。"

甄似雪　（唱）故将这刀霜文字，
　　　　　　　尽情来泼墨弄玩。

〔幕后合唱：
　　　　　　　"刀霜文字，泼墨弄玩，
　　　　　　　敢诛伐，出自纤纤弱腕！"

贾福古　贾仁，想甄小姐这时也该写完了？

贾　仁　老爷不可着急，让她想到一字值一锭金元宝才写出来。（唱）
　　　　　　　想你祖宗魏忠贤，
　　　　　　　见此联，笑开颜，
　　　　　　　唱一声，"写得妙！"
　　　　　　　老爷官爵又升迁！

贾福古　（唱）官高势更显，
　　　　　　　到那时，这亲更是不为难！

〔甄似雪挥毫把联写就。

秋　红　（看联文，惊诧）小姐，你——？

甄似雪　秋红！

514　秋　红　（领悟）哦！……是是，婢子晓得了！（唱）

想那暴虐魏忠贤，

见此联，翻了脸，

喝一声："推出斩！"

贾福古性命难保全！

甄似雪 （唱）蛇鼠自相残，

显得我，嫉恶如仇志坚顽！

甄似雪
秋　红 （卷联，相顾会心）哈哈哈！

贾福古
贾　仁 （期待着，相顾得意）嘻嘻嘻！

〔甄似雪向秋红耳语，秋红含笑点头。甄似雪飘然暗下。

秋　红 （捧出对联）贾大人，烦劳你久等了。

贾福古 好说，好说！多谢你家小姐的天大人情。

〔贾福古急要接联，秋红故意一顿。

秋　红 （唱）这对联，真个字珠文锦，

祝王寿，包你三级连升。

贾福古 嘻嘻！小姐真好情意，要助我"连升三级"！

秋　红 （唱）贾大人，时到事显，

才知晓，是假是真！

〔甄玉斋暗上，见状，夺过联递与贾福古。

甄玉斋 小女学浅，还请大人指正。

贾福古 免，免！免看也是好对联、好文章！

甄玉斋 大人过目为是。

贾福古 咳！老先生你也太多心了。小姐才学，下官佩服得五体投地，这对
联何用过目！老先生，就此告辞了。本大人若是连升三级，小姐就
是我的一品夫人，我不久就来迎亲，若是再敢推三托四呀——哼！

〔贾福古大摇大摆下，贾仁也向甄玉斋唬吓地"哼"一声，随下。

〔贾仁内声："鸣锣开道，贾大人起轿回京都！"

〔幕后响起开道锣声。甄玉斋呆立如失。

〔幕闭。

## 第六场 炫才

〔二道幕外。

〔冯庸上。

冯　庸　（念）若能诛凶除大患，

　　　　　　　保国功高我掌权！

可恨魏忠贤久蓄反谋，而今又借名做寿，集结朝内外党羽，密图不轨。此奸若不及早剪除，朝廷倾毁，君臣覆灭堪忧；若能及早剪除，我老冯庸呀，保国有功，前程无量！因此也曾将魏阉种种奸谋，密奏万岁，万岁道他深知此贼心怀叵测，决不姑息养奸，将有区处。只叫老夫假作祝寿，往察诸臣下与魏阉勾结深浅情况。圣命在身，即到魏府一行也。（下）

〔二道幕启：魏府寿堂。排场极尽富贵骄奢，鼓乐喧腾。

〔老监前导，二小监随侍魏忠贤上。

魏忠贤　（唱）开华筵，庆大寿，

　　　　　　　别有宏谋借添筹。

〔内报："禀九千岁，文武百官造府拜寿。"

〔内报："禀九千岁，贾博古大人造府拜寿。"

魏忠贤　贾博古吗？——嗯，文武百官赐见，贾博古也赐见。

〔王永光、徐大化、文官、武官上。

王永光
徐大化　（念）做官须善事威权，

文
武　　官　（念）王府贺寿不怠慢。

众　官　（拜）吾王福寿无疆，千秋复千秋！

魏忠贤　诸位大人平身。

众　官　谢九千岁隆恩。

〔贾福古捧寿联上。

贾福古　（唱）拜寿为奉承，

　　　　　　　对联大人情；

若是中得魏王意，

何愁三级不连升！（拜）

贾博古叩头再叩头，恭祝九千岁福大寿高，无量无疆！

魏忠贤　哈哈！贾大人，平身。

贾福古　臣子寿联一对，为吾王歌颂功德。

魏忠贤　贾大人恭厚忠诚，深得孤王欢心。（接联）此联有劳贾大人了！

贾福古　岂敢，岂敢！九千岁做大生日，应当效劳。（唱）

杭绸须有苏绣，

好菜也须好酒；

若无上好文章，

怎配祝颂王寿！

魏忠贤　嗯。贤卿所撰定是妙文绝对，绝对妙文，待孤王亲自展读。

〔魏忠贤刚要展卷，内报："启九千岁，冯老丞相造府拜寿。"

魏忠贤　（旁白）啊？冯庸老匹夫自从崇祯即位以来，看风使舵，倚老卖老，竟以新君心腹自许，处处与孤王作对。……是了，而今既来祝寿，自当虚与应酬。或者他已识时务、明大势，要趁此前来示诚依附也未可知。——迎接！（离座要出迎，发现对联尚在手中，即递与小监）对联正中挂上。

〔魏忠贤下，贾福古与老监随下。二小监挂联后也随下。

王永光
徐大化　（念联文）"魏王圣德添千岁"，

文　官
武　官　（念联文）"曹公宏图在万年"。

〔众相顾，大惊失色。

王永光　（拉徐大化至一旁）徐大人，这对联为何将魏忠贤与曹操拉在一堆？真不成味道！

徐大化　这分明是讥刺魏王要篡夺大明天下，说他是曹操一流，篡汉之贼。

文　官
武　官　哎呀！"虎头翻筋斗"，贾博古不要性命了！

徐大化　咳咳！且莫管闲事。魏王喜怒无常，阴阳难测，况兼他与贾博古交情不比寻常，此中用意，岂能揣摩得准？我等还是"各人自扫门前雪，休管他人瓦上霜"吧！

王永光　是，是。以免有功无赏，反自惹火烧身。

徐大化　此所谓"君子明哲保身"者也！

〔魏忠贤与冯庸互相拱手上，贾福古、老监、小监随上。

冯　庸　九千岁！

魏忠贤　冯老丞相！

冯　庸
魏忠贤　哈哈哈……

冯　庸　九千岁大寿盛典，当受学生一拜。

魏忠贤　冯老丞相德高望重，孤王怎当得起！

冯　庸　（在互让中，偶然抬头见联）哎！此联……？

魏忠贤　（看联，旁白）啊哈，贾博古此联正合我意。……呃？未免锋芒太露，定是被这老匹夫窥破，不妥，不妥！（思索，转身向贾福古）哦！此联原来是你献贺的？

贾福古　正是，是我祝贺九千岁大寿。

魏忠贤　（伪作怒）哇！如此狂妄，岂不陷孤王于不忠不臣？老监，将贾博古绑起，随我入朝请罪。

〔众惊骇，贾福古茫然不解为何反不讨好。

冯　庸　且住！贾大人，此联是你撰写的？

贾福古　当然是我亲手撰写的。

冯　庸　（感慨旁白）咳，咳！贾博古果然是少年出仕，有骨气！（问魏忠贤）九千岁因何盛怒？

魏忠贤　贾博古毁谤孤王。

众　官　（附和）是，是，毁谤九千岁！

冯　庸　哈哈哈……

魏忠贤　老丞相何故大笑？

冯　庸　九千岁崇功伟德，天下归望，此联所颂，当之无愧。

魏忠贤　当之无愧？

众　官　当之无愧！当之无愧！

魏忠贤　然则老丞相刚才见联，为何震惊？

　冯　庸　此事吗？……老臣不是震惊，乃是深赞贾大人于九千岁，真是纯笃恭诚。

**魏忠贤** 只是如此？

**冯　庸** 是。——不，也赞叹他好笔法，妙文章。

**众　官** （附和）好笔法！妙文章！

**魏忠贤** （冷笑）嘿嘿！那——贾博古无罪？

**冯　庸** 不但无罪，况且颂扬得当，该是有功。

**魏忠贤** 颂扬得当？那……（突然）左右！进酒。

　　〔小监应声入内捧一杯酒上。

**魏忠贤** （举酒向冯庸）那孤王就请老丞相助我——造反！

**冯　庸** （一时难以措辞）这，这……

**魏忠贤** 哼！你说此联颂扬得当，孤王当之无愧，但为何见朕震惊？你又说贾博古不但无罪，反而有功；但孤王请你助我造反，你为何又沉吟踌躇？究竟你是存何意？具何心？（掷杯）

**冯　庸** 这……

**魏忠贤** （旁白）老匹夫不死，今日定坏我大事，看我先下手为强！（厉声）左右！

**老　监** 有。

**魏忠贤** 将此老匹夫——

　　〔魏忠贤言犹未了，内报："启九千岁：圣旨到。"

**魏忠贤** （惊异）呃？

　　〔诏使捧圣旨上，四锦衣卫紧随上。魏忠贤勉强跪下接旨，众随跪。

**诏　使** （递诏给冯庸）万岁有旨：着冯老丞相开读圣诏。

**冯　庸** （读诏）圣旨开读。"奉天承运，皇帝诏曰：魏逆忠贤，凭恃先帝宠眷，暴恶多端，僭越不轨，居心叵测，阴谋篡夺，即日抄家拿问。钦此！"

　　〔锦衣卫摘魏忠贤冠带，押下。诏使随下。

**冯　庸** 哈哈哈……（下）

**文官**
**武** 哎呀，大祸临头了！

**王永光**
**徐大化** 哎呀，临头大祸了！

〔王永光、徐大化及文武官员惊慌失措，满场狂奔，分头逃下。

贾福古　（浑身颤抖，欲逃，两腿无力）我苦，我苦！九千岁因何遭殃？……

〔幕闭。

# 第七场　连升

〔幕启。金銮殿。

〔宫监甲上。

宫监甲　传旨，万岁有旨："魏逆忠贤罪在不赦，着锦衣卫解赴刑场，绞决处死。"

〔内应声："领旨。"

〔宫监乙上。

宫监乙　传旨，万岁有旨：宣百官入朝议事。

〔内应声："领旨。"

〔崇祯上。

崇　祯　（唱）除奸逆，整朝纲，

　　　　　　英明自负做君王。

〔冯庸、贾福古、王永光、徐大化同上。

众　臣　陛下万岁万岁万万岁！

崇　祯　众卿平身。

众　臣　谢圣恩。（分立两旁）

〔二锦衣卫上。

锦衣卫　启万岁，魏逆忠贤验明正身，遵旨绞决。

崇　祯　暴尸国门，示众三日。

锦衣卫　领旨。

〔二锦衣卫下。

崇　祯　众位贤卿，魏逆多年把持朝政，权挟天子，又欺朕登基未久，阴图篡夺社稷，幸朕及早将他诛除，免贻大患。

冯　庸　陛下威武圣智，天下明主！

| 王永光<br>徐大化<br>贾福古 | （拾人牙慧）是是。陛下威武圣智，天下明主！ |
| --- | --- |

崇　祯　（陶醉）朕就是明主，就是明主。哈，哈！只是魏逆生前，广结私党，爪牙甚多，望众卿赤胆忠心，多多揭奏，以便——（加重语气）一律抄杀不赦！

冯　庸　陛下英明，魏逆余孽抄杀不赦！

贾福古　抄杀不赦——不赦！

〔王永光、徐大化闻言失色，岌岌自危。

王永光　（低声）徐大人，若是"摘瓜抄藤"，但恐你我不免……

徐大化　是。应当速谋自保。

王永光　（焦急）如何自保？要如何自保？……（觑贾福古）徐大人，你看他还是"光棍假大佬"！

徐大化　（突生急智）是了，"狗急跳墙"，且借此人性命，保我等前程。

王永光　啊，有理！"乌龟爬门槛，全看此一番（翻）"了！

| 王永光<br>徐大化 | （一同出奏）启陛下，魏逆心腹亲信尚有一人，平日勾结奸邪，盗禄窃职，也在当诛之列。 |
| --- | --- |

崇　祯　此人是谁？

| 王永光<br>徐大化 | （以手指贾福古）翰林院修撰贾博古！ |
| --- | --- |

崇　祯　贾博古？贾博古状元出身，才华盖世，恐未必是魏逆一流。

王永光　此人正是魏逆一流，春闱会试，魏逆保送入场，就是一证。

徐大化　登科之日先应魏逆召宴，僭越不法，目无天子朝廷，以致簪花赐宴迟误，又是一证。

崇　祯　原来如此！哦，朕记得了：琼林宴上轻狂失仪，也是魏逆为他美言遮掩。

| 王永光<br>徐大化 | （急接口）这分明又是一证：有此三证，岂非魏逆一流？ |
| --- | --- |

崇　祯　（作色）哎——可恨呀！乱臣贼子，岂容漏网，锦衣卫何在？

〔二锦衣卫应声上。贾福古见大祸将临，惊惧。

崇　祯　贾博古除去冠带，推出午门斩了。

贾福古　哎哟，我苦了！一个好头颅，要去掷草坡！

〔贾福古几乎昏厥，被锦衣卫拖下。

冯　庸　（激动，挺身出班）刀下留人！容我保奏。

崇　祯　（怒）何人胆敢阻旨？

冯　庸　老臣冯庸，总领百僚，裨补缺漏，今日容我冒死谏奏。

崇　祯　奏来！

冯　庸　贾博古怎可列为魏逆党羽，望陛下圣鉴！

崇　祯　此言何据？

冯　庸　老臣只举一事，就足为他辩冤。陛下呀！（唱）

　　　　　　魏逆做寿大张扬，

　　　　　　百官如蚁附膻忙；

　　　　　　贾博古只送一对联，

　　　　　　文如刀斧意如霜，

　　　　　　寓心深且远，

　　　　　　揭穿逆贼志图篡朝纲；

　　　　　　有官皆谄媚，

　　　　　　独他正气张！

崇　祯　魏逆势焰熏天，怎容他如此大胆，朕所不信！

冯　庸　陛下不信？

崇　祯　不信！

冯　庸　逆产抄封，此联定必尚在，陛下召览，方知老臣言之不谬！

崇　祯　嗯。……内侍，召取此联。

〔宫监甲应声，入内取联上，与宫监乙舒联呈览。崇祯读联文。

崇　祯　（念）"魏王圣德添千岁"，

冯　庸　九千岁添千岁就是"万岁"，是魏逆居然以帝王自况。

崇　祯　（念）"曹公宏图在万年"。

冯　庸　"宏图在万年"，分明是阴图篡夺天下。陛下呀！（唱）

　　　　　　贾博古若列为魏党，

　　　　　　岂非是屈杀忠良？

　　　　　　叫天下忠臣义士皆志冷，

谁敢赤胆扶君王？

崇　祯　哎呀！朕素以明主自负，谁料一时不察，险些误断股肱。传旨：

立赦贾博古无罪，赐还冠带，宣入金銮。

〔内应声："领旨。"贾福古上。

贾福古　（唱）惚惚恍恍，迷迷茫茫，

生生死死，神魂飘荡！

（抬头见崇祯，一扑落跪跌在地上）

崇　祯　（唱）殿下跪的贾忠良，

殿上愧煞崇祯王；

急急离座下丹墀，

双手扶起贤栋梁！

〔边唱边下座，扶贾福古坐御座旁锦墩上。

贾福古　（无限委屈似的）万岁呀，我……你……

崇　祯　（唱）是寡人一时失详察，

害贤卿虚惊受一场。

传旨：贾博古连升三级，一品任用，调入内阁辅政，并赐玉带金
鱼，以示激励忠良。

贾福古　（因祸得福，跃起叩头）谢圣恩，万岁，万岁，万万岁！

王永光
徐大化　（惊愕不安）哎呀！"连升三级"？

冯　庸　哈哈！圣主不负贤臣，恭喜贾大人高升！

贾福古　多谢冯老丞相顾爱。

王永光
徐大化　（也趋前奉承）恭，恭……恭喜贾大人连升三级！

贾福古　（故使鼻音）多谢二位大人栽培——哼！

王永光
徐大化　唔，唔，唔……（后退，尴尬不堪）

贾福古　（旁白）连升三级？比吃三个油酥饼更加省力！甄小姐，你真是
好人，说要助我连升三级，贾福古果有今日！嘻，嘻，嘻！……

崇　祯　朕加恩渥，以报贤良，合该封荫其妻子，贾贤卿！

贾福古　臣在。

崇　祯　加封贤卿原配为一品懿德夫人。

贾福古　再谢圣恩！——且慢，且慢，臣至今尚未娶妻。

崇　祯　啊？

贾福古　（唱）微臣虚度廿四春，

　　　　　　心爱甄氏才女伴晨昏，

　　　　　　可惜我爱她不爱，

　　　　　　周周折折，折折周周未成婚。

崇　祯　原来有此一因！才子才女正该匹配佳偶，待朕为卿完成好事。传
　　　　旨：立召甄氏才女入京，与贾贤卿成亲，由朕主婚，永偕鸾凤。
　　　　〔内应声。

贾福古　啊哈！大大叩谢圣恩，万岁，万岁，万万岁！
　　　　〔二宫娥捧朝服冠带上。

宫监乙　请贾大人更换一品朝服，等待行大礼做新郎。

贾福古　是！好！（手舞足蹈，随二宫娥下）

崇　祯　众位贤卿，朕如此御宇临政，可称英明？

冯　庸
王永光　陛下英明！
徐大化

崇　祯　朕如此推恩忠良，可称圣德？

冯　庸
王永光　陛下圣德，皇恩浩荡！
徐大化

崇　祯　古往今来，贤臣当推贾博古！

冯　庸
王永光　古往今来，圣主无过今天子！
徐大化

　　　　〔君臣相顾大笑。

崇　祯　正是——（念）

　　　　　　金銮殿上配鸳鸯，

冯　庸
王永光　（念）圣朝天子恩无量！
徐大化

〔内报："启万岁，甄氏女已到京都。"

崇　祯　宣入朝门。传旨：金殿龙凤喜乐，上苑山海大宴伺候。

〔内应声："领旨。"

〔贾福古换一品衣冠并披红彩上。

贾福古　（念）圣旨宣来美红妆，

　　　　　　　急急上殿做新郎。

〔内报："启万岁，甄氏女已到朝门。"

崇　祯　宣入金銮。

〔内应声："领旨。"

〔二宫娥引甄似雪上。

甄似雪　（唱）风波重叠起，

　　　　　　　逼亲上丹墀。（觑看殿上）

　　　　啊！……（唱）

　　　　　　　巍巍宫阙，帝王威仪，

　　　　　　　峨冠博带，群臣熙熙，

　　　　　　　禁不住心惊意迟疑……

　　　　（略为畏缩，但立即鼓起勇气而入）罢，罢了！（唱）

　　　　　　　任凭你皇皇圣旨，

〔幕后合唱：

　　　　　　　"皇皇圣旨，天骄帝意。"

甄似雪　（唱）邪张鬼舞，

〔幕后合唱：

　　　　　　　"邪张鬼舞，做尽离奇。"

甄似雪　（唱）甄似雪偏是娇顽憨痴，

　　　　　　　到此决不畏一些儿！

〔幕后合唱：

　　　　　　　"娇顽憨痴，不畏一些儿！"

甄似雪　民女甄似雪叩见陛下，万岁，万岁，万万岁！

崇　祯　平身。

〔贾福古急上前要扶甄似雪，被甩袖拒绝。

〔君臣争窥甄似雪，无限赞叹。

| | |
|---|---|
| 崇　祯 | 啊哈！果然绝代佳人，秀丽无双！ |
| 冯　庸 | 珠联璧合，与贾大人天生一对！ |
| 王永光<br>徐大化 | 难怪贾大人，君子好逑，为情颠倒！ |
| 贾福古 | 嘻嘻！说的都是，都是……（向甄似雪，唱）<br>　　　　不亏我病成相思，<br>　　　　你今朝难脱身离！ |
| 崇　祯 | 传旨：乐官奏起喜乐，才郎淑女当殿行交拜大礼。<br>〔内应声："领旨。" |
| 甄似雪 | 住了！ |
| 崇　祯 | 为何住了？ |
| 贾福古 | 为何住了？ |
| 冯　庸<br>王永光<br>徐大化 | 是呀，为何住了？ |
| 甄似雪 | 启万岁，民女与贾博古并无婚约。 |
| 崇　祯 | 原来如此。无妨，无妨！就说前无婚约，当今天子为你主婚，嫁与状元郎、一品大臣，如此恩荣，还有何不称意？ |
| 甄似雪 | 民女不敢承旨。 |
| 崇　祯 | 谅你不敢存心抗违朕意。 |
| 甄似雪 | 民女就是不敢承旨。 |
| 崇　祯 | （怒）唗！（唱）<br>　　　　一介弱女敢抗君，<br>　　　　此事旷古未曾闻。<br>　　　　金銮殿上肆侮慢，<br>　　　　朕躬怎为万乘尊？<br>　　　　若不将你严治罪，<br>　　　　难树天威掌乾坤！<br>　　传旨—— |
| 贾福古 | （急趋前）陛下！——你可怜我心急要…… |
| 崇　祯 | 哦！……哈哈哈，贤卿！（唱） |

　　　　　　　成全股肱臣，

　　　　　　　这一遭屈法伸圣恩。

　　　　传旨：乐官奏起喜乐，朕为贾贤卿成大婚。

　　　　〔内应声："领旨。"并动乐。

**贾福古**　（跪下）谢圣恩万万岁！

　　　　〔甄似雪屹立不动。

　　　　〔二宫娥捧凤冠霞帔、红球彩带上，甄似雪不理。

　　　　〔内赞礼声："圣主赐大婚，才郎淑女沐天恩！"

**冯　庸**　嘿，嘿！真是沐天恩！（向王永光、徐大化）二位大人，我等恭
　　　　逢盛事，该为贾大人吉辞赞礼。

**王永光**
**徐大化**　是是，合该赞礼。
**冯　庸**

**王永光**
**徐大化**　（唱）天恩浩荡荡，

　　　　　　　喜气闹洋洋，

　　　　〔幕后合唱：

　　　　　　　"浩荡荡，闹洋洋……"

**冯　庸**
**王永光**　（唱）福禄鸳鸯，地久天长！
**徐大化**

　　　　〔幕后合唱：

　　　　　　　"但愿不是落空——梦一场。"

　　　　〔宫娥上前要扶甄似雪行礼，被拒。

**贾福古**　（着急，向甄似雪）喂，迁就些，迁就些！

　　　　〔甄似雪背过脸。

**崇　祯**　（又变色，厉声）甄似雪，你真不知感激皇恩罔极？莫怪朕王法
　　　　无情了！

**甄似雪**　（旁唱）这个朝廷大如天，

　　　　　　　逼我顽石点头难！

　　　　启万岁，天子重才华，御前赐婚姻，真是恩荣无匹。但臣女要

527

　　　　　与贾大人——

崇　祯　要与贾贤卿共偕花烛了？好呀！

甄似雪　要与贾大人当殿先会文章，歌颂圣德。若是他文章俊秀，臣女愿
　　　　遵旨成婚；若是他文章做不出来——

崇　祯　准你回乡自择终身。是吗？

甄似雪　（敏捷地）谢圣恩！

崇　祯　哈哈哈！甄似雪你好痴呆！贾贤卿乃今科状元，天子门生，焉何
　　　　不能与你吟诗作赋，歌颂朕德？内侍，进御用四宝。

宫监甲　领旨。（入内捧文具上）四宝在。

　　　　〔贾福古惶恐失色。王永光、徐大化也恐贾福古露丑被累，惶惶
　　　　不安。

冯　庸　贾大人文场得意于前，笔诛奸逆于后，而今吟诗颂帝德，作赋缔
　　　　良缘，更是两相辉映！王、徐二大人，你们说老夫之言如何？

王永光
徐大化　这……

冯　庸　哈哈！这岂非是千古风流佳话？

王永光
徐大化　（勉强答腔）是，是……千古佳话。

宫监甲　请贾大人赋诗。（把文具端给贾福古）

贾福古　（旁白）哎呀！杀头还轻松，吟诗最沉重！（汗流浃背，久久无从
　　　　下笔，低声）王大人，你替我写。

王永光　（为难）不敢，不敢，欺君大罪，担当不起！

贾福古　不，我手痛，我吟你写。

　　　　〔王永光仍推诿，贾福古急，粗暴地强把纸笔等授王永光。

贾福古　……（搔首再三，彷徨四顾，偶与崇祯视线相触）啊，有了！"天
　　　　子圣恩多"。

冯　庸　哈哈，妙！起手朴实，直追古风，真不是寻常才华，随后必有惊
　　　　人之笔！

贾福古　嘻！若是好句，我再续下去。

　　　　〔崇祯与诸臣均屏息期待着。

贾福古　（视线一转，落在甄似雪身上，大受启发）——"助我讨老婆"！

众　人　（大愕然）啊！

甄似雪　（一串朗然大笑）嘿嘿嘿……真不愧是"惊人之笔"！（唱）

今科有个贤状元，

天子有个好门生，

这般奇才人间少，

吟出诗来鬼神惊！

〔幕后和唱：

"奇才人间少，

吟诗鬼神惊！"

崇　祯　哦！贾博古出言为何如此鄙俗？

甄似雪　万岁呀万岁，你知贾博古是何等人？（唱）

乡曲中，一狂妄，

冒他族兄名字充才良。

崇　祯　这怎可相信！若说无赖冒名，但他魁首文章从何而来？

甄似雪　（唱）若说他，好文章。

偷天换日夺金榜。

崇　祯　更无此事！朝廷取士，场闱谨严，谁人胆敢作弊？王、徐二卿，
你等是当日考官？

王永光
徐大化　臣等罪该万死，贾博古乃是魏忠贤寅夜荐引入考场，臣等不敢得罪
魏逆，乃将另一考生甄玉斋的试卷移换与他，保荐他高中第一名。

崇　祯　呸！

甄似雪　（旁白）果然就是这般见不得天日的行径！（唱）

魏阉荐考岂寻常，

糊涂考官急煞忙，

替他金妆粉饰，粉饰金妆——

〔幕后和唱：

"捧呀，捧呀，捧出傀儡场！"

王永光
徐大化　（应着歌声，不自觉地模拟傀儡的表演）嘻，嘻，嘻！

甄似雪　（唱）当他奇货第一，妙宝无双——

〔幕后和唱：

　　　"献呀，献呀，献与贤君王！"

崇　祯　（应着歌声，不自觉地模拟献君王的表演）哧，哧，哧！……

甄似雪　（唱）认他盖世才华，绝代忠良——

〔幕后和唱：

　　　"保呀，保呀，保此大栋梁！"

冯　庸　（应着歌声，不自觉地作保奏的表演）咳，咳，咳！……不，不！甄氏女荒诞无稽。笔诛奸逆，忠贞为国，贾博古分明写出好对联！

甄似雪　好说呀好说！若论那对寿联，乃是求我代笔的，当时贾福古仗势逼亲！十分凶恶，我无奈代他撰写，一来缓他凶迫，二来揭穿奸逆。

贾福古　我苦，连祖宗十八代都被她翻出来了！

甄似雪　万岁呀！（唱）

　　　　这黑白怎设想，

　　　　这是非怎平章？

　　　　这荣辱怎分辨？

　　　　这贤愚怎衡量？

　　　罢，罢了！（唱）

　　　　记取万岁有金诺，

　　　　许我自择还家乡。

　　　民女甄似雪，叩谢圣恩万万岁！

〔甄似雪施礼，胜利含笑，翩翩然从容而下。

〔君臣相顾无言，狼狈不堪。

崇　祯　哼！（指向冯庸，唱）

　　　　你这贤丞相，

　　　　老朽真不枉！

冯　庸　嘻！（指向王永光、徐大化，唱）

　　　　你这好考官，

　　　　糊涂恰成双！

王永光
徐大化　呸！（指向贾福古，唱）

530

　　　　你这大草包，

　　　　累众横遭殃！

贾福古　啊！（无处泄怒，竟转而指向崇祯，唱）

　　　　你这圣明主，

　　　　未免也荒唐；

　　　　是你御笔钦点我，

　　　　能包藏时且包藏！

崇　祯　（有所被启发似的）啊！包藏？……

　　　　〔幕后合唱：

　　　　　"甄似雪，返家乡，

　　　　　贤君臣，徒彷徨，

　　　　　如此传奇留一段，

　　　　　饶他千古资传扬！"

　　　　〔幕在歌声中徐徐闭下。

——剧　终

　　《连升三级》由王冬青根据木偶戏故事和连环画《连升三级》创编于1958年，同年由福建省泉州市高甲戏剧团首演。由于首演不成功，后经过两次修改，1961年修改完成，再次公演。1963年晋京汇报演出，名噪一时。全国有三十个剧团曾移植上演。1993年，被列为"中国十大经典喜剧"之一，并收入《中国当代十大喜剧集》正式出版。

## 作者简介

王冬青　（1917—1973），原名松龄，男，福建泉州人。1957年春，担任泉州高甲戏剧团编剧，先后创作、改编《连升三级》《邱二娘》《笋江波》《天女图》《管甫送》《许仙谢医》，移植剧本几十部。